魅丽文化　花火工作室

盎宠难却

萱草妖花 著

XUANCAO
YAOHUA
WORKS

吉林文史出版社
JILINWENSHICHUBANSHE

图书在版编目（CIP）数据

圣宠难却 / 萱草妖花著. —— 长春 : 吉林文史出版社,
2017.6
ISBN 978-7-5472-3985-8

Ⅰ.①圣… Ⅱ.①萱… Ⅲ.①长篇小说 – 中国 – 当代
Ⅳ.①I247.5

中国版本图书馆CIP数据核字(2017)第095592号

圣宠难却
SHENGCHONGNANQUE

总 策 划	孙建军	
策 划	黄 欢 胡 蓉	
著 者	萱草妖花	
责任编辑	吴 枫 孙佳琪	
封面设计	熊 婉	
出版发行	吉林文史出版社	
地 址	长春市人民大街4646号	
网 址	www.jlws.com.cn	
开 本	880mm×1230mm 1/32	
印 张	10	
字 数	180千	
印 刷	湖南新华精品印务有限公司	
版 次	2017年6月第1版 2017年6月第1次印刷	
书 号	ISBN 978-7-5472-3985-8	
定 价	29.80元	

目·录

目 · 录

第一章

铲铲姑娘

六月三伏，赤日炎炎。

柳九九收完账回九歌馆的路上经过柳城河，擦汗的手帕被一阵歪风吹进了河里。柳九九"嘿"一声，捡了根竹竿撸起袖子就去打捞手帕。

柳九九相貌生得讨喜，白嫩圆润的包子脸，就像刚从锅里捞出来还裹着一层水的汤圆。一双眼睛就跟浸了水的黑葡萄一般，水灵清澈。她的身材尚不算纤瘦，却另有一种水灵的丰腴美。

她手握竹竿踮起脚，生怕摔进河里，笨拙的模样就像一团毛茸茸的小白兔，水面上漂浮的手帕被她用竹竿越捣越远。

柳九九望着越漂越远的手帕，蹙着一双小眉头，攥紧馒头似的小肉拳，气得在原地跺着脚哼了一声，丢下竹竿放弃打捞手帕。

正准备转身离开，她眼前却忽地一花，似产生了幻觉。她瞧见水里倒映着一个穿着黄衫负手而立、身姿俊朗的男人，她抬手揉了揉眼睛，怔住了，忙回身瞧瞧四周。

然而这四周除了她以外，再没有任何人，也并没有什么黄衫男子。那……水面上倒映的黄衫男子是谁？柳九九瞠目结舌，用软绵绵的手背揉了揉眼睛。等她再定睛看过去时，水面上的波纹归于平静，黄衫男子消失了，随之替换的是穿着绿衣衫的自己。

眼花，眼花。一定是她没吃朝食，饿得头晕眼花了吧？可她为什么会看见一个男人呢？难道是她的梦中情人？

柳九九觉得不大可能，她的梦中情人是糖醋排骨、糯米鸡……

她抬手捏了捏胀痛的太阳穴，暗自思忖，回头得炖两只猪蹄宽慰一下自己的肚子。作为一个厨子，断不能容忍自己饿得头晕眼花……这般想着，她转身迈开步子往回走。但她刚跨出没两步，脚下一滑，身子没稳住，整个人往后一翻，"扑通"一声栽进了河里。

柳九九不会浮水，她在水里边浮浮沉沉呛了一口清凉发臭的水，连呼救声都喊不出来了。就在她快失去意识时，听见耳畔有个清润微怒的声音传来："将这糖醋排骨给朕倒掉，朕不想再看见这么恶心的排骨！"从这语气里便可想象出声音主人的震怒和无奈。

柳九九呛了一大口水，难受得要死不活。作为柳州城最好的厨子，柳九九表示不服，她平日里最见不得谁糟蹋食物，尤其是糟蹋她挚爱的排骨。在她心中没有做不好的排骨，只有做不好排骨的厨子。于是她攥紧肉乎乎的拳头在水里一边扑腾，一边秉着职业操守大吼了一声："暴殄天物遭雷劈！"

是嘛，暴殄美食就该遭雷劈！

随后她呛了一大口水，眼前一黑，就彻底没了知觉。

然而那男子声音的主人不是别人，正是此刻在京城皇宫乾极殿内，坐在铺着橙黄垫的雕花楠木椅上用午膳的周凌恒。

乾极殿正殿琉璃黑砖铺地，细致的石料上映出殿内陈设的模糊影子。大抵是为了彰显九五之尊的崇高身份，殿内一片橙黄。殿内的奢华陈设，让伺候周凌恒用膳的太监和御厨感到一股压迫感，两人望着眉目紧蹙的周凌恒，皆捏了一把汗。

周凌恒的目光掠过一桌珍馐美味，一双锐利的眸子直接落在了正中那盘糖醋排骨上。他仔细用眼睛辨别这道菜，仅从色泽以及鲜浓的汤汁瞧，便忍不住蹙起眉头。仅是这一番打量，他便知其味不佳。

有强迫症的周凌恒恨不得掀了四方桌，抽出宝剑把御厨给剃成秃子，然后送去感业寺当和尚！

做糖醋排骨竟然不撒芝麻！这御厨新来的？

这种不撒芝麻的糖醋排骨，断不能忍！

周凌恒震怒，一拍桌子，指着桌上那个精致银盘里盛放的糖醋排骨，怒火中烧："这排骨能吃吗？选料太瘦，汤汁过于浓稠，糖太多，油水不够，你是想将朕金贵的牙缝给塞得满满当当的吗？将这糖醋排骨给朕倒掉，朕不想再看见这么恶心的排骨！"

御厨吓得浑身发抖，因为一盘排骨掉了脑袋可不值当。御厨抬起袖子擦了一把汗，弓着腰从公公手中接过银盘。他正准备端着排骨退出去，就听陛下一声吼："你说什么？"

御厨的一颗心还没沉下去，又被陛下这一声吼吓得六魂散了五魄。他举着排骨跪下，哭丧道："回……回陛下，小人什么也没说。"

周凌恒怒视御厨，一双眸子沉如幽幽古井："朕方才分明听见你说'暴殄天物遭雷劈'，你竟敢咒朕遭雷劈，好大的胆子！"他好歹也是九五之尊，一个小小的厨子胆敢对他出言不逊！

现在的御厨，真是翻了天了！

罚，必须罚！

"小安子！"

伺候周凌恒用膳的太监上前一步，颔首道："陛下。"

周凌恒指着御厨："拉出去剃了头发送去感业寺当三个月和尚！"

小安子连忙命人将御厨拖出乾极殿，等离了乾极殿好远，小安子才对御厨道："你莫要觉得委屈，陛下近日因为排骨魔怔了，被陛下送往感业寺当和尚的御厨有一两百个，你这一过去，正好可以同那群老厨子为伴。"

御厨欲哭无泪，眼巴巴地望着小安子："公公，我方才什么也没说啊，陛下也太……"厚颜无耻污蔑人了吧？

小安子拍了拍御厨的肩膀，以示同情，意味深长地道："帝心难测啊。"

殿内的周凌恒全然没了食欲，气呼呼地坐回椅子上：这年头的御厨胆儿真肥，诅咒他天打雷劈也就罢了，还非得装个女人腔调。以为装成女人腔，他堂堂天子就辨别不出了吗？

周凌恒冷笑一声，往自己嘴里塞了一口桂花糕，举手投足间满满的都是高贵得意。至于他跟糖醋排骨的孽缘，皇城之内的厨子们都深有感触。

周凌恒当太子时机缘巧合爱上了糖醋排骨，登基之后对于排骨的要求越发苛刻。他登基后在京城广贴皇榜招纳御厨，那会儿但凡是京城有些名气的厨子都跑去皇宫应试，京城内几乎所有的厨子都被招进了御膳房。

之后不过三个月的时间，先进宫的那拨厨子得罪了周凌恒的"舌头"，统统被罚去感业寺当和尚。轻则三个月，重则三年。之后进去的几拨厨子也无一幸免，全被送去感业寺里当了和尚。

京城内仅剩的一些好厨子不敢再进宫，更不敢再展现自己的厨艺，以至于京城酒楼的菜越发难吃。短短三年光景，京城便成了整个大魏国最无美食特色的地方。

外来走商的人每次来京城，都会自备干粮和酱菜，有条件的商人会自带厨子。商人们也不想如此费神，但是……谁让京城的菜实在是太难吃呢？

那日柳九九喝了一肚子水，大概是因为她身上的肉太过肥腻，连乌龟都嫌弃。她被河里一只大乌龟给顶上了岸，醒来后她的精神似乎就有点儿不太正常了。

她总是在洗脸时看见水中倒映出一名黄衫男子的身影，睡觉时听见耳畔有人在说话。她时常听见耳畔有个男人在吼："除了桂花糕和金丝酥雀，朕通通不要！"那人吼得还挺霸气，听语气俨然就是个大爷。

有几次她被吓得魂不附体，端着洗脚盆从楼梯上滚下来。脚盆倒扣在她的头上，让她生了好一场大病。为此九歌馆关了整整五日，第六日才重新开张，柳九九为挽回客源亲自下厨待客。

柳九九下厨时会屏退左右，关上门独自做菜。

这日，她舀了一瓢热水将锅清洗干净，再用丝瓜布将大铁锅刷干净。她熟稔地将灶内火烧旺，等铁锅烧红下油，下红糖炒糖色，待红糖在锅内化开，便将事先放进冷水里漂好沥干的排骨下锅。

柳九九精挑细选的排骨精肥各半，肉纤合匀。锅内的排骨几经翻炒变成糖褐色后，快起锅时，才倒入一早调好的酱汁儿勾芡。汤汁儿裹着精肥各半的排骨，散发出浓郁的糖醋香。起锅时柳九九又抓了一把芝麻撒在排骨上，一盘完美的糖醋排骨就出锅了。

她夹起一块排骨塞进嘴里尝味道，偏偏耳边又传来那个诡异的声音："这个排骨不喜欢，给朕换掉！"这回的声音比以往更为清晰，仿佛说话的人就在她的耳边，不……就在她的耳内。

柳九九端着排骨环顾了四周一圈，颤巍巍地问道："谁？谁在说话！"

然而与此同时，京城皇宫内。周凌恒用手中的银筷倒腾了一下银碗中的排骨，便听见耳畔有人问"谁在说话"。周凌恒蹙眉，慢条斯理地放下手中的银筷，撇过头瞪了一眼伺候自己用膳的太监，"嘶"了一声："我说小安子，你什么时候也学着女人说话了？"

小安子正在心里盘算主子吃了几口菜，主子突然问话，让他有片刻的愣神："陛下，小安子刚才没说话啊？"

周凌恒斜睨了他一眼："小安子，你当朕耳聋吗？"

小安子一脸委屈地埋头，闭口不语。陛下最近越来越魔怔了……

就在这时候，周凌恒耳边传来异常刺耳的一声尖叫。他揉了揉耳朵，死死地瞪着小安子。他正要开口训斥小安子，耳边又传来哆哆嗦嗦的女声："锅铲神仙……小女无意冒犯，您别吃小女，小女皮糙肉厚，又肥又腻，您老不好嚼啊。"

周凌恒看了一眼闭嘴未语的小安子，又看了一眼殿内……这殿内除了他跟小安子没别人啊？到底是谁在说话？

"小安子，你听没听见有女人说话？"

小安子双腿一软跪下，颤巍巍地道："陛下，您别吓小安子，您吃点东西吧，您看您，都饿出幻觉来了。"

周凌恒抬手捏了捏耳垂，耳中的声音越发清晰——

"锅铲爷爷，是小女在说话，小女给您跪下了，求您放小女一条生路啊。"说这话的不是别人，正是远在千里之外柳州城的柳九九。她方才听见周凌恒说话，以为是自己手中的锅铲在说话。有一瞬间，她以为是锅铲成了精，登时吓得魂不附体，慌忙跪下求爷爷告奶奶。

周凌恒这会儿也被吓得不轻，但他好歹是九五之尊，不惧妖魔。只见他咳了一声，正声问道："你是何人？"

跪在灶台前的柳九九盯着灶台上的锅铲，哆哆嗦嗦地道："小女乃是柳州城的柳九九，自幼父母双亡，无依无靠，身上全是肥肉，又肥又腻，为了不糟蹋您老金贵的舌头，您老去吃……去皇宫吃狗皇帝的肉吧！"

柳州城？狗皇帝？

皇城离柳州城有半个月的路程，他能听见千里之外的女人说话？最要紧的是，这女人还叫他狗皇帝？

周凌恒也顾不得这件事的荒诞程度，捏着银碗的手青筋暴起："你再给朕说一遍！"

柳九九跪在灶台前盯着锅铲一怔，铲子爷爷发怒了？

小安子望着自言自语的周凌恒，心里暗自腹诽：陛下是饿得魔怔了？

柳九九望着灶台上的锅铲愣了片刻，锅铲大爷发怒了？

她很快就发现锅铲还是那个锅铲，除了会说话，似乎什么也不会。难道是半成精的锅铲？她试探着重复了一遍刚才的话，随后年轻男人的声音差点没将她的耳膜给震破："信不信朕让你去当尼姑？"

柳九九捂住自己的嘴，慢腾腾地从地上爬起来，小心翼翼地靠近灶台，用菜刀戳了戳锅铲。然而她发现这锅铲大爷除了会说话，似乎也没什么本事。

没有血盆大口，更没有锋利的双爪。而且这锅铲还有姓的，姓郑！

啧，看起来这姓郑的锅铲，就是个软包子嘛！

这般想着，柳九九胆子突然大起来，撸起袖子做出一副"敢惹老娘不想混了"的架势，气势汹汹地举着菜刀往锅铲上一阵猛砍，嘴里碎碎念道："我砍死你个锅铲精。"柳九九不过十七八岁，声音绵软如足月的小羊羔。

远在千里之外的周凌恒听着耳中越发清晰的绵软女音，确定不是幻觉。毕竟他这么聪明的皇帝，怎么会幻觉出这么个傻妞呢？他觉得有点意思，原来千里传音不是传说？

这姑娘说话小安子听不见，只有他能听见，那这姑娘是隔着千里跟自己心有灵犀吗？

厘清这其中的因果后，周凌恒招手让小安子退了出去。小安子退出乾极殿后，让门外的宫女太监守住殿门，他撒开双腿跑去慈元宫找太后。

殿内的周凌恒咳了一声："锅铲姑娘，你别砍锅铲了。朕……我不是锅铲精，我是京城人。依着现下的情况看，我们大概是千里挑一的有缘人，能隔着千里听见彼此的声音。"

柳九九愣住了，攥着菜刀的手紧了紧。她在围裙上擦了一把油腻腻的手，手叉着腰举着菜刀，瞪大眼睛环顾四周："你说你是哪儿的人？"

"京城。"周凌恒回答。

事情这么荒诞，柳九九当然不信。她举着菜刀推开门，丫鬟糯米正贴着门板偷听她自言自语。她这么突然开门，糯米差点栽在她的菜刀上。柳九九将菜刀往头顶一举，用手掌抵住糯米的额头，吩咐道："糯米，你去房顶上看看有没有人。"

糯米点头应了一声，忙转身去搬院中的梯子。糯米爬上高处，抻长脖子看了一眼房顶，回道："小姐！房顶没有人！"

"你再仔细瞧瞧。"

"小姐，这附近除了你跟我再没有别人！"糯米从木梯上下来，迈开一双小短腿跑了过来。她伸手摸了摸柳九九的额头，"小姐？你是不是又生病了？"

柳九九一巴掌拍开糯米的手，耳朵里又传来周凌恒的声音："我不在房顶，我在京城，你得信我。"

"糯米，你有没有听见人说话？"柳九九一脸茫然地问跟前的糯米。

糯米怔怔地望着自家神神道道的小姐，顿了一会儿才摇头说："小……小姐，糯米什么也没听见。"

"好了，我知道了。"说完她走进厨房，"砰"的一声关上门。

没一会儿，糯米隔着门板听见厨房里传来柳九九一惊一乍的声音。她戳开薄薄的一层窗户纸，瞧见自家小姐正举着大菜刀对着空气自言自语。糯米被自家小姐这副模样吓得不轻，心想：难道小姐被什么不干净的东西上了身？她慌了神，心里顿时没了主意，索性提起裙摆往外跑。

糯米跑回酒楼大厅，拽过正在柜台算账的年轻男人，气喘吁吁地道："土豆，土豆不好了！小姐……小姐她疯了！"

土豆算完账，拿起算盘摇了一下，蹙眉看着糯米，问道："何事？"

"小姐，小姐她拿着菜刀在厨房里砍锅铲，神神道道，自言自语。"糯米攥着土豆的衣袖，想起小姐那副模样，就跟发了疯似的，冷不丁打了个寒战。

土豆曾是柳爹的贴身护卫，柳爹去世后，土豆便带着小自己五岁的柳九九和糯米来到柳州城，在繁华闹市处开了这家九歌馆，卖好酒好菜赚钱过活。土豆临危不乱，指挥糯米："快，快去把店门关上，把客人请走。"

糯米应了一声，忙转身打发店内的客人。待糯米把客人打发了再将门关好后，攥着土豆的袖子回到后院的厨房，鬼鬼祟祟地来到厨房窗下。

土豆推开厨房的木格油纸窗，偷偷看着在厨房内自言自语的柳九九。糯米也跟着看了一眼，然后戳了戳土豆的胳膊："土豆，小姐……不会是疯了吧？"

土豆蹙着眉，捏着下巴一本正经地道："小姐可能是在跟锅和菜刀培养感情？"他的声音刚落，就看见柳九九举着菜刀在原地蹦了一蹦，继而举着菜刀仰天狂笑三声："奇了，奇了！"

糯米扯着土豆的衣袖，撇着嘴要哭了："完了……小姐真的疯了。"

土豆故作镇定，说道："可能是小姐研究出了什么新秘方？"好吧，他这明显是自我安慰。

柳九九觉得能跟千里之外的人说话很稀奇，她握着菜刀往灶台上一坐，问周凌恒："铲子大哥，京城是不是真像传说中的那样，特别繁华啊？我听土豆说，京城遍地都是坏人，全是会吃人的那种。"

周凌恒手撑着下巴，倒腾着碗中的排骨："瞎说，天子脚下，哪里来的坏人？"

"狗皇帝就是坏人，狗皇帝脚下铁定也一群坏人！铲子大哥，我怀疑你到底是不是京城人？你不会是骗我的吧？"柳九九跳下灶台，舀了一瓢水放进锅里，开始用丝瓜布洗锅。

周凌恒当了这么多年皇帝，还没听过谁说他是狗皇帝："铲子丫头，你说谁是狗呢？"

"我说狗皇帝啊。"柳九九说。

虽然周凌恒对能跟千里之外的姑娘"心有灵犀"很感兴趣，但并不代表他对这个女人就没有脾气！他差点下意识地喊出"来人啊，把这刁民给朕拖出去剃成光头送去当尼姑"这种话来。好在他反应快，吞了口唾沫，忍了一下，心平气和地对柳九九说："我说姑娘，当今皇帝登基以来减免赋税，兴修水利，大力惩治了贪官污吏，这般好的皇帝，怎么就是狗了？"

"怎么都是狗！"柳九九说得咬牙切齿，一刀砍在案板上，"狗皇帝从头到脚、从里到外都像狗！"

周凌恒攥紧拳头，额间青筋突兀，压制着怒气，声音几乎是从牙缝里挤出来："锅铲妹妹，这排骨能乱吃，话可不能乱说呀。你见过那英俊不凡、威猛高大，长得跟谪仙一样的皇帝吗？"

"呸，比大黑还丑。"柳九九啐了口唾沫。

"铲铲姑娘，大黑是谁啊？"周凌恒淡淡地问她，一团怒火憋在胸腔里打转儿。他已经脑补出了最坏的结果，顶多就是彪悍黑肤的壮汉嘛。

"大黑狗喽。"柳九九端起自己方才做的糖醋排骨，"呀"了一声，

"排骨都凉了。"

周凌恒听到柳九九说的最后一句话是"排骨都凉了"。周凌恒忍无可忍，说他像狗，他尚且可忍。但说他连狗都不如这是不是有点过分了？还是柳九九将他比喻成土里吧唧的乡村大黑狗？他堂堂九五之尊，怎么可以连条乡村土狗都不如？

周凌恒一拳捶在桌上："你再说一句，朕让你全家都去当光头！"他已经许久没对女人发过火了，这是今年以来的第一次。

准确来说，除了太后，他今年几乎没跟女人说过话。今儿他好不容易跟一个千里之外的女人说了话，却将他气得不轻。

柳九九好半晌都没动静，他起初以为柳九九是怕了，过了约莫一刻钟，他才意识到，他已经听不见柳九九说话了。周凌恒憋了一口气，心里有点失落，他居然有一种跟人吵了架，人家却不屑理会的挫败感。他的心里就跟堵了一块石头似的，好多年没这么堵过了。

不过这对于平日里找不着乐趣的周凌恒来说，柳九九跟他的奇妙对话倒让他觉得格外稀奇。

周凌恒起身离开餐桌，回到书案前拿了笔，在纸上写下：柳九九，柳州城。随后，他命侍卫前去柳州城调查柳九九。他想知道，柳州城是否真的存在柳九九这么个姑娘？

柳九九再跟周凌恒说话时，那边已经没了回应。她端着排骨愣了一会儿神，回想方才自己跟那位姓郑的大哥说话，怎么感觉跟做了一场梦似的？

她抬手掐了一把自己肉乎乎的脸，疼得叫了一声。不是梦，方才确实发生了稀奇古怪的事。她心中有几分遗憾，她方才都没来得及跟那人详细说狗皇帝到底怎么个狗法呢。

反正在柳九九心中，狗皇帝就是狗。柳九九记得她小时候和狗皇帝一起玩耍过，那会儿狗皇帝还不是太子，只是一个谁都爱欺负的爱哭鬼。

柳九九也喜欢欺负他,谁让他长得跟头黑熊似的,好吓人……后来……柳九九抬手揉了揉胀痛的太阳穴,后来的事情她记不太清了,反正她就是觉得现在的皇帝是狗皇帝。具体她也说不上来,唯一能厘清的理由就是:皇帝长得跟条大黑狗似的……

柳九九对京城没什么印象。小时候在京城时奶娘从不让她出门,等她长到能出门的年纪时,她已经不在京城了。

她经常听人说京城繁华,可京城到底繁华到什么程度她想象不出来。她脑海中对京城的印象概括成一句话便是:京城繁华,但坏人也多。

她端着一盘冷了的排骨懒洋洋地走出厨房,一开门便瞧见土豆和糯米在院中练太极,两人均一副无所事事的样子。柳九九将排骨搁置在院中的石磨上,对着两人招手:"糯米、土豆,来吃排骨。"

糯米跑过去端起排骨,一双黑亮的眼睛巴巴地望着她,弱弱地问道:"小姐,今天还开张吗?"

柳九九手叉着腰,做出一副"开张看心情"的架势:"明儿再开吧……"她打了个哈欠,"我好困。"

土豆看柳九九的神色有些奇怪,想说什么话又给吞回了腹中:"小姐,你好好歇息。"

等柳九九走后,糯米放下排骨,拽着土豆的胳膊"哇"的一声哭了:"这才什么时辰小姐就困了,小姐不会真被什么不干净的东西给缠上了吧?我听街尾的大婶说,被不干净的东西缠上行为就会变得古怪,白日困顿,晚上精神。"

土豆想了一下这几日柳九九的状况,她的情况可不就是"行为古怪,白日困顿,晚上精神"吗?然后他一拳砸在石磨上:"咱们去请个道士回来吧?"

糯米小鸡啄米似的点了点头:"我也这么想。"

两人说干就干，当天下午便上山请道士去了。

柳九九午后抱着软绵绵的枕头睡得正香，就被楼下一阵摇铃铛的吵闹声给惊醒了。她打了个哈欠走出房门，站在楼梯上一瞧，九歌馆来了一群摇铃铛、烧符咒的道士。

作法的老道瞥见柳九九，挥舞着桃木剑冲上楼梯，手握铃铛围着柳九九"叮叮当当"地摇。柳九九这几日睡眠本就不好，好不容易睡个午觉还被这群道士给吵醒了，心情十分不美丽。

所以这些道士是来干吗的？

柳九九捂住耳朵，老道"嘿"一声大喊："妖孽！你怕了吗？"随后掏出一张符咒，啐了口唾沫，嘴里碎碎念着"太上老君"，手指一点将沾满口水的符咒贴在了柳九九的脑门上。

柳九九感受到了来自老道的恶意，她什么时候变成妖孽了？她一把扯掉脑门上的符咒，用袖子擦了擦额头上的口水，终于忍无可忍，抬腿端了道士一脚。大概是她用力过度，道士被她一脚端下了楼梯。

道士从木楼梯上骨碌碌地滚下去，浑身酸痛如被抽了骨头。见老道滚落楼梯，小道士忙上前将老道扶起来。老道的帽子摇摇欲坠，末了还不忘用桃木剑指了指柳九九，大喝一声："妖孽！你如此作怪，休怪贫道手下不留情！"

柳九九扫了一眼被撒满符咒的九歌馆，抬手扶了扶胀痛的额头："这臭道士到底是谁请来的？"她的目光落在站在角落里的土豆和糯米身上。

糯米一向胆小，一把将土豆给推出去，指着土豆说："小姐，我没钱请道士。"

土豆暗地里掐了糯米一把，龇牙道："小糯米，你怎么这么没义气？说好的有难同当呢？"

这个时候当然是明哲保身要紧，糯米抬头望着房顶，一脸"不关我事"的神情，低声对土豆说："我说的可是'有吃同享，有难你挡'。"

土豆望着糯米无辜的侧脸，小姐的厨艺她没学到，倒是将小姐耍赖皮的功夫学得入木三分。

柳九九对着一群道士下了逐客令，然而要道士命的是柳九九还不给钱，老道差点没撸起袖子跟柳九九打起来。柳九九拿出菜刀将老道的拂尘在空中片成几段，再举着菜刀一挥，几段拂尘在桌上摆出了个"滚"字的造型。

老道被柳九九这鬼斧神工的刀法吓得双腿发软，这不是妖魔上身才怪！好道不吃眼前亏，老道带着一干小道跑出九歌馆，走之前还大喊一声："妖孽，等着老道回来收你！"

柳九九踩在九歌馆的门槛上，冲着泪奔而去的老道做了个鬼脸："本妖孽等着你！"这年头稀奇事天天有，今日似乎特别多。

她转过身望着土豆，还没来得及问是怎么一回事，土豆就先解释说："这老道路过，非说咱们九歌馆有妖孽，说是免费捉妖我才放他进来的。"撒谎的土豆看着柳九九手上的菜刀，吞了口唾沫。

柳九九提着菜刀低哼一声："什么人都想来我九歌馆骗钱，也不掂量掂量自己几斤几两。"

糯米看着柳九九手中提着的那把明晃晃的菜刀，小脑袋点得就跟小鸡啄米一般："对，那个老道士确实没什么斤两。"连小姐身上的妖孽都赶不走……

自从老道走后，九歌馆的生意出奇的差，接连两天都没什么客人来。第三天的时候，好不容易盼来一个客人，柳九九正要上前问客人吃什么菜、喝什么酒，还未开口那位客人就被人给拽走了。

柳九九越想越奇怪，到底出了什么问题？

更奇怪的是她一上街，众人便不约而同地给她让开一条小道。柳九九第一次受到这种优待，难不成是她大病初愈后，身上突然多了一种令人倾倒的气质？

不对，街上那些人看她的眼神分明是嫌弃。

柳九九再次出门时将自己打扮成了精神矍铄的老太婆，用面巾遮着脸，慢吞吞地在街上走。这一打听才知道，原来她已经在柳州城红透了半边天。

按理说她这么出名，九歌馆的生意不会差到几日都接不到一单呀？

再一探，柳九九就泪流满面，心里似乎被大黑狗践踏了一遍又一遍。

"听说了吗？九歌馆的老板娘……"

"柳九九啊，听说了，掉进河里被不干净的东西缠上啦！"

"那可不？青山的紫阳老道士亲自去做的法事，结果你们猜怎么着？"

"怎么着啊？"柳九九凑近人群问道。

"那妖孽太厉害，一口气将老道给吹出了九歌馆。"

柳九九摸了摸自己的嘴，她一口气连鸡蛋都吹不动，这些人吹牛好歹也打个草稿好吗？柳九九抬头望天，被这谣言气得泪眼汪汪。她插话道："我咋觉得老板娘是天仙下凡呢？不然早把老道给吃了吧？"

柳九九这话一出，扎堆听八卦的街坊邻居感受到了她不一样的画风，纷纷扭过头看她："你谁啊？"

有精明的人一把扯掉柳九九的面巾，她那张白嫩的包子脸暴露无遗。众街坊看清柳九九那张脸，"哗"的一下齐刷刷地跳开。他们认出是柳九九，都没给柳九九解释的机会，一溜烟全跑了。

柳九九心中憋屈，垂头丧气地回到九歌馆。

土豆手撑着下巴在柜台上算账，糯米拿着鸡毛掸子在桌椅上扫灰尘。柳九九垂头丧气地搬了条凳子坐下，打量了一眼九歌馆，以前生意多好啊？自打那老道妖言惑众之后，她这九歌馆几乎就没了生意。

柳九九无语凝咽，垂头丧气地回到厨房开始倒腾晚饭。

她心塞得无以复加，只好进厨房做排骨安慰自己。厨房有糯米买的新鲜排骨，她挑了一块肥瘦适宜的排骨，夹带着一腔愤怒将排骨抛向空中，空中顿时折射出几道刺眼的白光。少顷，一段段均匀的排骨齐刷刷地落在了青瓷餐盘中。

柳九九调好酱汁开始下锅做糖醋排骨，恰巧这时千里之外的周凌恒也在吃排骨。

一个在做排骨，一个在吃排骨。两人再一次可以听见对方说话。

柳九九听见周凌恒很嫌弃地说道："这排骨不好吃，给朕换掉。"

本来柳九九的心情还很低落，听见姓郑的声音，登时两眼放光。她一边煸炒排骨，一边对着大铁锅脆生生地大喊："大哥！"

周凌恒正要对御厨和小安子发火，就听见柳九九脆嫩的声音。这声"大哥"叫得周凌恒心一软，他放下筷子，望着御厨的方向笑着回应："哟，铲铲姑娘啊。"

小安子看着陛下对着御厨笑得那个荡漾，白脸变得青黑，就跟吃了几斤狗屎一般。

御厨的脸色更加不好看，他长得如此彪悍，胡子拉碴，皇帝陛下咋叫自己"铲铲姑娘"呢？而且陛下的表情还那么荡漾，声音还那么柔情似水？

御厨眼中饱含泪水，跪在地上眼巴巴地望着周凌恒，忙道："陛下，小人不是姑娘，小人的小名也不是'铲铲'，是'锅锅'。"

小安子忍不住"扑哧"一声笑出来，意识到自己失态，忙用下巴抵着锁骨的中间位置，攥紧拳头让自己憋着。

周凌恒瞪了一眼御厨，一脸不快地看着他："朕跟你说话了吗？"还"锅锅"，锅他个大黑狗啊！

御厨怔住，有片刻的茫然："陛下您不是在跟我说话？"

周凌恒抬腿一脚将这新来的御厨给踹开。这厨子，排骨做得难吃也就罢了，还这么厚脸皮跟他搭话？再一次跟铲铲姑娘对话，他心情不错，没有为难御厨。为了不让人觉得自己是疯子，他一挥手，屏退左右，开始跟柳九九说话。

周凌恒问她："铲铲姑娘，近来可好啊？"

柳九九对着一锅排骨表示满腹委屈，带着哭腔道："回排骨大哥，我最近一点都不好！"于是柳九九将妖道如何污蔑她名声的事儿一一告诉了周凌恒。大抵因为对方是个不认识的陌生人，故她跟周凌恒吐起苦水来无所顾忌。周凌恒觉得铲铲姑娘是真性情，什么都讲给自己听。

包括她是如何将老道踹下楼梯，又是如何将老道吓走，又是如何扮成老太婆上街探听消息，最后又是如何将围在一起八卦的众街坊给……吓走。

周凌恒觉得这姑娘不仅直性子、真性情，还特别与众不同。柳九九年纪不大，却做得一手好菜，刀法如神，最爱做的菜是糖醋排骨，最拿手的菜也是糖醋排骨。

柳九九一边洗锅一边跟他说："排骨大哥，我跟你讲，这糖醋排骨是很讲究的，出锅时撒一把芝麻那才叫一个香。"

周凌恒一拍大腿："你做糖醋排骨也喜欢放芝麻？巧了，我最讨厌谁做糖醋排骨不放芝麻了。"

柳九九发现自己跟周凌恒聊起来特别投机。从排骨的选料谈到排骨的做法，以及怎么调酱汁儿。周凌恒十指不沾阳春水，他不会做，但他会吃，忙拿来纸笔将柳九九说的方法给记录下来，欲交给御膳房那群饭桶研究。

两人从排骨聊到京城繁华，周凌恒提议："铲铲姑娘，你在柳州城坏了名声，不如来我们京城？京城人杰地灵，你的厨艺若是真的好，定能赚得金银满钵的。"

柳九九捏着下巴思量，觉得周凌恒这个提议可行。京城虽然有狗皇帝，但好歹人杰地灵，遍地富豪。然而她现在在柳州城没什么生意，长此以往，她带着土豆、糯米……可能会饿死。

柳九九将排骨端起来，她跟周凌恒说话说得太过投入，糖醋排骨……又凉了。

她"呀"了一声："排骨又凉了……"排骨要趁热吃，一旦凉了便没那么酥脆了。

"排骨又凉了"这句话刚落，周凌恒还来不及问她什么时候来京城，两人之间便断了联系。周凌恒发现，上一次也是因为柳九九说了句"排骨凉了"两人之间才断了联系。他琢磨起上次两人千里传音的情景，似乎……也跟这次一样，一个在吃排骨，一个在做排骨。

周凌恒将这前后因果理了一番，断定只有在吃排骨的时候才能跟柳九九隔着千里"对话"，且有时间限制。一旦柳九九那边的排骨凉透，他们二人之间的联系便会断掉。

如此，周凌恒再也不管皇宫御厨手艺如何，糖醋排骨做得好不好吃，每一顿必少不了糖醋排骨这道菜。

但之后的几日，他都没能再听见柳九九的声音。周凌恒每日被国事扰得头疼，食之无味，寝之无眠。

等到第七日，小安子正替他往碗里夹了一块糖醋排骨，他耳中便传来柳九九慵懒的哈欠声："排骨排骨，糖醋排骨……"

柳九九今个儿心情好，九歌馆总算有客人上门光顾了。而且那位客人不看菜单不问价钱，握着一把剑走进九歌馆，在最里面的桌子坐下，继而将手上的剑往桌上一拍，冷酷地吩咐柳九九："老板娘，把你们店里的招牌菜都端上来！"末了，掏出一锭金子搁在桌上。

糯米拿过金子咬了一口，扭过头低声告诉柳九九："小姐，金子是真的。"

柳九九二话不说跑回厨房，开始做九歌馆的招牌菜——糖醋排骨。

周凌恒再一次听见柳九九的声音，欣喜万分："铲铲姑娘！"

"排骨大哥？"柳九九好奇地问，"怎么我每次做糖醋排骨，都能听见你说话？其他的时候就不成？"

周凌恒将自己理出来的想法跟她说了一遍。柳九九细细一想，这才恍然大悟："原来如此，排骨大哥，我今天心情好！你给我唱个曲儿吧？"

柳九九好久没这般高兴过，她听说京城的曲儿特别好听，"咿咿呀呀"很有韵味。她一直想听，但一直没有机会。

周凌恒满额黑线："唱曲儿？"

他堂堂九五之尊，这丫头竟吩咐他唱曲儿？！这姑娘胆子挺肥啊。

柳九九抓了一把盐撒进锅里："你不会唱就算了，看来你们京城也有不会唱曲儿的无能之辈嘛。"她暗自哼了一声，以为周凌恒不会听见。殊不知周凌恒不仅听得清楚，还能感受到她的小情绪。

更奇怪的是，柳九九被锅里溅起来的热油烫了手背，疼得"嘶"了一声，然后周凌恒的手背也跟着一阵热辣辣的。

柳九九觉得奇了："我被热油烫了手，你能感觉得到吗？"

周凌恒也觉得纳闷："好像能？我拧一下自己的大腿，你感觉一下……"说完，周凌恒拧了一把自己的大腿问她，"你疼不疼？"

柳九九回答："不疼，一点都不疼。"她拧了一把自己的大腿，她还没来得及问周凌恒疼不疼，耳中便传来周凌恒的惨叫声："死女人，你对自己下手轻点儿！"

柳九九无辜地说道："我……很轻啊。"

周凌恒的大腿一片火辣辣的，他有点崩溃，忽地感受到老天对自己的不公平。他跟这女人心灵相通时，这女人受的皮肉苦痛他能感觉到，似乎……他所受的痛苦，比这女人所受的痛苦还要多几分？

可怕，这太可怕了！

若是这女人在跟他心灵相通时抹脖子，那他岂不是要疼死？

周凌恒脑中有片刻的空白，神色一沉，双眸变得阴鸷冷厉。他突然觉得这女人和自己之间没了乐趣可言，似乎柳九九的存在成了自己的威胁。

柳九九隔空感受到了周凌恒的压力，她道："排骨大哥……你没事儿吧？"

"没事。"

他的语气明显沉了几分，让柳九九好不习惯。

土豆、糯米见小姐在厨房半晌不出来，便去厨房催她。两人在窗户外偷窥厨房内的柳九九，发现柳九九又在对着一锅排骨自言自语……

柳九九感觉到周凌恒心情不佳，她暗自思量，好歹两人相识一场，她总得安慰他一下吧。她本着"义气"二字，开始安慰周凌恒："排骨大哥，您别觉得压抑，我做排骨的时候是不会掐自己大腿的，平时也极少会让热油伤到自己。排骨大哥，您要是因为这个心情不好，我会很过意不去的。"

周凌恒有点不想理这个女人。

凭什么心灵相通时他能感觉到这个女人的痛苦，而这个女人却感觉不到自己的痛苦？这也太不公平了！

两人之间一阵沉默，两人的耳中能听见彼此的心跳声。

柳九九觉得气氛尴尬，她说："不然……我给你唱曲儿吧？我唱曲儿也不错的……"她话音刚落，便举着锅铲在灶台前扭起腰肢，开口唱戏曲《拜月亭》。

柳九九五音不全，唱出来的曲儿就跟念经似的。

压抑的周凌恒抬手扶额："得，你别唱了，让我静静。"

柳九九"喊"了一声，旋即停了下来，抓了一把芝麻撒进锅里。

厨房外的糯米、土豆瞧见柳九九对着一锅排骨自言自语，还叫什么"排骨大哥"，当场石化。

糯米："土豆，小姐身上的妖孽越来越厉害了啊？"

土豆摸着下巴，替柳九九辩解："什么妖孽，我看是那老道胡说八道。"

糯米："那你怎么解释小姐对着一锅排骨说话？"

土豆："大概是为了跟排骨培养感情，这样做出来的糖醋排骨更好吃吧？"

糯米："那你又怎么解释小姐对着一锅排骨跳舞、唱曲儿呢？"

土豆："大概是为了满足排骨的需求？"

糯米再无言跟土豆对答，土豆现在是越来越会强词夺理了。排骨……有什么需求？

九歌馆厨房内，柳九九心情大好，哼着小曲儿翻炒着锅中翠绿的青菜。糖醋香和煸炒素菜的清香从窗户缝里飘出去，馋得土豆和糯米垂涎三尺。

乾极殿内的周凌恒坐在铺着楠木雕花椅上，手撑着额头，心情低落。作为九五之尊，感知竟被一个女人牵制，当真让他郁闷不已。

周凌恒说想要静一静，柳九九当真闭了嘴不再说话。她哼小曲儿的声音很小，但在周凌恒的耳中，她的声音非但不小，还十分刺耳。

他有点抑郁，揉了揉太阳穴，想张口叫柳九九闭嘴，可他这会儿郁闷得连话都说不出来了。排骨不凉，两人的联系不断，周凌恒这会儿巴不得自己跟柳九九的联系赶紧断了，巴不得柳九九以后都别再做排骨……万一下次心灵相通时，柳九九拿刀抹了自己的脖颈，那他……岂不是也要跟着她一起疼？

柳九九听着周凌恒唉声叹气，努嘴表示好无奈。这个男人真是矫情，这么担心做什么？不就是能在心灵相通时感觉到她的疼痛吗？这有什么？她又不会在做排骨的时候拿菜刀抹自己的脖子……

柳九九这边青菜刚装盘，那边蒸笼里的粉蒸五花肉已经好了。柳九九打开竹蒸笼，一股热气氤氲而开，粉蒸肉的香味飘进了她的鼻腔，这种菜香让作为厨子的她相当满足。

蒸笼的最下层是一只紫砂炖盅，里面装着野菌肘子。野菌肘子经过几个时辰的炖煮，皮肉已经软烂，浓郁的鲜汤香味四溢。

她将三菜一汤放入托盘，撸起袖子，蹲下身将灶内没有烧完的柴火取出来，戳进灶灰里将火头熄灭，起身端起托盘，眼睛直勾勾地看着门对周凌恒说："排骨大哥，你先静一静，我去给客人送道菜。"

周凌恒没有应答，他只想静静。

柳九九打开厨房门一走出来，便看见糯米、土豆在院子里打太极。她看了一眼古怪的二人，问道："你们在这里做什么？"

糯米用胳膊肘撞了一下土豆的腰，土豆忙支支吾吾道："那个……我们就是来看看您菜做好了没？"

柳九九将手中的菜小心翼翼地举了举："喏，这里。"她端着菜走出去时，黑衣人等得显然有些不耐烦。

黑衣人望着柳九九浓眉一蹙，上下打量她。柳九九被他看得脸红发烫，将菜放在桌上，一一报了菜名。

黑衣人抬头问她："你是九歌馆的老板娘——柳九九吗？"

柳九九抱着托盘望着客人，抿着嘴不知如何应答。她若说是，会不会把这客人吓走？毕竟那老道说她是一口气能将人吹走的妖孽……

"这位客官，咱们九歌馆的菜绝对是柳州城最好吃的。我也不是什么妖怪，一口气也吹不走人，不信我吹给你看。"说着，柳九九鼓了鼓腮帮子，靠近黑衣人，俯下身对着黑衣人吹了口气。

黑衣人用凌厉的目光看了一眼柳九九，柳九九朝着他靠近，这让一向谨慎的他有些恼火，下意识地将桌上的长剑抽出来。

但见白光一闪，一片锋利的白刃架在了柳九九白嫩的脖子上。

土豆正杵在柜台前算账，糯米正用抹布擦青瓷花瓶上面的灰尘。两人见自家小姐被人拿剑架住了脖子，惊愕之余面面相觑。相互使了一个眼色后，糯米用兰花指捏着抹布跪下，撇了撇嘴，扯着嗓门号开："大爷饶命，大爷饶命，我家小姐要钱没钱，要色没色，还是个被妖孽上身的主儿，大爷您犯不着劫她呀？大爷，您有事冲我来！"

黑衣人剑锋一偏，目光阴鸷冷厉，语气更如寒冰三分："柳州城，柳九九？你可认识京城的人？"

京城的人？

糯米身子一震，听起来这人不是劫财也不是劫色……那是……京城来的仇人吗？

土豆生怕黑衣人伤了柳九九，情急之下戳了戳自己的胸口，又指了指跪在地上的糯米："大爷，您要钱找我，要色找她！有话好好说，放过我家小姐！"

剑刃寒气逼人，柳九九歪着脖子，生怕锋利的剑锋割了自己白皙的皮肉。她望了一眼桌上的糖醋排骨，估摸着这会儿排骨没凉，她嘴里嘀嘀咕咕："排……排骨大哥……"

黑衣人眉头一蹙，剑刃紧紧地贴近柳九九的皮肤，问她："说，你到底是何人，何时去过京城？又是何时认识陛……"

与此同时，千里之外的周凌恒感受到柳九九脖颈上剑锋的寒气，他当真以为是柳九九心血来潮拿刀架在自己的脖子上玩。他觉着这女人无理取闹，要玩刀架脖子的游戏也等断了心灵相通之后再玩啊！

周凌恒气得一掌拍碎雕花实木书案，暴喝一声："你敢让朕受疼，朕便将你扒皮抽骨！"

这声音震耳欲聋，吓得柳九九捂着双耳"啊"了一声。

黑衣人被她一声尖叫吓得手一抖，锋利的剑刃割破了她的皮肉。也就在这时，另有一名白衣人破窗而入，一脚将黑衣人踹开。柳九九下意识地摸了一下脖子，满手的猩红吓得她一屁股坐在地上。

糯米不敢耽搁，忙用手帕摁住柳九九的伤口。她被柳九九一手的血吓得脸色惨白，接过土豆递来的金疮药，帮柳九九包扎时手止不住地颤抖。柳九九的伤口很快止了血，她回过神望着那白、黑二人扭打成一团，一时竟弄不清楚状况。

白、黑二人飞身上桌，持剑对立。

糯米望着目光呆滞的柳九九，舌头已然吓得发麻："小……小姐，你怎么样？"

柳九九捂着自己的伤口，"咦"了一声："糯米，真奇怪，没有我想象中那么疼。"

她话音刚落，耳朵里就传来周凌恒阴森森的声音："你当然不疼，朕都替你疼了！"

柳九九捂着伤口表示抱歉，低声道："哎呀，排骨大哥，对不起。"

"死女人，你没事拿刀割自己的脖子做什么？是喝多了药不成？"周凌恒疼得额头上青筋暴起，一拳将木扶手砸得粉碎。

柳九九忙解释："排骨大哥，你听我解释。"她话音刚落，恰好排骨凉透了，两人之间再一次断了联系。

周凌恒倒是想听她解释，想听听这位锅铲姑娘能解释出个什么花儿来。然而他们之间的联系已经中断了。

柳九九偏过头看了一眼目瞪口呆的土豆和糯米，神色尴尬："那个……我刚才自言自语，宽慰自己呢，这样可以排解……疼痛！"

土豆："……"

小姐果真是病得不轻。

柳九九望着持剑立在桌上的白衣翩翩的俊朗男子，一颗心几乎跳到了嗓子眼。男子长身玉立，黑眸剑眉，鼻梁挺拔，嘴唇微薄，柳九九已许久没见过这么标致的男人了。

她仰望着他，眼中满满地都是对白衣男子的崇拜。

白衣男子望着黑衣男子，冷笑一声："刘昭，你好大的胆子。"

黑衣男子阴笑一声："邓护卫来得可真及时啊。"

白衣男子指着柳九九，道："我不过是奉命来打探这位姑娘，并没有接她入京的意思，你如此大费周章，岂不'草木皆兵'？"

柳九九、土豆和糯米三人根本听不懂两人在说什么。什么"护卫"？什么"打探"？让三人云里雾里。

土豆、糯米见白衣少侠根本没有替他们家小姐出恶气的意思，相互交换了一个眼神。土豆愤然地将手中的算盘扔出去，不偏不倚地砸在了黑衣人的脑门上。

糯米也不甘其后，一脚踢起一条木凳，木凳腾入空中，在空中漂亮地翻了个跟头，不偏不倚地砸在了黑衣人的腰部。黑衣人先是被算盘砸得头晕眼花，再是腰部受到重创，撕心裂肺的疼痛让黑衣人彻底昏厥，躺在地上如条死鱼般不再动弹。

邓琰看得目瞪口呆。

方才他在外面将里面的情况看得一清二楚。管账的伙计白净文弱，看起来手无缚鸡之力；打扫卫生的丫鬟体态娇小，看起来柔弱胆小；然而老板娘柳九九不过是个十七八岁的姑娘，从打扮到长相没有半点老板娘的样子。因为柳九九冲着刘昭的侧脸吹气，其举动将谨慎的刘昭惹怒了。

让邓琰没想到的是，这看似文弱的管账伙计手上有力，手中算盘不偏不倚正中刘昭的头部，让禁卫军副统领刘昭避让都来不及。然而看似胆小柔弱的丫鬟腿部有力，一条沉重的长木凳她竟能踢到空中打几个转，重创刘昭的腰部。

这下……完全不用他出手了？

邓琰握着手中的剑，蹲在桌子上饶有兴致地开始打量柳九九。这姑娘也有些不同寻常，被利刃割了脖子不哭不闹，嘴角还带着笑意。

邓琰摇头感叹，陛下让他打探的这位柳州城的柳九九，当真是与众不同啊。

这九歌馆……也是卧虎藏龙啊！

柳九九望着蹲在桌子上的邓琰，也是愣住了。这白衣少侠连蹲着的姿势都这么帅啊……

邓琰从桌上跳下来，蹲在柳九九跟前打量她。他用手指点了点自己的脖颈，疑惑地问道："老板娘，你脖子不疼啊？"

柳九九呆呆地望着邓琰，抿嘴点头，又摇头："少侠，我不疼。"

邓琰"哦"了一声，跟只青蛙似的跳到昏厥的刘昭跟前，伸手探了探刘昭的鼻息，摇头感叹："你们下手可真够狠的。"好歹是堂堂禁卫军副统领，被区区一个伙计和丫鬟打成这副模样，这要是传回京城，岂不让人笑掉大牙！

这刘昭向来替太后做事，此番被遣来九歌馆，必是太后得知自己受命来调查柳九九一事。

当今太后对陛下溺爱至极，后宫妃子无一不是她亲自替陛下挑选的。陛下登基之时年纪尚轻，东宫并无太子妃。陛下登基之后，心系国家大事，皇后之位一直空悬。最让太后头疼的，莫过于周凌恒登基后从未临幸过后妃，后宫四妃个个绝色，年轻貌美，周凌恒愣是连看都不看一眼。

太后为了让周凌恒临幸后妃那是费尽了心思。此番太后从小安子那里得知，陛下要遣人去柳州城寻找一位叫柳九九的姑娘。太后一听是个姑娘，忙也遣了刘昭前来打探柳九九。若是这姑娘身家清白，便接进宫里。

糯米扶着柳九九起身，柳九九捂着自己的脖子吩咐土豆："土豆，快，把这人送去官府。"

邓琰摸着下巴望着刘昭，此人向来高傲狂妄，在京城时便仗着太后老是欺负自己的属下，有报仇的机会他当然不会放过。

他将手伸进刘昭的衣服内，将刘昭的令牌扯下来，不动声色地塞进自己的袖中，继而招呼土豆："以防他半路醒来，找根绳子将他给绑起来。"

土豆早准备好了绳子，他白了一眼邓琰，嘀咕道："你又是谁？"

邓琰抓了抓后脑勺，笑得眉眼弯弯，露出一排小白牙："我……我是从京城来的，帮我家主人来办事，路过九歌馆正好瞧见这人在此作祟。我素来侠义心肠，见不得这些人打家劫舍，因此从窗口冲了进来。"

土豆狐疑地看了一眼邓琰，哪里有人自己夸自己的？脸皮也忒厚了吧。

邓琰掠过土豆，目光落在柳九九的身上。这姑娘模样生得讨喜，是个福气相，不过这容貌比起后宫的四妃……似乎也没什么可比性，全然不是一种类型。

柳九九招呼邓琰住下，让糯米将桌上丝毫未动的饭菜拿去热了一遍，重新端上桌招待邓琰。

邓琰连日赶路皆以干粮充饥，这会儿吃了柳九九做的菜，味蕾犹如从地狱跨至天端。用野菌炖出的肘子入口甘鲜，入口俱化。肘肉放进嘴里一抿，便轻轻化开，半点没有猪肘子的肥腻感。

柳九九双手交叠，下巴搁在手背上，仔细打量面前的俊朗少侠：

"好吃吗？"

"好吃！"邓琰又挑了一块排骨放入嘴里，这一口咬下去同方才的软化不同，而是不一样的酥脆感。甜脆轻薄的红糖裹着排骨，白齿一咬，爽脆多汁，不柴不腻，酸甜味适中开口。加上芝麻提香，口感细腻丰富，没有半分调料混合的突兀感。糖醋排骨的汤汁呈糖稀色，邓琰吃完排骨还不过瘾，端起盘子将汁水扒进米饭里拌匀。

由竹蒸笼蒸煮出来的米饭粒粒饱满，嚼之柔韧喷香，裹了糖醋排骨汤汁的米饭，相当开胃。邓琰连吃十碗，唇齿间被甜醋酱汁溢满。末了，他端着空碗回味无穷，望着柳九九问道："九九姑娘，这排骨是谁的手艺？"

"我的，这糖醋排骨是我们九歌馆的招牌菜。"柳九九眨着一双水灵灵的大眼睛望着邓琰，"怎么样？好吃吗？"

邓琰看着柳九九那双漆黑清澈的眼睛，这般近距离一瞧，这姑娘的眼睛就跟葡萄似的，白嫩的一张脸犹如刚出蒸笼的水晶包一般，看得他食欲大开。他将空碗递给一旁的糯米："麻烦再来一碗！"

糯米接过邓琰的空碗，转身时默默念了句："十一碗，嘿，赚了。"

就这样，邓琰对着柳九九干吃了一碗白米饭。

邓琰第一次瞧见柳九九这种姑娘，这姑娘第一眼看着一般，第二眼看着挺讨喜，吃饱饭再看，奇了，怪有食欲的一张脸。

柳九九越瞧邓琰越喜欢，她就喜欢能吃的汉子。

邓琰完全符合她对未来夫婿的要求，英俊不凡并且能吃。近些年柳九九见过不少英俊的汉子，一个个吃得比麻雀少，嘴比金丝雀还挑。譬如街口那个秀才，吃两口包子便擦嘴说吃饱了，难怪生了一副弱不禁风的模样。再譬如王员外家的王公子，堪称柳州城第一俊男，可那位王公子用膳斯文得就跟他的长相似的。

这些男人个个条件都好，也有不少媒婆上门来替秀才、王公子等人提过亲，全被柳九九给拒了。这要是日后成了亲，她做一桌子菜没人吃可咋办？

她爹从小教育她，养男人就得养他的胃，至于为什么养男人的胃……柳九九的理解大概就是：不能浪费了自己的好手艺。

柳九九觉得邓琰就挺好的。

长得俊，能吃，能干吃一碗白米饭，大概也挺好养活的。

邓琰放下手中的空碗，擦了一把嘴，掏出一锭银子搁在桌上，冲着柳九九竖了一个大拇指："柳姑娘，你做饭可比我妻子做的要好吃多了！"

"妻子？"柳九九以为自己听错了。

邓琰揉着肚子坐姿潇洒，长舒了一口气："我那妻子整个一爷们儿性格，除了打……打架，啥也不会。"

柳九九撇了撇嘴："你有妻子啦？"

邓琰点头，"嘿嘿"一笑："儿子都快有了。"

柳九九的心"啪"一声碎掉了，俊俏能吃的好男人飞了。她低叹一声，手指在桌上敲了敲："你吃了十一碗饭，这点银子不够。"

邓琰"啊"了一声："你们这里的饭菜怎么比京城还贵？"说着又掏了两锭银子搁在桌上，"多的不用找了，今晚上我在这里住下。"

柳九九顿时有一种"好男人都有主了"的失落感。糯米带着邓琰上客房，柳九九捧着脸发了一会儿呆，她觉得自己这辈子可能会……嫁不出去了。

唉，好忧伤。

土豆从衙门回来，让柳九九和糯米端着板凳进厨房。

这些年土豆处事谨慎，这一次柳九九差点被割断脖子，他和糯米的心现在都还未沉下去。土豆说："小姐，反正咱们在柳州城的生意也做不下去了，不如换个地方重开九歌馆，你觉得如何？"

柳九九坐在灶台前的小板凳上，撑着下巴想了想，说："不然……我们去京城吧？"柳九九很小的时候在京城生活，过去了那么多年，她对京城的印象已经淡了。如果不是因为周凌恒的提议，她或许也不会想去京城重开九歌馆。

糯米和土豆面面相觑。

糯米道："小姐，你忘了老爷临终前的嘱咐吗？天下之大哪里都去得，唯独京城去不得。"

柳九九手叉腰站起来，望着糯米："我爹那不是担心会遇上仇人吗？已经过去那么多年，就算我杵在仇人跟前他也未必认得出来。再者，兵不厌诈，仇人又怎会想到我们会回京城呢？他怕是早以为我在河里淹死了吧？"那年柳家遭难，柳九九被仇人扔进湍急的河内差点淹死。

土豆望着柳九九沉吟片刻，说道："去京城重开九歌馆，也未必不可。"

"那就这么决定了，我明个儿就去收账。"柳九九拍拍手，"我现在便去收拾东西。土豆，你去雇一辆牛车和一辆马车，你跟大黑坐牛车，我跟糯米坐马车。"

土豆望着柳九九，一脸的委屈。

敢情自己的地位就跟大黑一样？

柳九九走后，糯米抬腿踢了土豆一脚："你忘了老爷临终前说的话吗？你怎么可以同意小姐去京城！"

土豆"哎哟"一声，揉着大腿解释说："小姐说得对，都过去那么多年了，就算她站在仇人面前，对方也未必认得出她。再者，京城人杰地灵，指不定能找到好大夫治好小姐的病。刚才小姐被割了脖子还自言自语念叨着'排骨大哥'，你难道就不觉得小姐这病越来越严重了吗？小姐的病耽搁不得，得赶紧找个大夫来治。"

听他这么一说，糯米也觉得在理，忙点头说："是，治小姐的病要紧。"

第二章

排骨大哥

京城皇宫。

烈日灼烧着巍峨的皇宫，各宫各殿忙碌的太监和宫女无一不是大汗淋漓。京城气候干燥，比起柳州城更为炎热。

慈元宫四面临水，三交六椀菱花窗格对外敞开。窗外小溪涓涓，绿柳成荫，较之其他宫殿更为凉爽。年逾四十的薄太后躺在贵妃榻上，单手扶额，双眼半合。贵妃榻的两侧各站着两名宫女，各执一扇，为她扇风祛暑。

太后最近因为周凌恒的事心力交瘁，历代皇帝哪个不是当太子时便有了子嗣。即便没有，登基之后面对后宫三千佳丽，也总是要临幸几个、宠爱几个的。

现在倒好，后宫佳丽三千，个个姿色上乘，周凌恒愣是瞧也不瞧一眼。历任帝王也不是没有养男宠的先例，可她这个儿子也没见养什么小白脸。薄太后为了周凌恒的事可是操碎了心。

最近她又听说周凌恒时常一个人坐在殿内自言自语，今儿晌午还在殿内发了一顿脾气，将一张实木桌一掌拍得粉碎。即便是铁打的手掌，也经不住他这般拍打啊！

难不成是今日天气过于闷热，以致他心情烦闷？

周凌恒听闻太后身体抱恙，忙从乾极殿赶往慈元宫来探望。他刚一踏进慈元宫的正殿，一阵凉爽便扑面而来。对面的窗口还飘进一抹青翠的柳枝，翠青的绿色同凉爽的空气混合，让原本燥热烦闷的周凌恒心里顿时舒坦了不少。

　　薄太后见周凌恒走进来，忙让宫女扶自己起来。

　　周凌恒见太后身体虚弱，忙上前扶着她，关切地问道："母后身体可好些了？"

　　"也没什么大病。"薄太后拍了拍他的手背，直入主题，"恒儿，最近宫中新进了一位美人，能歌善舞，温柔端庄，你……要不要去看看？"

　　周凌恒想了一下，"哦"了一声，淡淡地道："母后说的可是那位李美人？"

　　"是是是，正是，你都记住她姓什么了？"薄太后眼睛放光，这还是儿子头一次能记住后宫佳丽的姓氏。

　　周凌恒冷哼一声，嘀咕道："李美人与众不同，朕想忘记都难。"那位李美人膘肥体壮，长得就跟猪八戒似的。也能叫美人？叫母猪还差不多吧？

　　我的母后，您当真是病得不轻啊！

　　薄太后也来了兴致，拍着他的手背说道："这李美人是我亲自挑进宫的，是个讨喜的姑娘。说起来我都好几个月没见过她了。依云，去，将李美人请来。"

　　太后话音刚落，一名宫女便上前跨出一步，福了福身，应了声，紧接着转身走出慈元宫。

　　半个时辰后，依云带着李美人跨进慈元宫。李美人一走进周凌恒和太后的视线，母子俩当即目瞪口呆：好大一只……李美人！

　　周凌恒只是那么一瞥，便抬手掐着太阳穴扭过头一脸难色地望着太后。

　　薄太后打量着眼前这位李美人，也被吓得不轻。她尴尬地看了一眼儿子，颤抖着手指着李美人问道："你是……李美人？李廷尉家的闺女？"

　　"是。"李美人跪在地上，埋头轻声回答。

　　"来，抬起头让哀家看看。"薄太后望着跪在贵妃榻前的李美人，用"膘肥体壮"这个词来形容此时的李美人那可是十分贴切。即便如此，太后还是抱着一点希望，身肥体壮不要紧，脸总还留存着美吧？

　　李美人一抬头，太后的小心脏跟着又是突兀地一跳。她吓得往后一仰，拍拍自己的胸脯表示吓得不轻：乖乖，好好的美人怎么成了这德行？

　　待李美人走后，周凌恒无奈地道："母后，您也别怪儿臣对女人挑剔，后宫佳丽都这德行，一个个长得就跟五花肉似的，你让儿臣如何能下得了口啊？"

　　"胡说。"太后捏着手帕擦了擦汗，微怒，"也就一个李美人不知爱惜自个儿的身材，哀家亲自帮你挑选的后宫四妃，个个倾城绝色，怎么也不见你去宠幸呢？"

　　周凌恒觉得多说无益，抬手招来宫女依云："那个依云，你去把后宫四妃请来。"

　　"是。"依云福了福身，转身就往外走。

　　后宫四妃从进了宫就只见过皇帝一次，这次听说要在慈元宫面圣，一个个在宫内打扮得花枝招展，发鬓一个比一个眼花缭乱，脸上扑的粉皆跟戴了一张面具一般。奈何宫外天气太热，到慈元宫时四妃已经满头大汗。脸上的妆容都花了不说，身上的薄纱衣皆被汗水浸湿，周凌恒怎么瞧这四妃都像是刚刚从开水中打捞出来的肥腻的五花肉。

　　太后望了一眼跪在贵妃榻前的四妃，吓得把手中的冰镇荔枝滚落在地。她抬起手指颤巍巍地指着四妃道："这……这……依云，她们是谁啊？"

"回太后，是后宫四位娘娘。"依云接到这四妃时也吓了一跳，传闻后宫四妃个个倾城绝色，身段妖娆，再不济也是正常的巴掌脸和小蛮腰。可眼下这四位，皆同那李美人一样，粗臂臀圆，虎背熊腰，走起路来颤的不仅仅是发鬓间的玲珑步摇，还有身上那一层叠一层的肥肉。

太后被吓得不轻，握着周凌恒的手，一口气没喘上来，差点气晕过去。好在周凌恒眼明手快拉住她的手，抬手让四妃赶紧出去。

四妃望着周凌恒也是惊愕，陛下这好不容易才召见她们，怎么什么话也不说便让她们离开？难不成……是她们还不够胖？

待四妃走后，周凌恒拍了拍太后的胸脯，给太后顺了口气："母后，如今后宫嫔妃是个什么资质您也瞧见了，不是朕不愿意开口吃，但您瞧瞧那些五花肉，儿臣怎么下得了口啊？"

周凌恒望着太后那痛心疾首的神色，就差没捶胸哀号了。他给太后剥了一颗冰镇荔枝，将冰冰凉凉的果肉递至太后嘴边，轻声哄着太后："母后，儿臣还年轻，临幸谁这事不急，等儿臣处理完手头上的国事，得空会去后宫转转，挑个美貌体匀的姑娘的。儿臣若是去临幸那几块五花肉，万一将瘦弱的儿臣压得手残脚残、无心国事可怎么办？这还算小事，若是那四妃日后给儿臣生个皇子或公主，个个长得跟块大肥肉似的，得多失国体啊。母后，您说呢？"

太后脑补了一个个肥头大耳的皇子和公主，不禁打了个寒战。她揉捏着胀痛的太阳穴低声哀号："恒儿啊……"她只想抱个孙子，怎么就如此困难？

周凌恒见太后暂时妥协了，脸上稍稍露出一个高深莫测的笑容，随即不动声色地拍了拍太后的脊背，安慰道："儿臣还有事情要处理，就先告辞了，母后您好生休息。"

薄太后揉着太阳穴，叹了口气，却什么话也再难说出来。

周凌恒一跨出慈元宫，在正殿外等候多时的小安子就迎了上来。

小安子拿着蒲扇替周凌恒扇风，小声问道："陛下，奴才方才看见李美人和四妃进去没多久便出来了，是不是……"

周凌恒负手而立，昂头挺胸道："小安子，事情办得不错。"

小安子得到夸奖，对着周凌恒弯腰道："奴才应该做的。"

说起来周凌恒后宫有三千佳丽，他一瓢都未饮过。他也不是不喜欢女人，只是他挑女人比挑糖醋排骨还要刻薄。他看后宫女人个个不顺眼，一个两个长得都没什么灵气。为了找借口不碰那些女人，便想了这个两全其美的办法。

三个月前，他让小安子在后宫内私下传了一条消息。谁糖醋排骨吃得多，他便临幸谁。三个月来，御膳房往后宫送去的糖醋排骨也都有记载，后宫佳丽们当真以为是皇帝在统计她们所吃的排骨数量。

于是后宫内但凡有点权势的妃子或美人，糖醋排骨的量每日少说十盘起。如此不过三个月，后宫四妃以及李美人，便成了膘肥体壮的大胖子。

小安子笑道："陛下，那后宫四妃和李美人的体态当真骇人。那般模样，太后总不至于让您去临幸她们吧？"

周凌恒粲然一笑："太后吓得不轻，此招拖不了多久。说起来那些姑娘也是可怜，她们在这宫里消耗青春，于朕，于她们来说，都不公平。"

小安子忙点头道："是的，历代后宫哪一代不是表面看似平静，实则血雨腥风、你争我斗的？可不就是为了得陛下恩宠吗？"

"所以，朕得赶紧找个合心意的姑娘。"周凌恒拂了拂衣袖，"再找个机会让后宫的人散了，放那些姑娘出宫找个如意郎君嫁了。"

小安子望着周凌恒，目光复杂。

周凌恒被他看得有些不自在："你瞧着朕做什么？朕脸上绣了花吗？"

小安子颔首道："奴才只是觉得陛下处事特别。"

"特别？哪里特别了？你是觉得朕特别英俊是吗？"周凌恒摸着自己的下巴，粲然一笑，"朕也这般觉得。"

柳九九迫不及待想去京城做生意，同时也急着将九歌馆卖出去。售卖九歌馆的消息一放出去，柳州城里一片欢天喜地，一口气能吹走人的妖孽总算要走了……可问题是，妖孽住过的九歌馆，谁敢买啊？

九歌馆的大门日日敞开，除了邓琰，再无其他客人肯来光顾生意，也无人来询问酒楼的价格。土豆闲得打了一万八千遍算盘，糯米闲得用筷子夹死了几十只苍蝇。

柳九九坐在酒馆内，望着九歌馆凄凄凉凉的正门，唉声叹气。

老板娘不给做饭吃，邓琰就自个儿跑去厨房扒拉了一堆烤红薯。他咬着烤红薯从厨房走出来，望着一脸坚定的柳九九弱弱地问道："九九姑娘，你这九歌馆多少钱肯卖啊？"

邓琰这话刚出口，土豆、糯米、柳九九就以迅雷不及掩耳之势冲过来将他围住。柳九九上下打量邓琰："少侠，您是从京城来的吧？听说京城人买房贵，还一股子歪风邪气，实在不宜居住。您瞧瞧我们柳州城，四季如春，环境清爽宜人，是个安居的好所在。我这九歌馆又靠着柳城河，推开窗就能看见清澈的河水，堪称柳州第一河景房。您若诚心要买，就这个数……"柳九九伸出三根手指头。

"三千两？"

柳九九正想说三百两，却见邓琰咬了一口红薯说道："九九姑娘，这价格在京城连个茅厕都买不到啊。"

"茅厕！"都买不到？！

土豆将手中的算盘"哗啦"一摇，正色道："少侠，我们也是急着搬迁，否则也不会以这般低价售卖酒楼。就三千两，您一句话，要还是不要？"

三千两这么大一座酒楼，傻子才会不要吧？

邓琰咬着红薯有种痛彻心扉之感，三千两在京城顶多买个茅厕，要想买这么大一座宅子，做白日梦吧？三千两在柳州买这么大一座河景房，年老之后同娘子来这里安居，当真是美事一桩啊。

邓琰将怀里漆黑一团的烤红薯塞进土豆怀里："这个你帮我拿着。"他使轻功飘上楼，拿了一沓银票下来塞进柳九九怀里："九九姑娘，你数数这些够不够！"

柳九九握着一大把银票，一双手都在颤抖。

她忙让土豆拿了地契、房契下来，同邓琰进行交接。邓琰拿到房契、地契的那一刻，"嗖"的一声从窗户飘了出去。他飘出去没一会儿，窗外便传来他一阵惊悚的狂笑。

柳九九趴在窗户上看着飞出去的邓琰，见邓琰踏着柳枝一飞一跳，就跟一只空中青蛙似的。望着邓琰飞了老远，柳九九才感叹："京城的人可真好骗。"为了防止邓琰反悔，柳九九忙招呼土豆牵来一早就准备好的马车、牛车，将行李和干粮搬上车，急急忙忙上了路。

等他们的马车、牛车出了城，糯米才开口问柳九九："小姐，我们就这样丢下少侠，是不是有点不厚道？"

柳九九一巴掌拍在糯米的脑袋上："在商言商，说什么厚道。"

去京城之路辛苦，连日来的颠簸让柳九九头昏脑涨，就连大黑狗也被牛车颠簸得无精打采的。半路上，柳九九和大黑狗晕车，一人一狗跳下车，蹲在路边歪着脑袋狂吐不止。

半个月后到达京城，柳九九的双下巴没了，还尖了不少。马车一进京城，病恹恹的柳九九顿时就精神起来。她用纤长的手指挑开车帘，探出一颗圆圆的脑袋，看稀奇般地打量着京城繁华的街道。

街道上人来人往，两旁的建筑皆是两三层的阁楼，青砖碧瓦，气派奢华。街道两旁有叫卖的小贩，有扛着冰糖葫芦叫卖的老头，还有挑着草鞋叫卖的年轻壮汉。

马车经过一家玲珑布庄，柳九九愣怔着，巴巴地打量着几名穿戴华丽、发髻上插满金钗步摇的女子。

她樱红的小嘴微张，京城的女子果然不一样……

土豆对京城轻车熟路，赶着牛车往京城东街的一家客栈走。由于牛车拉着行李和大黑，街上行人的脸上皆挂着一副"哪个乡巴佬又进城了"的嫌弃的神情。

奔波了整整三日，柳九九被京城的物价、房价吓得不轻。在柳州城三千两可以买下一栋酒楼、两座大宅，而在京城……三千两只够在人偏少的西大街租一间小商铺。

正当柳九九和糯米在房内盘算着要回柳州城时，土豆带着地契、房契从外面归来。柳九九不可思议地望着土豆递来的地契、房契，竟是东街最繁华地段的铺子，上下两层，后临护城河前临繁华街，这个位置开酒楼最合适不过了。

柳九九捏着地契、房契，皱了皱眉头，一脸不可置信地望着他："土豆，说实话，你是偷的还是抢的？"

土豆施施然坐下，给自己倒了杯茶水喝："小姐，你忘记啦？我是京城人，我爹娘是商人，他们去世后我便跟了老爷做事，家里的产业一直交由管家打理。这次回京城，自然要拿回属于我的东西。"

糯米和柳九九惊得瞠目结舌。土豆这个深藏不露的富商！

柳九九捏着地契、房契望着他："土豆，你缺丫鬟吗？"

糯米也抿着嘴眼巴巴地望着他:"土豆大哥,你缺妻子吗?"

土豆一口茶水喷在糯米的脸上,搁下手中的茶杯道:"小姐,我这条命是老爷救的,我的就都是你的,你的还是你的!"

柳九九一巴掌拍在桌子上:"本小姐就知道你不是个忘恩负义的人!"

土豆送的商铺以前本就是酒楼,里头桌椅板凳都有,只要稍作打理,换上招牌便可重新开张了。

奇怪的是,九歌馆开张的头一天冷冷清清的,没有客人来光顾。柳九九以为问题出在自己身上,可她带着糯米去京城所有酒楼逛了一圈才知道,不仅仅是她的九歌馆,京城内的一些老酒楼都没什么客人。

柳九九打听了一下,总算知道了其中的缘由。京城酒楼的菜出了名难吃,但凡手艺好点的厨子皆被招进宫当了御厨。

狗皇帝害得京城美食萧条,柳九九捶胸顿足,狗皇帝果然是狗皇帝,半点不虚!

开张第三日,柳九九在九歌馆门口摆了几张桌子,桌面铺上橙黄的桌布,吩咐土豆、糯米摆上十几个空瓷盘。她打算大展厨艺,免费招待京城百姓吃糖醋排骨,让他们感受一下她柳九九的手艺。

白吃谁会不吃啊?

京城百姓一听有白吃白喝的,忙赶来九歌馆围观。晌午时分,九歌馆便被围得水泄不通。就在大家饥肠辘辘之时,柳九九端着一大锅糖醋排骨从九歌馆内走了出来。

铁锅木盖一掀,糖醋排骨的甜香便随着氤氲的热气溢了出来,香味儿勾得人垂涎欲滴。柳九九一只手端着锅,一只手拿着锅铲,每一个餐盘里分别只放入一块排骨,再配以半勺酱汁。

糖醋排骨的香味顿时打开了京城人味蕾的新世界的大门,那种勾人味蕾的鲜美让一干百姓为之癫狂。柳九九举着锅铲才说了个"请",

"用"字还没说出口，百姓们便如饿狼一般一拥而上，将排骨一抢而空。

拥挤的人群中，有人刚舔了口酱汁，手中的排骨便被人给抢去了，啃完肉有人连骨头都不放过，抢了过来轮番舔味儿。

有人舔完盘子，大大方方地扯下钱袋扔进柳九九端着的空铁锅里，大摇大摆地走进九歌馆："老板娘！给我来五盘排骨！"

柳九九用手中的铁锅掂了掂钱袋，哟，还不少，于是端着锅跨进九歌馆："客官稍等片刻！排骨马上就来！"

开了这个头，门外的百姓便蜂拥而入，将楼上楼下的座位占了个满。统共下来……柳九九得做一百来盘糖醋排骨。

土豆清走了一半的人，每人限量一盘，留下的都是愿意花高价吃排骨的公子哥儿。

糯米帮衬着柳九九搭了四口锅，在四个灶台内来回添柴烧火。柳九九也半点没闲着，一个人兼顾着四口锅，忙得不可开交。

偏偏周凌恒这个时候也在吃排骨，两人很精妙地联系上了。时隔半个月，周凌恒再次听见柳九九的声音，兴奋完全将他上一次对柳九九的愤怒和怨念忘得一干二净。只听他道："铲铲姑娘，近来可好？生意可有起色？"

柳九九两手拿着锅铲，忙得上气不接下气："排骨大哥，咱们等会儿再聊啊！"

周凌恒被国事折腾了大半个月，自然不肯放过这个消遣的机会。他语气霸道地说："不成，陪我聊天！"

柳九九擦了一把汗，举着锅铲指挥糯米："可以慢慢灭火了，排骨可以出锅了！"说着，柳九九抿着唇，抓了两大把芝麻，分别撒入四口锅里，借着灶内的余火将芝麻爆熟、爆香。

接下来她开始将排骨装盘，每一个空盘里都只放一铲子排骨，经过她精巧的摆盘，普通的糖醋排骨顿时提升了高贵的气质。

"呼——"摆完盘，柳九九大汗淋漓，然后吩咐糯米将这些排骨给客人送去。

等糯米端着五盘糖醋排骨走到厨房门口，只听背后传来柳九九低低的声音："排骨大哥，我在京城开了家九歌馆，你什么时候来光顾我的生意？"

糯米背脊一凉，小姐……又犯病了。

一听这话，周凌恒激动得从椅子上滑了下来。一旁伺候他用膳的小安子忙搭手去扶他。才刚将他扶起来，便见陛下盯着碗说道："铲铲姑娘，你年龄几何？相貌如何？"

啊？柳九九愣住了，难道排骨大哥吃排骨还要看做排骨的人？

周凌恒坐起来，等待着柳九九的答复。

万一这个铲铲姑娘是个声音少女、年逾四十的大婶……那他还是别去九歌馆了。他转念一想，若铲铲姑娘是个温柔的小姑娘，凭他这副容貌，将人小姑娘迷得神魂颠倒可咋办啊？

哎哟喂——

见个姑娘而已，他咋就这么头疼……

听见周凌恒"哎哟"一声，柳九九忙关切地问他："排骨大哥，你没事吧？"

这边周凌恒冲着小安子使了个眼色，小安子会意，颔首退出了乾极殿。周凌恒起身揉了揉自己金贵的臀，"嘶"了一声："没事，方才不小心从椅子上滑了下来。铲铲姑娘，你还没告诉我，你年龄几何？相貌如何？"

问年龄柳九九尚能理解，可问相貌……她总觉有些怪异。她犹豫片刻后说道："我今年十七岁，街坊邻居常说我长得像刚出蒸笼的馒头。"

"刚出蒸笼的馒头……"周凌恒嘴里碎碎念，捏着下巴思量片刻，说道，"唉，朕……我讨厌吃馒头。"

"排骨大哥，你挑食啊？馒头可好吃了，馒头可以做成金酥香脆馒头片、茄夹馒头片，还有……胡萝卜炒馒头粒！"柳九九掰了掰手指，馒头能做的美食太多了，她十根手指似乎都掰不过来。她拿着锅铲在灶台前踱来踱去，对周凌恒说，"排骨大哥，你在京城什么地方啊？不如……你来我的九歌馆，我亲自为你做一桌美食？"

周凌恒卷起袖袍，干咳了一声，他倒是头一次听说馒头还能炒的。他不禁感叹道："铲铲姑娘，你挺年轻啊。"他比柳九九大四岁。

"排骨大哥，你很老吗？"柳九九突然想起，她从未见过排骨大哥的相貌，只听过他的声音。但从声音听来……排骨大哥应该很年轻才对。

"我可是温润如玉的翩翩公子。"周凌恒捋了捋自己额间的垂发，盯着正前方的柱子，隔空对柳九九抛了个媚眼，仿佛铲铲姑娘就在他面前似的。

周凌恒在皇宫平日看见女人都会绕着走，可对柳九九……他不知怎么了，总想在她面前表现一下，甚至还想对他展示自己英伟的身姿和俊秀的容颜……

嗯……

大抵是头一次去见熟悉的陌生姑娘，周凌恒还是有些紧张。

柳九九还忙着出去招呼客人，她跟周凌恒约定五日后的晌午时分，在九歌馆见面。糯米往返几趟，总算将五十几盘糖醋排骨给客人端了出去。糯米反复几次瞧见小姐对着灶台在说话，不禁唉声叹气，小姐又犯病了……

排骨快凉了。

周凌恒跟柳九九告别，颇有几分恋恋不舍。柳九九也有些不舍，她想：难得自己跟排骨大哥这般有缘分，她一定得让排骨大哥好好尝尝自己的手艺。

柳九九双手撑着下巴，胳膊肘杵在灶台上，开始幻想排骨大哥是个怎样的人。经过几次沟通，柳九九大概知道排骨大哥很爱吃排骨，而且很挑食，很浪费……

她开始忧郁，万一排骨大哥不爱吃自己做的菜，失望了可怎么办？

她这边担心自己的手艺不合排骨大哥的口味，而那边周凌恒却担心自己俊秀的模样会将铲铲姑娘吸引得无法自拔……

柳九九只担心吃食，周凌恒则对自己的容貌忧心忡忡，总觉得自己是"天生丽质难自弃"。不然……后宫佳丽们看见他，怎么就跟一头头饿狼似的？那些个女人看见他时的那种眼神，啧啧，泛着绿光，十分恐怖。

忙活了一天，柳九九累得腰酸背痛，她一条腿踩在凳子上，坐姿整个一大老粗爷们儿。糯米给她捶着腰背，土豆则坐在一旁算账。

这账一拢下来，让土豆大为惊喜，他将账单推给柳九九："小姐，今儿一天的收入都抵得上在柳州城一个月的收入了！"

原本还无精打采吆喝着"腰酸腿酸，累死老娘了"的柳九九登时容光焕发，她夺过账单，扫了一眼账单上密密麻麻的字眼，看得她眼花缭乱。她掠过繁杂的记录过程，目光直接落在末尾的数字上。

这一天下来，他们净赚了五百两啊……

按这个节奏发展下去，她很快就能在京城开分号，置大宅，迎娶英俊的美少年了。她捧着一张圆脸开始憧憬，似乎已经看到了自己富可敌国，站在京城最高端俯瞰众生的霸气模样。

单单这么一想，柳九九心里便畅快极了。

第二日，九歌馆还未开业，门外便守满了人。土豆将九歌馆的门一打开，百姓便一拥而入。不过片刻，便将上下楼的位置占得一个不剩。

土豆和糯米不可思议地望着满满当当的客人。人多是好，可这么多客人，这么多菜，只柳九九和糯米肯定忙不过来。土豆打算跟昨日一样，清走一半的客人。

没想到客人们十分厚脸皮，纷纷抱着桌子腿，表示不吃到排骨死活不走。

土豆望着这一百来个客人，顿觉头疼。只听他心平气和地道："各位客官，我们初来乍到，目前就一个厨子，在短时间内实在难以做出一百来盘糖醋排骨……"

他的话还没说完，就有客人掏出一大锭银子，潇洒地一挥手："没关系，本少爷等得起！别啰唆，今儿本少爷无论如何也要吃上糖醋排骨！"

这边气势刚起，那边一位富家小姐就掏出一大锭金子往桌上一搁，发出"砰"的一声脆响。土豆、糯米循声望去，就看见一大锭金子，眼中顿时金光闪闪。

富家小姐斜睨了一眼那边的富家公子，轻蔑地道："本小姐愿用一锭金子买第一盘。"

糯米腿一软，差点倒下。

我的那个娘啊，这是要发啊……

于是一传十，十传百，九歌馆的糖醋排骨在京城传得沸沸扬扬，神乎其神。更有甚者说这九歌馆的糖醋排骨吃一口便能"羽化登仙"。

慕名来吃排骨的人越来越多，每天九歌馆外的队伍都能排出一条长龙。九歌馆地处繁华的街道，这队伍一排出去，人流堵塞了街道，导致车马不通。

这天，丞相大人坐轿经过九歌馆，被人潮堵住了去路，害得他早朝晚了半个时辰。丞相大人一打听才知道，原来是因为新开的一家酒楼。

九歌馆的糖醋排骨引起京城百姓轰动，秦丞相琢磨着，将九歌馆的厨子送进宫，若是能讨到皇帝的欢心，在陛下面前美言几句，指不定就会临幸他那宫中的闺女了？

想到这里，秦丞相忙派人去请柳九九。让秦丞相出乎意料的是，柳九九竟一口回绝了。

赶走丞相的人后，柳九九提起菜刀，"砰"的一声砍在案板上，她给谁做饭都不给狗皇帝做饭吃！

秦丞相本想送个厨子进宫讨周凌恒的欢心，万万没想到会被对方一口回绝。得知对方是个姑娘，秦丞相立马打消了送柳九九进宫当御厨的念头。这要是送进宫被皇帝给看上了，可不就给他女儿多招了一个情敌吗？

也正因为丞相找上门，柳九九这才弄清楚京城的厨子为何不敢露出真实的做菜水平，是都怕当御厨……皇宫御厨只招男人，所以作为女子的柳九九暂时是安全的。

可现在没事不代表以后没事，柳九九琢磨了一下，拉着土豆、糯米商议，最后订了一条规矩：九歌馆从明儿开始，只接待女客，不接待男客。对外便称，老板娘得了一种不能接待男客的怪病，否则便会浑身起疹，变得奇丑无比。

这样一来，九歌馆便成了京城女子的清闲之地。此规矩一出，吸引了不少名门贵妇和富家小姐。

这些贵妇小姐个个出手大方，柳九九赚得不比往常少。也有不少名门公子带着小厮上九歌馆闹事，非要吃九歌馆的排骨不可，全被土豆、糯米给打了出去。

周凌恒总算熬到了跟柳九九见面的日子，他特意穿了一件雪白的衣衫，手执一把折扇，带着小安子出了宫门，直奔九歌馆。

到了九歌馆，周凌恒望着门口杵着的一男一女，目光落在女孩身上，仔细打量。这丫头倒是长得实在，难不成是铲铲姑娘？

周凌恒握着折扇在手上"啪啪"敲了几下，带着小安子就往里走。他前脚还没跨进去，里面便飘出一股糖醋排骨的香味。

那香味让周凌恒浑身的骨头都变得酥软，似乎整个人都被这菜香给裹住，连带着身子也轻飘飘的。眼看着他带着小安子就要飘进去，却被土豆那条壮实的胳膊给挡了出去。

"这位公子，您没长眼吗？没看见那边匾额上写的公告吗？"土豆上下打量着周凌恒，一脸鄙夷地道。

一向凶横的糯米这会儿可是大变样，她捧着脸望着周凌恒，一双小眼睛变成桃花眼，看着周凌恒都快流口水了。

这……这位白衣公子长得可真俊哪！

周凌恒一身雪白的衣衫，身姿修长，五官俊朗，温润的气质中裹着一层淡淡的文雅高贵，一双丹凤眼水光盈盈。尤其是他攥着折扇的手，白净修长，杵在门口如玉雕的人一般，有着让人说不出的舒服……只是这么静静地看着，便让人神清气爽。

周凌恒一扭头，小安子颔首意会，往后退了一步去看那匾额。只见上面清清楚楚写着：只招待女客，男客一律不许进入。

周凌恒"哗啦"一声展开折扇，轻拍着自己的胸脯，脸上浮着"朕与众不同"的表情，骄傲地道："我是你们老板娘的故人，劳烦去通报一声。"

土豆将其上下打量一番，冲着他啐了一口唾沫。还好周凌恒眼明手快跳开了，否则自个儿白净的鞋子上便会沾上这厮的口水。

"放肆！"小安子兰花指一翘，指着土豆，声音跟娘儿们似的，毫无气势可言。

"哟哟，怎么着？用兰花指来吓唬爷？"土豆抱着胳膊斜睨了二人一眼，"不要脸的男人爷见多了，你倒是头一个拿我们老板娘出来说事的。快滚快滚，我们九歌馆不招待男客！"

小安子气得青筋凸起，伸出去的兰花指急忙又收回来："放肆！你们知道这位爷是谁吗？"他差点脱口而出"我不是男人"。

"谁啊？狗皇帝来了也不让进！"土豆抱着胳膊，盛气凌人。

"大胆！"小安子被气得热血上涌，一气之下两只手都翘起兰花指，指着土豆的鼻子。

土豆也不是吃素的，张嘴咬住小安子的兰花指，疼得小安子"嗷嗷"直叫。

周凌恒看了一眼馆内，内心惆怅。

这铲铲姑娘的人，他打不得，也动不得……现在进不去，他又该如何是好呢？

这边土豆跟小安子闹得不可开交，眼看两人就要打起来。周凌恒合上扇子在小安子的肩膀上敲了一下："这么凶做什么？心平气和，以和为贵你知道吗？"

小安子撇了撇嘴，委屈地往后退了一步。他不明白陛下为何要对一个小厮让步，更不能理解陛下此刻的好脾气。

周凌恒"哗啦"一声展开折扇，云淡风轻地摇着扇子，在门前踱来踱去。他踱步思虑的样子让糯米的心又是一软，怎么会有这么好看的男人？

这男人连叹气都是如此赏心悦目。

"当真不让我进去？"周凌恒"啪"的一声再次合上折扇，转过身询问土豆。

"不招待男客。"土豆抱着胳膊叉开腿挡在正门前，大有"此路是我开，此树是我栽"的霸道气势。

第一次跟铲铲姑娘见面，周凌恒可不想给铲铲姑娘留下一个坏印象。他见不到柳九九心里急得就跟热锅上的蚂蚁似的，似乎最遥远的距离不是他跟铲铲姑娘千里传音，而是此刻他在门前却见不到她。

周凌恒带着小安子离开九歌馆，躲在石狮后打量着门口的糯米和土豆。

小安子见周凌恒执意要进去，给他出主意："陛下，不如咱们翻墙进去？"

"行啊，朕平时没白疼你，关键时刻倒是挺聪明的。"周凌恒握着折扇在他的脑袋上敲了一下，"走，跟朕翻墙去！"说完迈出一大步，转身朝着九歌馆后院的位置走去。

小安子揉着脑袋紧跟而上。到了围墙下，周凌恒和小安仰着头望着九歌馆的围墙，登时呆若木鸡。

这……铲铲姑娘可真是大智慧啊！

柳九九早料到会有人来翻九歌馆的院墙，她不仅将院墙加高了两尺，且在院墙顶端插了一排刀刃。这要是爬上去，准会被刀刃割伤皮肉。

周凌恒用折扇敲了敲自己的头，顿觉头疼……难道见铲铲姑娘他还得爬"刀山"不成？

"陛下，不如咱回去吧？你若真想吃九歌馆的排骨，赶明儿我差些宫女来买。"小安子颔首道。

周凌恒素来是不到黄河心不死，他见不到铲铲姑娘，回宫后定寝食难安。于是他转过身目光一扫，正瞧见对面的衣庄。他望着从衣庄里走出来的女子，灵机一动，用折扇敲了一把小安子的头："小安子。"

"陛下。"小安子揉着自己的脑袋。

他这脑袋，就是被周凌恒给敲笨的！

"去，给朕买两套女装来。"没等小安子做出反应，周凌恒又补充说，"要白色的，有仙气的那种，团扇、首饰、胭脂也不能少。"

小安子望着周凌恒，小心肝一颤："陛下……您这是？"

"快去快去。"周凌恒抬脚踹在小安子的屁股上，小安子一个跟跄跄了出去。

小安子觉得陛下当真是无可救药,为了吃一盘传闻中的糖醋排骨,竟不顾九五之尊的形象,想要……男扮女装?更丧心病狂的是,陛下还拉着他一起!

虽然他是太监,可也不带这般践踏太监尊严的啊。陛下,您这安的是什么心啊?

小安子抱着两套衣服回来,哭丧着脸问周凌恒:"陛下,您是真的打算……"

"废话。"周凌恒接过衣服,张望四周,拉着小安子进了一家客栈,要了一间客房。关上客房的门,周凌恒将折扇搁在桌上,招手叫来杵在门口的小安子:"愣着做什么?过来给朕换衣服。"

小安子走过去帮他解开腰带,抬头望着他,满脸委屈:"陛下,您九五之尊怎能为了吃一块排骨男扮女装呢?这要是传出去,岂不让人笑掉大牙?"

周凌恒不以为意:"大丈夫能屈能伸,况且此事你知我知,难不成你想笑话朕?"

小安子"扑通"一声跪在地上:"小安子不敢。"

"起来起来,别磨磨叽叽的,赶紧给朕换衣服。"

小安子望着自己那套绿色的女装,抬头眼巴巴地望着周凌恒:"陛下,小安子能不去吗?小安子不想吃排骨。"

周凌恒抬手对着他的脑袋拍了一掌:"大丈夫能屈能伸,穿个女装有什么可为难的?"

"小安子不是丈夫,小安子只是个太监。"小安了的声音里带着哭腔。

周凌恒的气场顿时冷下来,他阴沉着一张脸:"小安子,朕平日里是不是待你太好了?连你都敢跟朕讲条件了?"

"陛下恕罪，小安子没那个意思……"小安子欲哭无泪，对着陛下千万不能讲理，因为陛下总是比他还不讲理。

他堂堂大内总管竟沦落到扮女人的地步……不过话说话来，周凌恒贵为九五之尊都不在意，他一个太监又矫情个什么劲呢？这么一想，他心里似乎平衡多了。

男扮女装这种事周凌恒还是头一回做，想想还挺刺激的。

小安子手巧，给周凌恒盘了个垂鬟分肖髻，在他的发髻上插上金钗的步摇，末了又伺候周凌恒抿了口胭脂，打扮后的周凌恒当真有那么几分窈窕淑女的模样。

周凌恒吞了口胭脂："这东西怎么跟苍蝇一个味儿。"

小安子手上一顿："陛下，您何时吃过苍蝇？"

"……"

第三章
冷面邓琰

周凌恒捏着手帕起身，一身白色齐胸的襦裙，淡紫色上襦配套，眉眼分明，当真有那么几分绝色美女的味。小安子看得目瞪口呆，他们家陛下当男人时是个绝色的，扮成女人时也一样绝色。

上了妆容的陛下，被红色胭脂一染……哎哟，俨然就是一个磨人的妖精。

周凌恒看了一眼铜镜里的自己，捂着胸口学着柳九九的腔调"哎呀"一声："排骨大哥，你当真是倾国倾城啊。"

小安子看着对着铜镜自言自语的周凌恒，满头黑线，犹如被一刀砍中了脖颈，陛下这声音……

小安子禁不住打了个寒战，起了一身鸡皮疙瘩。

换上绿色襦裙的小安子也别有几分姿色，主仆二人手执团扇在房间内学着女人的模样慢吞吞地走了几步，练好步子后便开门下楼离开客栈，朝着九歌馆走去。

两人用团扇遮着脸，迈着小猫步去了九歌馆。

片刻后，两人到达九歌馆门口。

土豆将跟前两位女子好一番打量，乍一看眼熟，再一看……犹如浸入一碗鲜美的桃花羹中，沉沉浮浮，半晌定不下心。

九歌馆开张这么多日，来光顾的美女不少，但眼前的人美得很特别。那种与众不同的美，土豆实在表述不出来。在土豆眼里，自家小姐算得上美女一枚，可眼前这位白衫女子比自家小姐要美太多，不仅身材比自家小姐高挑，脸也比自家小姐好看不少。

若将他们家小姐比喻成刚出锅的汤圆，那眼前这位"姑娘"则是上好的燕窝，细腻白嫩中又夹杂着几分不可言喻的高贵和优雅。

周凌恒见土豆一直打量自己，以为他瞧出了端倪，忙用团扇挡住自己的半张脸，用胳膊肘捅了一下小安子。

绿衫小安子忙跳出一步，伸出兰花指在土豆的鼻子上点了一下："小色鬼，看看看，看什么看？我家小姐也是你能随便看的吗？"

土豆这才反应过来，忙侧身让开一条路，招呼两人进馆。

周凌恒轻咳一声，挺直胸脯，跨进九歌馆。他没太注意脚下，一个趔趄差点摔倒，还好土豆眼明手快将他扶住。土豆一反常态，声音温柔似水，含情脉脉地看着周凌恒："姑娘，你没事吧？"

"没……事。"周凌恒被土豆看得打了个寒战。

小安子用团扇打掉土豆的手，尖起嗓门训斥道："小色鬼，休要对我家小姐无礼！"

土豆看了一眼小安子，盯着小安子的兰花指，凝着眉头暗自琢磨。

这丫鬟，他在哪里见过？

九歌馆同京城其他酒楼有所不同，馆内布置简单，除了桌椅几乎再无其他摆设。周凌恒为了避免一些女人羡慕嫉妒恨的目光，带着小安子找了个角落的位置坐下。

土豆为他们添上茶水，端上两碟油炸花生和百果糕，临走前还恋恋不舍地看了周凌恒一眼。

周凌恒被土豆看得浑身发毛，待土豆离开后，他用手中的团扇指着百果糕，显得无比激动："小安子，这百果糕朕有多久没吃过了？"

小安子怔怔地望着他，目光呆滞："陛下，小安子不知啊……"

他拿起团扇拍在小安子的脑袋上："一问三不知，朕怎么养了你这么个不中用的奴才？"小安子揉着脑袋一脸委屈。

周凌恒拿起一块百花糕放进嘴里抿了一口，暗淡的双眸里立马被点燃一簇篝火。他用修长的手指捏着剩下的半块百果糕，一副回味无穷、欲罢不能的神情。

百果糕以粉糯多松仁、胡桃而不放橙丁者为妙，然而宫中御厨要么松仁放少了，要么放了橙丁，让橙丁的甜腻坏了口感。而九歌馆的百果糕松软糯口，正合他的口味。这块百果糕里的甜味非糖非蜜，丝丝甜蜜乃果子自带的甘甜。

"妙哉！妙哉！"

小安子一口百果糕还没咬下去，就瞧见陛下一脸荡漾，捏着百果糕用粗嗓子吼道"妙哉"。周凌恒清润的男音招来一干女客的侧目，偌大的酒楼里顿时寂静一片。女客们停下手上吃食的动作，纷纷扭过头瞪着周凌恒。

周凌恒顿住，捏着百果糕很快便反应过来，于是他在众女客的瞩目下机智地翘起兰花指，声音放细："安安……这百果糕可真是不错。"他的声音甚至比小安子的太监音更细，还额外带着一分让人骨头发酥的妖娆。

"噗——咳咳——"小安子被糕点呛住，胸口被呛得火辣辣的。

等女客们扭过头去，周凌恒这才深吸一口气收回兰花指，将余下的糕点一口塞进嘴里。他喝了一口茶水，低声问小安子："朕刚才的声音好不好听？"

小安子憋着笑，对着周凌恒竖起大拇指："陛下男女莫辨，真乃大智慧……"

周凌恒满意地点点头，可又觉得有哪里不对劲。

他怎么听小安子这话有点怪怪的？可到底是哪里不对劲，他又说不出个所以然来。

　　周凌恒和小安子是九歌馆接待的最后两位客人。柳九九做完她们的菜，在厨房大松一口气，哼着小曲儿，亲自出来送菜。

　　柳九九一身厨娘打扮，腰间系着深紫色的围裙，端着托盘撩开布幔从后院走了出来。她托着餐盘朝着周凌恒这边走来，用清脆娇嫩的声音喊道："上菜喽！"

　　听见这声音，周凌恒虎躯一震。

　　这……

　　"铲铲姑娘！"

　　小安子被一口百果糕给呛住，他咳了几声后顺着周凌恒的目光瞧去，只见一个打扮老成、面容稚嫩的小姑娘举着一个托盘走了过来。

　　陛下直勾勾地望着那位姑娘，目光灼灼，就跟他平素盯着糖醋排骨似的。小安子还是头一次见陛下这么盯着一个女人，平日的陛下可不是这样的。陛下在宫内看见后妃宁愿闭着眼睛绕道走，也坚决不拿眼睛看一眼。言而总之，陛下看女人，比看肥腻的五花肉还要痛心疾首。

　　周凌恒愣怔间，柳九九已经端着菜走到他们桌前。

　　柳九九将托盘里的菜一一摆上桌，照着酒楼的惯例开始介绍菜名："沙舟踏翠、龙凤柔情、香油膳糊、肉丁黄瓜酱龙舟鳜鱼——还有最后一道招牌菜——糖醋排骨！"柳九九将托盘放下，握在手中恭敬地站直，"客官，您的菜齐了。"

　　周凌恒望着柳九九，又看了一眼糖醋排骨。

　　铲铲姑娘做的糖醋排骨……竟然撒了芝麻！他颤抖着手拿起筷子，挑了一块放进嘴里。

　　哎哟喂，这爽脆。

　　排骨面上裹着薄脆的一层红糖，一口下去不仅有酥脆的口感，还有溢满唇齿的酸甜酱汁儿。无论是口感还是味道，都让周凌恒回味无穷，这可不就是他一直想吃的味道吗？

吃了这么多年的糖醋排骨，周凌恒总算找到了一盘对胃口的。撒了芝麻，酱汁适口，连做排骨的人也与众不同。

加上他方才吃了百果糕，嘴里还萦绕着淡淡的果香味，他望着柳九九，咬着排骨，一时间竟忘乎所以，有些沉醉。

铲铲姑娘跟他想象中的不太一样，比他想象中长得更为可口。铲铲姑娘那张脸倒真有些像圆滚滚的食物，但绝对不是馒头！这般可爱的铲铲姑娘怎么会长得像馒头呢？分明是像珍珠糯米糕，圆润剔透，从里到外都给人一种甜丝丝的妙感。

对对对，就是这种感觉。

无论是排骨还是女人，就是这样的感觉。

大抵是太激动，周凌恒紧抿着嘴，手里紧紧攥着一坨软乎乎的东西。他瞪着一双水汪汪的眼睛望着柳九九，差点脱口喊出"铲铲姑娘"。他的嘴刚张开，就被小安子"哇"的一声打断。

周凌恒瞥了一眼小安子，小安子瑟缩着脖子望着他，咬着嘴唇可怜兮兮地道："陛……小姐，您抓疼我了。"他的目光下移，发现自己紧攥着的那坨软软的物体是小安子的手。

柳九九被周凌恒的样子逗笑了，她抱着楠木托盘，大大咧咧地在周凌恒对面坐下，傻乎乎地看着周凌恒："姐姐，你真漂亮！"她撑着下巴望着两眼泪汪汪的周凌恒，这位姐姐可真漂亮……

"噗——"小安子没忍住，扭过头喷出一口糕点。

周凌恒脸上的笑容凝固，好一会儿才反应过来自己穿着女装。他嘴角不自然地抽搐了一下，忙用团扇挡住自己半张脸，细声细气道："姑娘也不差。"铲铲姑娘长得真是可口。

此刻他很后悔不能以男子的打扮相对。他现在若是男人装扮，铲铲姑娘指不定就……被他迷得神魂颠倒？继而一见钟情？

周凌恒目不转睛地打量着柳九九，捂着胸口，心"怦怦"直跳。

他激动得无以复加，以至于把事先准备许久的话忘得一干二净。

柳九九望着周凌恒，觉得他很亲切。柳九九还是头一次见到这么漂亮的姑娘，心情一好，小肉手一挥，说道："漂亮姐姐，这盘糖醋排骨我就不收你的钱了，以后常来啊。"

周凌恒望着柳九九，心中涌过一股暖流，铲铲姑娘可真是温柔大方……

这会儿九歌馆的客人已经散得七七八八了，没过多久，就只剩下了周凌恒他们这一桌。也就是在这个时候，门口的土豆大喊一声："小姐！有故人造访！"

"故人？"柳九九蹙着眉头想了想，嘀咕道，"难不成是……排骨大哥？"

周凌恒正往嘴里送水喝，一听"排骨大哥"，一口茶水就喷在了小安子的脸上。桌上三人不约而同地望着门口，就看见一个白衣翩翩的俊朗男子走了进来。

小安子用手绢将脸擦干净，当他看清那个白衣胜雪的男人时，指着门口颤巍巍地道："邓……邓将军。"

柳九九疑惑地望着小安子："你们认识邓少侠？原来邓少侠叫邓大军？"柳九九冲着门口的邓琰打招呼，捂着嘴小声嘀咕，"邓少侠这个名字可真土……"比大黑的名字还土。

周凌恒用团扇遮住自己的脸，只露出一双眼睛。他望着一袭白衣、翩翩而来的邓琰，声音冷冷地道："何止认识……"

何止认识……这个不要脸的还学他穿白衣耍帅！

眼看着邓琰离他们越来越近，周凌恒用团扇"啪"的一声拍在自己的脑门上，然后用团扇挡住了整张脸。

这回可惨了，这副模样若是被邓琰认出来，他还要不要继续当高冷英俊的皇帝？

邓琰是镇国大将军邓煜的第三子，他曾是叱咤边疆的飞云将军，半年前擅离职守闯下一个不大不小的祸，被撤了职。

他跟周凌恒情同手足，两人穿过一条裤子，一起偷过鸡打过牛。周凌恒当皇帝后对他一家极为看重，即便丞相变着法地想要打压邓家，周凌恒还是想方设法让邓琰留在了自己身边做事。

从门口到周凌恒所坐的位置，要上一条六级的木梯。邓琰朝着他们走过来，"哗"的一声翻过木梯扶手，稳稳地落在他们跟前。

周凌恒露出半边眼睛打量邓琰，啧——这不是他的衣服吗？

这个不要脸的，在他的铲铲姑娘面前耍帅，要紧的是还不知廉耻地穿他的衣服！

邓琰一屁股在小安子旁边坐下，霸道地将小安子往另一边推开。他两条胳膊搁在桌上，身子坐得笔直，望着柳九九说："九九姑娘，我可算找到你了……"

柳九九虎躯一震，难不成邓少侠反悔了？不想买她柳州城的酒楼了？

她才不管这些呢，他们都已经签字画押了，哪里还有反悔的理？哪怕他用功夫威胁，她也不会把银子退给他！柳九九的手紧紧地攥着楠木托盘，准备跟邓琰"大战一场"，她誓死不会交还那三千两的。

邓琰的眼珠子转得溜圆，说道："九九姑娘，你低价将酒楼卖给我，我娘子一高兴，待我也温柔了不少。你的大恩大德，在下无以为报……对了，糖醋排骨还有吗？"

柳九九嘴角一抽，其实"大恩大德，无以为报"这些都是屁话，重点是某人想吃排骨吧？

柳九九还没来得及回答，邓琰已经转过头去，目光死死地盯着餐盘里的最后一块糖醋排骨。

只露出一双眼睛的周凌恒跟邓琰那双贼兮兮的眸子对上,两人的眼神交锋,开始了一场眼神和眼神的无声厮杀。两人不动声色地抓起筷子,同一时刻夹住盘里最后一块排骨。

于是柳九九就看见两人抓着筷子当剑使,两双筷子噼里啪啦在空中交锋。柳九九目瞪口呆地捧着脸,她……似乎看见了刀光剑影,火花交锋?

不不不,幻觉,一定是幻觉……

柳九九望着周凌恒握筷子的手,揉了揉眼睛……这手怎么那么大?有点像男人啊……她又看了一眼不抢到排骨誓不罢休的邓琰,攥紧两个肉拳头,抵着下巴将邓琰给鄙视了一番。

邓少侠够不要脸的啊,跟女人抢排骨!

周凌恒跟邓琰抢排骨抢得太欢,所有力气都灌入了一双筷子里,不知不觉放下手中的团扇。而邓琰所有的注意力都集中在筷子和排骨上,他咬着牙感叹:这女人的力气咋那么大呢?今儿遇上了练家子?

他的目光落在周凌恒那张上了妆粉的精致面容上,猛地愣住,然后手一抖,筷子"吧嗒"一声落在桌子上。

一旁憋着气不敢喘的小安子捂着脸,胸口似被重重地一捶。

看样子……邓将军已经认出了陛下。

周凌恒得意扬扬地咬了半口排骨,好一会儿才反应过来自己已经露了脸……他侧过脸躲过邓琰的视线,但为时已晚。

邓琰望着周凌恒这一身打扮,憋了一口血。若是再来一点刺激,他准能喷出一口血来。只见他一拍桌子,指着周凌恒结结巴巴道:"娘……"

他后面跟着的那个"哎"字还没吐出来,柳九九就捂着嘴一脸不可思议地插话:"不会这么巧吧?姐姐是邓少侠的娘子?"

怪不得"漂亮姐姐"方才看见邓少侠，意味深长地说了句"何止认识"。原来两人不仅认识，还是夫妻啊。

"哈哈哈——"邓琰终于破功，捂着肚子扭过身，拽着小安子的胳膊一阵狂笑。当他看清楚小安子的相貌时，笑声又响亮了几分。他趴在桌上捶桌狂笑，将桌子捶得发出"咚咚咚"的巨响。

柳九九一脸疑惑地看了一眼周凌恒，指着邓琰说："姐姐，邓少侠这是怎么了？"

周凌恒板着脸："他羊痫风发作了。"此刻他望着捶桌狂笑的邓琰，恨不得一脚把他给踹出去。然而他一气之下竟忘了伪装声音，低沉的男音让柳九九怔住了。

柳九九捂着嘴，打量怪物似的看了一眼周凌恒，继而又瞧了一眼还在捶桌"哈哈"狂笑、羊痫风发作的邓琰，登时明白邓少侠为何如此惧内，敢情邓少侠的娘子是个外表温柔、内里粗犷的女壮士啊。而且，这声音听起来还有几分耳熟，她是在哪里听过吗？

听他说话，再想想他方才跟邓少侠用筷子抢排骨的情景……柳九九十分同情地看了一眼邓少侠，又十分同情地看了一眼着女装的周凌恒。

同情周凌恒，是因为他有一个羊痫风的"相公"；同情邓琰，是因为他有"羊痫风"。

"姐姐，羊痫风这种病能治的，你带他找个好点的大夫瞧瞧。"柳九九生怕邓琰羊痫风发作伤及无辜，特意拉着凳子坐开老远。

不是她嫌弃邓琰有病，而是她实在是怕被传染。她还得迎娶俊俏郎，延续柳家香火呢，万万不能染了这种病。

周凌恒沉着脸，手掌聚力："不用，他这羊痫风只需拍一下就好了。"说罢，他一巴掌拍在邓琰的背上。邓琰被周凌恒一掌震得差点没把心肺给吐出来。

陛下下手也忒狠了吧——

那一掌下去，柳九九都觉得疼，她下意识地揉了揉自己的胸口。

周凌恒一把将邓琰给拎起来，冲着柳九九说："老板娘，今儿我就先吃到这里了，改日再来。"说罢，他拎着邓琰，带着小安子，匆匆出了九歌馆。

他拎着邓琰走过三条街，找了条没人的小巷子，一把将邓琰摁在墙上，模样凶狠："今天的事你要是敢说出去，朕就让你吃不了兜着走！"

"不说不说，您是陛下，我就是有十个脑袋也不够您砍的啊？"邓琰揉了揉胸口，他的小心脏都快被周凌恒给拍出来了。

"陛下，柳九九到底是什么人？您让我千里迢迢跑去柳州查她，还……穿成这样过来见她？"

周凌恒扯着他的白衣服，白眼一翻："你管得着吗？谁允许你穿朕的衣服了？给朕脱下来！"

邓琰双手捂住自己的胸："我这不是没衣服穿嘛，妻子不给做新衣裳，我只好……"

"我警告你啊，以后不许穿朕的衣服去见柳九九。哦，不，以后不许再去见柳九九！听见没有？"周凌恒一拳打在邓琰的肚子上，疼得邓琰闷哼一声。

邓琰捂着小腹咳了一声："听见了，听见了……"

回宫后，周凌恒对柳九九朝思暮想。但临近皇家斋戒日，宫内诸事繁忙，他根本没时间出宫去见柳九九。

为了能跟柳九九说上话，周凌恒顿顿吃排骨，也不嫌宫里御厨做的糖醋排骨恶心了。为了能跟柳九九说上话，就是牛粪他也咽得下去。

柳九九好多天没听见周凌恒说话了，再一次听见他的声音，心里甭提有多高兴："排骨大哥，你为什么不来见我呀？"一段时间没听见排骨大哥的声音，她还怪想念的。

柳九九的声音脆嫩得就跟莲藕似的，周凌恒回忆起她的相貌，心就像被针扎了一下，生出一种说不上的怪异感。他说："你们九歌馆不让男人进，我被你们的小厮给挡在了门外。"

柳九九"呀"了一声，这才想起九歌馆还有这个规矩。她想了想，又说："没关系，明天，明天你跟土豆说你是'排骨大哥'，他自然会放你进来！"

"早有暗号对接多好？不过我明日脱不开身，等我有了空，立马来看你。"周凌恒手撑着下巴，望着碗里涩口的排骨郁郁寡欢。尤其是听见柳九九的声音后，他恨不得马上出宫去见她。

小安子带着人进来收拾残羹剩饭，瞧见周凌恒看着碗里咬了一口的排骨发愣，大抵猜到了一二。他手持拂尘走过来，低头轻声说："陛下，不如将九歌馆的老板娘请来宫里，专门为陛下做糖醋排骨。"

"九九姑娘不接待男客，对外称得了什么怪病，这是京城内无人不知的事儿。朕若下旨让她进宫，同'逼良为娼'又有何分别？"周凌恒道。

小安子掩着嘴，小声道："明的不行，咱们就暗着来啊。让邓将军将她绑来皇宫，做完排骨便将她给送回去……"

周凌恒扭过头瞪了小安子一眼："朕是那种人吗？强抢厨子这种事朕这个好皇帝能做吗？那个……你让邓琰手脚利落点，这件事要做得神不知鬼不觉，知道吗？千万不要让九九姑娘知道是朕这个狗……是朕做的。"

小安子颔首道："是，奴才这就去办。"

乾极殿外夜色如墨，重重树影落了满地。夜深人静，唯有一个大黑影坐在殿前的台阶上磨刀，发出"刺刺"的声响。

小安子从殿内出来，看见那个大黑影，正欲走过去，耳旁便有呼呼的风声掠过，黑衣翩翩的邓琰扛着磨好的大刀堪堪落在他的跟前。小安子拍着胸脯："邓将军，你这神出鬼没的，都快吓死咱家了。"

邓琰一张脸严肃冷峻，同白日里跳脱的性格有所不同："陛下有何吩咐？"他吐字清冷，带出的一股寒气让小安子打了个寒战。

小安子差点忘了，邓将军是有病的。邓将军白日是笑容满面、温润洒脱的翩翩公子，晚上则与白日不同，同一副躯壳，却是不同的个性。晚上的邓将军个性冷峻，不苟言笑，眼里揉不得半点沙子，整晚板着一张严峻的脸，一副"欠了他一千两黄金"的样子。

总之，夜里的邓将军……惹不得，惹不得。白日里他是温顺的小兽，夜里的他就是冷血禽兽。

小安子咳了一声，清了清嗓门，说道："陛下让你去将九歌馆老板娘抓回来做糖醋排骨，等她做完排骨，再不动声色地送回去。你……切记切记，不要让她知道是我们做的，最好用……"

他的手伸进袖子里，还没来得及将一包迷药取出来，性格清冷的邓琰已然跃上枝梢。他的身子掠过树枝发出"刺溜"的声响，惊飞一片寒鸦宿鸟，融入一团黑的夜色中。

月色已高，烟雾四合。

按照柳州的习俗，柳九九和糯米提着两只灯笼，挂在了九歌馆的招牌前。挂好灯笼后，柳九九从木梯上跳下来，拍拍手，望着两只寓意生意红火不断的灯笼，很是满意。

她跨进九歌馆，关上门，扭过头来问糯米："你信不信有'千里传音'？"

糯米拿来门闩递给她："小姐，您最近话本子又看多了吧？那些怪力乱神的故事你少看点儿。"糯米语重心长，一脸悲情地望着自家小姐。瞧瞧自家小姐都被话本子荼毒到什么境界了，成日不切实际地幻想，对着排骨锅铲喊"大哥"。

柳九九拿过门闩正准备拴上门，门板便"砰"地发出一声巨响。一阵巨力冲撞而来，将柳九九的掌心震得发麻。她下意识地跳开，糯米握着蜡烛照过来，发现地上有一大块石头。

"我的那个爹啊，这么大块石头到底是从哪里飞来的？"柳九九蹲下身打量石头，捧着圆滚滚的脸，望着糯米。

糯米也握着蜡烛蹲下，望着地上跟小姐脑袋一样大的石头，捏着下巴想了片刻，抬头对她说："小姐，这不会就是传说中的……天外陨石吧？"

"天外陨石？"柳九九一脸不可思议地望着糯米，"就是从天上落下来的神石？"

"对对对，应该是的！"

柳九九喜出望外，忙伸手将那块大石头搬了起来。她搬着石头身子刚起来半截，头顶"嗖"地掠过一阵劲风。柳九九搬着石头呆若木鸡地望着糯米："糯……米，你刚才有没有看见什么东西？"

糯米双腿发抖："我刚才看见一个黑影从小姐你的头上飞过去了。"

柳九九撇了撇嘴，"哇"的一声扔掉手里的石头，拉着糯米就往厨房跑去。土豆去了城外的庄子收食材，到现在还没回来，九歌馆只剩下她们两个女人。躲在厨房灶台后的柳九九一只手拿菜刀，一只手拿锅铲，小心翼翼地盯着外头。

"小……小姐。"糯米胆小，不怕人，怕鬼，她紧紧攥着柳九九的衣服，哆哆嗦嗦道，"刚才那个黑影，会不会是传说中的吸血蝙蝠啊？"

"你……你……开什么微笑，这世上哪有什么吸血蝙蝠。"柳九九故作镇定，双手有些颤抖。

糯米抱着她的腰，下巴搁在她的肩膀上，哆哆嗦嗦地纠正道："小姐，是'开玩笑'，不是'开微笑'。"

柳九九抬手捂住糯米的嘴，屏住呼吸望着门口。没一会儿，厨房的门"嘎吱"一声被推开，走进来一个肩扛大刀，身姿瘦长的黑衣男人。他脸上戴了一张狰狞的面具，用一双阴森的眼睛扫视四周。

有影子！柳九九借着微弱的烛火仔细一瞧，还戴了脸谱！

看这架势，似乎是个杀手……

土豆不在，她和糯米只能求自保。她将手里的菜刀塞进糯米的手里，自己拿着锅铲准备跟黑衣人展开一场殊死搏斗。眼看黑衣人慢慢走近，柳九九掌拍灶台，拿着锅铲"啊"的一声朝着黑衣人拍过去。

黑衣人完美闪避，柳九九扑了个空。

邓琰虽然变了性格，但他的味蕾始终忘不了糖醋排骨的味道。要是换了别人偷袭，指不定就被他一手捏断了脖子。可面对柳九九，他舍不得下手。

他扛着大刀，杵在灶台前冷酷地想：到底怎样才能不动声色地把柳九九给带回去呢？

就在他冥思苦想间，糯米捧起大铁锅，"砰"的一声砸在了他的后脑勺上。邓琰慢腾腾地转过身，拔出扛在肩上明晃晃的刀，准备一刀了结了糯米。刀还没抽出来，身后的柳九九拿着锅铲对着他的脑袋就是一阵猛拍。

柳九九举着锅铲"啊啊啊"，不管三七二十一地对着他的脑袋一阵狂拍，一副豁出去的癫狂架势把糯米吓得不轻。

邓琰被柳九九拍得七荤八素六亲不认，铁脑袋也被柳九九拍成了榆木脑袋。邓琰两眼一花，手上一麻，"哐当"一声栽倒在地上。倒下的那一刻，邓琰突然明白了一个道理：长得可口的人也不见得温柔，譬如他娘子，又譬如柳九九……

日后就算周凌恒剃光他的满头黑发，他也不会再做这种"偷拐厨子"的苦差事了。

柳九九忙找来两根绳子将邓琰绑了个结实，然后让糯米拉来牛车，将邓琰拉去了官府。

折腾到半夜，柳九九还有些没缓过劲来。都说京城治安好，怎么她刚来京城就碰见了黑衣大盗呢？好在这个黑衣大盗是个半吊子，只会扛着刀吓唬人，根本不会出手……

翌日晌午，周凌恒正在用午膳，便听小安子仓皇来报："陛下，邓将军昨夜被九九姑娘送去了官府……现在躺在将军府起不来了。邓夫人现在磨了刀准备去找九九姑娘报仇……"

周凌恒放下筷子，蹙眉问道："到底是怎么回事啊？"

"被九九姑娘给打的呗……"小安子倒吸一口凉气。

周凌恒抬手揉了揉胀痛的太阳穴，低低一叹："邓琰，你让朕怎么说你才好？怎么这么蠢……"他摸了摸下巴，目光一凛，"看来得朕亲自出马了。"

第四章
男扮女装

　　小安子望着一脸深不可测的陛下，听说他要"亲自出马"，忙提醒他："陛下，明天您就得和太后去感业寺斋戒，这一百日内，您只能待在寺里，哪儿也不能去……甭说吃排骨了，就连喝口汤也不能放丁点猪油。"

　　"这么惨啊……"周凌恒手撑着脑袋，感叹说，"小安子，你讲句实话，你觉得朕这个皇帝当得惨不惨？人人都羡慕朕坐拥后宫三千，可朕的后宫佳丽，朕一个都看不上眼，别说宠幸，就是亲一口，朕这良心上也过不去。还有人羡慕朕能尝遍珍馐美味，那是他们根本就不懂朕对排骨的执着！现在可好，朕好不容易遇上了对眼的姑娘，找到了令朕心仪的排骨，却要去感业寺斋戒一百日……"他唉声叹气，摸着小安子的胸口，揉了揉，又道："小安子，你摸着良心讲，朕这个皇帝惨不惨？"

　　被陛下揉着胸口的小安子心惊胆战，每当陛下"动之以情，晓之以理"的时候，就意味着陛下将有大动作。他哭丧着脸，捂着胸口道："陛下，小安子即便是摸着良心讲实话，您也不能拉着小安子入火坑啊。"

　　"啧——"周凌恒在小安子的脑袋上敲了一下，"朕该怎么说你这个榆木脑袋呢？斋戒一百日，纯粹浪费朕宝贵的光阴，朕的时间是用来做那些无聊之事的吗？"

"陛下……您想要做什么？"小安子忐忑地问。

"喀——明天朕跟太后前往感业寺斋戒，届时任何人都不能见我，唯独你……"周凌恒招手让他附耳过来。小安子将耳朵凑到他的嘴边，听了他的话，吓得双腿一哆嗦，急忙跪下，颤声道："陛下，使不得，使不得！这万万使不得！若是您有个什么好歹，让小安子怎么活啊？太后若是知道您……小安子这脑袋哪里够砍的啊？陛下，三思，三思啊！"

"你就这么点出息？"周凌恒一巴掌打在小安子的脑袋上，轻哼一声，"这事朕自有主张，若你不想掉脑袋，就仔细琢磨琢磨应该怎样帮朕保守这个秘密。朕的安危你倒不用担心，比起感业寺，我相信，九九姑娘那里更安全。"想起往年的斋戒，来行刺周凌恒的刺客可不少。当皇帝不仅是个高危职业，还被限制了人身自由，这个皇帝当的，简直是惨无人道！

九歌馆的生意越来越好，柳九九和土豆、糯米三人实在忙不过来。加上九歌馆遭遇强盗，柳九九觉得有必要提高九歌馆的安全系数。她跟土豆、糯米一合计，拍板敲定了招伙计的事情。最好是一男一女，男的得会功夫，女的得手脚利落。

前往感业寺斋戒的周凌恒正在琢磨着用什么理由住进九歌馆，柳九九就像知道他的需求一般，立马就张贴出招伙计的告示。告示一经张贴，但凡京城有点功夫的男人都跑来应试，都希望借着这个机会，能吃到九歌馆的糖醋排骨。这一大清早，馆外的队伍便排成了一条长龙。

周凌恒换了一身最爱的月牙白衣衫，为了衬托出自己武功不错，手中还特意拿了一把吸人眼球的青锋剑，早早地赶来排队。只可惜他来得太晚，只能排在队伍的尾巴处。他往队伍里一站，修长的身形就冒出头，引起旁人的注意。

来九歌馆应试的几位大婶望着周凌恒几乎眼珠子都要掉出来。他攥紧手中的剑，看了一眼几位大婶，登时觉得自己像一块被人盯上的小白肉。就在他侧身躲过几位大婶的视线时，乍然看见了排在他前面的邓琰。

邓琰穿着一袭黑衣，头上包着白纱布，扭过身，露出一口小白牙，笑嘻嘻地跟他打招呼："少爷。"

少你个大黑狗！

周凌恒上前几步将他拽到石狮后面，压抑着怒意问他："你来做什么？！都被拍成这样了，你还敢来？"

"属下这不是尽职尽责，担心陛下的安危嘛。属下带伤护驾，那个……陛下，有没有考虑给属下涨俸禄呢？"邓琰的脸皮素来厚得所向披靡。

"你给朕滚回去……"周凌恒攥紧拳头，瞪着他。九歌馆明确写明只招一男一女，现在邓琰来应试，岂不成了他最大的竞争对手？

"陛下，这九歌馆鱼龙混杂，您这身份，实在不适合抛头露面。"邓琰拍拍自己的胸脯，对着他抛了一个媚眼，"属下有办法，既能保证您的安全，又能让您进入九歌馆，还能让九九姑娘对您格外照顾……"

"什么办法？"周凌恒听他这般说，顿时来了兴致。

"再来一次，男扮女装。"邓琰干咳一声，说道，"为了避免有人认出陛下，这个法子……是目前最合适的。陛下，恕我直言，这柳九九身家背景不明，您男扮女装接近她，正好可以探探她的身份。若是没问题，您再下手也不迟。毕竟您有高颜值，还怕姑娘不投怀送抱吗？"

周凌恒细细琢磨了一番邓琰的话，望着他，凝思片刻才道："那朕就先委屈一下？"然后又说，"朕男扮女装已经很安全，你就不必去了。"

　　邓琰揉着脑袋望着他，想说什么又给吞了回去。若不是担心他的安危，他也不会走这一遭。怕是往年那些想要陛下性命的刺客怎么也不会想到，陛下会男扮女装进入九歌馆吧。

　　周凌恒转身去了一趟衣庄的工夫，邓琰已经消失不见。柳九九坐在门口招了一天的伙计，一个都不符合她的要求。她正准备收摊时，一身浅色襦裙的周凌恒挥着手帕赶了过来："九九姑娘，等着我。"

　　这声音尖细怪异，柳九九望着穿女装的周凌恒，登时眼前一亮：这不是……邓少侠的娘子吗？

　　怎么，她也来应试？

　　周凌恒跑过来，胸前夹着的两个馒头差点掉出来。柳九九见了他，就跟见着老熟人似的，上前抓住他的手。她抬头打量着周凌恒，感叹：邓少侠的娘子长得可真高。

　　只是挺漂亮的一张脸，手怎么这般粗糙？

　　周凌恒没想到铲铲姑娘会对他这么热情，一上来就抓着他的手摩挲，摸得他打了个寒战。他对女人素来排斥，可唯独对柳九九除外。

　　即便不排斥，也不代表他就能接受自己男扮女装吃铲铲姑娘豆腐这种行为。有人说过"君子有所为，有所不为"，他堂堂大魏国的皇帝，这点必要的操守还是得有的。

　　还有人说过"上梁不正下梁歪"，毕竟下面这么多人看着，他一国之君若是歪了，下面的百姓不也得歪啊？

　　秉持着正人君子的做派，周凌恒将手从柳九九的手里抽出来，掌间还留有柳九九的手的余温，他恋恋不舍地将手握起来。

　　大概是他没这么被女人摸过手，耳根一片滚烫，舌头也有点打卷，愣怔了好半晌才吐出一句话："九九姑娘……我是来应试的，我手脚利落，也会些功夫，你看我如何？"

"邓嫂子……你开玩笑吧？"柳九九张着嘴，眼睛瞪得圆溜溜的，不可置信地望着他，"我们这里活儿多，又脏又累，主要是我们这里的工钱，唉……你也知道，京城物价高，租金贵……"她的拇指和食指叠在一起搓了搓，表示自己手头紧，小眼睛里精光一闪，透着几分商人的小奸诈。

虽然嘴上这么说，站在她本人的立场，她倒是很希望周凌恒能留下。毕竟脸也是门面，今儿一整天，来她九歌馆应试的要么年龄过大，要么其貌不扬。她们九歌馆里招待的都是些年轻人，同过于年长的女人处着难免会有沟通障碍。加上她是打开门做生意，找个脸面好的总不是件坏事。

柳九九眼底的小奸诈被心思细密的周凌恒一把抓住，他心里清明得很，这丫头心里打的什么算盘，他不至于看不出来。他忙细着声音说："九九姑娘，我吃得少，力气大，手脚麻溜，工钱你看着给，睡的地方过得去就成。"这句话正中某人下怀。

"那就这般愉快地定了！"柳九九抓住"吃得少、工钱看着给"这两个重点，忙打了一个响指，迅速将此事定下，拽着周凌恒的手进了九歌馆。

土豆和糯米从头到尾在一旁围观，土豆的目光落在周凌恒身上一刻也未曾离开过。糯米见他目不转睛地盯着周凌恒，用胳膊肘捅了他一下，酸溜溜地道："人家是有夫之妇，瞧你，眼珠子都快瞪出来了。"

"瞪出来算我的本事，你有能耐，你也瞪一下试啊？"土豆冷哼一声，跟着回了馆内。

柳九九拽着周凌恒首先参观了一下大堂和二楼，最后才是厨房重地。周凌恒前脚刚踏进厨房，一股厚重的油腻气息就扑面而来，他望着泥巴堆砌的灶头，又看了一眼大铁锅里未清洗的餐盘，扭过头看着柳九九："九九姑娘，你们这厨房……倒是特别。"墙头挂着一串串的红辣椒、玉米以及被风干的腊肉，看着十分让人倒胃口。

等他后脚才跨进去，一股冲入鼻腔的酸臭味搅得他胃里翻腾如海浪。他侧过头，瞧见门后一只装满残羹剩饭的潲水桶，只看了那么一眼，他便忍不住捂着嘴跑了出去，扶着院中的石磨狂吐不止。

到底是千金之躯，别说下厨房了，就连宫里的茅房也比九歌馆的厨房要干净。周凌恒扶着石磨抬头望天，忽觉在九歌馆"潜伏"这个决定任重而道远。

正在他质疑自己来九歌馆到底是对还是错时，柳九九那张水晶团子般可爱的脸蛋映入他的眼帘。她眨着一双明而清澈的眸子，声音干净绵软："姐姐，你没事吧？"

一见柳九九那张脸，再听柳九九那声音，周凌恒感觉望着门口那桶发酸发臭的潲水似乎也没那么恶心了。

紧接着柳九九带他去了卧房。这里的卧房自然比不得宫内，有床有凳，难得的是有一张海棠柳木屏风，屋内被打扫得干干净净，一尘不染。

接下来由土豆、糯米跟他讲了一下规矩，以及他所要做的事。他一门心思扑在铲铲姑娘和排骨上，无论糯米、土豆说什么，他的目光都在柳九九身上。等土豆、糯米交代完，他才漫不经心地说"知道了"。

九歌馆天未黑便打烊了，忙活了一整日，作为老板娘兼厨子的柳九九自然不能亏待自己跟伙计们，所以九歌馆的伙食素来丰盛，尤其是晚餐。

桌上摆着一大盘红烧肉，另有一小盘糖醋排骨和酱肉黄瓜，再是三五道清淡的素菜做陪衬。周凌恒头一次跟除了太后以外的人同桌用膳，看着饭桌上其他三人都动了筷子，唯独他吞着唾沫眼巴巴地瞧着。

"九九姑娘，你们用晚膳，怎么不用公筷？"主仆三人不用公筷，实在让他难以接受。

"公筷？"柳九九塞了两大块红烧肉进嘴里，鼓着腮帮子茫然地问他，"怎么筷子也分公母吗？"她以前怎么没听过？

"不是……"周凌恒拿起筷子，解释说，"公筷就是大家一起用的筷子。"

柳九九"哦"了一声，将自己筷子上的红烧肉酱汁儿舔干净，然后将周凌恒手中的筷子抽出来，把自己用过的换给他，说道："既然你想用公筷，那我用过的筷子也算是公筷了，给你用吧！我就用你没用过的母筷！"

她感叹，邓少侠的娘子这是什么怪毛病？还喜欢用大家用过的筷子！啧啧。

"九九姑娘……"他还想继续解释，猛地一看桌上，六菜一汤已被主仆三人扫荡了一大半。

就在他愣神间，主仆三人又飞快地将桌上的菜扫荡干净。柳九九手快，将最后一块红烧肉夹进碗里，伴着红烧肉的酱汁儿将碗里的白米饭扒拉了个干净。

她吃干抹净后，扭过头问周凌恒："姐姐，你怎么不吃啊？是饭菜不合口味吗？"柳九九心中得意，心想：邓少侠的娘子果然不骗人，岂止是食量小呀，几乎没有食量好嘛！

这么好看又不能吃的伙计，请给她再来一锅！

周凌恒不太想说话，他看着铲铲姑娘伸出粉嫩的舌头舔掉嘴角的一粒米，又扫了一眼连汤汁儿都不曾剩下的餐盘，心里五味杂陈。

他怎么觉得……自己受到了虐待？错觉，错觉，一定是错觉！

柳九九见他不说话，再没动作，以为他是不饿。她叹了口气，一副"我懂你"的神情，把周凌恒面前的白米饭也拿走了。

她用筷子把周凌恒碗里的米饭拨弄到自己的碗里，然后一边往自己嘴里塞白米饭，一边口齿不清地道："姐姐，我懂你的……你们京城女子都怕胖，成天没事就想着瘦身。没关系，这碗饭我帮你吃了，这样你就不用看着它纠结了。"柳九九"嗷呜"又是一大口，三下五除二将一大碗白米饭吃得干干净净。

周凌恒望着柳九九，如鲠在喉。这铲铲姑娘也太能吃了吧？三口，三口就吞了一碗白米饭，吃相简直……粗俗！

不过……即便是粗俗的铲铲姑娘，也依然好看。

晚饭周凌恒一口没吃，还得去厨房洗餐盘。这种时候邓琰不在，小安子也不在身边，他只能撸起袖子自己洗。他从小到大就十指不沾阳春水，今儿还是头一遭洗碗。

洗完餐盘已是半夜，周凌恒回到房间洗漱好，刚躺下，只听窗户"咚"一声响，一抹黑影飘了进来。

邓琰一袭黑衣衫，一只手拿着大刀，一只手拿着包袱，面容冷峻，同白日嬉皮笑脸的他判若两人。邓琰将包袱放在他的被褥上，吐气如冰："陛下，这是奏折。"

即便是在感业寺斋戒，国事也不能落下。周凌恒打开包袱粗略地扫了一眼，"嗯"了一声："朕知道了，你早点回去歇着。"

邓琰颔首抱拳，跳窗离开。

翌日，九歌馆内客流量增多，来用餐的名门贵女都指着糖醋排骨点。周凌恒帮着柳九九送排骨，在去送糖醋排骨的途中，他倒是起了偷吃的兴致。端着餐盘走到院中，瞧着四下无人偷吃了一块。糖醋排骨一入口，耳中忽地传来柳九九的碎碎念。

他们再一次心灵相通了。他静静地听着她的念叨，寻了个无人的角落，舒坦地坐下，叫了声："铲铲。"

柳九九突然听见周凌恒的声音，兴奋得无以复加："排骨大哥！我不是在做梦吧？你终于又开始吃排骨了？"

"嗯，最近怎么样啊？"周凌恒特意让自己的声音粗了几分。

"咱们九歌馆的生意不错！"柳九九在厨房将新做的排骨装盘，"排骨大哥，你什么时候来看我啊？你这十天半个月不跟我说话，我都快以为你是我产生的幻觉了！"

"排骨大哥无处不在。"周凌恒故作高深莫测，他越发觉得这样调戏柳九九有些意思，"只要你有困难，排骨大哥一定帮你，毕竟我在京城这么些年，有些人脉，上头也有认识的人。"

周凌恒笑着问她："铲铲姑娘，许久不见，你想我没？"

柳九九盯着一锅沸腾的开水，抿嘴傻乎乎地一笑："当然，排骨大哥，没了你，都没人跟我说话了。我没什么朋友，有些话，跟土豆、糯米又说不得。咱们俩也算是心灵相通之人，又同在京城，你便是这世界上的另一个我，我不想你想谁啊？"

听她这么一说，周凌恒开始扬扬得意，他道："不对不对，这话不是这么说的。铲铲姑娘，我怎会是另一个你呢？我们是千里挑一的有缘人。"

"有缘人？"听他说这个词，柳九九突然觉得脸颊发烫。

不等她开口说话，周凌恒又补充道："九九姑娘，说不定我们前世便有段情缘，今生再会，是再续前世缘分？"

"再续前世缘分？"柳九九的双手有些哆嗦，排骨大哥的声音虽低得有些奇怪，但这并不妨碍她觉得他的声音好听，那种从嗓子里钻出的富有磁性的声音配上那有些许暧昧的话，让她的心跟着一沉。就像温暾的水淌过整片心间，让从未有过男女相处经验的柳九九心驰神往。

她突然觉得，排骨大哥是个很不错的人，有点温柔，有些个性……听声线，排骨大哥一定也是个翩翩公子吧？

"排骨大哥！"柳九九突然说，"我想见你！"

周凌恒觉得调戏柳九九有些意思，他捏着嗓子，用几乎宠溺的语气说："铲铲，乖，等排骨大哥来找你。"

那声"铲铲，乖"的声线柔得几乎要滴出水来，柳九九柔软的小心脏似乎被人掐了一把，她弯腰烧火时，一不小心烫了手。两人正心灵相通，她半点不疼，倒是周凌恒被这突如其来的疼痛灼得跳起来，大叫一声。

柳九九看着自己被烫红起泡的手背，没有半点疼痛感。倒是周凌恒被疼得一掌拍在木板上，"哗啦"一声将木板劈成两半，暴躁地道："死女人，你干什么了？！"他要淡定，淡定。

"铲铲姑娘，你刚才做什么了？"周凌恒觉着手背上一片火辣辣的，就跟被火灼烧过似的。他蹲在地上，委屈不已。

柳九九旋即反应过来，太长时间没跟排骨大哥沟通，她差点就忘了心灵相通时，排骨大哥会替自己疼了。虽然排骨大哥情急之下喊自己"死女人"，但这并不影响自己对他的好感，反倒是对排骨大哥英勇的身体表以崇拜之心："谢谢排骨大哥帮我疼，下次我会小心点！"

"不许有下次……"周凌恒这千金之躯，哪里受过这样的疼痛？

于是这句话落在柳九九耳中，让她又是一阵心神荡漾。

糖醋排骨凉透了，两人之间的联系便也跟着断了。

晌午之后，由于九歌馆缺少主要食材，索性提前关门歇业。下午，一屋子人无所事事，各自回房打盹儿。

午觉之后，柳九九感觉肚子饿，坐起身，穿好衣服，趿拉着拖鞋小心翼翼地下楼。她打算去厨房做桂花糕打牙祭。

走进厨房，她取出桂花蜜倒入瓦罐内同糯米粉一起搅拌，再捏成块状，上蒸笼小火慢蒸。没过多久，桂花糕熟透了，一开笼，柳九九顾不得烫嘴，一口气吃了八个。剩下几个，她想着给邓嫂子、土豆和糯米留着。

她端着桂花糕往楼上走，摇头感叹这年头招的伙计都是大爷。土豆、糯米还没醒，她不好打扰，索性端着桂花糕去找周凌恒。走到周凌恒的房门口，她正准备敲门，门"嘎吱"一声开了。

她也没多想，端着桂花糕就走了进去。一进门首先看见的是一张屏风，氤氲的热气从屏风后飘出来，轻薄的屏风上映着周凌恒妖娆的背影。

她眼睁睁地看着周凌恒入了浴桶。

"姐姐？你在洗澡啊？"柳九九见他坐进浴桶，这才端着桂花糕绕过屏风走了进去。她将桂花糕放在一旁，撩起袖子打算帮他洗。她盯着他的背影，望着他露出的"香肩"，隐约可以看见他性感突兀的美人骨。

柳九九不禁捧着脸感叹："鲜活版的美人沐浴图啊……"

美你个大黑狗啊！看个背影能看出什么？周凌恒没想到她会进来，身子往下缩了缩。水面上的花瓣挡住了他胸部以下的位置。

柳九九左右打量四周，找到搓澡帕，一只手抓住他的肩膀，一只手握着搓澡帕在浴桶里浸湿："姐姐，我帮你洗。"说着，她还不忘端过自己刚才做的桂花糕，"喏，我刚才做的桂花糕，你尝尝。"

此刻他哪敢伸手啊，柳九九的手搭在他的肩上，他整个身子好像被定住了。

柳九九以为他是害羞，安慰道："姐姐，你别客气，下次你帮我搓背好了。"

本以为她不会有更过分的动作，结果这丫头对他的身体几乎自来熟，打湿了手开始给他搓背。柳九九将手伸到他的腋下，她本来想挠他痒痒的，这一抓发现周凌恒半点反应都没有。

等等，等等……为什么姑娘会这么瘦？为什么捏起来腋下那块半点肉都没有？结结实实的，紧实得就跟肌肉似的。她的手继续往周凌恒的腰下走，居然抓到了不得了的东西……

然而周凌恒被她这么一抓，惊得一下就从浴桶里站起来。

铲铲姑娘为何如此……不知羞耻！

柳九九手里还拽着洗澡帕，她望着从浴桶里站起来的周凌恒，已然风中凌乱。胸肌、腹肌？！女人居然有胸肌和腹肌？！

她的目光往他的腰下移动，吓得小脸惨白。不对，这人不是女人。"邓嫂子"居然是个男人？！柳九九被周凌恒是男人这个事实彻底吓傻，白眼一翻，脑袋一歪，"砰"的一声栽倒在地。

青天可鉴，她真不是个浪荡不羁的女子！

绝不是！

周凌恒迅速扯过衣服，随意套上后跳出浴桶，对着晕倒的柳九九说了句"得罪了"，就伸手将她从地上捞起来，抱去榻上。将她平放在榻上后，他的指腹搭在她的脉搏处探了探，又捏了捏她的胳膊。

被他这么一捏，柳九九疼醒了。她看着他，咬牙切齿："无耻淫贼，我要带你去见官！"

听见这屋的动静，土豆、糯米忙赶过来看情况。两人一冲进来，定定地打量着给自家小姐把脉的周凌恒。他一头乌油油的头发披在身后，直垂腰身，脸上洗去了女子的妆粉，侧颜竟有一种说不明的清俊。他身上穿着轻薄的底衣，胸口若有似无地露出半片，脖颈下的锁骨窝很深。他这副容貌不输女子半分，却又没有半点女子的阴柔。

哪里来的美男子？土豆、糯米愣在门口。

周凌恒替柳九九探完脉，不疾不徐道："无碍无碍，只是扭了筋。"他侧过头看了一眼发愣的土豆和糯米，从枕头下拿了一支榆木簪，递给糯米："来，帮我将头发绾起来。"

所以这到底是什么情况？糯米一脸茫然地看着土豆，又看了一眼躺在榻上的柳九九，没有伸手去接发簪。

同样不知所措的还有土豆，这男人，可不就是邓嫂子？！

周凌恒望了一眼愣住的土豆和糯米，又看了一眼龇牙咧嘴的柳九九。他放下胳膊，长舒一口气。无奈垂首时，发丝也跟着往下垂，遮挡住他半张脸。

躺在榻上的柳九九瞪着他，透过他乌黑的发丝，隐约看见他挺拔的鼻梁，以及两片微薄的嘴唇。她居然觉得这个女扮男装，哦不，男扮女装的男人挺英俊的？！

幻觉，幻觉，幻觉，一定是幻觉！

她一定是摔坏了脑子，花了眼，产生了幻觉。她合眼，睁眼，实在忍不住又多看了两眼，再看居然觉得他很眼熟？这挺拔的身板，总觉得是在哪里见过的。

摔肿了半边脸的柳九九表示脸疼，她带着一腔愤怒和哀怨慢吞吞地张嘴，恶狠狠地瞪着周凌恒："你……到底是谁？"

周凌恒笑而不语，替她盖上被子，扭过头吩咐糯米和土豆："糯米，你去请个大夫来，九九姑娘刚才摔得可不轻。土豆，你去煮两个鸡蛋来给九九姑娘敷脸。"

糯米木讷地点头，忙不迭跑去请大夫。土豆在愣了一下后，忙下楼去厨房煮鸡蛋。

待土豆、糯米离开后，周凌恒把柳九九抱回她自己的房间。一番考虑后，他打算先不提自己就是排骨大哥这件事。他随便胡诌了一个借口："我是邓少侠的结拜兄弟，姓凌名周。因打赌输给了他，才男扮女装来九歌馆的。"

柳九九哭丧着脸，想起刚才自己摸了不该摸的地方，几近崩溃。她还是个黄花大闺女啊，没脸了，没脸再见他了。她侧过身去，扯过被子蒙住脸，蜷成一团，闷闷的声音从被子里传出来："你先出去，让我静静。"

周凌恒见她把自己蒙在被子里，觉得有点好笑。这丫头，难道是怕自己找她负责不成？

于是他"嗯"了一声："那你先歇着。"随后他便退出了房间。

第五章

流氓排骨

入夜后，柳九九既不见出门，也没下楼用膳。晚上用膳时，周凌恒几乎要被糯米和土豆的目光给射穿。

亥时过后，周凌恒总算看完了前几日落下的奏折。这些折子，大部分是劝谏他早日立后的。他"啪"的一声合上奏折，深觉这些朝臣闲来无事，这才盯着自己的私事不放。

他深吸一口气，听见门外传来窸窸窣窣的声响。他警惕地将东西收好，锁进柜子里。他打开一条门缝，就看见柳九九提着包袱，鬼鬼祟祟地下楼出了九歌馆。

她这么晚出去……是要做什么？白日她摔得可不轻，居然还有力气出门？

周凌恒侧身闪出来，跟着下楼走出九歌馆。京城夜里有宵禁，亥时之后寻常百姓不许出门，被抓住轻则挨顿打，重则被抓去坐牢剃发。

他一路跟着她到了西元街一座废弃的将军府前。他到的时候，柳九九正蹲在将军府后门烧纸钱，借着忽明忽暗的火光，他依稀可看见柳九九白净的面容。

大将军府。

周凌恒认得这里，这是早年柳大将军的府邸。柳大将军死后，先皇一直没有下令将这座府邸赐给他人。不仅保留了大将军府，且让原本在西元街做生意的商贩统统搬走。原本西元街是最繁华的地段，如今却冷冷清清一片，久而久之，这无人居住的大将军府便成了一处风景。

他从远处闪到石狮后，离柳九九不过几步之遥，仔细探听着柳九九的动静。

柳九九烧完纸，一屁股坐在地上，取出食盒，端出已凉透的排骨，以及一壶桂花酒。地上搁了两个酒杯，她端起一个酒杯，隔空一撞，揉着眼睛，鼻子微酸，绵软的声音娇滴滴的：“爹，女儿回来了。”

爹？

周凌恒抱着胳膊，背脊靠在石狮上，继续听。

“爹，你不说话女儿也知道，你想女儿了。女儿也想你，想乳娘……”柳九九仰头喝了一口酒，眼泪“吧嗒吧嗒”往下掉。本来以为这么多年过去，她已经忘了这里，忘了这个曾属于她的家，忘了她温柔的乳娘，还有她那个胡子拉碴的将军爹。

故地重游，一股辛酸涌上心头。

“爹，九儿给你唱歌好不好？”她清了清嗓门，边哭边唱，“梦回莺转，乱煞年光遍，人一立小庭深院……”

小时候，她爹每每打仗回来，都会拿脸贴她的脸。她爹下巴上的胡子总会刺得她柔嫩的小脸一阵疼。她张嘴“哇”地一哭，她爹就会给她唱《牡丹亭》。将士的粗嗓门，学着戏子尖细的调调总让她忍俊不禁。

在西街巡逻的一队官兵听见将军府外有人唱曲儿，登时吓得一哆嗦。

带队的官兵举着火把，缩了缩脖子，望着黑黢黢的胡同发怵：“什……什么声音？”

另一个官兵吞了口唾沫："该不会是……闹鬼吧？据说这大将军府当年死得一人不剩啊……全家灭门，血流成河，那叫一个惨……这些年在西元街做生意的人都跑了！"

"闭……闭嘴……"听着那破锣一般不着调的嗓音，为首的官兵道，"走，过去瞧瞧。"

本来这气氛应该婉转凄凉的，没想到柳九九吸着鼻子带着哭腔一开口，调子左拐右拐，让一旁的周凌恒直堵耳朵。柳九九唱到要拐音的地方破了音，呛得猛咳一声，好一会儿才说："刚才唱得不好，九儿重新来过！"她清了清嗓门，又要开始唱。

她唱曲儿的声音不忍直听，周凌恒实在忍不住，"扑哧"一声笑出来。

听见响动，柳九九顿住，扭过头问："谁？！"她从后腰上抽出菜刀，迈着步子悄无声息地走过去。继而一抬头，就看见身着白衣披头散发的周凌恒。借着月光从下往上看，周凌恒犹如鬼魅，吓得她跟跄着往后一躲，差点跌倒在地。

恰好在西元街巡逻的官兵提着灯笼寻过来，周凌恒赶忙搂住柳九九的腰身，抱着她轻松地跃过院墙，躲进大将军府的后院。片刻后，外面的官兵寻至，院墙外火光大盛。

她整个人被周凌恒搂住，动弹不得，脸颊紧贴着他结实的胸膛，耳朵里传来"扑通扑通"的心跳声，不知是她自己的，还是周凌恒的。她抬了抬眼，看见周凌恒尖尖的下巴和薄凉的嘴唇，愣得半晌说不出话来。

墙外传来人声。

"这里有人来过，烧过银钱，有盘糖醋排骨……酒还是温热的。"说话的人明显一顿，"这糖醋排骨，不是九歌馆的招牌菜吗？"

"将这些东西带走，回去禀报丞相。"

等墙外的人走后，柳九九一拳砸在周凌恒的胸脯上，一菜刀砍断他的一撮头发，怒目圆瞪："你敢跟踪老娘！刚才你什么都听见了？"

他若说没听见，她肯定不会相信，于是他回答："听见了。"

柳九九抿着嘴，瞪他："你，张嘴。"

"啊——"周凌恒乖乖张嘴。

"伸出你的舌头。"

他乖乖伸出舌头。

柳九九用手拽住他的舌头，举起菜刀便准备割下去，还好周凌恒反应快，将舌头收回嘴里，柳九九切了个空。他修长的手指在柳九九的手腕处一弹，让她的手腕一麻，菜刀"哐当"落地。

他以为柳九九只是跟他开玩笑，没想到她当真是要割自己的舌头。周凌恒眸子一沉，一把拽住柳九九的肩膀，蹙着眉将她摁在墙上："别闹。"清冷的音色中带着一股不可抗拒的威慑力。

柳九九也瞪着他，她最大的秘密被他听了去，稍有不慎便会连累糯米和土豆。她瞒着土豆和糯米来这里，良心本就不安。如果眼前这人再将她的秘密给传出去，她死不要紧，若是连累了糯米和土豆，她会一辈子不安心的。

所以她打算割掉周凌恒的舌头，真割。大不了以后下地狱，还他十条。

"我问你，你信不信我？"周凌恒很严肃地看着她。

她摇头，攥紧拳头。

周凌恒摁着她的肩膀，下手没个轻重。她的骨头疼得似乎要裂开，嘴唇也跟着乌紫一片。

"那你信不信，我会杀了你？"他眸中透着几分阴冷，让柳九九心里一阵发寒。

她点头，眨巴着眼睛准备认命。某人的声音明显柔和下来："铲铲姑娘，在这京城，你只能信我。"

呸，信他个大黑狗啊！

"滚。"柳九九动了动快要散架的肩膀，声音堪堪从牙缝里挤出来。她顿了一会儿，旋即反应过来，猛地抬头，一脸不可思议地望着他，声音颤抖，"你……叫我什么？"

周凌恒近距离看着她，手松了松，目光也柔和下来，语气中有几分无奈："铲铲，是我。"这声音低柔，如点滴泉水沿着柳九九的心壁一路滚落。

后院杂草丛生，凛凛朔风吹得柳九九打了个寒战。周凌恒离她极近，他的尖下巴若有似无地抵着她的额头，拨弄得她的心尖一阵发颤，连带着手指也忍不住颤抖，舌头半晌捋不直："排……排骨大哥？！"

"是我。"周凌恒醇厚的声音让她浑身发酥。他意识到自己手劲太大，赶紧将她松开。

然而柳九九因为过于震惊，双腿一软，沿着墙壁滑下去，一屁股坐在地上，仰头呆呆地望着他。两人沉默片刻后，柳九九"哇"的一声，张嘴开始号啕大哭。

周凌恒一惊，生怕她的哭声会招惹来方才那些人，忙弯腰伸手捂住她的嘴。可怜柳九九说不出话，屁股被刺藤扎得火辣辣地疼。她想拽着他的手站起来，然而周凌恒以为她是情绪不稳想起来揍他，是以柳九九的屁股刚离开地面不过半指距离，又被周凌恒给摁了下去。

本来地上的刺只半截扎进她的肉里，被周凌恒这么一摁，长刺全部陷入她白嫩的皮肉中。那种钻心刺骨的疼痛，促使她张嘴就在周凌恒的虎口上咬了一口。

周凌恒条件反射性地将手伸回来，蹙眉看着坐在地上的柳九九："铲铲，你属大黑的吧？"

她抿着嘴，哽咽道："我已经成刺猬了……"她咬着嘴唇抬手指了指地上，周凌恒摸出火折子吹燃，借着微弱的火光一照，才发现地上全是刺藤。

他顿时明白铲铲方才为何会毫无征兆地大哭，敢情是坐在了刺藤上。他又想起自己刚才摁了她一把，想想都觉得疼，莫名其妙就揉了揉自己的臀部。

他伸手将她拽起来，实在不知该如何安慰她。他突然很庆幸，幸好这会儿没有心灵相通，否则疼的可就不是自己的屁股了？

柳九九屁股疼，站不稳。她用手扶住周凌恒的肩膀，张嘴"嘶"了一声："不行，动一下都疼，刺全扎进去了……疼……"

周凌恒也曾给邓琰看过伤，可从未遇到过如此尴尬的部位，而且铲铲姑娘还是……臀部。他咳了一声，说道："我扶你回去，让糯米给你拔出来。"

"不不不……不能让糯米跟土豆知道。"柳九九扶着他的肩膀，望着他，说道，"土豆一直反对我回这里，如果他知道我回来，一定会带着我离开京城的。"

"一个下人，你怕他做什么？"周凌恒扶着她的腰身，以防她跌倒。

"以前将军府出事，是土豆救了我，也是土豆撑起了九歌馆，养活我跟糯米的。如果不是土豆，我也不会活得这么滋润，恐怕早就流落街头饿死了。"柳九九疼得倒吸一口凉气，虽说臀部皮肉厚实，但也挨不住十几根刺扎啊……

"那……我帮你拔？"周凌恒试探着问她。

柳九九的声音放轻："排骨大哥，男女授受不亲。"

"铲铲姑娘，话可不是这么说的。"周凌恒不怀好意地笑了笑，"你看了我的，我看看你的也不吃亏。"

"你……"柳九九被他呛得说不出话来。本来是一句很无耻的话，可为什么从排骨大哥嘴里说出来，却感觉那么正人君子呢？

周凌恒扶着她的腰，用火折子看了一眼她的臀部："呀，流血了。"

　　"疼……"一听流血，柳九九就越发觉得疼。她抓着周凌恒的胳膊，一脸惨兮兮地道，"排骨大哥，你说我们也算是老交情了，我给你做糖醋排骨，你帮我疼好不好？"

　　周凌恒干咳一声，一脸正色地拍着她的肩膀道："铲铲姑娘，话可不是这么说，今个儿我可是帮你疼过一回了。你瞧瞧我的手背，到现在都火辣辣地疼。"他摊开双手，大大方方道，"铲铲姑娘，来吧，我抱你去医馆。"

　　"不要……医馆的大夫都是大爷，人家不要让他们看屁屁……"柳九九抬起手背抹了把眼泪，真是疼死她了，疼死她了。

　　"我认识一个女大夫，我带你去。"周凌恒说。

　　柳九九狐疑地看了他一眼，吸了吸鼻子，然后问他："真的？"

　　"我骗你有肉吃啊？"周凌恒伸出胳膊，动了动手指，"赶紧的，自己跳上来，我抱你去找大夫。"

　　她看了一眼周凌恒抬手的高度，下意识地揉了揉自己的臀部，眼巴巴地看着他："排骨大哥，我自己跳不上去啊，你好人做到底，直接抱我吧。"

　　"好好好。"周凌恒无奈地嘀咕，"女人真是麻烦事多。"他正要伸手去搂她的腰，却被她打断："排骨大哥，你别这样抱我，公主抱很容易让我……痛的……"

　　"那我要怎么抱？"周凌恒抬手扶额。

　　柳九九建议道："你……扛过大米吗？不如，你直接扛着我走吧，这样我就不会疼了。"她的声音里带着哭腔，颤音里满是辛酸。

　　周凌恒有些无奈，半蹲下身，抱住她的腿，一把将她给扛在肩膀上。他披散在肩上的头发被柳九九压在身下，极不舒适。他扛着柳九九跃过围墙，稳稳当当地落在街道上，然后飞快地朝着邓琰的府邸跑去。

他是头一次扛女人，也是头一次扛着女人在京城的街上跑，他突然有种化身采花大盗的错觉。

柳九九趴在他的肩膀上，问他："排骨大哥，你为什么不梳发？"

这个问题直戳周凌恒的胸口，他扛着柳九九在街上跑得气喘吁吁的，低声回了一句："不会梳。"

"你居然不会梳发？"柳九九默默将他鄙视了一番。

扛着柳九九到达邓琰府上，周凌恒硬着头皮敲了门。来开门的是邓琰府上的老管家，年逾八十的老管家自然认得周凌恒。这大半夜的，老管家以为自己看花了眼，将眼睛几番揉搓后，这才惊觉自己不是在做梦，急忙给他跪下。

眼瞧着老管家张口就要喊"万岁"，周凌恒一个手快将老管家一把拎起来，随即扛着柳九九风风火火地走了进去。

这个时辰邓琰和他家夫人冷薇还未就寝。当邓琰看见周凌恒肩上扛的柳九九时，下意识地抽出剑，冷冷地打量着柳九九。

"冷大夫，我这儿有个病人，劳烦治疗。"周凌恒扛着柳九九，看着冷薇，冲他们夫妻二人使了个眼色。冷薇很快反应过来，忙引着周凌恒进了偏堂。

进入偏堂后，他将柳九九放在贵妃榻上，大大地喘了口气。

柳九九趴在榻上吆喝，冷薇问周凌恒："这姑娘受了什么伤？"

"她……"周凌恒指了指她的臀部，那儿有零零星星几滴血，道，"藤刺入臀。"

冷薇在榻前坐下，替柳九九把脉。她蹙着眉头问："姑娘，你是不是很疼？"

"疼……"她咬着牙，"连头也跟着疼。"

冷薇松开她的手，侧过头对周凌恒说："你们两个男人出去。"

原本还对柳九九虎视眈眈的邓琰听到冷薇的喝令，抱着剑恹恹地

圣宠
难却

088

跟着周凌恒走出了偏堂。两个男人在门外候着，邓琰看着周凌恒，冷着一张脸："陛下，容臣说一句，红颜祸水……"

周凌恒瞪他一眼："好，既然红颜祸水，朕明天便下令将冷大夫抓起来，送进大牢，隔日处斩。"

邓琰板着一张脸："陛下，臣跟您身份不同。"

"柳九九也不是寻常百姓，你知道她是谁吗？"周凌恒双眸蓦地一沉，严肃地道，"柳将军的孤女。"

原本喊着要杀柳九九的邓琰突然话锋一转，眉毛一挑道："臣会竭尽全力护她周全。"

黑衣邓琰惜字如金，同白日的他大相径庭。周凌恒没好气地瞪他一眼，调侃道："你这病，冷大夫到底是没给你治好。"

邓琰抱着剑，望着周凌恒，顿了片刻才说："臣没想到，当年嚣张跋扈的柳家小姐居然还活着。"

"不仅活着，还白白胖胖的。"周凌恒靠在身后的柱子上，抱着胳膊叹了口气，"九年前你跟朕尚年幼，并不知柳家当时是何等惨况，她能活下来，实乃幸运。"

周凌恒走进后花园中，在石凳上坐下，喘了口气说："当年秦皇后跟秦丞相在朝中一手遮天，除夕夜秦皇后借着祈福之名，悄悄调走西元街军卫。柳将军素来体恤属下，当夜他并不知西元街军卫被调走，就遣了府中军卫回家同亲人团圆。没想到柳将军却因此大意中了招。柳家血案发生后，父皇派人暗查，得知柳家灭门案的主谋是秦皇后。当时碍于秦家的势力，父皇一忍再忍……"

"所以秦皇后去世后，您才开始剥夺丞相之权？若他知道柳小姐还活着，不知会是怎样一副神情。"邓琰凝着一双眉，语气有些嘲讽。

秦皇后是秦丞相的妹妹。早年先皇在位时，对外宣称秦皇后因一场大病去世，实则是被先皇下药赐死。当年丞相势力一手遮天，朝中暗潮涌动，先皇又无证据证明柳家被屠是丞相所为，所以这件事就一直被压制着。

周凌恒登基后，暗中培养邓家势力，几乎不动声色地将朝中血液替换。这个表面看似贪吃又不着边际的年轻皇帝，做事不按常理出牌，手段非常。当丞相反应过来小皇帝所玩的把戏时，为时已晚。

现在丞相在朝中的势力已经大不如前。他先后安排女儿进宫，见周凌恒不临幸自己的闺女，便隔三岔五地送个美女入宫。如今后宫四妃皆是丞相的人。

让秦丞相没有想到的是，周凌恒这个变态，对着美女还无动于衷。他现在是表面风光，实则已是困兽。

周凌恒目光如炬，说道："那只老狐狸，已经没牙没爪，不足为惧，朕随时可以掐断他的脖子。老狐狸算计了一辈子，牺牲了秦皇后，害了柳将军一家。父皇生前一直想为柳将军报仇，但碍于朝中势力，终不能下手。现在，就由朕来帮父王下完这盘棋吧。"

邓琰抱剑拱手道："陛下打算怎么做？"

"他现在已经完全在朕的掌控之中，除掉他，只是早晚的事。他以为朕不知道后宫四妃都是他的人吗？朕偏不临幸后妃，且让她们个个成了大胖子。瞧那秦德妃，不知道丞相看见自己宝贝女儿变成了一坨五花肉，会不会气得吐血？他这辈子最骄傲的事怕就是赢了柳家。可朕偏偏要让他知道，最后的赢家，还是柳家。他想要什么，朕偏偏不给，索性气死这个老东西。"

"陛下，您是打算……"邓琰目光灼灼，似乎明白了什么。

"对，朕打算迎柳九九入宫，册封为后。"周凌恒腰板挺得笔直，脸部轮廓被清冷的月光镀得俊美非常。

"气不死那个老东西。"他顿了一下，原本严峻的语气又变得跳脱嬉皮，"这个老东西早年耀武扬威，欺负我父皇，害得朕差点当不了皇帝，朕不给他点颜色看看，岂不是便宜了他？"

"陛下真是个孝子。"邓琰颔首夸赞他，却面露疑惑，"只是，柳家那件事已经过去这么久，证据怕是早就没了，又如何能治他的罪？"

周凌恒坐在石凳上，跷着二郎腿，一脸嘚瑟："朕就是想让这个老贼吐血，今儿吐一口血，明儿吐两口血，等他快没血时，再随便找个罪名扣在他的脑袋上。朕是个爱美食的好皇帝，全天下的人都知道朕是个吃货，朕在他们眼中一定是个英俊倜傥、爱民如子的好皇帝。"

邓琰咳了一声："陛下，脸呢？"

这古往今来，怕是没几个皇帝同他这样不要脸皮了。他做事从不按常理出牌。

"脸？朕的脸怎么了？"周凌恒下意识地摸了摸自己的脸。顿了片刻，旋即伸出手，一巴掌拍在邓琰的脑袋上。

翌日一早，柳九九迷迷糊糊地睁眼醒来，下意识地揉了揉自己的臀部。本来以为经过冷大夫的整治，屁股不会再疼了，没想到用手一碰，撕心裂肺的痛感差点让她号叫出来。

她强撑着身体爬起来，慢吞吞地下了榻，趿拉着拖鞋缓着步子去开门。她打开门，周凌恒刚好端着一盆水杵在外面。她揉着臀部，嘟着嘴懒懒地叫了声："排骨大哥早。"

"铲铲姑娘早。"他侧身走进房间，将面盆放在木架上，替她拧了一把热毛巾，递给她，"来，过来擦擦脸。"

柳九九慢吞吞地走过去，接过他手中的帕子擦了擦脸。她打量着周凌恒披散的乌发，总觉得一个男人披头散发太过妖孽，于是从自己头上取下一支盘发髻的木筷，对着他招手："来，排骨大哥，我帮你梳发。"

周凌恒受宠若惊，也不客气，一屁股坐在梳妆台前，挺直腰板坐得端端正正。柳九九从梳妆台前拿了一把木梳，替他顺了顺头发，周凌恒发质好得让她觉得不可思议。她用筷子给他绾了一个发髻，原本遮挡住他半张脸的头发尽数被柳九九的一双巧手绾进发髻中。

她打量着他，顿时觉得周凌恒神清气爽了不少，剑眉如锋，目光如炬，俊美得不似凡品，整个一锅里炖煮的白豆腐。这滑嫩的皮肤，得吃多少燕窝鱼翅才能养成这般啊？

两人在邓琰府上吃过早饭便往回赶。走到半道，柳九九怕土豆问自己去了何处，索性拽着周凌恒去东街张员外家收账。

一路上，周凌恒搀扶着如同乌龟爬似的她，再三要求："铲铲姑娘，不如我扛你吧？"

她坚决不同意，这青天白日的，排骨大哥不要脸，她一个女孩子家家还得矜持呢。虽然不明白自己在矜持个什么劲，但白天不似晚上，姑娘家能矜持点便矜持点吧，不然以后嫁不出去可咋办？

周凌恒不以为意："我扛你我吃亏，你并不吃亏啊？"

柳九九瞪他一眼，轻哼出声："流氓排骨……"

他不过是想帮她，怎么就成流氓了？周凌恒叹气摇头，女人当真是难伺候。不过还好，以后娶进宫，有的是宫女和太监伺候她。

开酒馆难免会遇到赊账不给钱的，张员外家的几位夫人不过短短几日工夫，便赊账一百多两。柳九九到了张员外府上，人家一听她是九歌馆的，赖账不说，还甩了脸，"砰"的一声将大门给关上。

柳九九气得挽起袖子敲门，一脚踹在门上，屁股一阵疼……周凌恒心疼她，拽住她准备离开。然后张府的门便开了，有人从里面放出一条彪悍的大黄狗来。

"世上怎会有如此厚颜无耻之人？赖债不给，还放狗咬人？！"周凌恒拉着柳九九，缓缓后退。

"偏偏这般厚颜无耻的人让我们给遇上了。"柳九九揉着自己的屁股，一把甩开周凌恒的手，转身揉着屁股撒丫子就跑。大黄狗"汪"了一声，追着柳九九而去，大概是因为逃生的本能，柳九九跟只猴儿似的爬上了树。

大黄狗在树下虎视眈眈，龇牙咧嘴，不依不饶地往上爬。柳九九蹲在树上瑟瑟发抖，冲着周凌恒喊："排骨大哥，你快……快把你的胳膊露出来，把他引开，引开……"

周凌恒仰着脖子看着猴儿一般的柳九九，调侃道："铲铲姑娘，你可以试着用你的白肉勾引它。"

说完，他转身就跑了。

柳九九怔然望着逃跑的周凌恒，明显顿了一下，随后张嘴号道："流氓排骨，你给我回来！别这么不讲义气啊！"

说好的要在京城照顾她呢，怎么这么不讲义气？！难道是见面之后觉得她长得太丑，失望之余想跟她绝交？

恶犬在树下虎视眈眈，柳九九抱着粗壮的树干骂着"死排骨臭排骨，没有义气的流氓排骨"。她趴在树上口干舌燥，可谓叫天天不应，叫地地不灵，偏偏这会儿该死的肚子也开始"咕咕"叫了。她冲着树下的恶犬龇牙咧嘴，希望能将恶犬给吓走。然而她的做法不仅没能吓走恶犬，反将恶犬激怒了。

柳九九身上有点肉，树干受到她的重压，发出"咔咔"的脆响。她抱着树干一动不敢动，心想：没这么倒霉吧？偏偏想什么来什么，树干"咔嚓"一声断裂了一半，她整个人往下坠了一截。

恶狗见势扑上，"嗷呜"一口咬住她的鞋子，柳九九吓得浑身发抖："大黄哥你别咬我啊，我的肉太肥啊……"就在她快要绝望的时候，周凌恒牵着大黑，手持粗棍出现在柳九九的视线里。

周凌恒牵着大黑跑过来，用脚尖在大黑臀部轻轻一踢，大黑便如雄狮一般仰天长嚎，冲过去扑倒恶犬，撕咬起来。周凌恒看着半挂在树上的柳九九，走过去，伸出双臂："来，铲铲，我抱你下来。"

大概是被恶犬吓傻了，见着救星，她四肢一软，松了手，整个身体重重地砸在周凌恒的胳膊上。受到重力的冲击，周凌恒的双臂一阵发麻。他慢吞吞地将她放下来，一张脸憋得通红："铲铲，你分量不轻啊，吃多少肉养的？"

柳九九一把抱住他的胳膊，在他的胳膊上蹭了蹭眼泪和鼻涕："排骨大哥，刚才可吓死我了，我以为你不会回来了，我还以为你丢下我一个人跑了呢。"

"我有那么不讲义气吗？"周凌恒看了一眼在远处撕咬的两条狗，解释说，"你让我揍人可以，可你让我揍狗，我下不去手啊。"让他纡尊降贵跟一条狗打架，也太没品格了。正好这里离九歌馆不远，他索性折回九歌馆牵来大黑，让大黑跟恶犬斗争。

大黑果然名不虚传，不费吹灰之力就将恶犬咬得毫无反击之力。随后它摇着尾巴，昂首挺胸地踩着小碎步，吐着舌头朝柳九九奔过来，扑到主人身上蹭了蹭。

柳九九抱着大黑狗的头蹲下，撇着嘴道："腿好软，大黑你背我……"说着就要往大黑背上爬，偏偏大黑还一副"背主人是我的荣幸"的蠢样。周凌恒实在是看不下去，伸手搂住柳九九的腰，一把将她捞起来，扛在肩上往回走。

她双脚忽地腾空，还没反应过来，就被周凌恒给扛在了肩上，就跟街尾彪悍的屠夫扛死猪似的。柳九九捏着一双小肉拳，在他背上捶了捶："排骨大哥，你放我下来……"被人看见可如何是好？

"看你这点出息，宁愿跟狗开口，也不愿跟我开口。"周凌恒忍不住伸手一巴掌拍在她的屁股上，教育她，"铲铲，我是谁？我是你的排骨大哥，这世上唯一一个可以跟你心灵相通的人！难道我在你心中连只狗都不如吗？"

被他打屁股，柳九九"啊"地尖叫出声，浑身一僵，脸上一阵红。且不说排骨大哥此举多么轻浮，单说她的臀部刚受过伤……她咬牙切齿，又恨又急，在他的肩上一阵乱动："流氓，流氓，流氓……流氓排骨你放我下来！"

"哈哈哈——"周凌恒爽朗的笑声清脆悦耳，说道，"铲铲姑娘，到底是谁先流氓的？你看了我的身体，抵赖不认，反倒骂起我流氓了？"

"你……不要脸！"柳九九欲哭无泪，她嘴上骂着周凌恒，但不知怎的，对着他就是生不起来气，也就只能跟他耍耍嘴唇子。

"哦，如此说来，我们俩都不要脸，正好臭味相投。"周凌恒抛下脸皮，一巴掌拍在她的屁股上。他发现，铲铲的臀部软乎乎的，很有手感，于是他没忍住，又捏了一把……

柳九九已经崩溃，她抱住他的脑袋，一口咬在他的耳朵上。她下口不轻，以至于周凌恒差点跌倒。只见他稳住身子发脾气道："死女人，你属大黑的吗？"

"我要是属大黑，你必然是属色狼的！"柳九九毫不客气地反驳。

"小小姑娘，性子怎如此跋扈？"走到九歌馆门前，周凌恒才将她放下。柳九九一张圆脸憋得通红，他瞧着她这模样讨喜，忍不住伸出手捏了捏她的鼻子，再揉了揉她的脸。随后留下她一人在门外，甩袖挺胸，牵着大黑走进九歌馆。

被他这么一折腾，柳九九愣在原地。她抬手摸了摸自己的鼻尖，居然觉得……流氓排骨此举，温柔？大抵是屁股太疼，以致神志不清？

九歌馆没有她在，即便开了门也没办法做生意。所以馆内此时没有客人，她有气无力地走进去，扶着八仙桌半晌不敢坐下去。糯米见她一副狼狈的模样，忙丢下手中的活儿，上前扶住她："小姐，你这是……怎么了？"

"我这儿疼。"她手撑着桌子，抬手指了指自己惨痛的臀部。

"小姐，您这一大清早是去哪儿了？怎么搞得这般狼狈？"糯米替她掸去身上的灰尘。

"我方才带着排骨去张员外家收账，他们不仅赖账不给，还放狗咬我。"柳九九辛酸不已。

"排骨？"土豆放下手中的算盘，倒了杯茶水递给她。

"哎呀，土豆，你这不是明知故问吗？你是土豆，我是糯米，排骨自然是凌周大哥啊。"糯米恨铁不成钢地瞪了他一眼，一副"你好笨"的鄙视神情。

柳九九一口茶水还没下肚，门外便传来一阵"噼里啪啦"的脚步声。紧接着，一群官兵冲了进来，将他们团团围住。一名身着盔甲的军爷走进来，锐利的目光在三人身上一扫，说道："昨夜有人在西元街将军府外烧纸，犯了宵禁，遗留在现场的食盒和食物皆是你们九歌馆之物。"

土豆和糯米扭过头，齐刷刷地盯着柳九九，完全不知是个什么情况。

这些既官兵来抓人，自然就不会给他们解释的机会，为首的官兵下令道："来呀，把这三人给我带回去，严加惩治！"

"是！"几名官兵受命，取出枷锁将三人扣押。

周凌恒在后院将大黑拴好，出来时看见官兵，忙缩了回去。直到柳九九主仆三人被带走，他才掀开帘子走出来。他正想着事情，身旁"嗖"地拂过一阵风，一袭灰衣的邓琰稳稳地落在他面前。

他一转身看见邓琰，吓了一跳，拍着胸脯道："神出鬼没的，你想吓死朕？"

邓琰一双好看的眼睛微微一眯，缩了缩肩膀，笑容璀璨："不是我神出鬼没，是陛下您想事情太入神了。"他收了笑容，正儿八经地说道，"陛下，感业寺那边，出事了。"

"什么？"周凌恒心一跳，神色变得凝重起来。

"昨夜有刺客入侵，太后受到惊吓，并且她老人家已经知道了您不在寺中。"邓琰眉毛一挑，说道，"不过您放心，我完全没有揭露您的行踪，小安子就更加不敢了。还有，这些刺客同往年一样，都成了冷薇练毒的试验品。"

周凌恒假装害怕地缩了缩脖子，"嘶"了一声："残忍，对待刺客怎能如此残忍？冷大夫不如泡一缸特殊的药酒给丞相送过去。"

"人泡药酒？"邓琰疑惑，捏着下巴问他。

"咱们丞相不是喜欢喝酒吗？"周凌恒粲然一笑，云淡风轻道，"朕的丞相就快六十大寿了，不如将冷大夫泡好的酒送给他当贺礼，你觉得如何？"

"陛下您可比冷薇残忍多了。"邓琰摸着鼻尖打了个寒战，小声嘀咕。他沉默片刻，似乎想起什么，又说道，"刚才带走柳姑娘的，也是丞相的人。"

"这个老东西，玩什么花样？想要朕的命在先，现在还妄想动朕的女人？"周凌恒摊开手，对邓琰说，"你把腰牌给朕。"

"陛下，您该不会是想亲自去接柳小姐吧？"邓琰捂着自己的宝贝腰牌，不太想给他。

周凌恒嘴角微微一挑，扬起的弧度给人几分深不可测的妖孽感。邓琰将腰牌递给他，看见从他眼里透出的那份狡诈，冷不丁打了个寒战。这陛下……是又想到了什么歪主意？

邓琰跟着周凌恒从小一起长大，深知他的脾性。他仁慈起来，比古往今来的任何一位皇帝都要仁慈；可他一旦残忍，也比任何皇帝都要残忍。但死在他手上的，几乎都是穷凶极恶之辈。

比起双重性格的邓琰，周凌恒更让人没有安全感。他就是一个吃人不吐骨头的笑面虎，他明明能一把捏死敌人，却非要将敌人捏得半死不活的。

另一边，柳九九主仆三人被抓进大牢，按常理，应当先由廷尉审判后再判罪。可柳九九到了大牢里，还没来得及坐在草堆上感叹世事无常，便被狱卒给拖了出去，拴野猪似的将她给拴在了木桩上。

牢内炭炉里的火烧得极旺，狱卒一只手握着铁鞭，一只手拿着几块烙铁，塞进火炉子里烧得红通通的。

柳九九眼瞧着狱卒从火炉里取出烧红的烙铁，心里一哆嗦，觉着不妙，一双眼睛瞪得滚圆，吞了口唾沫："大……大哥，您不会是要严刑逼供吧？我……我可是奉公守法的好百姓啊。我虽然刚来京城不久，但最基本的常识还是知道的。京城大小案件得先由廷尉大人审判，您这擅自用刑……不，不好吧？"

铁面无私的狱卒握着铁鞭凌空一抽，那条铁鞭顿如毒蛇般堪堪落在柳九九的身上，抽得她肩部一阵皮开肉绽。柳九九疼得"哇"了一声，扭过头看着自己的肩膀："不……不是吧，真抽啊？"

"你夜犯宵禁在先，在将军府外烧纸在后，已犯重罪，还用得着廷尉大人出面审判？依丞相吩咐，先严厉惩罚你们这等不知死活的百姓。"狱卒将冷却的烙铁放进火炉再次烧红，朝着柳九九走过去，在她脸上比画道，"这张脸倒是好看，来，选个位置。"

"选……选位置？大哥，我……我冤枉啊，就……就算我夜犯宵禁，但也犯不着用酷刑吧？"柳九九哆哆嗦嗦，这一烙铁要是烫下来，毁容了可怎么好？

"你在将军府外烧纸，惹了丞相不痛快，我这也是奉命行事。看你是个弱女子，我才让你选个位置，否则早烫在你脸上，还跟你废什么话？"狱卒冷冰冰地道。

听起来倒是有点人性，她道："那我能选择烫在墙上吗？"

"不行！"

烙铁靠近柳九九的脸颊，近在咫尺的炙热吓得柳九九牙齿直打战，她吞了口唾沫，缩着脖子道："大……大哥，你们的服务真贴心啊，还给选位置，我选，我选，您先容我想一想，想好了我再告诉您——啊——"她本来还想拖延时间的，谁料那狱卒不留情面地直接将烙铁落在了她的腿上。

狱卒蹙着眉，没工夫跟她贫嘴，握着烙铁"刺啦"一声烫在柳九九的大腿上，疼得她四肢一抽，差点没晕过去。衣服和着皮肉的焦煳味充斥了她的鼻腔，感觉下身火辣辣地疼。那种疼痛比被灶火烫还要疼上十倍。柳九九这辈子都没受过这种酷刑，咬牙切齿，突然"哇"的一声哭出来，号啕的哭声如阵阵春雷，倒是将狱卒吓了一跳。

用完刑，狱卒命人将柳九九扔回牢内。大意是狱卒大爷们也要休息休息，刚给一个小姑娘用了刑，得喝点酒压压惊。柳九九仰躺在牢房里的一堆枯草上，抿着嘴暗骂狱卒大爷们不是个东西，该压压惊喝点酒的难道不应该是自己吗？

这几天真是倒霉透了，先是臀部受伤，再是被关进大牢。看来土豆说得没错，京城的确危险。她突然挺怀恋在柳州城的日子，柳州一片祥和，犯了事郡守大人顶多打打屁股，罚点小钱了事。哪像京城？一上来便用滚红的烙铁烫烧皮肉。

她望着大腿上那块被烫烂的皮肉，暗自庆幸烫的不是这张脸。

糯米见自家小姐被用了刑，大腿上被烙铁烫得血肉模糊，还带有皮肉的焦煳味儿，被吓得不轻，抱着柳九九的腿就开始哭。

"不就是'红烧肉猪肘'嘛，有什么好哭的。"柳九九吸了吸鼻子，仿佛闻到了烤乳猪的香味。腿部火辣辣的疼痛持续太久，以至于她现在感觉有几分麻木，下半身的疼痛让她苦不堪言。她将脑袋靠在墙上，歪头昏睡过去。

迷迷糊糊不知睡了多久，牢门"砰"的一声被人踹开。柳九九吓得一颤，抱着糯米揉着眼睛就往后缩，待她睁开眼看清来人的相貌时，心里顿时涌上一股暖流。本来还如坠入冰冷地狱的她，顿时像看见了希望。

周凌恒身着一袭白衣，用木筷束发，精神倍加，器宇轩昂。他手中拎着狱卒，看见柳九九，随意地将手中的狱卒一扔，朝着她走过去。他的神情一如既往平淡，声音低沉，就像一杯温暾的清冽茶水："铲铲姑娘，没受到惊吓吧？"

柳九九眼睛红肿，抿着嘴摇头："没受到惊吓。"她喘了口气，又接着说，"可我受到了伤害。"说完她张嘴就哭，看见周凌恒就跟看见靠山似的，眼泪扑簌簌地往下落。

眼尖的周凌恒很快就看见了她腿部的伤，烫化的衣物跟伤口黏在一起，有些触目惊心。周凌恒心头一紧，一把将糯米扒开，打横将柳九九从一堆稻草上抱起来，急急忙忙往外走。他抱着柳九九经过狱卒时，一脚踹在他的脑袋上："留着你的脑袋。"

狱卒吓得跪在地上直磕头，见他抱着犯人走，不敢说半个"不"字。周凌恒带着邓琰的腰牌过来，自然是以邓琰御前带刀侍卫的身份。这邓家和丞相府的弯弯绕绕京城哪个没听过？且不说邓家的势力，单说御前侍卫这个名头，就足以让狱卒闻风丧胆。御前是个什么概念？那可是圣上身边的红人啊。

周凌恒前脚抱着柳九九刚走，土豆和糯米跟着也被放了出来。两人从大牢出来后，土豆还心存疑惑："小姐呢？"

糯米抬起袖子擦了擦眼泪："小姐被人用了刑，被排骨抱走了，大概是去医馆了。土豆，我总觉得这个排骨不像普通人。"

“排骨？”土豆蹙眉疑惑，问道，“怎么说？”

“你刚才是没看见，他抱着小姐一脚踹开狱卒，大大方方地走了出去，没一个人敢拦他。”糯米捋了捋头发，又说，“而且我觉得这个排骨不像普通的江湖人士，他身上那股子澄澈的贵气，不像是流浪江湖的，倒像是……王公贵族。”

土豆看了她一眼，沉思一会儿后说道：“他既救了小姐，应该不会是坏人，咱们先回九歌馆收拾东西，这京城怕是不能再待了，等小姐一回来，咱们就离开。”

糯米拽着他的袖子：“我们这才来多久啊？你不是说要在京城给小姐找大夫吗？”

“现在这种状况，你觉得是小姐生病重要，还是她的命重要？”土豆问她。

糯米喏喏地道：“都重要……”

“听我的，先离开，其他的我们再做计划。”土豆为九歌馆可谓是操碎了心。

周凌恒抱着柳九九去了邓琰府上，他到的时候，冷薇还在药房研究毒药。柳九九窝在他怀里，碎碎念道：“排骨大哥，你说我这腿是不是得留好大一块疤啊？”

“不会的。”周凌恒安慰她，抱着她闯进冷薇的药房。

一进去，刺鼻的药材味就扑面而来。柳九九怔然打量着这间药房，四周摆满了草药架，正中摆着六个大水缸，里面泡着……大活人？水缸里的东西黑黢黢一团，她看不清是什么东西。就在她猜测冷大夫泡活人的意图时，黑黢黢的水缸里突然跳起一条手指粗细的花蛇，吓得柳九九抱住周凌恒的脖颈，脸贴在他的胸口紧闭着眼。

他怎么就忘了冷薇的药房素来变态这一茬呢？周凌恒连忙抱着柳九九退出药房，杵在门口对在里面捣药的冷薇说：“冷大夫，柳姑娘的腿部被烫伤了，劳烦你给医治。"

"怎么又受伤了？这姑娘难道是受伤体质？"里面传来冷薇"咚咚咚"的捣药声，她的声音冷如冰霜，不带半点情绪，"抱进来。"

周凌恒抱着柳九九有些犹豫，生怕里面的东西再次吓到自己的小铲铲。他说："这里面的东西……"

"进来吧，吓不死你。"冷薇的语气中多了几分无奈。

"铲铲，那你闭上眼睛，我带你进去。"周凌恒看着她，跟她解释说，"这冷大夫是用毒……用药高手，是京城数一数二的神医，没有她治不好的病。有她在，你的腿绝不会留疤的。"

"那……为了腿，我不怕。"柳九九咬着嘴唇，故作坚强道，"排骨大哥，你抱我进去吧！我准备好了！"她嘴上说着不怕，但周凌恒抱着她刚踏进去，她立马就将眼睛闭得死死的。

冷薇搁下手中的捣药罐，抬手指着一旁的小榻，对周凌恒说："把她放在上面。"

周凌恒轻手轻脚地将她放在榻上，并且用手拍了拍她的胳膊，柔声安慰她："没事，相信排骨大哥，一定会好的。"

"排骨大哥？"冷薇挽起袖子走过来，一脸不可思议地看着陛下，旋即又收起惊讶的神色。依着陛下这性子，什么稀奇古怪的事他做不出来啊。

冷薇看了一下柳九九的伤口，用剪刀将她焦肉四周的衣服剪碎，说道："哟，看这烙铁的印记，该不会是进了刑部大牢吧？柳姑娘你是做了什么惹了刑部的人啊？"

柳九九咬牙切齿："都怪那个狗皇帝。"

冷薇的手一抖，差点没一剪刀戳进她的皮肉里："怎么？他对你做了什么？"

"若不是狗皇帝下什么宵禁，我也不会被抓。"柳九九一拳砸在榻板上。

冷薇听见背后的周凌恒咳了一声，顿时明白过来，替他解释说："这宵禁是先皇下的，当今圣上不过是延续，跟他有什么关系？"

"反正都怪他，狗皇帝，平民百姓为何不能夜里出门？我一个手无缚鸡之力的姑娘家，夜里出门难道还能抢劫杀人不成？这个狗皇帝，以后让我见着他，非将他揍个鼻青脸肿不可。"柳九九愤然道。

冷薇起身取了一碗青色的药膏来，一边给她涂抹，一边道："嗯，只怕下次你可不仅仅是挨烙铁了，而是脖子上挨刀了。"

药膏盖住柳九九的伤口，让她觉得一阵清凉。她冷不丁揉了揉自己脖子，吞了口唾沫，无奈地道："我真没用，怕疼又怕死，要是见到狗皇帝，指不定就会吓得腿软……"

"贪生怕死乃是人之常情，铲铲你也别妄自菲薄，你做菜的手艺在京城可是数一数二的。"周凌恒安慰她。

"做菜算个什么本事啊？排骨大哥，你看看冷大夫和邓少侠多能干，冷大夫医术高明，邓少侠功夫卓绝。"柳九九话说得正起劲，全然没有发现伤口上覆盖的药膏迅速结块。冷薇将结块的药膏利落地一揭，柳九九被烫焦的一层烂肉便随着药膏一起揭了下来，乍然一疼，让柳九九倒吸一口凉气。

她盯着自己的伤口，好一会儿才反应过来。刚才那层药膏不是镇痛，而是为了替她处理焦肉。冷薇又另外给她涂了一层黑色的药膏，然后慢吞吞地解释说："涂抹我这药膏，疤痕还是会有的，却不会太明显。"

柳九九点头"嗯"了一声，抬眼望着在水缸里泡着的刺客，问道："冷大夫……他们是什么人？"

冷薇神色闪烁，说道："哦，他们是我的病人，天生瘫痪，我正想办法治疗他们。"

"那水缸里黑黢黢的一团是什么？"柳九九好奇地问道。

"是五毒，蝎、蛇、蜂、蛊、蜈蚣。"冷薇脱口回答，被身后的周凌恒拿手指戳了戳，她话锋一转又道，"别看都是毒，有句话说得好……那个……以毒攻毒，以毒攻毒嘛。"

周凌恒也道："是啊，以毒攻毒，可怜这些人天生残疾，被泡在这药罐之中。"

柳九九见他一脸悲情，心头一软，忍不住安慰他："排骨大哥，你人真好……相信冷大夫一定会把他们给治好的！排骨大哥，谢谢你救了我。"

"哪里哪里，心善的是冷大夫，是冷大夫在救治他们。"周凌恒谦虚道。

被泡在药缸里的刺客们虽不能说话，但都有知觉。听见三人的对话，半死不活的刺客们欲哭无泪，纷纷发誓，下辈子再也不当刺客……

冷薇嘴角一抽，这还是陛下头一次夸自己心善，平时他可不是这样的，总是"毒女、毒女"地叫。也就是在柳九九跟前叫她一声"冷大夫"，搞得她好不自在。

比起歹毒，冷薇哪比得上周凌恒啊？她不过是想拿这些刺客来试毒，可陛下非得让她将这些刺客炮制成酒。

第六章

家仇得报

柳九九暂时在邓府住下，冷薇会按时过来为她换药。每换一次药，她的伤口便如被烈火灼烧一般疼。除了涂抹药膏之外，冷大夫还另外为她开了一副内服的方子。

都说良药苦口，冷薇的药苦得差点让柳九九把胆汁给吐出来。

周凌恒为了让柳九九喝药，拿了一把蜜饯哄她："铲铲，乖，把药给喝了……"

柳九九摇头不喝，周凌恒就跟无赖似的，用手指掰开她的嘴，硬是将药强行灌入她的嘴里。

柳九九被迫喝了一口药，苦得舌头发麻，她还未张嘴骂"死排骨"，周凌恒已经先一步将一把蜜饯塞进她的嘴里。甜丝丝的蜜饯在她的舌尖化开，药似乎也没那么苦了。

周凌恒擦了擦黏糊糊的手，递给他一支榆木簪："来，铲铲，帮我梳发。"

想着他方才强迫自己喝药，这会儿又以命令的口吻让自己为他绾发，她心里当然不情愿。她坐在榻上，明亮的眸子一转，接过他手中的发簪："排骨大哥，你转过身去。"

周凌恒将木梳递给他，乖乖地转过身去背对着她。柳九九将他柔顺的头发轻轻地拨弄了一下，随后又从自己头上取下发钗，开始给他盘发髻。她利落地给他盘了个妙龄女子的双螺髻，从背后看，两个发髻俏皮可爱，只是不知正面如何。她拍拍他的肩膀："排骨大哥，你转身我看看。"

周凌恒乖乖地转过身，一脸茫然地看着铲铲姑娘。他总觉得头上有些不对劲，感觉铲铲姑娘给自己盘了两个发髻。他呆呆地问道："铲铲姑娘，你梳的什么发？"

"就是寻常男子的发髻啊。"柳九九一双水汪汪的大眼睛睁得天真无邪，倒让周凌恒心里有点发颤。他正要抬手摸一摸，柳九九却一巴掌将他的手打开，"别乱摸，摸乱了可不好。"

就在周凌恒纳闷之时，邓琰风风火火地跑进来。他刚跑到门口，就看见周凌恒顶着双螺髻，插着女子的发钗，就跟哪吒庙里的哪吒童子似的。他杵在门口明显顿了一下，随后实在忍不住，坐在门槛上捧腹大笑。因为笑得太过激动，一拳砸在门上，生生将木门砸出了一个窟窿。

邓琰现在恨不得趴在地上，捶地痛快地大笑一场。英俊爱美的笑面虎愣是被打扮成了哪吒童子，这要是被其他人瞧见，这只笑面虎估计就没脸见人了。

意识到不妙，周凌恒忙起身去照镜子。这一照，他扶着梳妆台，捂着胸口差点没吐血。他一腔怒气没地儿撒，扭过头看了一眼无辜的铲铲，想发火又狠不下心来，索性转过身一脚将狂笑不止的邓琰给踹了出去，再重重地将门关上。

他伸手拆掉发髻，重新坐回去，气鼓鼓地道："重新来。"他生气的模样在柳九九眼里就像吃不饱的大黑似的，眼里都是委屈。

感觉到排骨大哥有点生气，柳九九也就不敢再捉弄她，拿起榆木簪子替他将乌发盘住。一头乌发被发簪收住，周凌恒总算觉得清爽不少，看眼前的事物也通透些。

他侧过身看着柳九九，蹙着眉头捏了一把她肉乎乎的脸，以表方才的愤怒："你可知道，除了你，没人敢这般对我？"

"所以排骨大哥，其实你是邪教教主吧？"柳九九手撑着下巴，一脸期待地看着他，"排骨大哥，你能将我从牢里带出来，还对邓少侠那么凶，你这么厉害，一定是邪教教主吧？"

"一派胡言，什么邪教教主。"周凌恒没好气地白了她一眼，真不知道这丫头脑子里想的是什么。

"不然……你就是武林盟主？"柳九九摇了摇脑袋，觉得不大可能，"看着不像，那些自诩为正道的人，往往最为阴险狡诈，排骨大哥你这么好，不可能是武林盟主，是吧？"

"你再猜猜，猜对了，我送你一份大礼。"

猜对了，你就是朕的皇后。

猜不对，你迟早还是朕的皇后。

"难道……你是朝廷的人？你是当官的？"柳九九再猜。既不是武林有权有势的人，那必然是朝廷的人了。

"邓琰是镇国将军府的人。"周凌恒提醒她。

经他这么一提醒，柳九九恍然大悟，一巴掌拍在周凌恒的肩膀上，瞪大眼睛道："排骨大哥，原来你是镇国将军府的人？那你岂不是间接地帮狗皇帝做事？"她拽住周凌恒的胳膊，威胁他，"排骨大哥，你可别出卖我啊，你要是出卖我……我……我就在做糖醋排骨的时候，用刀割自己的脖子！"

被她这么一威胁，周凌恒下意识地摸了摸自己脖子，乍然觉得疼……铲铲的这招威胁可真够狠的！

在冷薇的治疗下，没多久柳九九的伤口便结了痂，行走如常了。

这日戌时过后，周凌恒换了夜行衣，另备了一套行头给柳九九。柳九九抱着夜行衣，抬起下巴问他："排骨大哥，你给我这个做什么？"

"你好了伤疤就忘了疼？大哥带你去报仇。"周凌恒冲着她挑了挑眉，深不可测地说道。

"报仇？"柳九九看了一眼自己的大腿，眼前一亮，"排骨大哥，你是要帮我的大腿报仇吗？"

"嗯。"周凌恒将她推进屋内，催促她，"赶紧换衣服。"

大腿上的伤口还没完全好，柳九九依然记得狱卒拿烙铁烫在自己皮肤上时，皮开肉绽的"嘶嘶"声。她咬着牙愤愤然地换好衣服，就跟着周凌恒出了门。

到了丞相府外，柳九九拉着周凌恒蹲下身，小声问他："不是说去报仇吗？怎么跑来丞相府了？这狗丞相和狗皇帝是一伙的，都不是好人。"

周凌恒曲起指关节，在她的脑袋上拍了一下，跟她解释说："你都到了京城，怎么还看不清形势？这秦丞相跟你爹以前是死对头，他当然不希望有人去祭奠你爹了。你夜里去将军府外烧纸，虽然犯了宵禁，但按照大魏律法，顶多剪了你的头发，根本犯不着对你下酷刑。那狱卒竟敢跳过律法直接对你动酷刑，可见是受了这丞相的命令。当然，这秦丞相不知道你的身份，只当你是个不知天高地厚的小百姓，否则你这小命可就不保了。冤有头债有主，报仇自然要来找秦丞相。"

"对，冤有头债有主，可是排骨大哥……这个冤大头也太大了，我受不起啊！"柳九九拍着胸脯表示心虚。

"我让邓琰查过，今夜丞相府的守卫减少了一半。"周凌恒重新塞给她一把菜刀，"报仇就要挑这个时候。"柳九九还想再说什么，腰身猛然一紧，周凌恒搂着她就跳进了相府的后院。

丞相府的守卫来回在走动，柳九九蹲在一堆草后忐忑得根本不敢挪动步子。周凌恒抱着她跃上房顶，踩着一片片青砖碧瓦，带着她从后院穿至前院，在秦丞相的卧房前停下。

周凌恒的速度太快，导致柳九九趴在房顶上四肢无力，胃里一阵翻江倒海。她揭开一片青瓦，里面射出一道光线，她半虚着眼睛看着里面，就看见腆着大肚子的秦丞相正坐在书案前看书。看见丞相的容貌，她心上一怔，觉得很眼熟，却一时又想不起来他是谁。

周凌恒从怀里掏出从冷大夫那里要来的"迷魂香"，用火折子点燃，让香味飘进去，直到秦丞相手中的书卷落下，他又伸手搂住柳九九的腰，带着她从窗口跳进屋内。

两人戴着面巾，堪堪落在书案前。秦丞相打量着这两个黑衣人，想开口喊人，张嘴却发不出任何声音，身上也没力气。柳九九将手中的菜刀一挥，凌空发出"噩噩"的声响，以此来壮气势。

"铲铲，过去，割了他的舌头。"周凌恒刻意让自己的声音变粗，推了她一把。

柳九九举着菜刀一个踉跄跨出去，趴在书案上，望着秦丞相那双锐利的眸子，登时吓得双腿直哆嗦。她扭过头去，怯怯地道："排骨大哥，我下不了手……"

周凌恒走过来，一把夺过她手中的菜刀，指挥她："你把他的舌头扯出来，我来割。"

柳九九瞪着他，手还是有些哆嗦："排骨大哥，也太残忍了吧……"

"那天你可是毫不犹豫地想割我的舌头，怎么，换成个老头儿就下不了手了？"周凌恒的声音变得沉重，"铲铲，当年他派人杀柳将军府上三十几口人时，可没顾忌那些老头儿。"

"排骨大哥……你说什么？"柳九九怔怔地望着他。

"就是这个老头儿派人杀了将军府上下几十口人。"他蹙着眉，语气十分认真，"铲铲，现在就是你报仇的机会，下手吧。"

柳九九望着丞相那张布满沟壑的脸，心里一沉，哆嗦着从周凌恒手中接过匕首。周凌恒替她扯出丞相的舌头，低着声音说："来吧。"

她握着匕首，抬起来又放下，到底没那个勇气。她双手撑着书案，把头摇成了拨浪鼓："不行，不行。"然后扭过头去，用一双清澈的眼睛看着他，"死排骨，我不敢。"

周凌恒沉了口气，从她的手中夺过匕首，说道："那我来了啊？"还没等柳九九回答，便有人前来敲门。门外的人敲了半晌，见里面没动静，问道："相爷，您在吗？"

柳九九紧张得浑身发抖，她拽住周凌恒的胳膊动了动嘴，小声地问他："排骨大哥……怎么办？有人来了？"

周凌恒淡定地拍了拍她的手背，捏着嗓门，学着丞相的声音，对着门外说道："我已经睡下了，有什么事情明日再议。"

"可是……相爷，您不是说……"门外的人话还没说完，就被周凌恒打断："有什么事情明日再议！天塌下来，也给我撑着！"他模仿得足有八分像，让人辨不出真假。就连秦丞相本人，也是瞪圆了眼睛，眼中满是不可思议。

柳九九拽着他的胳膊，有些瞠目结舌。明明是排骨大哥在说话，却发出一个老头儿的声音。等门外的人走后，柳九九才道："排骨大哥，你刚才……是用的什么妖术？"

"什么妖术。"周凌恒笑着对她说，"这是我的独门功夫，改天教你玩。"

"好啊好啊，排骨大哥，你可真厉害！"柳儿儿开始有点崇拜他。

现在不是说这些话的时候，周凌恒攥着匕首对她说："铲铲，那这舌头我可就割了啊？"他扯出秦丞相的舌头，用刀背在他的舌背上拍了一下，吓得丞相本尊一个战栗，眼中满满都是不可思议的惊恐。

柳九九蹙着眉，把脸撇过去："排骨大哥，我以为你是个好人，可我没想到你真会割人舌头。"

"你要是害怕，就把脸转过去，站远一点，别让血溅在你身上。你就当我是邪教教主吧，杀人不眨眼的那种。"周凌恒清了清嗓音，开始琢磨秦丞相这舌头到底是切几分。

这糟老头儿，总在上朝的时候给他使绊子，他早就看不顺眼了，总想着有一天要把这舌头给割下来，今儿总算是逮到了机会。

柳九九依着他的吩咐将头转过去，捂着脸问他："排骨大哥，你杀人真不眨眼啊？"

耳边静默了好半晌，她才听见周凌恒说："因为我杀人一般都闭着眼，他们死的样子太丑。"

周凌恒随即不再说话。

柳九九捂着脸，好半晌又听见周凌恒叹气道："算了，自己做这种事情，总觉得会做噩梦。铲铲，我们先回去，我找其他人来割。"

直到周凌恒带着她飞到房檐上，她才想起来为什么会觉得老头儿眼熟，这个老头儿曾经是她爹的死对头。她对排骨大哥的话深信不疑，觉得秦丞相即便是死，也抵不了柳家上下三十几条命。

当年若不是她命大，只怕也死在了这老头儿手里。

割下他一条舌头实在算不上什么。

比起死，生不如死、苟延残喘要更为残忍。

刚到屋檐上没一会儿，柳九九就看见有几个黑影跳进去，周凌恒道："别害怕，我的人，割舌头的。"

柳九九吞了口唾沫，浑身抖如糠筛，吓得上下牙齿不停地磕动："大……大哥，我们赶紧走……走，走吧。割舌头这种血腥的画面，我们还是不要看了。"

周凌恒一把揽过她的肩膀："好。"耳旁话音刚落，柳九九的身子便腾空而起，转瞬到了丞相府外。

他们刚离开丞相府，四周立马蹿出一群黑衣人，同丞相府的守卫厮杀起来。

刀剑喧嚣，火光灼灼。

她知道，老丞相的果报来了。

柳九九回过身望着丞相府的大院墙，仿佛什么都没有发生过一般，就像是做了一场梦。她拽着周凌恒的衣襟，颤抖着问道："排骨大哥……我刚才是在做梦吗？"

"要不要给你看看舌头？"周凌恒语气轻松。

"别别别……"柳九九拍着胸脯感叹，"排骨大哥，你们镇国将军府的人做事真是手段狠辣，难道你就不怕皇上追究吗？"

"追究？谁敢追究？"他随意地搂着柳九九的肩膀说道，"铲铲姑娘，你的仇我也算是帮你报了，你打算怎么感谢我呢？"

"除了以身相许，其他的都可以。"柳九九"嘿嘿"笑道。

"你个小奸诈，行了，回九歌馆睡一觉，明儿你给我做几盘糖醋排骨就行！这个要求不算过分吧？"周凌恒问她。

柳九九摇了摇小脑袋，说道："不过分，不过分。"她可不敢说过分，万一排骨大哥发怒，割了自己的舌头可怎么办？思及此，她紧紧地闭上嘴，忐忑地往回走。

她走出老远，回头看了一眼着火的丞相府，兀自感慨，镇国将军府的人真是权势滔天。

这朝廷的弯弯绕绕柳九九不懂，也不想懂。现在有人能帮自己报仇，她已经很开心了。

回到九歌馆，土豆和糯米都已经歇下了。九歌馆的大门关着，他们没办法进去。周凌恒抽出匕首将门闩挑开，带着她走了进去。一踏进九歌馆，柳九九就觉得像是许久没回来过似的。她坐在长条凳上，觉得特别亲切。

她一把扯下遮脸的黑巾，大喘了一口气，拖着疲累的身体上了楼。周凌恒也紧跟其后，上楼回了自己的房间。

周凌恒关上房门，刚脱了衣服躺下，房间的窗户"咔嚓"一响，"嗖嗖"几个黑影跳进来，稳稳地落在他的榻前。以邓琰为首的几名黑衣侍卫齐刷刷地跪在了地上。

他躺在榻上，盖上被子打了个哈欠，眼皮都懒得抬："事情都解决了？"

"已经解决。"邓琰单膝跪地，低头向他复命。

"老东西怎么样了？"周凌恒合眼翻了个身，将被子裹了个严实，显得十分舒坦。

"丞相府除了被割了舌头昏死的秦丞相外，还有无辜的人，其他都未曾留活口。"邓琰回答说。

"明儿一早，你让人带着冷薇的酒过去探望老东西，代朕表示慰问。"

邓琰抱拳说了声"是"。

周凌恒又打了个哈欠："好了，你们回吧，朕累了。"他的话音刚落，几名黑衣侍卫便跳窗消失了。他抓着被子打了个哈欠，翻过身沉沉地睡去。他帮铲铲报了仇，也不知铲铲高不高兴？

柳九九半夜做了一个噩梦，梦见舌头，很多舌头。

她吓得在黑暗中乱跑，踉跄着撞进排骨大哥结实的怀里。排骨大哥伸手搂住她，一只手搂住她的腰，一只手握着三尺长剑跟舌头对峙。排骨大哥出招利落，英俊逼人，护着她不受丁点伤害，正如从天而降的谪仙。

柳九九在梦里痴痴地望着排骨大哥，紧紧地抱着排骨大哥纤细柔软的腰身。奇怪的是……排骨大哥的腰怎么越抱越细呢？她怀着纳闷的情绪从梦中惊醒，醒来才发现，原来她抱的根本就不是排骨大哥的腰，而是自己的被子。

她坐起身，捶了捶昏昏沉沉的脑袋，望着窗外，已是日上三竿。她的精神不是很好，整个人显得有些烦躁。推门出来撞见土豆和糯米，她抬着眼皮懒洋洋地跟他们问好。

土豆和糯米以为是自己眼花，他们家小姐什么时候回来的？又是怎么进来的呢？恰好这时周凌恒也从房里走了出来，冲他们打招呼："早啊各位。"

土豆和糯米木讷地看着柳九九和周凌恒，有好些话想问，却怎么都问不出口。土豆整理了好半天的思绪，才说："小姐，今天开张做生意吗？"

柳九九精神不佳，小腹有些胀痛，脸色也有些苍白。她摆了摆手，说道："不做……今天休息。"

土豆拉住柳九九，背对着周凌恒，低声说道："小姐，行李我已经收拾好了，随时可以离开京城。"

"离开？！"柳九九乍然吼道，"谁说要离开了！我不走，死都不走。"

糯米想起那日在牢内，小姐的腿被烙铁所烫，一颗心那是揪着疼。只听她道："小姐，京城的人太坏了，我们还是回柳州吧。不回柳州也成，我们就去别的地方。"

"京城的人坏？我柳九九可比他们要坏多了！"柳九九想起昨晚的事，一脸的小骄傲。她扔下土豆和糯米，走到头发蓬乱的周凌恒跟前。

她知道周凌恒不会梳发，主动拿过木簪，然后为他梳发。替他梳好头发后，柳九九又带着他去了厨房。她让周凌恒劈柴烧火，自己则杵在案板前剁排骨，准备给他做糖醋排骨。

周凌恒望着灶内噼噼啪啪的柴火发呆。柳九九的糖醋排骨做到一半时，小腹的疼痛感又加深了几分。她意识到是月事光顾，忙扔下锅内的排骨，要回卧房垫月事带。但她刚转过身，突然就发现小腹不疼了。

不大对劲啊，以往这个时候，她总是疼得死去活来的。

坐在灶台前的周凌恒的小腹开始抽疼，他捂着肚子脸色难看，"哎哟"一声叫唤起来。那种疼痛感他表述不出来，反正是他从未体会过的疼痛。

柳九九揉着小腹看着他，弱弱地问道："排骨大哥……你不会是在帮我疼吧？"

周凌恒捂着小腹看着她："死丫头，你到底对自己的小肚子做了什么？"

"没做什么，我什么也没做。"柳九九犹豫了一下，戳着自己的小腹说，"我就是月事来了，腹疼。每个月我都会疼得死去活来的，这回可好，有你帮我疼！排骨大哥，你真好！"

"月事……"周凌恒坐在灶台前捂着小腹，咬牙沉吟片刻，抬头问她，"为什么会疼？会疼多久？"

"为什么会疼？这个我不太清楚，大夫说是因为我掉过水，落下过病根，所以……"柳九九蹲下来，用手摸着他的小腹，安慰他，"排骨大哥，你忍着点儿，五天，五天过后就不疼了。你要是实在疼得受不住，我给你揉揉。"说着，她对着自己的手掌哈了口热气，搓热之后捂在他的腹部："怎么样排骨大哥，有没有舒服点？"

舒服个铲铲啊。

他拧着眉头，沉着脸，抬手对她说："你，扶我去榻上躺一会儿，我快疼得不行了。"老天可真会捉弄人，这种痛苦都让他给摊上了。所以做女人也真是麻烦，月月有事也就罢了，还疼得死去活来的。

柳九九招手叫来糯米和土豆，让两人搀扶着周凌恒上楼歇息，自己则回房换衣服。等她换完衣服从房间出来，糯米拉着她问："小姐？这排骨大哥是怎么了？怎么感觉跟咱们每月的月事痛似的？"

可不就是嘛。

柳九九暗笑，明亮的眸子骨碌碌一转，拍着糯米的肩膀道："我们能从大牢里出来，多亏了排骨大哥，他现在卧病在床，咱们得好好照顾他。对了，我月事光顾，你帮我去熬两碗红糖姜汤吧。"

糯米望着她，觉得奇怪，旋即抬手戳了戳自己小腹的位置，问她："小姐，您这里不疼啊？往常您不是都疼得死去活来，哭天喊地的吗？今天怎么……还有，为什么要煮两碗啊？"

"可能是京城风水好，我这病根子好了，不疼了。一碗是给我的，一碗给排骨大哥送去。"柳九九心情愉悦，浑身舒畅，拍着糯米的肩膀咧嘴笑道，"从今儿起，本小姐有了不痛经的方法。你赶紧去熬红枣姜汤，排骨大哥还等着喝呢。"

糯米望着自家小姐，觉着小姐神不知鬼不觉回来后，浑身上下都透着古怪，但她又说不出具体哪里古怪。柳九九想起昨晚的事情，仍然觉得是在做梦。她跑去私下问土豆，向他求证："土豆，你老实告诉我，你一直所说的仇人是不是秦丞相？"

土豆正杵在柜台前打算盘，听小姐凑过来这么一说，吓得手一顿，浑身一僵。他扭过头，蹙眉望着柳九九，低声道："小姐，秦丞相你莫要去惹，那老东西狡猾至极，连老爷都栽在了他的手上……"

"听你把他说得那么恐怖，其实也就一般般，不就是一个糟老头儿嘛。"柳九九将胳膊肘放在柜台上，撑着下巴说道，"那老东西以后都不能说话了，也算是替我爹他们报了仇。本来我有点想杀了他的，但我觉得杀了他还不如让他生不如死地活着。"

土豆望着自家小姐"疯言疯语"，愣怔了半晌才道："小姐……

你在说什么？"

"没……没什么。"柳九九也不知该如何跟土豆讲昨晚的事情，就跟她只是做了一场梦似的。因为厨房没了红糖，糯米便出去买红糖。在街上，她听说丞相府出了大事。

糯米带着用牛皮纸包着的红糖从外头跑回来，气喘吁吁地将手里的东西放在柜台上，继而对土豆和柳九九说道："你们猜，昨夜京城发生了什么事？"

"什么事？"土豆拨弄着手中的算盘，望着她。

糯米大喘了一口气，自顾自地倒了杯茶水，才慢吞吞地说道："昨夜相府着火，相爷被人割了舌头吊在城门上……啧啧——那叫一个惨啊。还有……街上不知从哪儿传出来的传言，说秦丞相就是杀害咱们将军府三十几口人的幕后黑手。"

"谁这么神通广大？连丞相都敢动？"听到这个消息，土豆震惊之余也将多年的心事放下。那老家伙被折腾至此，只怕也活不长了。他蹙眉望着柳九九，问道："小姐，排骨是如何将我们从大牢救出来的？"

"他呀……你们不是知道吗？他混江湖的，在江湖上人脉广，认识些当官的，塞了点银子就把我们给放了。"柳九九言辞闪烁，她并不想将自己和周凌恒的关系说给他们听，即便是说了，糯米和土豆也未必会信。所以排骨大哥的身份，她说不得。

土豆捏着下巴表示疑惑："听糯米说，小姐你的腿被烙铁烫伤了？那这些日子你去了哪儿？腿还好吗？伤口如何？要不要我找个大夫给你瞧瞧？"

闻言，柳九九原地蹦了蹦，生龙活虎地转了两个圈，摊手道："没事，我身体健康着呢。"说着又用手拍了拍自己的大腿，"腿上的也好了，一点儿也不疼。"

说起来，冷大夫的医术真是好得令人咋舌啊。

三人正杵在柜台前聊天，楼上传来周凌恒痛苦的号叫声："铲铲……铲铲……铲铲，你在哪儿？"

"哎！来了来了！"柳九九扭过头，拍了拍糯米的手背，嘱咐她："赶紧去煮红糖姜汤。"

"哎，好嘞。"糯米忙捧着红糖去了厨房。

柳九九则提上裙摆，"噔噔噔"地跑上楼。她推开周凌恒的房门，见他披头散发地蜷曲在榻上，面色苍白，一双凤眼半睁半合，紧抿着嘴唇，可怜巴巴的，像是受了欺负的大黑。她替周凌恒倒了杯热水，扶着他坐起来："来，排骨大哥，你先喝口热水。"

周凌恒具体说不上来是哪里疼，大概就是小腹那一块。只听他吱喝一声，语气柔弱："铲铲……你往常都是怎么熬过来的？"

"我啊？习惯了。"柳九九眉眼弯弯，心情大好。

"我们心灵相通的时间明明已经过了，可为什么我还在替你疼？"周凌恒觉得不公平，脑袋歪在柳九九的肩膀上，"铲铲，你快给我揉揉，真是疼死我了。"

柳九九抬手在他的小腹上揉了揉，然而他的痛感并没有减轻。柳九九尝试着揉了揉自己的小腹，周凌恒却明显感觉舒服不少。看来疼痛源还是在铲铲身上，他道："你揉你自己的，那样我会舒服点。"

"也对，你是在帮我疼，我应该揉我自己的。"柳九九猛地起身，周凌恒的身子一个不稳，栽倒在瓷枕上，脑袋磕得阵阵发疼。

柳九九见他疼得厉害，放下茶杯对他说："排骨大哥，你等着，我去给你做好吃的！"

"我……"他想说自己什么都吃不下，话还没说完，铲铲姑娘已经跑了出去。

柳九九的心情特好，下到厨房将糯米赶走，自己撸起袖子准备做几道菜。她利落地烧火涮锅，哼着小曲用厚重的刀背拍了几根深秋的小黄瓜，添以蒜瓣二两、生姜二两，再将姜蒜下罐搅拌均匀，将黄瓜佐料同时下醋水焯，一盘简单美味的蒜黄瓜便大功告成了。

随后她又在厨房翻出几根海参，她思虑着这玩意儿可以给排骨大哥补补身子。海参这东西无味，沙多气腥，很难下手。并且这东西天性浓重，还不能用清汤煨，柳九九敲了敲脑袋，总算有了想法。

她将海参洗净后，用肉汤滚泡了三次，再用鸡肉汁大火煨烂，随后又加入与其颜色相似的香菇、木耳。为了味道更佳，她还特意切了笋丁，这个季节的干笋子吃起来特别有嚼劲。

周凌恒躺在榻上疼晕了过去，醒来已经入夜。就在他饥肠辘辘之时，柳九九端着一盅海参、一小碟蒜黄瓜，以及一碗白米饭走了进来。她将饭菜放在他的床头，扶着周凌恒坐起来，柔声问他："排骨大哥，你好点了吗？"

周凌恒撇嘴："你觉得呢？"

柳九九舀了一勺海参汤，吹凉后送到他嘴边："来，喝点儿汤。"

他张嘴刚喝了一口，小腹又开始疼。周凌恒裹着被子在榻上翻来覆去地滚，疼得死去活来。想起这种疼痛铲铲姑娘每个月必有一次，他突然茅塞顿开，铲铲姑娘大抵是这世上最强大的女子，不然又如何能承受得住这般非人的折磨？

铲铲姑娘的强大，定然是他这个皇帝渣所不能比的。这么一想，他居然有些崇拜铲铲姑娘……

见他在榻上滚来滚去，柳九九很能理解他现在的心情，拍了拍他的脊背，安慰道："明儿就好了，明儿就不会这么疼了，你再忍忍。"

周凌恒病恹恹地抱着被子，眼巴巴地望着她端来的食物，咬牙道："铲铲，我想吃。"

柳九九将碗给他递过去，他忙撇过头说："算了，还是不吃了，肚子疼。"

　　"唉。"柳九九表示同情，为了不浪费一盅海参汤，她自顾自地喝了一口，继而对他说，"你想吃什么，说，我可以嚼给你听。"

　　周凌恒看了她一会儿，最终绝望地裹着被子，侧过身不再理她。

　　周凌恒这一疼便是五日。

第七章
受苦受难

　　头日生不如死，第二日痛不欲生，直到第四日，周凌恒才勉强能吃得下食物。邓琰以为他是中了毒，这日趁着夜色，抱着妻子从二楼的窗户跳进来，吓得正给周凌恒喂粥的柳九九一个手抖，将粥糊了周凌恒一脸。

　　被糊了一脸稀粥的周凌恒十分淡定，月事疼他都已经帮铲铲受了，还有什么是受不得的？大概这天底下能将他欺负得如此之惨的，也只有铲铲姑娘了。

　　他真是上辈子欠了她的，所以这辈子才要可劲地还。他很淡定地掏出手帕为自己擦脸，似乎已经习惯了柳九九如此粗心大意。

　　邓琰将妻子冷薇放下，指挥妻子去给陛下把脉。冷薇咳嗽一声，上前去给周凌恒搭脉。可陛下的脉搏很正常，并没有中毒的迹象。

　　柳九九搁下手中的碗，摆了摆手告诉他们："五天，排骨大哥这病，五天准好。"她伸出五根手指头，自信满满，似乎比冷薇这个毒医还有把握。

　　周凌恒实在不知该如何解释发生在自己和柳九九身上的事，故只得打碎了银牙往肚里吞，说是吃坏了肚子。

　　邓琰对周凌恒的话素来深信不疑，但冷薇作为一个毒医，捏着下巴一脸狐疑地望着周凌恒。她眼中有疑问，却又什么都没问。

邓琰有事禀报，柳九九读懂了他的眼神，知趣地端着空碗走出了房间。等柳九九下了楼，邓琰才抱拳对他道："陛下，感业寺那边，太后催您回去。另外，秦丞相被活生生气死了，已经入棺。"

周凌恒抱着枕头大手一挥："这么经不得气？厚葬吧。"

"朝中不可一日无相，陛下，您看……"邓琰望着他。

周凌恒抱着枕头坐起来，大大咧咧地盘腿坐着，不假思索道："夏太尉清廉一生，为先皇和朕做了不少事，丞相之位便由他担任好了。朕马上拟旨，你差小安子送去太尉府。朕三日后回朝。"

邓琰："是。"

杵在一旁的冷薇眨眨眼睛，觉得有些不可思议。她望着周凌恒："陛下，这秦丞相，就这么死了？"

"我也没想到他这么经不得气。"周凌恒笑眯眯地看着她，"还多亏了毒女你的酒啊。"

"陛下，我觉得冷大夫这个称谓更好听。"冷薇阴沉沉地看着他，"您可别叫顺口了，吓着了咱们未来的皇后娘娘。"

"对，冷大夫说得是，咱们家小铲铲可经不起吓。"周凌恒捏着下巴说。

邓琰夫妻俩走后，周凌恒躺在榻上，琢磨着应该以什么借口接柳九九入宫。柳九九虽是柳将军的遗孤，可她到底在民间生活了这么些年，无功无过，更无贤良淑德，朝臣必会有所阻拦。

当然，最让他担心的不是这个，而是后宫佳丽。后宫佳丽想要一朝遣散，几乎不太可能。这次佛家斋戒之后，他可以借着"祈福苍生"为由，先遣散一半。但后宫四妃，一时还找不到借口……

他掐着太阳穴昏昏沉沉地睡去，翌日醒来已是日上三竿。

柳九九的月事已经过去，今儿她起了个大早，九歌馆重新开张了。

可奇怪的是，九歌馆开门两个时辰，居然一个顾客都没有。冷冷清清的，就连门口过路的人都少了许多。

糯米无聊地拿抹桌帕拍打着苍蝇，柳九九在九歌馆内坐立不安。周凌恒从楼上下来，扫了一眼两个女人，疑惑地问道："怎么回事？怎么一个客人都没有？"

"谁知道啊，我已经让土豆去打听了。"柳九九叹了一口气，软绵绵地趴在桌上，无精打采。

周凌恒在她的右边坐下，自顾自地倒了杯茶水。他正要说话，土豆慌慌张张忙地从外头跑进来："小姐！街头开了一家玉鳝楼，那里的酒比咱们的好喝，菜品也丰富，还不限男女。现在大伙都冲着他们的招牌菜'青龙肘'去了。"

"酒楼？"柳九九猛地站起来，"他们家的糖醋排骨有我们九歌馆的好吃吗？"

"好不好吃不重要，重要的是人家价钱实在啊。他们还推出了一道菜，叫'九歌'，是上好的蹄花汤，只要三文钱。"土豆对她说道。

柳九九一巴掌拍在八仙桌上："这不是明摆着跟我们九歌馆抢生意吗？"她手叉腰想了想，旋即将周凌恒拽起来："排骨大哥，你跟我去一趟。"

"大病初愈"的周凌恒自然不想去，可碍于柳九九的坚持，他只好选择跟她走这一遭。

玉鳝楼开在街头，这个位置正好将食客垄断了。

柳九九拽着周凌恒大摇大摆地走进去，找了个角落的位置坐下。他们一坐下，小二就过来为他们添茶水，热心地问他们："二位客官，想吃点什么，喝点什么？"

"有什么好吃的统统上来。"柳九九挺直了身板，狮子大开口。

小二脸上颇有些为难："姑娘，咱们玉鳝楼多以黄鳝为菜，好吃的菜有数十种,我怕都上上来您吃不完啊。"

"嘿,我说,你是怕本姑娘不给钱还是怎么着?"柳九九两条细眉一挑。

"好好好,请二位客官先歇息,菜这就来!"说罢,小二将手中的抹布朝肩上一搭,飞快地跑开了。周凌恒盯着那小二的步子,眉目微蹙,心中若有所思。

柳九九看了一眼杯中的茶水,"咦"了一声:"这茶水怎么是乳白色的?"闻言,周凌恒也端起茶杯看了眼,放至鼻尖嗅了嗅,说:"闻不出是什么茶。"

柳九九尝试着抿了一口,咂了咂嘴,豁然开朗:"是鳝鱼羹,只是……有股怪味,我没尝过。"

"鳝鱼羹?"周凌恒搁下茶杯,修长的手指在八仙桌上敲了敲,自己也小小地抿了一口。他尝遍美食无数,味蕾敏锐至极,这一抿,眉头又拧紧了几分。他伸手夺过柳九九手中的茶杯,沉声道:"好了,这不是什么好东西,不许再喝。"

"怎么了?味道挺不错啊。"柳九九是个厨子,也是个不折不扣的美食爱好者,她颇为欣赏地赞叹道,"这鳝鱼羹做得很不错,划丝去了骨,加酒去腥味,煨得很烂,用了一点点芡粉。这羹汤里应该还有黄花菜、冬瓜、长葱。这汤乳白如奶,应该熬了不少时辰,比起我九歌馆的茶,这鳝鱼羹可是良心多了,怎么就不是好东西了?"

"你能尝出有黄花菜、冬瓜、长葱,难道就没有尝出还有一味东西吗?"周凌恒一张脸难得严肃。

"对,还有一种我从未吃过的东西,不知是什么?若是去掉这东西,这鳝鱼汤可就趋于完美了。"柳九九感叹道。

"是西域的米囊花。"周凌恒几乎贴着她的耳朵,嘴里的热气喷在她的耳背上,让她好一阵脸红心跳。

“西域的米囊花？那是什么？”柳九九见他说得这么神秘，也凑到他的耳边，低声问道。

“西域的米囊花是近些年流进我大魏的一种毒花，这种花本身无毒，但几经提炼成粉末，食之会使人上瘾。”周凌恒看了一眼四周，顿了一下又说，“想必这儿的菜里都放了少许西域米囊花，导致食客们上了瘾，对这里的菜‘情有独钟’，这大概就是近日无人再去九歌馆的原因吧。”

听完后，柳九九惊得瞠目结舌，将手中的筷子往桌上一拍：“可恶，居然用这种手段跟老娘抢生意！那排骨大哥，接下来我们怎么做？”

“走吧。”

“那……要的菜，不吃了？”

“不能吃。”

柳九九点了点头，趁着这会儿人多，跟着周凌恒就走出了玉鳝楼。

柳九九本以为周凌恒会带自己回去，却不想周凌恒带着她绕过大街，去了后巷。

周凌恒抬头看了一眼不高的墙，说道：“这墙不高，我们去后院瞧瞧。”

“这要是被抓住，会被他们拿药给毒死吧？”柳九九扬着脸望着他。周凌恒没有回答她，而是一把搂住她的腰身，踩着旁边一块大石头跳进院墙内。

稳稳落地之后，周凌恒忙抱着她躲进猪圈后面。

玉鳝楼的后院很大，有猪圈、鸡圈。伙计们端着饭菜进进出出，并没有注意到他们。周凌恒打量四周，发现厨房后面还有一间紧闭的大房间。

柳九九也注意到了那间房，奇怪地问道：“那间房外被打扫得干干净净，不像是柴房。"

"过去看看。"周凌恒的声音严肃，拽紧柳九九的手，拉着她摸索过去，跃上了房顶。上了房顶后，周凌恒仍旧没有松开柳九九的手。柳九九望着他清俊的侧颜，好一阵脸红心跳。

她尝试着想将自己的手拽出来，周凌恒却没给她任何机会。柳九九从房顶往下看了一眼，为了寻求安全感，不由自主地朝他靠近，若有似无地将脑袋靠在他的肩膀上。

周凌恒小心翼翼地移开一片青瓦，屋内陈设便一一映入他们的眼帘。里面的摆设很少，只有最里面坐了四个青衫人，似乎正在探讨着什么。

其中一个青衫大汉说："明晚有一批武器和蔬菜一起进京，一定要小心。三日后，老太后和皇帝从感业寺回宫，就是我们的机会。"

原来是一群卧底在京城的细作啊。柳九九拍着胸脯，她这是听到了天大的消息啊！然后她的胳膊不小心碰到一片青瓦，发出一声脆响。

屋里的人条件反射地起身，问道："谁？"

柳九九的心猛地一跳，周凌恒忙抱紧她的腰，"喵"了一声后仓皇逃走。等出了后院，走到大街上，她这才松了一口气，拍着胸脯道："刚才真是吓死我了……原来那是一群潜伏在京城的刺客啊！"

"嗯，是细作的据点。"周凌恒眉头紧锁。

"多一事不如少一事，排骨大哥，这闲事咱们就别管了，那狗皇帝福大命大，又有那么多侍卫护着，应该没事的。"柳九九拉着他的手，跟个小孩似的一甩一甩的，又说，"这件事咱们就当不知道，就当没看见，什么都没看见，知道了吗？"

周凌恒的目光落在自己的手上，是说怎么有点不对劲呢，原来他跟柳九九正十指紧紧相扣，手牵着手。他心情愉悦，粲然一笑道："铲铲，这要是举报给官府，你就算是救了皇帝和太后一命，可是大功一件啊。"

"这功不要也罢,那群人能在京城扎点,定不是好惹的主儿,咱们多一事不如少一事,免得引火烧身。"

周凌恒打量着她,心中已有了主意——以柳九九的身份去官府举报,端了这个据点,铲铲也算是一件立了大功。届时他打着柳九九救驾有功的理由,将立后的圣旨一宣,朝中大臣哪个敢反对?

手被柳九九牵着,周凌恒心神荡漾,说话时嘴角勾着浅浅的笑:"九九姑娘,你这要是领了功,跟皇上一开口,下辈子吃喝可就不用愁了。当真要放过这个机会?"

"钱重要还是命重要?"柳九九紧紧地攥着他滑嫩嫩的手,觉得他的手就跟刚从水里捞出的豆腐似的,自问自答说,"当然是命重要。"

回到九歌馆,柳九九盘算着开发新菜,打算学玉鳝楼,将茶水更换成羹汤。各个菜品的价格也下调一点,以此来吸引食客。这年头生意难做,光拼手艺可不行,还得拼价格。以前九歌馆菜价高,那是因为在京城没有竞争对手。可今时不同往日了,突然杀出个玉鳝楼,柳九九不得不做出应对的方法。

至于玉鳝楼黑不黑,跟她没多大关系。她作为一个厨子,理应事不关己高高挂起,做自己的菜,让刺客们翻天去吧!

结果第二日,柳九九跟周凌恒正在院中晾晒衣服,便听给大黑洗毛的糯米说:"对了小姐,方才我去胭脂铺时经过玉鳝楼,看见官兵将玉鳝楼给查封了。"

柳九九拧干衣服,递给周凌恒,跟他对视一眼,龇了龇牙,用眼神交流。

死排骨,你干的?

周凌恒撇过脸,避开她的眼神,抖了抖手中的衣服,晾晒好,抬头望天:"今儿天气不错,铲铲,不如我们去游湖吧?"

柳九九一个搓衣板拍在他的屁股上："游你个大头鬼！"

糯米一双手从洗菜盆里伸出来，在围裙上擦干净，戳了戳正在削萝卜的土豆："你瞧，小姐是不是对排骨大哥有意思？两人跟小夫妻似的。"

土豆挑了挑眉毛，用萝卜掩着嘴角坏笑道："昨儿你没瞧见？小姐是牵着排骨的手回来的。"

"啊！"糯米一脸震惊，惊呼出声，"小姐这是能嫁出去了？"

"咱们小姐是谁啊？"土豆给了她一个白眼，骄傲地道，"咱们小姐天生丽质，手艺又好，就是狗皇帝见了也得拜倒在她的围裙下。"

柳九九愤然地瞪着周凌恒，用搓衣板打了他还不过瘾，伸手一把捏在他的腰部，将他拉至一边，压低声音道："你去官府告发了玉鳝楼？"

周凌恒揉了一把自己的腰，嘟囔着她下手没个轻重。他不以为意道："告了。"

柳九九平静了一会儿，心想：这死排骨可真不是个东西。

她抬手拍着他的肩膀道："排骨大哥，虽然我有点垂涎你的美色，但我上有老小有小，为了我们九歌馆一家三口的命，只能委屈你离开了。那些人背后必然还有一群凶神恶煞、心狠手辣之人，惹了那些人，指不定明儿就会有人来报仇……所以排骨大哥，你还是收拾包袱走吧，去外头避避风头。"她叹了口气，握着他的双手，撇着嘴，眨着一双水汪汪的眼睛，"排骨大哥，保重。"

她承认，自己确实是垂涎排骨大哥的美色，但绝非喜欢！爱美之心人皆有之嘛，她才不会喜欢这种男人呢，她只是把排骨大哥当成……当成哥哥？闺中密友？

她挠了挠头，实在想不出拿他当什么人，索性不再去想。

"铲铲，"周凌恒拧着眉头，沉思片刻才说，"那我就先去躲几日，再回来？"明日便是他跟太后回宫的日子，届时回宫得召集大臣商议落下的国事，有些事耽搁不得。

"别着急，出去躲个十年八年再回来。"柳九九看着他说道。

"你舍得我吗？"周凌恒心里有些不是滋味，他没想到自己在铲铲心中原来是这么个可有可无的角色。

"你想我的时候就吃排骨，咱们可以相互说说话。"柳九九特别嘱咐他，"每月中旬前后，最好天天吃，顿顿吃。"

周凌恒想起前几日的痛苦，登时将"每月中旬"这四个字眼给牢牢记死。以后每月中旬，就算刀架在他脖子上，他也不会再碰糖醋排骨，他可不想再帮铲铲受月事之痛。

当天下午，周凌恒便收拾东西回了感业寺。

感业寺里的斋饭虽好，但比起铲铲的手艺，还是有些差距。陛下归来，小安子一颗七上八下的心总算是踏实了。陛下坐在书案前画画，小安子见陛下虽然红光满面，但整个人却瘦了一圈。

小安子上前添茶水时，满肚子疑惑："陛下，是九歌馆的饭菜不合您的胃口吗？"

周凌恒眼皮眼都没抬，嘴角噙着一丝笑意："朕吃过最好吃的菜就在九歌馆。"他一个不小心，手上沾染了红色的颜料，眉头一蹙，有些不大高兴。

"瞧您都瘦了一圈，奴才还以为是那里的菜不好吃。"小安子松了口气，替他添好茶水，朝着他的画瞥了一眼。画上是个鸭蛋脸、杏子眼，顾盼神飞的青衫姑娘。

姑娘的发髻上插着一支菜刀样式的簪子，腰上系了条围裙，颇有几分姿色。小安子将茶水端起来，递给他："陛下，这不是九歌馆的老板娘吗？"

"是她。"周凌恒落下最后一笔，给画上的柳九九添了两个小酒窝，然后将画纸拎起来，拿在手中端详，"小安子，比起后宫四妃，你觉得她如何？"

被陛下这么一问，小安子吓得心肝一颤："陛下，您不会是想……纳妃吧？"

"不。"周凌恒干脆地回答，小安子一口气还没松完，又听他接着说，"朕年纪不小了，是时候娶个皇后，生个小排骨了……"

"皇后？小排骨？"小安子一脸疑惑地望着陛下，心下思忖：这排骨不是用来吃的？是用来生的？

"来，把这幅画给太后送去。"说着，周凌恒又将事先拟好的圣旨塞给他，"你带人去九歌馆，把这道圣旨给宣了。"

小安子接过画收好，再接过圣旨时才反应过来，敢情陛下的意思，是要立柳九九为后？这大魏自开朝以来，可还没有立平民女子为后的先例。他吓得一个手抖，"扑通"一声跪下："陛下，三思啊！九九姑娘乃一介草民，若让她来母仪天下，这后宫岂不成了一锅排骨吗？"

周凌恒的目光一凛，斜了他一眼，抬脚踹在他的肩膀上："狗奴才，这朝中大臣还没出声，你倒是先出声了？别吃里扒外，小心朕剁了你的狗头！"

小安子吓得浑身发抖，忙磕头道："陛下恕罪，陛下恕罪，小安子多嘴了，小安子再也不敢了。"

"把画给太后送去，什么也别说。"周凌恒吩咐道。

"是。"小安子拿着画和圣旨离开了皇帝的禅房，一路上他这颗心都"怦怦"直跳。等到了太后那里，他该如何解释画像上的女子呢？老实跟太后交代，这画像上的女子是九歌馆的老板娘？还是一问三不知？

小安子又想到方才皇帝说的那句"小排骨"，心下顿时有了主意。皇帝自登基以来，从未有过临幸后妃的记录，太后为此事操碎了心。

现在太后若是知道陛下打算临幸柳九九，必定会喜大于怒。

小安子刚走没一会儿，邓琰便从窗外飘了进来，他抱拳对周凌恒道："陛下，昨夜我带冷薇去验了丞相的尸体，他并非气死，而是中毒。"

"中毒？"周凌恒用橙黄色的手巾将手上的颜料擦干净，拧着眉头淡淡地道，"我就知道，这老东西，哪那么容易被气死？"

"丞相被割舌在先，紧接着玉鳝楼被查封在后，想必潜伏在暗处的老虎也快忍不住了。"邓琰抱着剑，冷声分析，紧接着又问，"柳姑娘的身份，您是如何打算的？"

"九九的身份先不忙着公之于众，就让她以平民的身份入宫。暗处那只处心积虑的老虎，一定想不到朕会立平民为后，他很快就会露出马脚的。"周凌恒总算将手指上的颜料擦拭干净，目光阴鸷狠辣，"抓到的人别折腾死了，交给冷薇。"

邓琰卷起手，放在嘴边干咳一声："那个……陛下，我们府中都被泡刺客的药罐给占满了，是不是该考虑给我和冷薇赐个大点的宅子呢？"

周凌恒说："柳州城的九歌馆被你买了去，等九九入了宫，京城的九歌馆你也拿去吧。"

"谢陛下！"邓琰眼神一亮，总算讨到了一处地段好的大宅子！他得赶紧回去告诉娘子……

周凌恒还想再说点什么，某人已经跳窗离开，消失在一片夜色之中。

周凌恒走后，柳九九照常开张做生意。炒菜时，她满脑子都是排骨，排骨，死排骨；打水做饭时，她总能在水面上看见周凌恒的身影。

她用力拍了拍自己的脑袋，偏偏排骨大哥的笑容在她的脑子里怎么甩也甩不开，真是个磨人的妖精……

周凌恒离开不到十二个时辰，她就浑身痒痒。然后她叹了口气，手支着下巴，握着锅铲蹲在灶前暗自伤神，就连锅里的排骨煳了也浑然不觉。

土豆见厨房迟迟不出菜，便差糯米进来催促。结果糯米一进来，就看见自家小姐蹲在灶头前发呆，就跟老母鸡下蛋似的。

她走过去戳了戳柳九九的胳膊，轻声道："小姐，排骨煳了。"

柳九九两眼无神，又叹了口气说："排骨都走了。"

糯米实在不懂小姐此刻的心情，让排骨走的人是她，现在叨念排骨的人也是她。她道："小姐，人都被你赶走了，你还念着做什么呢？"

"我……我哪有赶他走！我那是让他去避难，避难！是为他着想！"柳九九挺起胸膛理直气壮地道。

好吧，她承认，她是后悔了。如果再给她一个机会，她一定不会赶排骨走……即使要走，也会一起走！所以她现在还在期待什么呢？排骨大哥已经走了，已经走了……

柳九九头一次知道，原来想男人是这种滋味。她炒排骨时，眼前就跳出周凌恒的脸；她煮豆腐时，眼前立马跳出周凌恒滑嫩嫩的手。他那双白嫩修长的手摸起来舒适得就像摸狗毛似的。

下午九歌馆准备打烊，土豆才将门关到一半，几名官兵就一把将门给推开，土豆踉跄着往后退了几步。紧接着，一队官兵踏着整齐的步子走进九歌馆，分别立在两侧，继而有一名太监手持圣旨走了进来，昂头挺胸，清了清嗓子道："圣旨到——柳九九，还不下跪接旨？"

柳九九一时顿住，"扑通"一声跪下，趴在地上接旨。就在她怀疑这是一道走错门的圣旨时，头顶飘来小安子清脆的宣读圣旨的声音。

直到圣旨宣读完，柳九九愣是没听懂里头文绉绉的语句。她用胳膊肘捅了一下呆若木鸡的土豆："他说什么啊？"

土豆震惊得皮肉发僵，嘴里半晌吐不出一个字来。后来还是小安子合上圣旨，上前解释道："柳姑娘，圣上的旨意是说，您救驾有功，要册封您为后。皇上命您择日入宫，学宫中礼仪，正月举行册封大典。"

"啊？"柳九九也愣住了，掏了掏耳朵，觉得不可思议。她望着小安子，"你说什么？狗皇帝要立我为后？"

闻言，小安子立马捏着嗓门咳了几声，以此打断她的话。这辱骂圣上可是要杀头的啊！这姑娘也真是敢说。他一跺脚，捏着兰花指一翘："姑娘可不能乱说话，这普天之下，有哪个女子不想得这皇后之位？难道姑娘您就不想？"

小安子见她一脸震惊，大抵猜出她还不知陛下的身份，紧接着又说："这圣旨已下，抗旨，可是要杀头的……"

柳九九一听要杀头，也顾不得这件事是真是假，伸手就接过圣旨。

土豆看见小安子的兰花指，再看他的相貌，总觉有点眼熟，却又想不起在哪里见过。小安子见土豆用奇怪的眼神打量自己，龇牙瞪了土豆一眼："色狼，看什么看？"

土豆忙低下头，反应过来对方骂自己"色狼"，差点没咬掉自己的半条舌头。

居然被一个太监骂色狼？作为一个男人，土豆断不能忍受这种屈辱。他抬头瞪了一眼小安子，看到对方也正瞪着自己。碍于对方的身份，土豆忙低下头。

算了，只当被狗咬了！

柳九九还握着圣旨发愣，抬手给了自己一个脆响的巴掌，再抬头望着小安子："公公？我这不是在做梦吧？"

"柳姑娘，是真的。"小安子低声道，"是您有福气，今儿晚了您先歇着，明儿一早我便带您回宫。"

所以她到底是走了什么狗屎运？狗皇帝怎么会让她当皇后？难道……狗皇帝知道了自己的身份不成？那也不对啊，柳家散了这么多年，无权无势，皇后之位怎么也轮不到她来坐吧？

柳九九心里的疑团解不开，只得大着胆子起身，将小安子拉至一旁，掏出几两碎银子塞给他："公公，皇上当真是因为我举报细作有功，才赏赐我当皇后的？"

小安子眉眼弯弯，淡淡一笑："柳姑娘莫要多想，这种赏赐，别人可是求不来的。"

"是这样的。"柳九九拉着他，小声说，"这圣旨你能不能先拿回去？我就当……你从没有宣过。这举报细作的不是我，而是我九歌馆的另一个伙计，他怕人报复，已经避难去了。按道理来说，这个赏赐不应该是我的。"

"陛下旨意已下，怎可再收回？"小安子正色道，"陛下年轻英俊，姑娘嫁给陛下，是姑娘的福分。"

"可这对我不公平啊……"柳九九嘟囔道。

"柳姑娘，你可别不知好歹啊，对你不公平，难道对陛下就公平了？陛下乃九五之尊，娶你是纡尊降贵，你还矫情什么啊。"小安子兰花指一翘，戳在柳九九的肩头。

柳九九揉了揉被小安子戳过的肩头，冷不丁打了个寒战，起了一身的鸡皮疙瘩。小安子担心柳九九出什么意外，便差人将她送回房间，并派人严加看管。

她被关进房间，戳开纸糊的窗格偷看外面，一肚子闷火。她一屁股坐在地上，拿手撑着下巴，暗自感叹：狗皇帝果然是狗皇帝，强抢民女，昏庸无道，愣是毁了自己这个二八少女下半生的幸福。

她越想越觉得不公平，凭什么狗皇帝要娶，自己就得嫁啊？她对狗皇帝的印象还停留在儿时。小时候的狗皇帝长得黑黢黢的，就跟大黑狗似的，就算男大十八变，也必然变不成正常人。

这样的男人，柳九九不嫁……

她起身推开窗户，下面刚好是鸡棚。她左右思量，终于打定主意收拾东西跑路，去追随排骨大哥！为了不连累糯米和土豆，柳九九还特意用左手写下一封歪歪扭扭的书信——

要想救人，拿千金来赎！

制造一个被匪徒绑架的假象，她便可以神不知鬼不觉地逃走。为了以假乱真，她还特意撕下裙子的一角，用刀割破手指，滴了几滴血在桌子上。

随后她便背着包袱，从窗户处跳下鸡棚，再辗转落地，由木梯爬上院墙。

她半截身子探到院墙外，趴在墙上正喘着气，两名黑衣人便跳上了墙，跟她打了个照面。两名黑衣人蹲在墙上跟她大眼瞪小眼，她愣了片刻，才冲着对方做了一个"嘘"的手势。

"莫不是同行？"她很淡定地冲着两名黑衣人说，"楼上第二间是老板娘的房间，里面有箱金子我搬不走，二位大哥身强体壮，可以扛着走。我初入这行，偷点小银小财的就知足了。"

两名黑衣人面面相觑，随后掠过她，跳到鸡棚上，再进入她的房间。柳九九拍着胸脯松了口气，跳下围墙，拔腿就跑。然而她才跑了没几步，方才那两名黑衣人踩着轻巧的步子"嗖嗖"几声便追了上来。奈何她脚力不行，很快就被黑衣人给追上。

两名黑衣人一人抓着她一只肩膀，拎着就往房顶上飞。柳九九双脚离地，吓得心惊胆战，嘴里直叫"排骨，排骨"。耳边冷风飕飕，两颊被寒风刮得生疼，一双手也冻得麻木了。

一张嘴喝了一口大风，差点没把肺给咳出来。她被两名黑衣人抓着肩膀，一起一落，脚尖有一下没一下地刮着瓦片。但凡他们掠过之处，身后必然是瓦片稀里哗啦的落地声，以及宅内百姓的叫骂声。

柳九九一路上太吵，黑衣人一拳砸在她的脑袋上，愣是将她给砸晕了。等她再醒来时，双手被铁链子拴得结结实实的。她抬手揉了揉脑袋，发现自己的脑袋上居然肿了一个"小山包"。

他大黑的，直接拿手刀砍后颈不就结了吗？为什么非要砸人家脑袋呢？这要是砸成了傻子，别说嫁给排骨大哥了！就连狗皇帝都不会要她。

她揉了揉脑袋，铁链子打在脸上，疼得她"嘶"了一声。她睁开眼打量四周，房间里黑黢黢的，唯角落里有点点烛火光，模糊的烛影摇曳，周围物体的轮廓她看不太真切。

她耸了耸酸疼的肩膀，就听见外头有人说话——

"就是里面这娘儿们，害得咱们几年的计划功亏一篑。"

"听辛老六说，小皇帝要立她为后？这回咱们也算是将功补过了。"

"等上头的吩咐，据说上头今晚上会来。"

"秦丞相被人割了舌头，依着上头那位的脾气，是不是得割了她的舌头，剜了她的眼珠子，再给小皇帝送去啊？"

"嘿嘿，据说上头那位要带只大家伙过来。话说回来，那妞长得不赖，说不定……"

外头传来一阵奸笑，惹得柳九九起了一身的鸡皮疙瘩。她心一沉，这回完了……她恨不得现在就炒排骨，召唤排骨大哥！

过了大约两个时辰，外头没了动静，屋内唯一的光源也灭了。她取下发髻中菜刀样式的簪子，摸索着找到铁链的锁眼处，用簪尖处挑了挑，直到发出"咔嚓"一声脆响，她才松了口气。

看来土豆做的簪子还是挺管用的，果真是什么锁都能开。她以前还嫌弃菜刀样式的簪子土气，今儿却恨不得把土豆抱起来转两圈。

她摸索着小心翼翼地爬到门前，推开一条门缝，就着昏黄的灯笼光，窥视着外头。两名黑衫大汉坐在地上，靠着墙抱着剑在打盹儿。

再往外是一处不大不小的庭院，瑟瑟寒风往里头钻，冷得她打了个寒战。

推开门，她先抬腿跨过黑衫大汉，然后踮起脚往院中跑去。继而借着院中的树木东躲西藏，从后院穿至前院。让她觉得奇怪的是，后院还有人来回走动，到了前院却静悄悄的，一个人也没有。

前院有间房里亮着烛火，里头传来男人的"哼哼"声。她顺着前院的假山往墙上爬，就听见里面传来一阵声响。紧接着，有个男人从里面"砰"的一声撞开门滚了出来，正滚至柳九九的脚下。

四目相对，院中一片寂静。男人仰头打量她，她也定定地看着男人。在院中昏暗灯火的映衬下，她将男人的五官轮廓看了个七八分。男人长得倒是不错，白白净净，五官清俊，一双眼睛就跟浸过水的黑珍珠似的。挺拔的鼻梁下是两片薄唇，这男人长得就跟味美的清蒸鲈鱼一般。

好吃。

柳九九吞了口唾沫，一双小短腿不停地往院墙上搭，奈何过于紧张脚下踩空，"啊"的一声滚了下来。男人正要从地上爬起来，又被柳九九一个屁墩儿给坐了回去。

柳九九屁股下软乎乎的，坐着舒服又扭了一下。男人的脸被柳九九坐住，在某人的臀下闷哼一声，抬起手胡乱揿住她的腰。她疼得条件反射地往后一挪，又坐在男人结实的胸口上，这下总算露出了男人的脸。

柳九九望着男人，男人也望着她。两人再一次大眼瞪小眼，大眼瞪小眼……

周泽两眼一横，沉下脸来瞪着柳九九。他攥紧拳头正要发火，一张铁青的脸就被柳九九捧住："大……大哥，你没事吧？"为了弄清楚这人的脸有没有被自己坐坏，她还特意揉了揉，把周泽的脸揉成一团，表情乱七八糟……

他已经被身上这个蠢货给揉蒙了，大抵是没见过谁敢拿屁股坐在他的脸上，且还来蹂躏他的。等他反应过来，翻过身一脚就将柳九九踢出去老远。

某人还没反应过来，就被英俊的小哥给踢飞了，后背猛地撞在假山上，疼得她的心肺都要被震碎。她趴在地上揉了揉自己的胸口，嗓子眼涌出一股腥甜，随后一口血就从嘴里吐出来，就跟被抹了脖子的大公鸡似的，不停地往外喷血。

后院巡逻的大汉们听见前院有动静，举着火把过来。看见周泽时先是一愣，随即"哗啦啦"跪倒一片。

周泽回头瞪了那群人一眼，眉毛一蹙，弯腰从地上拽起柳九九的脚踝，拖着她就往屋里走。柳九九的脸在地上摩擦，似大黑销魂的步伐，下巴在台阶上磕巴，疼得已经没了知觉。

台阶上全是她的血，总算被拖进屋里，以为能喘口气了，却没想到那人又将她给拎起来，捆住脚倒挂在房梁上。

柳九九眼前的世界被颠倒，她望着屋里……总算明白这个男人刚才为什么会撞门出去——屋里有只大……大……大老虎……

还是正儿八经的齐北大花虎！没上套绳锁链，张嘴就对着柳九九一声嚎。大花虎似乎嫌弃她一脸血，一脑袋撞在她的脑袋上，她整个人立马跟荡秋千似的，在空中左摇右晃。这一下来得又重又狠，导致她整个人头晕眼花，胃里一阵翻腾，差点没倒吐出来。

大花虎冲着她龇牙咧嘴，那畜生喷了她一脸口水，嘴里还一股腥臭味，比起土豆的脚臭有过之而无不及，熏得她整个人都有些不大舒服。

周泽走过去，用手拍了拍大花虎的头，大花虎似乎有些不大高兴，头一偏，重重地撞在他的胸口上，又差点将他给撞出去。大概是当着柳九九的面觉得没面子，他揉了揉胸口，稳住身子，抬头看着她："你就是小皇帝要娶的那个什么馆的老板娘？"

这群人明显是冲着狗皇帝去的，她一个良家小百姓，无缘无故被抓来已经够委屈了，还被一个俊哥哥打得吐血……偏偏这位俊哥哥半点也没有怜香惜玉的意思。

她越想越郁闷，大抵是最近吃得太多，体重有飙升，加之吊她的绳子不太结实，只听"砰"的一声，她整个人掉了下来，重重地压在大花虎的背上。

重力使然，大花虎被她这么一砸，半点脾气都没了，趴在地上"呜呜"地叫唤。怕压坏了身下的大家伙，她赶忙从大家伙的脊背上翻了下来。也不知从哪儿来的勇气，她还伸手摸了摸虎头，用平日哄大黑的语气哄它："乖大花，不疼，不疼……"

周泽愣在原地，打量着这个"脑子里缺根弦"的女人。齐北虎生来彪悍，按常理来说，应当一口咬断此女的胳膊。可现在，它连半点反应都没有，反而耷拉着耳朵趴在那里，任由柳九九摸自己的脑袋，似乎还挺享受？

他在震惊中还没缓过神来，就见大花虎伸出厚实的舌头，舔在柳九九的手背上。

这就是老子辛辛苦苦养大的虎吗？就这样臣服在一个女人手下？

周泽越想心里越不是味，几步跨过去，还没对柳九九出手，她便毫无征兆地倒在齐北虎软绵绵的脊背上。他想一掌将这个坐自己脸的女人一掌拍死，可还没出手，齐北虎便弓着背挺身，浑身的毛几乎都要竖起来，冲着他龇牙咧嘴，吓得他往后跳了几步。

他蹙着一双浓眉，索性坐在凳子上，摸着下巴打量齐北虎。只见那畜生伸出舌头就帮死女人舔脸上的血，气得他伸手将桌子一角捏得粉碎。

老子辛辛苦苦养大的虎，却跟别人献殷勤？

等柳九九再次醒来时，正躺在一张红绸帐子的雕花楠木大床上。她下意识地抬手摸了摸，就摸到一只毛茸茸的大爪子，手感很舒适，就跟过冬裹的狐狸毛似的。

她望着金丝绣花帐顶，爱不释手地又摸了两下，紧接着手背就被厚实粗糙的舌头舔了舔。她的第一反应是大黑，可转念一想，大黑的爪子何时变得如此大了？

脑中迅速闪过昨晚的画面，像是意识到什么，定定地扭过脑袋，猛地对上大花虎那个大脑袋。大花虎看见她，明显歪了歪脑袋，就跟人似的，还……眨巴了一下眼睛？

做梦吧？她合上眼睛抿嘴，一定是做梦！

"再不起来，我可就把这滚烫的茶水浇你脸上了。"男人清冷的声调中带着几分阴狠。她的胸口到现在还火灼似的疼，这要是一杯滚烫的水浇下来，那她还不得疼死啊？

她越想越怕，忙坐起身，直勾勾看着坐在桌上的男子。她理了一下思绪，昨夜守门的大汉看见他个个都跟见了鬼似的，加上这人又养了只齐北虎，一定是传说中的……匪寨头子？

她看了一眼大花虎，起身哆哆嗦嗦地往木柱后面躲，只探出一个圆圆的脑袋，睁着一双黑漆漆的大眼睛望着他。

"你……你到底谁？！你……你……我不认识狗皇帝，狗皇帝这是拿我当替死鬼。大哥，你可千万别上当。咱们往日无冤近日无仇的，你放我走，我保准不告诉别人你养了只大花虎！"

"周凌恒那个小东西，怎么会看上你这么个贪生怕死的蠢货？"周泽冷冷地扫了她一眼。若不是大花虎拿她当食物护着，他昨晚就已经剁了她的两条胳膊。

柳九九连忙摆手解释："不不不，大哥，您误会了，我根本不认识那狗皇帝，那狗皇帝一定是知道你们要抓他的皇后，这才莫名其妙让我顶上的。"她怯怯地望着拿自己当鸡腿看的大花虎，双腿盘在木柱上，试图往上爬。奈何柱子被打磨得油滑，她的腿刚盘上去，就滑了下来。

周泽瞧着她那副蠢样，有些将信将疑。难不成，真的中计了？他还在思虑中，又听柳九九道："大哥，您去打听打听，我开酒馆大门不出二门不迈的，甭提狗皇帝，就连个像样的男人都没见过。我这成日泡在厨房里，那狗皇帝怎会看上我？难道他有千里眼不成？"

"你叫什么名字？"周泽看着她，语气偏冷。

"九……九，大哥，您可以喊我大九、双九、二九，都成，都成。"大花虎蹭过来，在她的腿上舔了舔。她吓得浑身颤抖，总觉得自己下一刻就会被吃掉。

"你放心，它暂时不会吃你，这猛兽这两日胃口不好，它得等你再肥实些才舍得下口。"周泽见她那副哆嗦样，嘴角不怀好意地向上一扬，沉默了一会儿，紧接着又问，"你是厨子？"

柳九九抱着木头柱子，木讷地点头。

"会做肉吗？"周泽斜睨着她。

她就跟小鸡啄米似的点头："会会会，什么都会。"

周泽带着大花虎已经进京两日了，京城的伙食实在是难以下口。偏偏他的爱厨集聚在御膳房，已经被周凌恒给一锅端了。思及此，他便恨得牙痒痒，一拳砸下去，将雕花红漆楠木桌砸了个粉碎。

柳九九脖子一僵，吞了口唾沫，双腿一软瘫坐在地上，随后便被两个大汉拎着肩膀，半拖半推地将她带进了厨房。

她蹲在灶台前，点燃一把干稻草塞进灶里，拉动风箱将火点燃。随后她又用葫芦瓢往锅里掺了一瓢水，直至水热后开始涮锅。

案板上有排骨、鸡、鱼，吃的东西一应俱全。她拿起菜刀在手中好一阵把玩旋转，大概是太过用力，猛咳了几声，胸口火辣辣地疼。

她用刀背拨弄着排骨，攥着菜刀祈祷排骨大哥这会儿在吃排骨。然后她利落地将排骨剁成小块，下锅翻炒。她揉着胸口，又低低地咳嗽一声，嘀咕道："现在不是用膳的时辰，排骨大哥一定不在……"

她刚嘀咕完，耳中便传来周凌恒几近疯狂的声音："铲铲！"他嘴里似乎含着食物，有些口齿不清。

听见排骨大哥亲切的声音，她有片刻的恍惚。那种感觉，就跟做梦似的不真实。她掏了掏耳朵，尝试着叫了一声："排……排骨大哥？"

"是我。"

柳九九在九歌馆失踪，周凌恒让邓琰带着人几乎翻遍了整个京城，也没能找着她。他将最后一丝希望寄托在了糖醋排骨上，虽然铲铲未必有机会做排骨，但这也是自己唯一能与她说话的方式了。于是他从今儿一早就开始吃排骨，中途因为腻了肉，吐了几次。太医们无论怎么劝都劝不住，纷纷表示拿他没辙。

吃了一天的排骨，总算没白费……

他扭过头，招手让小安子递来痰盂，又吐了一顿，再甩手让小安子出去，开始跟柳九九说话。

他走到书案前，提起笔，蘸了墨，问她："铲铲，你在何处？"

"我……我也不知道，我在一个大宅子里。"柳九九打量了一眼宽敞的厨房，又想了一下方才的院子，半点思绪都没有，"我不知道这里是哪儿，反正是一座很大的宅子，很大。"

从前院到厨房，七弯八拐，大概走了半炷香时间。

"你说一下宅子的特征。"周凌恒这话刚说完，胸口便涌起一股火辣辣的疼，就跟火灼似的，疼得他握笔的手微微一抖。不仅胸口，就连脸上、下巴、额头上都有些火辣辣的疼。

"铲铲，你受伤了？"

柳九九"嗯"了一声："差点被一个长得很英俊的男人给打死，昨晚害得我吐了好大一口血。"

"描述一下你所看到的一切环境。"周凌恒蹙着眉，莫名地心疼她。他十分怕这种身体上的折磨，但这会儿他居然主动想替她疼，甚至是疼久一些。

他越疼，九九便越轻松。

他按照柳九九的描述，将环境大概画下来。他害怕排骨变凉就不能再与她说话，便从桌上端起排骨捂在怀里，企图用自己的体温阻止糖醋排骨凉透。

周凌恒的脑子迅速旋转，又嘱咐她："铲铲，别让你的排骨出锅啊。"

柳九九懂他的意思："嗯。"她从灶里取出两根烧得正旺的柴，只余下几根微弱的小木炭。她攥着锅铲，望着灶内忽明忽暗的火星子，有些难过，"排骨大哥，你说我是不是很没出息？我怕死……刚才我差点没给那人跪下，求他不要杀我。"

周凌恒打了个嗝，凝着眉头，声音柔下来，安慰她："铲铲，怕死是人之常情，若是那人肯放了你，就算磕头也没关系。尊严这东西又不能当饭吃。你尽量护着自己，要保持冷静，尽可能地将伤害降到最低，我和邓琰会来救你的。"

"排骨大哥，你真的会来吗？"柳九九心里有些没底。

"来，否则怎么对得起我吃了一天的排骨？我这好好的肚子都快被撑坏了！总算知道你没事……"他明显松了口气，接着又说，"切记不要跟对方硬碰硬。"

"死排骨，你真的为了我吃了一天的排骨吗？"柳九九有些感动，鼻子发酸。尤其是在这种孤立无援的时候，有排骨跟她说话，给她希望，她感动得哭了出来。

泪珠子"吧嗒吧嗒"往下掉，她捂着脸"呜呜"地哭起来。周凌恒听见她哭，心里也闷着发疼，很想伸手拍着她的脑袋，将她搂进自己怀里，再用自己的双臂将她裹得严严实实的。

"铲铲，是我害了你。"他几乎能看见她梨花带雨的模样，愧疚感和心疼纷纷袭上心头，让他受了好一阵的折磨。

"排骨，我等着你来救我，你一定要来救我。"如果他不来，她可能就真的会被大花虎给吃掉。活生生看着自己的胳膊和腿被咬断，就跟她平时吃脆骨似的，发出"嘎嘣"的脆响声。

即便周凌恒捂着餐盘，糖醋排骨终究也还是凉透了。

直到耳边没了周凌恒的声音，她才起身，抬手捶了捶发麻的腿，拿起锅铲将微微焦煳的糖醋排骨给铲了起来。她又在水蓝色围裙上擦了擦手，偏头看了一眼外头举着大刀来回晃动的人影，心里一阵打鼓。

她不敢磨蹭，马上另起一口锅，开始烧水蒸饭，煲汤炖鸡。

随后她又从水里捞出一条刀鱼，抛向空中，用刀背刮鳞去鳃。考虑到吃鱼的人可能不喜欢鱼有刺，她将菜刀在手掌间飞速旋转，启动快刀模式，随后紧紧攥住刀柄，用快刀将鱼切成薄片，依次摆盘。经她片出的鱼片，每一片都薄如宣纸，放在手背上摊平，依稀能看见皮肤下纤细的血管。

柳九九在厨房找了一些蜜酒，配以清酱腌制鱼片。腌鱼的间隙她也没停下，开始炒茄子，再煸炒几道素菜。等配菜炒好，她又转身用打湿的纱布裹住手，打开锅盖，用铁勺各取火腿汤一勺，鸡汤一勺，笋子汤一勺，分别灌浇在鱼片上，再淋上滚烫的热油。薄如宣纸的鱼片经热油那么一浇，发出"滋滋"的声响，汤汁的鲜味立即渗入鱼片中。

然后她再将鱼片放入锅内，热气微微一蒸，待鱼片变色，就立即出锅。

鱼片一出锅，一股香气立马溢出来，满厨房都是刀鱼鲜妙绝伦的香味。饭菜的香味从厨房的门缝里飘出去，飘进看守的鼻子里，馋得他们收起刀，脸贴着纸糊的门往里瞅。

里头传来小姑娘脆嫩的声音："饭菜已经备好，几位大哥……进来吧！"

门外两名看守迫不及待地冲进去，两人望着六菜一汤，不由自主地深吸一口饭菜香。许久没有闻过如此饭香了，简直浑身通透。

两名看守端着饭菜给周泽和大花虎送去，临走前将厨房门锁死。

等看守端着饭菜走后，她掀开锅盖，松了口气。还好，还剩一层锅巴饭。她用锅铲将锅巴饭铲起来，就着刀鱼的汤汁和剩下的一些菜，蹲在灶台后吃起来。

锅巴饭又香又脆，她蒸饭的时候为了让米饭更香，特意在锅底铺了一层红薯。被煮烂的红薯跟米饭混合在一起，成了香脆的锅巴，一口下去"嘎嘣"脆，既香又有嚼劲。

吃饱喝足以后，她走到门前，戳开油纸糊的窗户往外头看。时不时有护院来回走动，她根本没办法逃走。然后她摸了摸脑袋，却发现发簪不见了，顿觉浑身没劲，瘫坐在地上。

偏偏这时候又困又冷，她就在灶台前铺了一层干燥的稻草，再从灶里取出余下的炭火放在瓷盆里，摆在自己跟前。借着炭火的温暖，她枕着胳膊合上眼打盹儿。

奈何这一睡，她整个身子就跟火烧似的。朦朦胧胧间，她觉得有些不太对劲，抬手一摸自己的额头，却是发烧了。她下意识地揉了揉胸口，这才发现，自己胸口居然不疼……打从方才跟排骨大哥心灵相通之后，她身上的伤便不疼了。

她翻了个身。原来在心灵相通时，她身上若有疼的地方，也会转移到排骨大哥身上。由于这会儿发烧是在心灵相通之后，这发烧头痛的苦，就还得由她自己来受。

思及此，她开始回忆，方才自己的胸口到底有多疼，排骨大哥受得住吗？

想着想着，她便睡着了……

而另一边，乾极殿内。

周凌恒依照柳九九的描述，将她被囚的宅子的特征画下来，并召来邓琰，吩咐他无论如何都要找到这所宅子。

邓琰从他手中接过画，仔细打量，抬头见他揉着胸口，脸色并不是很好。

于是他拎着画纸问："陛下，这画您是从何而来？"

"有人给的。"周凌恒喘着粗气，胸口一片火灼似的疼。抓铲铲的人下手到底是有多狠？将一个姑娘家打得这般疼？真的是大丈夫所为？

"这画里的内宅环境，可不就是先皇的西郊别苑吗？"邓琰打量了他一眼，"那里已许久无人去了，只剩下几个和尚在看门，现在找这里做什么？"

"西郊别苑？"周凌恒揉着胸口想了一下，怪不得他总觉得画中景象眼熟呢，原来是西郊别苑啊。他又道，"九九就被囚在这里，你带人过去。"

邓琰对他的话向来不会质疑，点头"嗯"了一声，将画纸折好后塞进衣服里，问道："陛下，您的胸口疼？"

"你这不是屁话，没瞧见朕在揉胸口吗？"他回瞪了邓琰一眼。

邓琰粲然一笑，无辜地摊手道："人家就是因为看见你在揉胸口，所以才问你的啊。"他将起袖子，露出一段结实的小臂，"来，你要是疼，我帮你揉！我妻子胸口疼，可都是我给的。"

眼看着邓琰就要伸手过来，周凌恒揉着胸口侧身闪开，再狠狠地瞪他一眼："你给朕，圆润地滚！"

"好，臣告退！"邓琰扭身就走，刚跳到窗户边上，又被周凌恒叫住："等等，你给朕回来！朕跟你一起去！"

"这可万万使不得啊，您千金之躯哪能跟着臣去上蹿下跳的？这种找姑娘的粗活儿还是交给臣好了，臣一定将九九……哦，不，您的铲铲给扛回来！"邓琰蹲在窗户上，扭头对他说。

听了这番话，周凌恒脑中立马跳出邓琰扛着柳九九的暧昧情景。他板着一张脸，揉着胸口斜了邓琰一眼："朕的话是圣旨，难道你想抗旨不成？"

"得得得，您是老大。"话都说到这儿了，邓琰也不好再劝。

为了不让人发现，周凌恒跟着邓琰从窗口离开。之后再换上侍卫服，跟着邓琰一起带人出宫，一路快马加鞭往西郊奔去。

柳九九因为体热发烧，蜷在稻草上整个人都不太清醒。迷迷糊糊间，她听见外头传来厮杀声。她强撑着胳膊爬起来，不小心把炭盆打翻，火星子将干燥的稻草点燃，瞬间卷起火舌。

还好她反应够快，滚至一旁，避开了那堆火。火势越来越猛，很快就烧到了木柴旁，然后整个厨房都烧了起来。她想爬起来往外跑，可浑身乏力，一点劲儿都使不上。

眼看火就要烧到她的脚边，一袭白衣的周凌恒一脚把门踹开，揉着胸口冲过来，拽着她的脚将她拖开。紧接着邓琰也冲了进来，他看了一眼外面厮杀成一堆的两拨人，又俯身看了一眼柳九九，撩起袖子便要去捞柳九九。

周凌恒一把将他给推开，瞪了他一眼："你做什么？"

"扛她啊！赶紧扛着她走！我刚刚可是看见有只大老虎冲过来了！"邓琰急得差点跳起来。他方才从房顶一路奔来，看见一只花皮大老虎正朝着这边跑过来。还好他轻功不错，比老虎早到。

"要扛也是朕自己扛！"周凌恒又推了他一把，"去去去，离我家铲铲远一点。"

闻言，邓琰忙跳开。嘿！陛下的脑子是有坑吧？他一个有妇之夫，还吃什么醋啊？

邓琰眼瞅着陛下将柳九九扛起来，忙带着陛下跳墙出了别苑。院内传来一片厮杀声，邓琰将两人送上马车，再差人送他们回城后，又折回去剿匪。临走前，周凌恒交代他，务必留下活口。

第八章

美食后宫

马车一路颠簸，柳九九是在周凌恒的怀里被颠醒的。

她睁眼看见周凌恒，以为自己是在做梦，抬手将眼睛几番揉搓，这才真切地知道自己不是在做梦。是真的，真的是排骨大哥，他真的来救自己了。

她睁眼沉默半晌，才胆怯地问："排骨大哥，那些匪徒呢？"

"放心，他们不会再来了。"周凌恒抱着她，温柔地用手拍了拍她的脊背，像安慰小孩似的，"别说话了，再睡一会儿，马上就能回城了。"

也不知是不是烧糊涂了，她伸手抱紧周凌恒的腰，脸紧紧地贴着他的小腹，合眼就开始呼呼大睡。进城前经过驿站，周凌恒考虑到柳九九没吃东西，便吩咐人去买些吃食。

他低头看着柳九九，感觉胸口处越发疼。他伸手探了探她的额头，温度竟有些烫手。他思虑着这丫头可能是因为伤势过于严重，导致体虚发烧了。他用手拍拍她的脸，俯下身贴着她的耳朵，低低地问她："铲铲，你是不是很难受？"

她难不难受他不知道，反正他现在胸口很疼，估计跟柳九九的伤势恶化有关。毕竟这疼可是替她受的。

柳九九迷迷糊糊地摇头，想张嘴说话，可喉咙干涸，嘴里半晌也蹦不出一个字来。她只觉得自己的耳朵痒痒的，恍惚间感觉到排骨大哥在跟自己说话。

排骨大哥的声音很好听，就跟她冬日里煮的一杯热酒似的，温热的气息滚过她的耳朵，让她浑身舒服不少。

有人抱着的感觉真好，浑身都暖和，排骨大哥的怀抱又软又暖，让她觉得很舒坦，比躺在稻草堆上要舒坦。而周凌恒此时也不太好受，饱受身心的双重折磨。

"瞧你难受成这样，我都恨不得全替你受了……"周凌恒嘀咕道。

"那对你多不公平，多疼啊……"柳九九总算听清了他的话，感动得鼻子一酸。眼前本就模糊，再被泪水这么一浸染，她就彻底看不见物体了。

"朕……我是男人，这点苦还是受得了的。"这话他说得心虚，因为平日他最怕身体上的疼痛了。他往日练武，都得把自己裹得严严实实的，生怕身体会受伤。

往年有个来杀他的刺客，不过是将他的腿踢破了皮，待抓住那个刺客后，连审问都免了，直接扔进了冷薇的五毒池喂了五毒。宫里人都知道陛下是个笑口常开、性子温暾的"吃货"，殊不知陛下还是个极怕疼的。皇帝身边的近卫都知道，但凡弄疼了陛下的刺客，必定留不了全尸。

周凌恒承认自己不是个好人，但为了铲铲，他甘愿做一次好人。他实在见不得铲铲难受，她难受，他也难受。

身体难受，心里更难受。

他让近卫将马车驾去邓琰府上，咬牙忍着胸口的剧痛，抱着柳九九进门去找冷薇。

他抱着柳九九进去时，冷薇正在解剖服毒自杀的刺客，研究这刺客到底服的是什么毒。她举着一双血淋淋的手，回过身看见陛下抱着九九姑娘，哼了一声："皇后娘娘找到了？"

"快，过来给她看看，她体热发烧，很严重。"周凌恒拧着眉头，半晌都未曾舒展开来。他将柳九九放在榻上，再自觉地退开，侧身给冷薇让开一条路。

冷薇净了手，走过来给柳九九搭脉。沉默片刻后，她扭过头告诉他："你先回避一下，我要给她看看伤。"

"她胸口的伤很严重，你先帮她看看那里。"周凌恒揉着自己的胸口，面色苍白。冷薇看着他，一脸疑惑："你怎么知道她伤在这个位置……莫非？"

周凌恒惨白着脸，正色道："朕没看过，猜的！你赶紧给她看看。"

冷薇将一双柳叶眉轻松地向上一挑，一副"鬼才信你"的神情。她点头道："那陛下，您先出去？"

"她是朕的皇后，朕有什么看不得的？"周凌恒拧着眉头，揉着胸口，语气傲娇。话虽如此，他还是转过身去。毕竟还没正式成亲，他得有点儿节操。

冷薇憋着不笑，也懒得再去讽刺他，便抿着嘴不再说话。她伸手替柳九九解开衣带，将她的衣服慢慢拉至肩膀处，一直到胸部处停下。柳九九的肌肤一片雪白，唯有胸口靠近心脏位置乌紫一片，看得冷薇倒吸一口凉气："这人下脚可真够狠哪，半点不知道怜香惜玉。看这下脚的重力不像是个女人，这男人也忒阴狠了吧？还好九九姑娘肉多，身板结实。"她用指腹在柳九九的伤口处轻轻一摁，周凌恒疼得"嗷呜"一声。

"我摁她的伤口，陛下您叫什么啊？"冷薇白他一眼。这个陛下，心疼女人也不至于心疼到这种地步吧？

周凌恒紧紧捂着自己胸口的位置，咬紧嘴唇不再说话。

冷薇拿过针包，在腿上摊开，用银针封住柳九九的几处穴道，开始替她查伤。片刻后，她替柳九九拉上衣服，回头对周凌恒说："脏腑出血，情况不算严重，服了我的药，明儿一早退烧就没事了。"

"就这么简单？"周凌恒还是有些不放心。

冷薇一边收针线包，一边白他一眼："不然呢？你以为我这个毒……神医是白叫的？"她哼了一声，"不过我这里的医药费可不便宜，这姑娘来我这里治伤也不是一次两次了，您倒是一分钱没给。"

"朕难道还会亏待你不成？你和邓琰不就是想要宅子吗？给你们，给你们！都给都给！"周凌恒坐在一旁的凳子上喘了口气，这胸口的疼痛总算是减轻了些。

"那皇后娘娘是在我这里住下，还是？"冷薇偏过头去问他。

周凌恒扫了一眼冷薇这间药房，五毒和药材摆得到处是，门口的石台上还躺了一具被解剖的刺客尸体。他抬手掩鼻，沉声道："朕带她回宫。"顿了一下，他又说，"你也跟着一起去宫里。"

"管毒药吗？"冷薇最近在研制新药，她很需要一些普通的毒药做引子。

周凌恒看了她一眼，心想：邓琰怎么会娶这么一个毒女当妻子？他总算是明白邓琰为何会如此惧内了。这要是惹了毒女不高兴，指不定哪天就莫名其妙被毒死了。

"管！"他揉着胸口望着她，这奇女子大抵也只有邓琰敢娶了。

景萃宫离皇帝所居的乾极殿最近，是历代皇后的居所。由于周凌恒一直未立后，景萃宫便一直空着。柳九九一进宫，周凌恒便安排她跟冷薇入住景萃宫，还特意将乾极殿的丫鬟和太监拨过去一半。就连随身伺候他的小安子，他也毫不吝啬地给了柳九九。

周凌恒近日公务缠身，接下来的几日都不能去后宫。他担心后宫四妃闻风而动会对柳九九不利，特意叮嘱冷薇好生照看柳九九。

冷薇数着怀里捧着的药罐，漫不经心地道："好了好了，知道了，后宫四妃要是敢来，我拿药毒死她们。"

周凌恒脸一冷："你若是不怕砍头，就帮朕把她们都毒死。"

冷薇吐了吐舌头，抬头看着他，说道："我开玩笑呢，顶多放点没毒的蛇吓唬吓唬她们。"

周凌恒这才满意地点头，带人离开。

傍晚时分，柳九九是被羊肚羹的香味馋醒的。她睁眼望着金丝绣花床帐，偏过头看了一眼一派金碧辉煌的寝宫，第一感觉是自己在做梦，忙抿嘴闭上眼，等待梦醒。

门外传来太监和宫女的窃窃私语。

"姑娘醒了吗？"小安子轻声问道。

"没呢，这都睡了一天一夜，也不知饿不饿。这不，依着邓夫人的吩咐，才吩咐御膳房炖了羊肚羹，正要送进去呢。"宫女回答。

"那就送进去吧。"小安子的声音虽然尖细，可柳九九却觉得特别干净好听。

话音刚落，宫女就端着羊肚羹"嘎吱"一声推门进来。听着耳畔越来越近的脚步声，柳九九觉得不像是在做梦。她再次睁眼，掀开手感极好的锦缎被，缓缓坐起身，呆呆地望着穿着宝蓝色宫服的宫女，嘴巴微张，半晌说不出话来。

宫女将手中的羊肚羹搁置在桌上，转过身瞧见她醒来，忙跪下："奴婢景云给姑娘请安。"

"景云？"柳九九抬手揉了揉模糊的眼睛，胳膊有些酸疼。随后，她又打量了一眼暗金云纹的绣花床帐，再看了一眼四周奢侈的陈设。一旁金丝楠木架上摆放着质地上乘的白瓷花瓶，地面铺设着方块玉砖，表面被打磨得细腻平滑，在光线的投射下模糊地倒映出屋内陈设。玉砖就像是剔透的大冰块似的，泛着刺眼的光芒。

景萃宫内的布置是暖黄色的，外面摆放着一个精致的大鼎，里头的炭火烧得很旺，把整个屋子都烤得暖暖的。

她把目光收回来，落在景云身上："这是……什么地方？"

"回姑娘，这里是景萃宫，历来是皇后居住的地方。圣上已经下旨，下个月中旬会为您举行封后大典，所以，您便是未来的皇后，也就是这后宫之主。从今往后，就由奴婢来伺候您了。"景云走过来，搀扶着她在桌边坐下。

柳九九肚子很饿，端起羊肚羹就往嘴里送。一口下去，既有被炖得软烂的羊肚丝，也有入口即化的山药丁和软烂的红豆。这一勺汤羹下肚，胃里立马暖了不少，且得到几许饱腹的幸福感。

手艺倒是不错，比起入口即化的肚丝儿，她更喜欢脆的。

待肚子吃饱了些，她才开始思虑宫女说的那些话。她脑中有思绪翻腾，她明明是躺在排骨大哥怀里的，怎么一觉醒来竟到了皇宫呢？

她抬手捶了捶太阳穴，想让自己更清醒些。由于昨日发烧太过严重，导致后来发生了什么，她居然都不记得了。她放下手中的羹碗，伸手一把抓住宫女的小嫩手："妹妹，你们肯定是搞错人了，我不是什么皇后，你们家皇帝和太后也不是我救的，你们认错人了……"

"姑娘说笑了，圣上在太后面前可是说你们情投意合哪，圣上又怎会认错人？"景云原本是太后的贴身宫女，后被辗转送到乾极殿。平日负责周凌恒的饮食，也是太后放在周凌恒身边的一个眼线。只是周凌恒并不让宫女近身，所以她也没有什么大作用。

"瞎胡闹，我跟你们皇帝好些年没……"她将后面的话吞了下去，只怕狗皇帝未必知道她是柳家孤女。于是她改口说，"我连你们家皇帝长什么样都不知道，又怎会情投意合？你们搞错了，一定是搞错了。"

小安子听见里面传来柳九九吵吵嚷嚷的声音，忙进来劝她："柳姑娘，您把肚子揣在心里，咱们陛下保准合您的口味。"

"把肚子揣在心里？合口味？你家皇帝是猪排吗？"柳九九有些生气，这穷凶极恶之辈抢女人做小妾也就罢了，怎么狗皇帝也干起强抢民女的事了？

小安子眸中亮光一闪，忙点头说："是是是，是猪排，咱们陛下，就是猪排。"排骨可不就是猪排吗？排骨大哥跟猪排大哥，一个理儿，一个理儿。

景云目瞪口呆地望着小安子。这小安子也是大胆，居然说陛下是猪排？这可是会掉脑袋的啊！

柳九九气得鼓着腮帮子，抱着胳膊侧过身去，把下巴搁在胳膊上，垂着眼自顾自地生气。她一肚子火没地方撒，这里是皇宫，稍微一句话说得不恰当，指不定就会被"咔嚓"掉脑袋。

她将脸埋在胳膊里，跟小姑娘发脾气似的直跺脚，嘴里还发出"呜呜"声。

她想跟排骨大哥在一起，她才不要嫁给狗皇帝呢！

柳九九想着自己要嫁给长得比大黑还丑的狗皇帝，心里就瘆得慌。这以后夜里起身上茅厕，一扭头看见黑黢黢的一个脑袋，那还不得吓死呀？

她越想越可怕，干脆趴在桌子放声痛哭起来。

这可急坏了小安子和景云，两人面面相觑，完全不知该如何劝这位主子。难不成是喜极而泣？可看着也不像啊，瞧这主子一脸不情愿的样子，大有哭倒景萃宫的气势啊。

两人手足无措，完全不知该如何是好。就在这时，慈元宫的太监常公公手持拂尘，昂首挺胸地跨步进来。一瞧姑娘趴在桌上痛哭，"啧"了一声，嗓门扯得尖细："哟，这是怎么了？这景萃宫的太监、宫女是没伺候好还是怎么着？"

一见是在后宫横着走的常公公，小安子忙笑脸迎上去，解释说："姑娘这是想家了，这不，劝不住。"

常公公咳嗽一声，清清嗓子，说道："行了，姑娘您就别哭了，太后召您过去呢，赶紧的。景云伺候姑娘梳洗打扮，好好拾掇拾掇。"

柳九九登时不哭了，抬起小手抹了一把眼泪，瓮声瓮气地说："公公，你说要见谁？！"

"太后！"虽说皇上指名要封这姑娘为后，但常公公觉着成功的概率不大。这皇后要是谁都能当，后宫还不得翻天啊？

柳九九吓得往桌子下面钻，抱住桌子腿死活不松手："我不去！打死我都不去！"

景云被她这阵仗给吓住了，忙俯身安慰她："姑娘，太后娘娘不吃人，很随和的。"

"不去！说什么都不去！"

太后是不吃人，可她对太后有阴影啊！小时候她跟着亲爹进宫，太后似乎很喜欢她，一见着她就喂她吃东西。太后会做红枣酥，那时她也爱吃，常夸太后手艺好。

太后总会被她的一张小甜嘴逗得眉眼弯弯，于是便开始钻研厨艺。先皇爱吃面条，太后就学着煮面条，让她来试吃。太后娘娘做的面条里会放差不多半碗猪油，每次吃完她都满肚子油。偏偏她还不能说饱，也不能说不好吃，得昧着良心，摸着圆滚滚的肚皮说"好吃"。

于是太后越发变本加厉，每天都差人把她接进宫里，让她吃好大一碗猪油面。

半碗猪油！她觉得自己不是在吃面，而是在喝猪油！

喝猪油的经历在柳九九心里留下了深厚的阴影，即便太后是个慈颜悦色的大婶，她也不敢再去见她。

万一她又给自己喝猪油怎么办？想起那大半碗的猪油，柳九九便觉得胃里有什么在翻滚。

"姑娘，您要是不去……便是违抗太后的懿旨，那可是要杀头的啊。"小安子冲着桌下的柳九九比画了一个"咔嚓"的动作，吓得某人一阵哆嗦。秀气的小安子将手中的拂尘递给景云，撩起袖子，露出两段白净的小臂，张开双臂抱住八仙桌，轻轻松松就将厚重的桌子搬开，让桌下的柳九九显露出来。

一听要杀头，柳九九吞了口唾沫。她踉跄着站起来，抿着嘴被景云扶去内间，开始梳妆打扮。

从景萃宫到慈元宫有一炷香的时间。现在已是早冬的天，寒风作祟，偏偏她又穿得薄，缩着脖子，将手团进袖子里，一路上都没什么精神。走在路上，大家都以为她是宫女，而景云是主子。

等走到慈云宫门口，她依稀听见里头传来笑声。在常公公的带领下，她绕过屏风走到里头，随后跟着小安子和景云一起，笨拙地跪在地上，给太后磕头，扯着响亮的嗓门道："太后娘娘吉祥，太后娘娘千岁千岁千千岁……"似乎宫里的人都是这么跟太后请安的。

屋里的笑声停住，气氛陡然沉下去，柳九九趴在地上紧张得出了一身冷汗。她跪了半晌，头顶上也没个动静，偏偏她又没那个胆子抬头去看。就这么跪了一刻钟，头顶才传来一个不疾不徐的声音："你就是柳九九吧？来，抬起头来，让哀家看看。"

她紧张得直哆嗦，不会又逼她吃猪油面吧？想起那大半碗的猪油面，她的胃里又是一阵翻腾。酸水从胃里翻涌出来，她包在嘴里也不敢吐，便紧抿着嘴吞了回去，随后抬头望着太后，定定地点头。

太后穿着云锦绣花宫服，盘了一个复杂的发髻，满脑袋的金钗发饰看得她眼花缭乱。身体雄壮的后宫四妃分别立于两侧，纷纷拿锐利的眼神打量着她，似乎很不友善。

这么些年过去，当年面目慈和的太后倒是变了不少。太后板着一张脸看着她，眼睛里就跟摆着冷箭似的，随时要朝她射来。

她仰着一张圆润白净的小脸，五官玲珑，眼大鼻高，下巴有肉。太后仔仔细细打量着她，戴着厚重的发饰微微偏头。她思虑片刻，目光最终落在柳九九的屁股上，冷着声音道："来，站起来，转两圈。"

柳九九愣了一下，随即颤抖着双腿站起来，捶了捶发麻的腿后很快站直，乖乖地转了一圈，再面对着太后停下。

"你的事，皇帝都跟我说了。不过这立后事关重大，不可儿戏，你且先在后宫住下，哀家就先给你一个才人的名号。若你能为皇帝产下龙子，哀家再和皇帝商议封你为后也不迟。"太后说这话时，语气威严，有几分淡漠冷厉，王室气场十足。

"我……我……"柳九九低头玩弄着手指，憋了口气解释，"太后娘娘，您要是不喜欢我，可以把我赶出宫去，我不介意的。"她瞧着太后的脸色不好，紧接着又说，"我真的不介意，您千万别误会。"

若不是她说话时笑得跟傻妞似的，太后当真会以为她狂妄到敢威胁自己。毕竟这姑娘是皇帝想方设法弄进宫的，她又怎好驳皇帝的面子呢？再者，这姑娘体态均匀，屁股大，下巴有肉，一瞧便是福泽深厚之人，生个龙子定没什么问题。这姑娘要是能给她生个孙子，她倒也不计较这姑娘身份低微，日后再让皇帝升她为妃，这皇后之位……是万万不能给她的。

毕竟她的身份摆在那儿，她要是当了皇后，她皇室的脸面又往哪儿搁？

太后正襟危坐，轻轻咳嗽一声，说道："你不介意，皇帝介意。皇帝既然开了口，那你就是皇帝的女人，哪容得了你自己做主？这普天之下莫非王土，难不成你想让哀家跟着你一起抗旨不成？"

闻言，柳九九"扑通"一声跪下："太后娘娘恕罪，我不是那个意思，我这不也是为太后娘娘和皇帝着想嘛。民女……民女不想让皇上和太后不开心。"

太后微微一怔，随即问她："你说什么？"

柳九九也是愣住，她刚才说了什么？她迟疑了片刻，才将方才的后半句话重复了一遍："民女不想让太后和皇上不开心。"

"哦？"太后斜睨着她，将尾音拖得老长，"这么说，为了让哀家心情好，这个皇后你也是可以不当的喽？"

柳九九一边磕头一边说："是是是，太后若是高兴，让我给您当厨子都成。"

"你不提这茬，哀家差点都忘了，据说你的手艺是咱们京城最好的。"太后由常公公扶着起身，居高临下地看着她，"来，你就跟着哀家来尝尝，看看咱们晚膳的手艺如何。"

今儿是冬至，按照历朝历代的规矩，宫内要办家宴。但太后不喜热闹，就自个儿在慈元宫内摆了一桌，邀请后宫四妃来吃宴酒。初进宫的柳九九自然也免不了要过来，毕竟是皇帝钦点入宫的女子。儿子喜欢，她这个当母亲的，自然也要关照一下。

一直等太后和后宫四妃都走到前厅，她才从地上爬起来。景云和小安子过来扶着她，替她掸去膝上的灰尘，扶着她绕过屏风走到前厅。

她望着后宫四妃的虎背熊腰，忍不住低声问小安子："老实说，我长得是不是……不算丑？"

"不丑不丑，姑娘美着呢。"小安子笑意盈盈。

"是吗？"柳九九摸了摸自己肉乎乎的脸蛋儿，有些质疑小安子的话。她总觉得这小安子贼眉鼠眼的，对她说话都是阿谀奉承。

小安子有点眼力见，猜到柳九九的想法，忙又说："姑娘您美得就跟芝麻似的。"

"芝麻？！"常有人把她比喻为馒头，将她比喻成芝麻倒是头一回。难道小安子想表达的想法是……她的脸型像芝麻？

没等她想通透，小安子莫名其妙来了一句："排骨跟芝麻更配哦……"

柳九九明显愣了一下，随即像找着知音似的笑了，压低声音对小安子说："对对对，排骨跟芝麻更配！只是，为什么说我长得像芝麻呢？"

小安子捂着嘴，贼兮兮一笑："姑娘，您怎么还不懂呢？咱们陛下……长得像排骨。"

柳九九还是头一次听说有人长得像排骨的，那得是个什么模样啊？街坊邻居说她长得像馒头，那是因为她小时候脸圆且白。她在脑中将皇帝的相貌拼凑了一番。

皇帝的脸像小块排骨，方的？皇帝的肤色像排骨酱汁儿，黑红黑红的那种？

柳九九吞了一口唾沫，所以这皇帝到底是有多丑啊？怪不得连她一个平民女子都敢随便娶，敢情是掐准了她不会比后宫四妃更丑了？她越往深处想，心里便越纠结难过。这杀千刀的狗皇帝，真是害人不浅啊！可怜她一个芳华少女，就这般被摧残了？

她走到楠木圆桌前时，太后跟后宫四妃已经坐好，还余下两个座位，一个在太后的左手边，一个在最末端，文妃旁边。柳九九颇不讲究地揉着肚子在太后的左手边坐下，后宫四妃之首的秦德妃正在漱口，被柳九九吓得将漱口水吞进腹中。柳九九也不讲究，伸手从丫鬟端着的托盘里拿过盛漱口水的金纹茶盅，仰头豪气地一口喝掉。

末了还擦了擦嘴，真是渴死她了。

太后蹙眉看了她一眼，此女举止实在粗鲁。饮完漱口水，柳九九看所有人都望着自己，尴尬地摸了摸脸，一脸茫然："你们干吗这么看着我？我……脸上有花？"

秦德妃冷着一张脸，训斥她："大胆，你这女子居然不知礼仪，敢坐皇上的位子，还不赶紧起来！"从一开始，她便注意着柳九九，这姑娘看起来跟傻妞似的，实际如何还有待观望。

柳九九吓得一颤，如坐针毡似的赶紧起身，尴尬地望着一桌人，最后只得乖乖地坐到文妃旁边，那个最末端的位子上。家宴开始后，太监、宫女将一盘盘精致的菜肴往上端。

鲍鱼海参、燕窝鱼翅一样不少。柳九九平日舍不得下嘴的东西，桌上一应俱全。她扫了一眼餐桌，暗自庆幸：还好没有猪油面。

用膳期间颇为讲究，挑菜得用公筷，不仅如此，还得按照辈分依次挑。桌上数柳九九辈分最低，偏偏菜量又少，轮到她时，鲍鱼等珍馐已经被前面的人挑选干净，只留了一点儿汤汁给她。

她只得挑了几筷青菜拌着米饭将就着吃。她怀疑自己来的根本不是皇宫，皇宫里的人用膳，哪会这么抠门啊？再不济也得让人吃饱不是？

热菜过后就开始上甜品，没吃饱的柳九九伸手拿了一块红枣酥就往嘴里塞。她此时饿得两眼发昏，从昨天开始就没怎么吃东西，方才醒来也只吃了一碗羊肚羹，这会儿肚子饿得咕咕叫。

她见后宫四妃对红枣酥没兴趣，索性几口就将一盘吃了个干净。偏偏她吃着吃着就忍不住落泪，秦德妃斥道："大胆柳九九，家宴上你哭什么？扰了太后的心情！"

"真是个不懂规矩的丫头，仗着皇上宠爱就能在皇宫放肆不成？"文妃瞥了她一眼，冷嘲热讽道。

其他两妃虽未说话，却也是一副看好戏的表情，等着太后大发雷霆。

从柳九九开始吃红枣酥，太后就一直打量着她，嘴角含着笑意。她倒没急着斥责柳九九突然落泪，而是问她："怎么突然哭了？"

柳九九咬着香脆的红枣酥看着年近半百的太后，哽咽着说："回太后，我想起了以前一个待我很好的姊姊，她经常喂我吃红枣酥，就跟我娘似的。我从小没娘，从小到大就属她和奶娘待我好，奶娘去世之后，这个世上待我好的女人，就只剩她了。"

虽然太后娘娘在她小时候逼她吃猪油面，但太后娘娘做的红枣酥是真的好吃。她从小没娘，太后待她不错，她有时候甚至觉得，太后很像自己死去的娘。

说起这个，太后也想起一段往事，泪眼婆娑，唉声叹气道："十几年前，我在这后宫之中无权无势，因人老珠黄得不到先皇宠爱，地位低下。当时皇帝年幼，先皇便让德妃管教皇帝。皇帝不在我膝下，我便时常召柳大将军家可爱的幼女菁菁来宫中，她也爱吃哀家做的红枣酥。"

太后说得伤感，四妃装模作样地擦眼泪。那柳菁菁是太后时常挂在嘴边的丫头，大家都心知肚明。当年柳家一夜之间被灭口，那柳菁菁定是凶多吉少了。

四妃心中也暗自庆幸，还好那柳菁菁死了，否则这皇后的位置，怕是要被她给稳稳坐住了。

柳九九将最后一口红枣酥吞下腹，突然觉得，太后娘娘又变回了当年那个和颜悦色的大姊。

太后当年也是极不易，晚年产子，生下龙子后也未曾"母凭子贵"，加上她身份卑微，那会儿只是个名不见经传的才人，没有权利管教周凌恒，周凌恒便只能被送往德妃处。每当太后看着自己儿子喊人家做娘，心中的滋味可想而知。若不是机缘巧合下遇见柳九九那个小甜心，那几年怕是也熬不过去，早和其他后宫女人一般郁郁寡欢了。

柳九九的话勾起了太后的一些往事，太后忍不住扑簌簌地掉下眼泪来。后宫四妃见太后情绪伤感，便也跟着哭丧着脸，"呜呜"地干抹泪。柳九九见一桌子人情绪不佳，忙不迭地起身，拿筷子分别往她们碗里夹了一块黄金酥脆的馒头。

她将最好看、最圆润的那块挑给太后，语气软糯乖巧："太后娘娘，您别难过，您不是还有我们吗？以后我们整个后宫的人都陪着您，给您捶腿捶背。您负责做红枣酥，我们负责吃！"

柳九九挺着胸脯，说话的模样带有几分嬉皮敦厚，给人一种踏实的憨厚感。太后越看这丫头越眼熟，她怎么就觉得这丫头长得那么像柳家那丫头呢？

就在这时，门外传来太监尖细的通报声："皇上驾到——"

皇上？！狗皇帝来了！

柳九九吓得一下没坐稳，身子往后一仰，整个人翻倒在地。她看见皇帝那双黑靴子，忙俯身跪下，保持一种磕头的状态："皇上万岁万岁万万岁。"

后宫四妃也纷纷福身，齐刷刷地道："参见皇上。"

"起来吧，都起来吧。"周凌恒担心太后为难柳九九，忙将手上的事搁下，从御书房火急火燎地赶过来。结果他一踏进门，便瞧见柳九九从凳子上翻下来。他正打算伸手接住她，却是晚了一步。

柳九九听着这声音觉得有些耳熟，动了动耳朵又仔细听，抬头就看见穿着龙袍的周凌恒，登时吓得白眼一翻差点晕倒，还好小安子手快将她扶住。于是她脑子里开始迅速闪过排骨大哥跟自己相处的画面，然后是方才小安子说的那句"排骨配芝麻"，脑子跟被雷劈过似的，轰隆隆直响。

她打过排骨大哥，她使唤过排骨大哥干活，这些她都可以忽略不计。

可要紧的是，她天天在他面前叫"狗皇帝，狗皇帝"的，这一桩桩一件件，综合起来可都是要杀头的啊！她的脑子飞速旋转，始终一片混沌，不知所措。于是她也不知脑子犯什么轴，伸手抱住周凌恒的大腿，几乎要将好好的嗓门给扯破："皇上不要杀我，好歹咱们也是千里有缘人，看在我爹曾经立过赫赫战功，看在我全家上下死得这么惨的分儿上，留我一条狗命，我以后再也不骂你是'狗皇帝'了！"

周凌恒本以为柳九九知道真相后会跟自己闹脾气，继而再甩自己两巴掌，然后愤然离去。他连接下来该怎么跟柳九九道歉都已经想好了，万万没想到柳九九会"扑通"一声跪下，抱着他的大腿和腰"鬼哭狼嚎"？！

这让他有些手足无措，面对这种情况，他实在不知该如何应对。他的大腿被铲铲死死地抱住，他杵在原地发愣，脑中一片空白。他知道铲铲贪生怕死没骨气，可面对这么温柔的自己，她不至于这么没骨气吧？

好歹在旁人面前也要表现得有骨气一点。这下倒好，当着后宫四妃的面掉了一回节操，以后还如何统领后宫？一上来就丢了气势，以后可不就只有被欺负的命？

太后和四妃面面相觑，全然不知是何情况。最后还是周凌恒将"胡言乱语"的柳九九从地上捞起来，一把扛在肩上，对震惊之中的太后说："母后，儿臣跟九九许久没见，需要一段单独相处的时间，您先用膳，儿臣告退。"说罢，他当着众人的面扛着柳九九走出了慈元宫。

但凡他扛着柳九九走过之处，太监、宫女俱跪倒一片。柳九九看着这阵仗，趴在他肩上扇了自己两个脆响的巴掌，疼痛感让她清醒，这不是做梦，这绝非做梦。

不是做梦，那排骨大哥真是狗皇帝？！这种超乎寻常的事，居然被自己给遇上了？所以这些年到底发生了什么，让排骨大哥从小黑脸变成了如今的小白脸？

周凌恒扛着她走进御花园，屏退左右，将她放在石桌上坐着。柳九九坐在石桌上，仰着脑袋，眨巴着一双水汪汪的眸子，不可思议地看着他："你真的是……皇帝？"她声音脆嫩，好听的疑问声几乎要让周凌恒的骨头酥了。

"是。"周凌恒见她的脸颊一片红，蹙着眉头，有些许心疼，伸出宽厚的手掌，捧住她的脸颊，轻声问她，"疼吗？自己打自己，哪有你这么傻的？"

"我就是想看看自己是不是在做梦。"她脸颊一片火辣辣的疼，被周凌恒冰凉的手掌那么一摸，倒是清凉了不少。

"朕是皇帝，喜欢你，想娶你，又怎会舍得杀你？"周凌恒为了让她安心，若有似无地叹了口气，随即捧住她的脑袋，将她搂入怀里。

柳九九坐在石桌上，双脚有一下没一下地晃着。被他这么突如其来地一搂，垂着的双脚就跟被冻住似的，吊在半空一动不动。她整张脸被他摁在胸口，隔着龙袍，她几乎能感觉到他胸肌的温热与脉络。

贴在他的胸膛上，让她感觉很踏实。心中的忐忑被他此刻的温柔遣散，七上八下的心总算归于平静。

周凌恒的下巴在她的头顶蹭了一下，继而低头贴着她的耳垂说："朕是你的，你也是朕的。"这句肉麻的话从他嘴里说出来，平淡得就跟吃肉似的，柳九九一点儿也不觉得肉麻。

他的呼吸喷进她的耳朵里，不仅惹得她耳朵痒，心里也痒。她体内似乎有什么东西炸开，惹得她打了个寒战。她吞了一口唾沫，声音纤细："我……排骨大哥，我们这是不是就叫缘分？小时候，我记得你不长这样啊？"

"朕只记得被你欺负过。"周凌恒语气认真，颇有几分严厉。

这是来兴师问罪的？前仇旧恨一起算？她说道："小时候我年幼不懂事，那时候你长得也实在……跟大黑似的，忍不住就想……"

"就想欺负我？"周凌恒揉了揉怀里的人，见她缩着脖子有些害怕，冲着她爽朗一笑，"那好，朕现在给你个机会，好好欺负朕，下半辈子朕都让你欺负。"

"不好吧……"柳九九心虚，总觉得如果自己说"好"，周凌恒会翻脸把自己给推开，继而让太监拖下去斩了。这么一想，她感觉可怕至极，脑子里突然就蹦出"伴君如伴虎"这句话。

"你怕朕？你怕什么？你跟朕心灵相通，朕哪里敢对你不利？铲铲，你忘了这几日朕代替你疼胸口了吗？"他感觉到柳九九在发抖，开始安抚她的情绪。他抓住她的手，在自己的胸口揉了揉，"你昏迷不醒，朕里外一起疼。你受苦受疼，没有人比朕更难受了。"

听他这么一说，她这才想起周凌恒能替她受疼这一茬。所以周凌恒碍于这层，应该也不敢拿她怎么着吧？她忽地垂下眼帘，叹了口气，开始埋怨自己没用。怕死又怕疼，除了会做菜，几乎什么也不会。

诗词歌赋她不成，琴棋书画她也不会，就她这样的，别说当排骨的皇后了，就是当他的妃子都不够格。她有几斤几两，她自己明白。

她扬起一张包子脸，郑重其事地望着周凌恒："排骨大哥。"

"嗯？"周凌恒看着她，眼神温柔得几乎要滴出水来。

"我……"柳九九顿了一下，才鼓起勇气说道，"我承认自己有一点喜欢你。我也有自知之明，我无才无德，什么也不会，别说当你的皇后，就是当你的妃子或者才人，我都觉得不够格。你让我出宫，我依旧是九歌馆的老板娘，你依然是我的排骨大哥，咱们俩还是好朋友，大不了以后你来九歌馆用膳，我不收你的钱，你觉得怎么样？"

周凌恒沉下脸，眸中的温柔收紧，语气冷厉起来："柳九九。"他吐字清楚，拧着眉头认真地道，"你就只有一点点喜欢朕吗？"

柳九九心虚得不敢看他的眼睛。其实她也不知道自己到底喜欢他多少。跟他在一起时，就想和他黏在一起；离开他时，又十分想念。那种念想在她心里生了根，就跟有千万只蚂蚁爬过似的。

大概只有一点点吧……具体是多少点，她也不太清楚。

"朕掏心掏肺待你，你对朕却只有一点点喜欢？"任周凌恒脸皮再厚，到底是个男人。他好不容易正儿八经地喜欢一个女人，处处为她着想，却只换来"一点"喜欢。他到底是该哭，还是该笑呢？他沉了口气，将心中的愤怒压制下去，问她，"在你心中，觉得是土豆重要，还是我重要？"

她几乎没有犹豫，脆脆的声音脱口而出："土豆。"

敢情他还不如一个下人？！

周凌恒心中妒火中烧，一掌拍在石桌上。没过多久，柳九九便听见石头裂开的声音，屁股下的大理石桌面裂开，她整个人差点随着裂石一起掉在地上，摔个屁股开花。还好周凌恒手快，双手从她腋下穿过，将她捞住，这才免了她坠落在地。

柳九九站稳，想开口跟他说谢谢，可周凌恒立马松开她，愤愤然地拂袖而去，徒留柳九九一个人杵在原地发呆。她回过头看了一眼身后的碎石，又看了一眼周凌恒离开的方向，这才意识到，排骨大哥在发脾气。

她又看了一眼御花园，景云和小安子也没跟上来，偌大的御花园空空荡荡，只余她一人。她耷拉着脑袋，沿着御花园的林荫小道往前走。也不知走了多久，累了她就坐在石阶上撑着下巴发呆。

回景萃宫的路她早已忘得一干二净，这宫内的路九曲十八弯，她真是不知该走哪一条。她伸出腿捶了捶，想着方才被排骨大哥"抛弃"，心里就像是空了一块。

在这宫里，自己唯一信得过的只有周凌恒，现在连排骨大哥都不理自己了，自己又该怎么办呢？排骨大哥会原谅自己吗？

她仔仔细细想了一下周凌恒方才的问题。她嘴上说是土豆重要，可她日思夜想的却是他那块英俊的排骨。即使受伤昏迷时，梦里也全是他。

土豆是她的家人，而排骨是她喜欢的男人，于她来说，都重要。

　　她坐了一会儿，又沿着御花园的池塘边上走。脚下一个不注意，整个人往右一歪，"扑通"一声就掉进了池塘里。

　　还好池塘的水不深，她扑腾了一下又爬了上来。这大冷的天，浑身湿透不说，发髻上的金钗也悉数掉进水里。她爬上岸冷得直哆嗦，将自己胳膊上的披帛搭在树上。

　　一阵寒风吹来，冷得她上下牙齿不停地打战。她抱着胳膊在原地跺了跺脚，没头没脑地往有炊烟的地方跑，误打误撞地跑进了御膳房。

　　她总觉着后面有人跟着她，可她一转身，又空空荡荡什么都没有。

　　御膳房的太监瞧她一身湿漉漉的，跟落汤鸡似的，看穿着打扮又不像是御膳房的人，便问道："你是哪个宫的？"

　　柳九九缓过神，抱着胳膊哆哆嗦嗦地回答："景……景萃宫。"

　　太监将她上下打量一番："景萃宫？是来取药膳的吧？"

　　她愣了一下，随即点头说："是。"

　　太监看了她一眼："跟我来吧。"

　　"公公，你们这儿能换衣服吗？我方才掉下水了，这大冷的天……"她的话还没说完，太监就将她带到炉灶旁，指着上面炖煮的药膳道："这灶里有火，你自己烤一下，这药膳还得再炖一刻钟，等到了时辰你便给景萃宫的主子端过去。切记，不可耽搁了时辰。"

　　柳九九点头应了一声，太监交代完便离开了。御膳房内的厨子不少，各自忙着自己的事，烧火的、洗菜的、切菜的、掌勺的，大伙做事有条不紊，快而不乱。

　　出于对御膳房的好奇，烤干衣服后，她在御膳房里转了一圈。掌勺的御厨正在做干锅蒸肉，小瓷钵里满满一碗，馋得柳九九揉着肚子口水直流。

　　柳九九的直觉没错，的确有人跟踪她。

文妃的宫女绿华一开始便跟着柳九九。她看着陛下将柳九九扔下，气冲冲地拂袖离去，又看着她掉进池塘后来到御膳房。这女人身份特殊，说是深受陛下的宠爱，可陛下却又弃她而去，她有些看不大懂。前几日陛下下旨，除了后宫四妃，其余的才人、美人全都送出了宫。

秦丞相去世了，如今秦德妃已然失势。文妃乃太尉之女，是朝臣和太后心中皇后的不二人选。如今半路杀出个柳九九，文妃自然不快。

绿华躲在御膳房外，打量揉着肚子、一脸傻劲的柳九九，心想：这里没有任何人知道她是谁，倒不如……趁机除掉她，这可是个千载难逢的好机会。绿华拽住御膳房的掌事宫女，往她手里塞了一锭金子："想办法把那丫头除掉，事后还有重谢。"

掌事宫女收下金子，看了一眼立在灶台前看御厨做菜的柳九九："这丫头是……"

"刚进宫的宫女，今儿惹了文妃不快。"绿华言简意赅。

掌事宫女显然不是第一回做这种事，她点头应下，眼珠子骨碌一转，心生一计。昨日邓大人送来一只猛虎，关在了御膳房后面。本来邓大人吩咐，让御厨炖了给陛下和太后享享口福的，但杀这猛兽前，须得给猛虎送一碗灌了迷药的水，将其迷晕，才可开膛破肚。奈何老虎生性恶劣，御膳房内无人敢靠近铁笼。

柳九九正抻着脖子看御厨做菜看得欢快，就被管事宫女给叫住。掌事宫女凶巴巴地往她手里塞了一碗水，吩咐她道："你，把这碗水给后院大铁笼里的猛兽送去。"

她茫然地抓了抓脑袋，问道："什么猛兽啊？"

"问这么多做什么？让你去你便去！"掌事宫女扭头看了一眼门口的绿华，摸出钥匙塞给她，吩咐说，"先别掀开黑布，先摸索着把铁笼的铁锁打开。"

柳九九挠了挠头，端着碗"哦"了一声，便往御膳房后院走去。

后院是兽圈，掌事宫女打开木门，让她进去。柳九九抻长脖子往里面看了一眼，身后的人猛地推了她一把，她端着碗趔趄着跨了进去。才刚稳住身子，身后的木门便"砰"的一声关紧了。

里面养着一些鸡、鸭、鹅，正满地欢腾地跑。她踮着脚，稍不注意就踩了一脚的鸡屎。角落里摆放着一个大铁笼，用厚重的黑布遮得严严实实的。她猜测里面一定是山羊之类的走兽，于是将水碗放在地上，按照掌事宫女的吩咐，将手探进黑布，摸索着去开铁笼的锁。

铁锁被她"吧嗒"一声打开，她掀开黑布一角往里头看了一眼，里面黑黢黢一片，什么也看不清。她一只手抓着铁笼，一只手拽住黑布，用力将黑布拽下。黑布一落下，铁笼里那只精神抖擞的老虎便跟她打了个照面。

大花虎伸了个懒腰爬起来，抖了抖浑身油亮的毛发。柳九九嘴巴张得有鸡蛋那么大，眨了眨眼睛，吞了口唾沫，半晌说不出话来。

齐北虎厚重的眼皮一抬，一见是柳九九这个老"熟人"，一双滚圆的眼睛登时发光发亮，亲热地往铁笼上一扑，抬起一双毛茸茸的大肉爪，摁在柳九九的手上。柳九九吓得"啊"了一声缩回抓着铁笼的手，拔腿就往门口跑。

她拍着木门，扯开嗓门吼道："快……开开门！老虎，有老虎！出来了……快开门！"隔着木门，她听见有女人的笑声传来。

门外，绿华从袖子里取出一锭金元宝，塞给掌事宫女，看着木门掩嘴一笑，于是转身离去。

掌事宫女咬了一口金子，隔着一层门劝门里的柳九九："你别白费力气了，死在齐北虎嘴里，也算是你的福气。"

第九章
花虎坐骑

福……福气？！福气你个大黑狗啊！

"放我出去！我要是死了，皇上会扒你的皮，抽你的筋！"柳九九都快急哭了，她可不想被老虎吃掉，哪怕是砍脑袋也好，一刀了结，疼痛短暂。

可这老虎若是牙齿不好，一口下去咬不断她的脖子，她还得眼睁睁看着老虎将自己的血肉拉扯得到处都是，那简直是人间噩梦！十八层地狱都不带这么惨的。

"哟，瞧这话说的，你以为你是谁啊？"掌事宫女捧着金子，掩嘴笑道。

"我……我是……"柳九九愣住了，是啊，她是谁呢？她谁也不是。

掌事宫女检查了一下门锁，将钥匙收好，拿着金子转身离开。徒留柳九九一人在门内"鬼哭狼嚎"。

就在她急得想爬墙时，齐北虎已经走到她身后。

她转过身，背紧紧地贴着墙，举着手一动不动。她可怜巴巴地望着大花虎，哆哆嗦嗦道："老……老虎大爷，咱们往日无冤近日无仇的，您放过我……"她吓得双腿一软，一屁股坐在地上。

齐北虎歪着脑袋打量她，抬起爪子，在她的脑袋上拍了拍，就跟拍小孩似的。柳九九愣住了，这大花虎干吗呢？

随后，齐北虎便伸出舌头，在她脸上亲热地舔了舔，舔得柳九九脸上黏糊糊一片。这老虎明显是在向柳九九示好，于是她颤颤巍巍地缩了缩脖子，低声问道："你……你不吃我？"

齐北虎仰天一啸，"嗷呜"一声趴在她的身边，用大脑袋轻轻撞了她一下。

柳九九拍着胸脯看着它，仍旧不敢动。她盯着它那双明亮的大眼睛，似乎读懂了它温柔的眼神，又问它："你想出去？"

齐北虎不做回应，柳九九知道它不会说话，又说："如果你想出去，就在我手背上舔两下。"她此刻也不知打哪儿来的勇气，将自己的手伸过去。乖巧的齐北虎果然在她手背上舔了两下，拿下巴上白花花的虎毛在她的手背蹭了一下。

柳九九顿时破涕为笑，这大花虎，就跟大黑似的。她忍不住伸出手，抱了抱大花虎的虎头。她觉得自己蛮有动物缘的，上次在柳州城落水，被乌龟从水里托上岸。这次跟老虎打照面，这个大家伙居然跟她示好。

她就跟捡了宝贝似的，将方才的害怕抛了个一干二净，就像摸大黑狗的头似的，摸着齐北虎的脑袋："敢情你还是只会算术的老虎啊。"她想起方才惊险的一幕，攥紧拳头，咬着牙暗暗发誓，"大花，等我出去后，我要当皇后，让方才那个掌事宫女跪在地上叫我奶奶！让后宫所有人都不敢得罪我！"

说到这里，她又委屈得很。她才刚来宫里，怎么就有人想要自己的命呢？心里越想越不舒坦，她其实不是个爱惹事的人，但有人却想要她的命。她爹曾说过，战场上没有朋友，只有敌人。想要让自己活下去，就得自己拼杀出一条血路来。

这后宫犹如没有硝烟的战场，想要活下去，就必须先让自己强大。

她虽然贪生怕死，但并不意味着就能随便让人欺负，打不还口骂不还手。她是个小心眼的商人，也是个小心眼的女人，这个仇，她一定要报。

柳九九摸了摸齐北虎的脑袋，咬牙切齿道："他们明天一定会开门进来看情况。等他们一开门，咱们就冲出去！见人咬人，见佛咬佛，让他们都不敢欺负咱！"

"嗷呜——"齐北虎冲着她叫了一声。

柳九九看了一眼四周的高墙，想爬上去实在有些困难。天色渐暗，她拿扫帚将地上的鸡屎扫干净，继而拿了一堆干净的稻草在地上铺开，随后舒舒服服地躺下，盯着漫天繁星发呆。

这皇宫的夜色，是比宫外的要美。头顶的银河像薄如蝉翼的披帛，夜色深沉如水，寒风冷冽冻人皮骨。她将手拢进袖子，往大花虎肚皮的位置缩了缩，用它的皮毛取暖。

她微微合眼，便睡死过去。大花虎通人性，似乎很喜欢她，翻了个身，用爪子盖住她，拿花白的肚皮紧紧地贴着她的脸，以此给她传递温暖。

柳九九抱着大花虎的肚子，大家伙腹下滚热如炉灶，她睡得无比安稳。

景萃宫内的人以为柳九九是跟周凌恒在一起，全然不知柳九九现在的状况。直到亥时，周凌恒消了气，带着小太监走进景萃宫，想来看看柳九九。他打算厚着脸皮跟她道个歉，白天那事也就算是过去了。

可让他没想到的是，下午一别后，柳九九压根儿就没回过景萃宫。周凌恒手叉着腰，焦急地在景萃宫踱来踱去，一巴掌拍在自己的脑门上："铲铲必定是迷路了。小安子，赶紧差人去找！"

皇宫这么大，她身上还有伤，这天寒地冻的，独自一人在外面，指不定会冻成什么样。周凌恒揉了揉胸口，消停了一日的胸口又开始疼了，这是因为柳九九的旧伤复发了。她此刻正抱着大花虎的肚子，没完没了地咳嗽，这才牵动了伤口，导致周凌恒要替她受疼。

周凌恒整个人都要疯了，揉着胸口一拳砸在桌上，将雕花楠木桌砸了个粉碎。

一刻钟后，小安子跌跌撞撞地跑进景萃宫，腿一软跪在地上："陛下……方才我们在白莲池找到这个……"他递上浅绿色的披帛。

周凌恒拿起披帛一看，腿一软坐在凳子上："铲铲她……"

小安子喘了口气说道："陛下您放心，白莲池的水只到膝盖深浅。"

周凌恒松了口气，一脚踹在小安子的肩上："你能不能一口气把话说完？"他揉着胸口，一颗心快被吓得跳出来。他再也坐不住，索性攥紧手上的披帛，边跨着大步往外走，边对身边的侍卫吩咐道："调动禁卫军，务必找到柳九九。"

"是！"

皇命一下，整个皇宫便开始天翻地覆，禁卫军率先将宫内大大小小的池塘摸了一遍，随后再去各个宫殿搜寻，均未找到柳九九。

四妃的寝宫被作为重点盘查的对象，被禁卫军翻了个底朝天。

上绣宫内，文妃送走禁卫军，气得将梳妆台上的东西扫落一地，怒道："好个柳九九，真是能耐啊，到底对陛下施了什么勾魂术？"

宫女绿华上前，替文妃捏了捏肩，轻声道："娘娘放心，那柳九九现在只怕已经进了齐北虎的肚子。那齐北虎生来凶猛，吃人不吐骨头，禁卫军就算将宫内翻个底朝天，也是找不着她的。"

闻言，文妃这才消了气，转怒为笑，用手指绞着垂在胸前的头发，媚笑道："你个机灵的丫头，亏你想得出如此妙招。"

"这是上天赐予娘娘的好运，那柳九九一死，皇后之位就非娘娘莫属了。"绿华说道。

文妃侧过身，看了一眼镜中的自己，捏了一把自个儿的双下巴，说道："明个儿你去找石太医，给本宫讨个方子，本宫要减肥，无须多瘦，柳九九那样就成。"

绿华颔首，应了一声："是，娘娘。"

周凌恒带人将后宫翻了个底朝天，仍不见柳九九的身影。

这么一个大活人，难道人间蒸发了不成？周凌恒坐在石阶上，抬手揉了揉太阳穴，脑中灵光乍现，猛地站起身，问身后的人："御膳房！御膳房去看过了吗？"

禁卫军统领抱着佩刀上前，回道："回陛下，除了御膳房和慈元宫，都找过了。"

"去御膳房。"周凌恒将袖子一甩，胸有成竹地朝御膳房走去。

御膳房内，御厨和太监、宫女早已歇下。掌事宫女一听"陛下驾到"，忙掏了掏耳朵，以为是自己出现了幻听。屋里同住的宫女纷纷开始穿衣、穿鞋，掌事宫女忙披上衣服，趿拉着鞋子，随着太监、宫女一起跑出去，跪在院中，迎接圣驾。

院内，禁卫军肃穆地举着火把，分别立于两旁。周凌恒杵在中间，居高临下地看着一干太监、宫女，问道："今儿御膳房有没有来什么特别的人？"

掌事宫女几乎没有丝毫犹豫，趴在地上回道："回陛下，没有。"

"你们，都把头抬起来。"周凌恒怀疑柳九九就混在这群太监、宫女之中，等他们将头抬起来，禁卫军举着火把靠近，将一群人的脸照得亮堂堂的。他扫了一眼，并未看见柳九九，却仍未泄气，吩咐道："小安子，带人去里面看看，仔细找，给朕找仔细了。"

小安子领命，带着禁卫军进去，连水缸都找了个遍，也不见柳九九。从御膳房出来，小安子低声对周凌恒说："陛下，九九姑娘会不会在太后宫中？"

周凌恒眉头一蹙，觉得不无可能。于是他又带着禁卫军朝慈元宫走去，就此放弃搜查御膳房后面的兽圈。

　　慈元宫内太后还未就寝，她一直在想白日里那个姓柳的丫头。她将柳九九的话几番梳理后，脑中突然迸出一个想法，莫非……那丫头便是当年的柳菁菁？

　　心中压着疑惑得不到答案，她正打算明日去问个明白，周凌恒便带着人进了慈元宫。周凌恒夜闯太后寝宫，太后被这阵仗吓得不轻。

　　周凌恒屏退左右，一掀衣服下摆跪在太后榻前："母后，请您放了九九。"

　　太后听得云里雾里，揉着太阳穴问道："恒儿，你说什么呢？"

　　"九九失踪，儿臣找遍整个皇宫都未曾找到她。"周凌恒扬起脸看着太后，又道，"儿臣知道您嫌弃她出身卑微，儿臣不敢瞒您，她乃柳将军遗孤，跟朕情投意合，儿臣已经认定皇后是她，若她有个三长两短，儿臣一辈子都不会原谅母后。"

　　太后又惊又怒。惊的是，她的猜测果然没错；怒的是，她的好儿子居然为了一个女人要跟自己翻脸。于是太后板着一张脸，说道："这柳姑娘确实不在哀家这里，哀家也犯不着将她给藏起来。你下旨遣散后宫佳丽，莫非也是为了她？恒儿，你想跟心爱的女人长相厮守哀家不反对，但你且记住，你是大魏国的皇帝，凡事不可意气用事。"

　　"儿臣娶她为后是经过深思熟虑的，母后大可放心。这皇后之位，非她莫属。也只有她在，这后宫才能安宁，这天下才能安宁。"周凌恒抬头望着太后，又道，"别的话儿臣不想多说，但请母后相信儿臣，放了九九。"

　　"柳姑娘确实不在哀家这里，你要是不信，就自个儿带人搜。"太后只是随口这么一说，她没想到自己的亲儿子居然不信自己，真的带人开始搜起来。

真是养大的儿子泼出去的水啊，有了女人就忘了娘！

周凌恒带人在慈元宫搜寻一圈无果后，返回景萃宫，让邓琰带着宫中近卫出宫去找，指不定她用什么法子跑出了宫。他心里悔恨至极，恨自己白日不该对她那般，不该对她凶，也不该丢下她。

邓琰差手下先行出宫，他瞧周凌恒坐在椅子上，捂着脸，肩膀一抖一抖的，以为他哭了，忙走过去安慰他："陛下，哭解决不了问题。"黑衣邓琰声音清冽，面若冰霜，语气里却夹杂几丝难得的温柔。

"你才哭了！"周凌恒放下手，咬着嘴唇，揉着胸口，"老子是胸口疼。"

黑衣邓琰蹙着眉头，犹豫片刻，一本正经地说道："不如，臣给你揉揉？"

"滚，揉你妻子的去。"周凌恒背靠在椅子上，这段时间他几乎都在重复"找铲铲，救铲铲"的事情。

"说起冷薇，她可在宫中？"邓琰问他。

周凌恒顿了一下，他怎么就忘了冷薇也在宫中这茬儿了？他抬手揉了揉胀痛的太阳穴："估摸着，她是自己一人偷摸去了太医院。"

邓琰点头，"嗯"了一声，言简意赅道："臣先告退了。"说罢，他化成一道风，跳窗离开。

周凌恒望着邓琰消失的方向，窗户还"吧嗒吧嗒"地响着。他突然明白邓琰当初为何冒着杀头的危险也要救冷薇，并娶她为妻了。

他起初不明白，这样的女子到底哪里值得他做那么多。现在他突然明白，喜欢了便喜欢了，没有理由。柳九九并非倾国倾城，也非德艺双馨，更不是温婉贤淑的性格。

她贪生，也怕死，还狗腿，有着这样诸多缺点的柳九九，他却怎么也放不下。

他就想让这个女人陪着自己走下半生的路。

翌日一早，御膳房内。

掌事宫女将耳朵贴在兽圈的木门上，探听着里面的动静。她借着门缝往里头看了一眼，看见齐北虎仰躺在地上，似乎已经晕过去。她小心翼翼地打开木门，哪知门刚被推开一条缝，里面就伸出一只手，大力将木门扯开。

掌事宫女见柳九九安然无恙，心中一惊，还未来得及做出反应，柳九九就举着手对天一指，大喝："大花，上！"

地上的齐北虎瞬间翻身站起来，抖了抖身上的皮毛，"嗷呜"一声冲了出去，将掌事宫女扑倒在地。齐北虎的嘴一向刁，正要对着掌事宫女的脖子一口咬下去，突然顿住，一脸嫌弃地撇过头，可怜兮兮地望着柳九九。

柳九九从木门里走出来，摸了摸大花虎的脑袋，一脚踩在掌事宫女的脸上，气势汹汹地道："说，昨天是谁想要我的命？说了，我保证不杀你。"

太监、宫女一看齐北虎跑出笼子，纷纷往厨房里躲，将门紧紧拴上。还有一些来不及往屋内躲的，吓得丢掉手中的菜，拔腿跑出御膳房。

掌事宫女被柳九九踩在脚下，哆嗦着大喊"求饶"。柳九九不为所动，蹲下身，说道："你要是不说，我就先让齐北虎咬掉你的胳膊，让你眼睁睁看着自己的胳膊被大老虎咬掉，听着自己的骨头'嘎嘣'几声断裂。啧啧啧——那感觉，我都有点小期待呢。"

掌事宫女吓得浑身一抽，下身失禁，说话时差点咬断自己的舌头："绿……绿华，上绣宫的宫女绿华。"

"上绣宫？那是什么地方？"柳九九捏着下巴问她。

"文……文妃的寝宫。"掌事宫女道。

"哦。"柳九九将尾音拖得老长，随后找了根麻绳，绑在她的脖子上，牵着她说，"走，你带我去上绣宫。"

"姑娘……这皇宫禁院，可不是您能撒野的地儿，您……"掌事宫女的话还没说完，柳九九就用力将绳子一拽，勒住她的脖子，随手一拍齐北虎的脊背，大老虎立马叫了一声，将掌事宫女震慑住。

"去，去，我带您去，姑娘饶命，姑娘饶命……"掌事宫女看着齐北虎，泪流满面。

柳九九骑在齐北虎的背上，牵着掌事宫女走出御膳房。她们刚离开御膳房不过片刻，禁卫军便冲了过来，将她和齐北虎团团围住，举起箭对着她。

禁卫军副统刘昭认得柳九九。上回他就是奉太后之命前往柳州探查柳九九身份，因为误会柳九九对自己有所企图，差点动手杀了她，还是邓琰突然出现将自己截住的。

之后邓琰那只顽皮猴还偷了他的令牌，将他五花大绑送去官府。他无法证明自己的身份，费了好大工夫才从柳州官府逃出来，历尽千辛万苦才回到京城。

这么久没见，这柳九九居然来了宫中，得到皇帝青睐，且能驾驭凶恶的齐北虎。虎背上毕竟是陛下喜欢的姑娘，于是他命人放下弓箭，差人前去景萃宫通知陛下。柳九九差点丢了性命，愤怒难平，加上现在有齐北虎撑腰，太上老君来了她也不怕。

有虎壮胆，她现在无论如何都要报昨夜险些丧命之仇，一定要给那文妃一点教训。

她发现禁卫军似乎对自己也有所忌惮，再加上排骨大哥跟她心有灵犀时，会替她遭受身体疼痛之苦，她断定排骨大哥不敢杀自己，也不敢让自己受皮肉之苦，所以她的气焰更是高了几分。她坐在虎背上，气势如虹，大有大闹皇宫之势。

柳九九看了禁卫军统领一眼，总觉得这人眼熟，却又记不起在哪里见过。她挠了挠头，索性不再去想，骑着老虎缓缓朝着上绣宫而去。

禁卫军们面面相觑，看着柳九九和齐北虎纷纷往后退，不知是个什么情况。副统领不说话，他们都不敢上前制住齐北虎，只好一路"护送"柳九九去了上绣宫。

清晨的上绣宫，太监、宫女们忙进忙出，帮文妃穿戴洗漱。绿华正在替文妃梳头，便见宫女跌跌撞撞跑进来，跪在地上通报："娘娘……娘娘……门外……门外……"

文妃看着镜中的自己，抬手抚顺自己的发髻，丹凤眼微微一挑，瞪了那宫女一眼，轻喝道："何事如此慌张？"

"回娘娘，外头……禁卫军……老虎……"宫女已经被外头的阵仗吓得魂不附体，说话也开始语无伦次。

文妃给绿华使了一个眼色，绿华领首，绕过屏风走了出去。她刚跨出门槛，便瞧见门外柳九九骑在齐北虎的背上，朝着自己缓缓走来。面对如此夸张的阵仗，绿华以为是自己没睡醒，抬头揉了揉眼睛，定睛一瞧，却是柳九九和齐北虎无疑。而禁卫军守在一旁，没有任何动作。

看着那只逼近的大老虎，绿华吓得手一抖，手里的簪子掉了一地，双腿一软，一屁股坐在地上。文妃听见响动，好奇心使然，起身绕过屏风走了出来。此时柳九九骑着齐北虎已经到了门前。文妃绕过屏风一出来，便瞧见柳九九骑着大老虎，登时吓得腿一软，跌倒在地。慌乱之下，她抱着绿华的头"哇哇"大叫。

柳九九丢掉手中的麻绳，掌事宫女连忙滚下台阶，正想往上绣宫外跑，却被禁卫军挡住了去路。碍于老虎和柳九九，禁卫军不敢上前。

他们得到的命令是找到柳九九，并且保护柳九九。至于文妃……只要老虎不咬人，柳九九不杀人，他们便不会有所动作，一切都等陛下来了再做定夺。

柳九九从大花虎的背上跳下来，一蹦一跳地来到绿华和文妃跟前。

她手叉着腰，借着老虎之威问道："你们别以为做得天衣无缝，掌事宫女什么都跟我说了，你，文妃，收买掌事宫女，想要我的命，是不是？"

"柳……柳妹妹，你说什么呢，我跟你无冤无仇，怎么会想要你的命呢？你是陛下掌心的肉，我疼你还来不及，怎会想伤你？"文妃看了一眼她身后的老虎，哆嗦着牙齿打战，一不小心咬破了舌头。

柳九九左顾右盼，从门口的花圃里折了一根柳树枝，挥在空中发出"呼呼"的声响。她毫不留情地抽在文妃身上，疼得文妃"哎哟"一声。文妃望着门外的禁卫军，扯着尖细的嗓门号道："你们这群饭桶干什么吃的？赶紧将这猛兽和这个疯女人拉走！赶走！快啊！信不信本宫砍了你们的脑袋！"

文妃扯着嗓门如同泼妇一样大吼，禁卫军副统领刘昭动容，抬手让底下人准备，三十名禁卫军纷纷取出弓箭，对准了齐北虎。副统领正要下令，一个白衣人影"嗖"地飘落，稳稳地落在他们面前。

邓琰双手叉腰转身，挑眉看着一干禁卫军，嬉皮笑脸道："你们这群废物，竟敢射爷爷抓的虎？爷爷的虎也是你们能射的吗？"

刘昭瞪着邓琰，指着他，怒道："邓琰，上次那笔账老子还没跟你算！"

"上次？什么事？"邓琰脸皮一向厚，这会儿还假装失忆。

刘昭气得攥紧拳头："上回在柳州城，你把老子送去官府，你知道老子是怎么回来的吗？一路讨饭回来的！"

一众禁卫军本来挺严肃地看着大花虎的，听了副统领的话，皆忍不住捧腹大笑起来。刘昭回身看了一眼身后的人："笑笑笑，笑个屁啊！"

"对不住啊，我也不是故意的。"邓琰扭了扭屁股，"你要是生气，来打我啊。"

"我……"刘昭抬手就要给他一拳，厚脸皮的邓琰就跟鸟似的，飞身上了树。他又跟猴似的坐在树上，跷着二郎腿说道："陛下可是吩咐了，谁敢动九九姑娘一根汗毛，统统砍脑袋。你们射过去的箭，若是不小心伤着了九九姑娘，届时可别怪本大爷没提醒你们。"

闻言，禁卫军面面相觑，纷纷放下手中的箭，看戏似的望着文妃的寝宫内。

柳九九没大注意门外看热闹的人，全因大花虎那庞大的身躯挡住了她的视线，就连周凌恒来了，她也浑然不知。她见文妃不认账，手握柳条，一脚踩在文妃的手背上："好，敢做不敢认，就让虎爷来收拾你。大花！过来，把她的胳膊咬下来，千万别一口咬断，得慢慢咬……"她的尾音拖得老长，还特意将"咬"字加重。

大花虎迈着步子缓缓走进来，一脑袋撞在文妃的脸上，将文妃撞了个头晕眼花。文妃吓得魂不附体，指着贴身宫女道："不，不……不是我，全是这丫头擅自做主想要你的命，跟我没关系，没关系！"

大花虎转脸冲着绿华一吼。生死关头，绿华也吓得求爷爷告奶奶："不，不……我一个奴婢，若没有娘娘授意，纵有天大的胆，也不敢对姑娘下手啊！姑娘饶命，姑娘饶命！"

柳九九攥着柳条，抱着胳膊靠在齐北虎身上："你们主仆俩狗咬狗，没一个好东西！"她一脚将文妃踹开，拿脚在文妃的脸上踩了踩，这才感觉过瘾。

身后有人喊她"铲铲"，她一听是排骨大哥的声音，忙转过身去，跨出门槛跑下阶梯，扑到他怀里，使劲撒娇道："排骨大哥！"她"恶人先告状"，撇着嘴，擦了把眼泪，"屋内那两人昨夜将我关在兽圈，想让齐北虎将我活活咬死。亏我运气好，这大老虎不吃我，这才幸免于难。"

周凌恒一颗七上八下的心总算是落下来，抱着怀里的人，轻轻拍了拍她的脊背，再轻声安慰她："不怕不怕，有排骨大哥在。"他方才可是听得清清楚楚，文妃和其心腹宫女相互推卸责任，说明确有其事。于是他吩咐道："来人啊，将文妃主仆送去廷尉府。"

门口的大花虎往旁边走了几步，文妃这才看见，陛下正在门外杵着。她双腿一软，忙跪地求饶："陛下饶命，此事跟臣妾没有半点关系，全是这奴婢擅自做主啊。陛下，臣妾冤枉啊——"

"你冤不冤，自有廷尉府审判。"文妃是赵廷尉之女，周凌恒唯恐这个赵廷尉会以公谋私，便临时任命邓琰去审判此案。

邓琰从树上跳下来，领命道："臣定不负陛下重托，将此案查个水落石出。"

这邓琰做事素来不按常理出牌，文妃几乎能预料到自己的悲惨结局，白眼一翻，已昏了过去。等文妃和绿华被人带走，柳九九拉着周凌恒的手走到齐北虎跟前，示意他摸摸齐北虎："排骨大哥，你放心，这大花不咬人。"她在齐北虎的脊背上使劲一拍，介绍道，"这是我新收的小弟，比土豆靠谱。"

周凌恒蹙着眉头还未吭声，邓琰便跳过来说："这齐北虎是在上次那些刺客关押九九姑娘的别院里抓到的。抓到这只老虎的时候，这猛兽已经饿得没什么力气，我唯恐它饿死，就将它打晕，硬往它嘴里灌了食物。这不是打算送来宫里让御厨炖个虎肉，给陛下和太后享享口福嘛。"

柳九九握着手中的柳条，抽在邓琰身上。邓琰疼得"嗷呜"一声，揉着胳膊跳开："我说九九姑娘，您怎么打人啊！"

柳九九抱着齐北虎的虎头，说道："不给吃，这是我兄弟！"

"你就不怕它吃了你？"邓琰揉着自己胳膊，没好气地道。

"不怕！"柳九九挺直腰背，晃着周凌恒的胳膊撒娇："排骨大哥，你让它随我回景萃宫好不好？我保证，保证不会让它伤人的。"

周凌恒正色道："不成，猛兽无情，不通人性，留在你景萃宫，伤了你可怎么办？"

"不会，大花兄弟听话得很，而且，它很通人性的！"柳九九扭过头指挥大花虎："大花，坐下！"

大花虎很乖巧地坐下。围观的禁卫军都觉得稀奇，没见过如此听话的猛兽。

周凌恒看了一眼卖蠢卖萌的大花虎，斩钉截铁道："只是巧合，这并不能证明它通人性。"

"来，大花，给排骨大哥表演一个打滚。"柳九九挥着柳条，指挥齐北虎。

大花虎闻言，扭过头，垂下眼睑，似乎有些不大情愿。柳九九走过去，贴着它的耳朵说了些什么，大花虎这才慢慢地走下阶梯，找了处宽敞的地方，两只前爪微微往下一压，将脑袋埋进两只前爪中间，作抱头状打了两个滚。

禁卫军见齐北虎滚过来，吓得往后一退。一见大老虎打了两个滚后恢恢地趴在地上，跟只猫似的，纷纷拍手叫好。

这大花虎越是卖力表演，周凌恒心里就越是不舒坦。

即便周凌恒不喜欢齐北虎，但柳九九喜欢，他也只能顺着她，生怕再惹她生气。他得知她昨日不仅落水，还被关在兽圈一夜，心疼如绞。

柳九九学着大花在他怀里蹭了几下，他被蹭得心一软，忍不住低头在她白净饱满的额头上小啄一口，继而伸手搂住她的腰身微微一提，就要将她打横抱起。

柳九九不想麻烦他，摁住他的肩膀阻拦道："排骨大哥，我骑大花回去就好。"

她就那么随口一说，周凌恒眉毛一蹙，瞬间变脸，再不受她阻挠，将她打横抱起来，走出了上绣宫。

齐北虎见柳九九被人抱走，仰起头顿了片刻，歪着脑袋似乎在思考。然后它起身，抖顺身上的毛，小跑着追随周凌恒而去。

禁卫军不敢掉以轻心，手中攥着刀剑一路紧跟齐北虎。若是这猛兽敢攻击陛下，立刻乱箭射杀。一路上这猛兽温顺随和，跟看家犬一般，迈着小步子，紧跟在周凌恒后面，离周凌恒的屁股不过一尺之距。

周凌恒抱着柳九九，总感觉身后跟了条尾巴，一转身，那慢腾腾的老虎迟钝地收紧步子，一脑袋撞在他的屁股上。被老虎撞了屁股，周凌恒条件反射地抱着柳九九往后跳开一段距离，唯恐老虎张嘴一口咬过来。

老虎歪着脑袋，一双圆溜溜的眼里透着可怜，埋下头拿爪子挠了挠自己的脑袋，似乎还很委屈。

"嘿，这只臭不要脸的老虎，撞了朕的臀它还觉得委屈。"他抱着柳九九嘀咕道。

"它当然委屈了，不然你拿脑袋去撞它的屁股，看你委不委屈？"柳九九搂着他的脖颈随口一说。

周凌恒语塞，不再说话。

等回到景萃宫，他立马吩咐景云替柳九九沐浴更衣。柳九九洗漱后，穿着浅色蓝缎锦衣从屏风后走出来，还特意在他面前转了一圈，问道："排骨大哥，如何？好看吗？"

刚出浴的柳九九还来不及梳发髻，只用一根榆木簪子随意绾着一头乌发。饱满的额前几绺乌发慵懒微垂，倾泻在背后的乌发还滴着水珠子。水珠子将纱衣微微浸湿，周凌恒依稀可看见她纱衣之下的白色底衣。

寝宫内的炭火燃得又旺又红，柳九九热得直冒汗。她盘腿在周凌恒跟前的几案前坐下，随手拿了两块桂花糕塞进嘴里，不急着咬，只微微抿了几口。

这桂花糕显然蔗糖放得太多，甜得有些腻口，甚至有些发苦。见她蹙着眉，周凌恒道："朕命人在景萃宫给你开了间小厨房，平日闲来无事，你可以在寝宫自己做着吃。"他扭过头，从小安子手里拿过一支菜刀样式的玉簪，递给她。比起她从前那支，这支的做工更为精致，"这簪子你且收着，吃喝前都拿簪子试试有无毒药，方可入嘴。"

柳九九开心地接过簪子，放在掌间细细摩挲，倏然一笑："我头一次见用玉簪试毒的。"

"这支玉簪是冷薇用药物泡制而成，能试毒，亦能解毒。遇毒则变红，若是普通毒药，则能化解七分毒性。"周凌恒压低声音，对她说道，"朕平日政务繁忙，不能时刻关注你，一切小安子自有安排。从今日起，朕的近卫也会在暗中保护你，后宫之中尔虞我诈，你自己也得小心为上。后宫四妃，除去文妃，还有秦德妃、萧淑妃和唐贤妃，这三人你也得小心才是。"

"排骨大哥，你的女人真的都不喜欢我吗？"柳九九攥紧簪子，垂眼低叹道，"你若是寻常百姓该多好，就只娶我一人。"

周凌恒牵住她的手，将她拽进自己怀中，下巴搁在她的湿发上，说："她们不过是朕名义上的女人，朕从未碰过她们。"

柳九九觉着不可思议，仰着下巴，瞪大双眼望着他："那你有没有像抱我一样抱她们？"

"没有。"周凌恒几乎没有丝毫犹豫，一脸坚定地脱口而出。

柳九九顿觉感动，伸手抱住他的腰，在他怀里一阵猛蹭，娇气得就跟个小孩似的。周凌恒被她蹭得心痒痒，想起她今日在上绣宫做的事情，便忍不住发笑。

她抬脚踩在文妃脸上，那副作威作福的模样仍旧历历在目。怀里的人伸手在他的下巴处挠了挠，痒得令他发笑。随即便听见怀里的人小声说："排骨大哥，我想当皇后，我想让她们都不敢欺负我。"

"朕已拟旨，皇后之位迟早是你的。"他轻拍着怀里的脑袋，又道，

"地位越高，便越是有人觊觎，朕往后会好好护着你。"

古往今来，即便是再受宠的妃子，又有哪个敢明目张胆地问帝王要皇后之位的？柳九九是第一个。在周凌恒这儿，必然也是最后一个。

她抓住周凌恒的衣襟，有些担忧："可是太后……"

周凌恒言简意赅道："朕是皇帝。"

他的声音果断干脆，眉宇间严肃凌厉，全然不似素日对她嬉皮笑脸的模样。望着他严肃的模样，她有片刻愣怔，居然生出几分害怕。可这股子害怕停留不过片刻，便在她心中一消而散，继而伸出手，没心没肺地勾住他的脖颈，笑眯眯地在他的两片薄薄的嘴唇上亲了一口。

排骨大哥的嘴唇很凉，如夏日里她亲手做的冰粉，且还是在冰块里冰过的那种。她忍不住伸出舌头舔了舔，居然有些甜，还有桂花的清香。

周凌恒头一次被姑娘这般亲吻，脑中轰然一响，突然觉得这十几年的皇帝白当了。不，是二十几年的男人白当了。在旁边伺候的景云和小安子见状，忙识趣地退出去，将门紧紧合上，在外头候着。

小安子在门口杵了没一会儿，便跑去慈元宫向太后娘娘禀报去了。

屋里，柳九九将他嘴唇上的清甜味都舔干净，冲着他傻乎乎地一笑："排……"她才说了一个字，周凌恒便抓住她的后脑勺，将她重新摁回自己的嘴上。

他太使劲，力度过大，导致两人鼻子相撞，柳九九疼得"嘶"了一声，差点没委屈地哭出来。周凌恒见她一副要哭的模样，索性咬住她的嘴，开始小啄。

他的身子缓缓下压，将她压在身下。柳九九躺在垫子上，喘着大气看着他，不敢说话。周凌恒瞥了一眼她敞开的领口，用修长的手指挑开，坏笑道："让朕看看。"

柳九九抓住他的手指："不行……咱们还没成亲。"

"你已经领旨进宫，名义上已经是朕的女人了。"不知是不是屋内的鼎火过旺，周凌恒热得直冒汗，伸手扯开衣襟。柳九九看见他的两根锁骨以及结实的胸膛，忍不住伸手戳了戳，笑声如清脆的银铃："反正我不吃亏，在九歌馆，你的身子我就已经看过啦。"

周凌恒耳根发红发烫，这丫头一句话就能撩拨得他整个人像是被火烧一般。他伸手搂住她不老实的腿，俯身吻下去。片刻后将她放开，贴着她的耳根说："等皇后册封大典后，朕再好好收拾你。"

柳九九一张脸羞得通红，在他脖子上狠狠地吻了一下，种下一个红印。

晚膳周凌恒是在景萃宫跟柳九九一起做的。他烧柴，柳九九切菜和炒菜，小安子在一旁拿着手帕不停歇地给周凌恒擦汗。

柳九九做了一个油灼肉，去筋，用滚油煎炸酥脆，再从锅里捞起来加上葱、蒜、醋酱料调制。只两人吃的晚膳不宜过多，一肉一素一汤，足矣。

皇宫的御米比外头的上等米还要饱满大颗。柳九九为了不浪费米粒之鲜美，特地用纱布铺在蒸笼里，上火慢蒸，出笼的米饭一粒粒的，吃起来颇有嚼劲。

柳九九蒸饭时特意在米饭下放了一个鸡腿，蒸出来的饭里还有鲜美的鸡肉味。柳九九再将蒸熟的鸡腿斜切几道，裹上自制的酱料丢进油锅里一滚，待皮酥酥脆后，立马打捞出锅，亲自给齐北虎送去。

已经几日不曾进食的齐北虎饥肠辘辘，它抬了抬眼皮，舔了一口柳九九送来的鸡腿，大抵是味道太过与众不同，原本无甚食欲的它，居然一口就将鸡腿吞下去，片刻后吐出一根骨头。

一个鸡腿难以满足它，它用两只前爪缠住柳九九的腿，脸贴着她的腿，仰着头望着她，似乎在说"不够不够"。

此时，千里迢迢从封地赶来给太后贺寿的南王正随太后在花园散步消食。忽闻一阵饭菜香传来，引得他左顾右盼。

方才已用过晚膳的太后闻到这阵香味，居然也犯起馋来。她抬起手，在鼻尖微微一扇，扭过头问身边的常公公："这附近怎会有饭菜香？"

常公公上前一步，回道："回禀太后，这附近是景萃宫，里面住着柳姑娘。这柳姑娘本是厨子出身，所以皇上允她在景萃宫里开小厨房。现在正是用晚膳的时辰，您是否要过去瞧瞧陛下和柳姑娘？"

"陛下也在？"太后蹙眉问道。

"有件事，奴才不知当讲不当讲？"常公公颔首，吞吞吐吐地说道。

"说。"

"昨夜柳姑娘失了踪，今日一早，她便骑着一头凶猛的齐北虎前往上绣宫大闹一场，指责文妃欲害她的性命。现下文妃涉嫌谋害柳姑娘，已被送进廷尉府候审。"常公公不疾不徐地道。

"骑着……老虎？"太后以为自己听错了。

常公公颔首回答："是，禁卫军和宫女、太监们可都瞧见了。今日老奴从上绣宫经过，也正好目睹了那一幕。"

南王一听，眉目一挑，问常公公："她骑的可是齐北虎？"

常公公抬头望着南王，惊讶道："南王怎知？"

南王"呵呵"一笑，脸色变得有些古怪。

他怎么会不知？

"本王只是随意一猜，怎么，猜中了？"南王浓眉一挑，调侃道，"本王倒是想见识见识，什么样的女子敢骑彪悍的齐北虎？"

太后蹙着一双眉头，带着南王一起前往景萃宫。

南王周泽是先皇最小的弟弟，也是周凌恒的小皇叔。两人虽是叔侄，但年龄却相差无几，周泽只比周凌恒大一岁。月中是太后的寿辰，他此次是以给太后贺寿的名义前来京城贺寿的。

南王封地燕钊坐拥矿山，富可敌国，自周凌恒登基之初，燕钊南王便是他压制在心头的一块石头。偏偏这块石头又老实得很，圆润光滑，让他挑不出毛病来。

虽然这些年周泽够安分，但并不代表他没有野心。

作为一国之君，周凌恒这点提防之心还是有的。

太后南王一行人一到景萃宫门口，一股子米饭香便扑面而来，隐隐还夹杂着鸡肉香。近些日子，周泽被京城的饮食折腾得够呛，闻到这股香味竟然馋得吞口水。

殿外太监宣太后南王驾到，柳九九囫囵吞了一口米饭，差点没噎着。周凌恒放下手中的餐具，替她顺了顺背脊，声音温如和煦："瞧你，吃个饭，急个什么劲？"

他话音刚落，太后带着南王便走进了正厅。柳九九忙起身给太后磕头，太后板着一张脸，声音里听不出什么情绪："起来吧。"

当周泽看清柳九九的相貌时，眼里掠过一丝惊讶，不过很快便收起来，大大方方地杵在太后身后，并未表现出任何不自在。那日邓琰突然带人袭击，齐北虎丢下他擅自往厨房跑去，为了不暴露身份，他只好先行撤退。

他当时真的以为这姑娘只是周凌恒拿来替真皇后当挡箭牌的，可依着现下这种情况来看，这姑娘并非什么挡箭牌，而是真正的皇后。想他英明一世，居然被一个黄毛丫头给耍了，当真是可恶至极。

只是他至今也想不通的是，邓琰究竟是如何寻去别苑的？难不成是他手下有奸细？这一点他到现在都未曾搞明白。

他将自己心底的愤怒压制下去，依旧眉眼弯弯，笑意盈盈，一派温和王爷的模样。他倒不怕柳九九，仅凭柳九九的一面之词，小皇帝还治不了他的罪。只是从此以后，他便从暗里搬到了明面上。

况且，就算没有柳九九告状，小皇帝心里必然也对他有了想法。接下来就看谁能戴着面具坚持到最后了。这些年小皇帝将注意力都放在了秦丞相身上，全然忽略了他。如今他手中的势力大长，小皇帝想将他一举扳倒几乎是不可能的。

柳九九爬起来，杵在桌前，看了一眼自己做的一荤一素一汤，又瞄了一眼太后，尴尬地问道："那个……要不要坐下，一起吃？"

太后扫了一眼桌上寥寥两个菜，蹙着眉头，眼底是道不出的嫌弃："皇上，你就吃这个？"

周凌恒的目光从太后肩上擦过，投在衣冠楚楚的周泽身上。只听他不疾不徐道："小安子，再添两副碗筷，让太后和南王尝尝咱们京城第一厨子的手艺。九九，就麻烦你再去添几个菜了。"就跟寻常百姓家来了客人，吩咐妻子去厨房做菜似的，他一点儿也没有皇帝的架子。

太后被周凌恒这副云淡风轻的模样气得不轻，当着南王的面，竟如此随意。皇帝不像个皇帝，纵容女人在宫内开小厨房，现在居然还吃这些寒酸的食物。碍于南王在，她也不好开口训斥他，只得沉着脸坐下。

柳九九临走前瞥了一眼金冠束发，皮肤白皙如玉，穿一身金丝暗灰袍的南王。待她看清了周泽那张脸，吓得往后一退，脚被门槛一绊，身子往后一仰栽了出去。还好小安子手快，扶了她一把，将她扶至走廊上站稳。

她吓得一脸惨白，偏偏周泽还扭过头，看着杵在门外的她，笑道："这位可就是那位骑老虎的柳姑娘？"

周凌恒品了一口醇香的桂花酒，慵懒地抬了抬眼："这才不过半日光景，皇叔怎么也知道了？"

"臣也是方才从常公公嘴里听来的。"他扫了一眼桌上的饭菜，笑道，"皇上倒是有雅兴，竟学起百姓吃起家常便饭来了？"

"皇叔好不容易来趟京城，朕也就不搞什么大排场了。皇叔就随朕和母后吃顿家常便饭，可好？"周凌恒眼角带笑，眼底有一团清水搅动，锐利的目光似乎要将周泽皮下的狐狸真身给揪出来。

柳九九被小安子扶着去厨房，她双腿有些发软，一颗心"怦怦"直跳。当日周泽是如何折磨她，她可还记得一清二楚。想起他便是当日把自己囚禁在别苑的刺客老大，手心就直冒冷汗。

她攥着袖子，咬着嘴唇问小安子："刚才那个男人是什么人？"

小安子一边指挥宫女们洗菜择菜，一边回答她："回姑娘，他就是燕钏的南王，陛下最小的皇叔。"

这刺客老大还是个王爷。

他一定还认得自己，那自己现在该怎么做？跑出去告诉排骨大哥，那人是叛贼？

她摇了摇头。叛贼又不傻，他敢堂而皇之地与她打照面，自然就有法子应对。柳九九抓耳挠腮觉得心里郁闷，还是头一次遇到这般棘手的状况。她握着菜刀，咬着牙抓狂一般在案板上"咚咚咚"地剁了几轮。如果她有能耐，就冲过去把叛贼给剁了，喂大花！

小安子被她这副模样吓得不轻，缩着脖子小心翼翼地问她："姑娘，您这是什么独门秘方啊？做饭之前还带跳舞的？"

"跳个鬼。"柳九九愤恨地咬牙，心里有些不大舒坦，觉得自己没用，帮不了排骨大哥什么忙。她下意识地揉了揉胸口，她胸口这伤，便是被那个王爷拿脚给踹的。

思及此，她又想起一茬，大花同那王爷，似乎是一伙的？！

她攥着菜刀蹲在灶台前几乎要哭出来，小安子见她愁眉不展，以为她是在纠结做什么菜，忙吩咐手下的宫女捡了一块新鲜的排骨递给她，杵在她跟前小声道："姑娘，太后娘娘也喜欢吃排骨。"

经小安子这么一叫，她才回过神来，大吸一口气，举起两把菜刀。须臾间，排骨便被剁成小块装盘。小安子还是头一次见到这么快的刀法，忍不住竖起大拇指叫了声"好"。他接着又问："姑娘，您切菜就跟耍大刀似的，真乃绝活啊。"

"本姑娘做菜也是绝活！"柳九九又拎起一只猪肘子，转身取菜时，忽地灵机一动，"小安子，你能在宫里找着泻药吗？"

小安子怔住："姑娘这是……"

柳九九咳嗽了一声，以掩饰此刻的惶惶不安："大花吃错了东西，胀胃，我打算将泻药掺进食物里喂它，让它排去腹中的积食。"

小安子"哦"了一声，尾音拖得老长，继而颔首应道："奴才这就去给姑娘找药。"说罢，他片刻不敢耽搁地退了出去。

柳九九见灶内的火已经生起来，宫女们也把菜洗好择好了，便举着菜刀将一众宫女赶了出去。她做了几道拿手菜，糖醋排骨、八宝肉圆、秋笋炖肉，另炖了一个猪肘子，煲了一小锅鸡粥，全是些家常菜。

她取了三个精致的白瓷小碗，将鸡粥分装于小碗内，按顺序依次摆放好。等小安子送来泻药，再悄悄将半包泻药搅进最后一个白瓷碗内。

按照上粥的顺序，应是先给皇帝，再是太后，最后才是地位最低的南王。柳九九招呼宫女、太监端菜送菜，自个儿则端着鸡粥压轴出场。

她面不改色地依次将鸡粥端至三人跟前，她本以为自己没有上桌的机会，哪料太后竟对她招手道："来，过来挨着哀家坐。"

柳九九愣住，看了一眼周凌恒，只好坐到太后身边。

周凌恒履行东道主的职责，招呼着已经吃过晚膳的太后和南王再一次动筷。

周泽用泛着细致白光的瓷调羹舀起鸡粥送至嘴边，轻轻抿了一口，顿觉舌尖的味蕾被这细腻的香味给"啪啪"炸开，就连五官也被这种没由来的粥香给翻新了一次。整个人感觉……脱胎换骨？

他瞪了一眼柳九九，这个拿屁股坐他脸的女人，做菜还真是一绝。然后他起筷，迫不及待地又挑了一块炖得软糯的猪肘子，放嘴里还没来得及咬，只用舌尖微微一压，这肘子便在嘴里化开，满腔肘子香。这肉质香嫩细腻，就跟拿山珍海味养出的熊似的，实属上品！

周泽尤其夸张地挑了一大块排骨，当他发现对面的太后正使劲往碗里夹排骨时，他也开始使劲往自己碗里夹排骨，生怕下一刻排骨就被太后给抢光了。

柳九九看得目瞪口呆，总觉着这饭桌上的画风不对。周凌恒坐在那里稳如泰山，倒是一副"朕早知道会是这样"的神情。

周泽跟太后抢排骨抢到一半，腹部突然隐隐作痛，胃里一阵"咕噜咕噜"叫嚣。他握筷子的手顿在半空，另一只手捂着肚子，暗道一声"不好"，然后放下筷子，铁青着脸冲了出去。

小安子不知是个什么情况，忙跟着跑出去。柳九九见周泽离开，找准机会起身，趴在周凌恒身边将周泽的事草草交代了一番。周凌恒知道了前后经过，神色一黯，握着酒杯的手一用力，发出"咔嚓"一声脆响，瓷杯碎裂。

好一个南王，居然打女人，并且打的还是他的女人！

十几年没吃过这么好吃的菜，饭桌上的太后几乎像变了个人似的。周凌恒捏碎酒杯，吓得太后微微一怔。太后嘴里包着满满一嘴食物，望着自己的儿子，眼睛一眨一眨的。她也知道自己这副模样实在是不成体统，可儿子也犯不着跟自己生气吧？

她将嘴里的食物吞咽下去，不小心被呛住，满脸通红。常公公忙端着茶水递过来，她喝了水，顺了气，捏着手帕擦了擦，恢复一往严肃的太后的形象："恒儿，这里又没外人，你跟哀家置什么气？"

周凌恒将手中的酒杯碎片放在桌上，随即笑着解释说："母后误会了，儿臣并非为母后置气。而是这南王，此次入京，他并非单纯来给母后贺寿的。"

太后捏着手帕，颇为优雅地擦了擦嘴角的油渍，继而给杵在一旁伺候的常公公递了个眼色。常公公即刻上前将酒杯碎片收拾干净，然后识趣地带人走了出去。这南王有备而来，太后又岂会不知？她道："他此番入京，正好赶上你封后一事。明日早朝，必然会有人站出来反对立后，这些人里，八成就有南王的人。"

周凌恒看着自己英明的母后，点头道："那些大臣站出来同时力荐同一个妃子，必然就有问题。"他同母后对视了一眼，心领神会。

倒是杵在一旁的柳九九不明白，这母子俩在说什么呢？她眨巴着一双眼睛："皇上，难道现在不是应该派人将他给抓起来吗？"

"菁菁，这朝中之事复杂得很，并不是你嘴上一说，皇上便能治人的罪。况且南王身份特殊，我们更不能轻举妄动。"太后压低声音，低头搅了搅碗里的粥，又道，"你以后当了皇后，要学的事还多着呢。"

"太后，您叫我什么？"柳九九惊讶地张大嘴，有多少年没人这般叫过她了。她原名柳菁菁，只有她爹爱"九儿九儿"地唤她。

太后不疾不徐道："皇上既已决定封你为后，那哀家也就不再阻挠。从明日起，你便来慈元宫跟哀家学习宫中礼仪。作为一国之后，礼仪规矩必须得懂。"

柳九九张大嘴，半晌说不出一句话来。

寒风瑟瑟，冬日一派萧条的景象，完全可以比拟周泽现在的心情。他揉着肚子，来回出入茅厕几十次，以致双腿发麻，几乎是被小安子给抱回寝宫的。夜半时分，周泽因为腹痛无法就寝，蹲在恭桶上，恨不得将柳九九由里到外给撕开。

宫里住着周泽这么只大老虎，柳九九抱着周凌恒不让他走。

周凌恒躺在她身边，她就一个劲地朝周凌恒怀里拱，脑袋枕在他结实的肚子上，还紧紧地拽着他的手腕。她此刻只穿了一件打底的衣衫，胸前青紫的瘀伤露出半片。虽已过去几日，但那瘀伤在她白净的皮肤上，仍显得触目惊心。

周凌恒取了药膏来，让她乖乖躺下，给她上药。

柳九九捂着胸口，有些不好意思："不要，不疼。"

"废话，你不疼，朕疼！"周凌恒手里攥着药膏，身上穿着薄透的底衣，一头乌发用木簪随意绾着，胸口衣襟半敞，性感的锁骨以及结实的胸肌被柳九九一览无余。他顿了片刻，又说，"你这片瘀伤的疼痛在做糖醋排骨时传给了朕，难道你忘了不成？"

闻言，柳九九这才将放在胸口的手松开，蹙着的眉毛舒展开来："是哦。"她伸手戳了戳周凌恒的胸口，"那你还疼不疼？"

戳他的胸，他自然不疼。周凌恒用手指在她的胸口轻轻一戳，柳九九毫无感觉，他倒是疼得倒吸一口凉气。柳九九忍俊不禁，"咯咯"笑道："叫你吃我豆腐，活该！"

"活该？"周凌恒将药膏蘸在手上，霸道地扯开她的底衫，"朕就让你看看，什么才叫真无耻。"他只用手指轻轻一挑，便让她胸口那片雪白生生暴露出来。

他将手放在她的胸间，仔细地、慢慢地揉。

冰冰凉凉的厚重感，让柳九九不自觉地娇嘤一声，浑身打了个寒战。她羞得满脸通红，一张脸几乎能滴出血来。她羞得想要躲起来，却被周凌恒摁住："别动，难道你想让朕疼死不成？"

柳九九见他疼得面色惨白，便知上药时伤口处并不好受。她唯恐周凌恒再受痛苦，只得乖乖不动。

其实，周凌恒压根儿就不疼，而是骗她的。

他揉到一半，手突然顿住，拧着眉头躺在榻上，揉着胸口开始哀号，满脸痛苦之色。柳九九被他这模样吓得不轻，忙抓住他的手问："是不是很疼？"

"嗯。"周凌恒似乎疼得说不出话来，半合着眼睛低声叫唤。

柳九九见他这副模样，心里似乎被薄如利刃的铁片撩了一下，又冰又刺，急得快要哭出来："对不起，对不起，我以后再也不做糖醋排骨了，再也不让你受苦……"自责和心疼涌上心间，让她手足无措。

原来心疼喜欢的人是这种滋味，巴不得自己能替他疼。

周凌恒揉着胸口暗笑，将自己的衣服扯开，将整片胸膛露给她看，戳着自己胸口处心脏的位置，轻笑道："哎哟，亲一亲朕这里，朕这里疼得厉害。"

柳九九几乎毫不犹豫地亲了一口，随即抬起下巴问他："还疼吗？"

"再亲亲。"周凌恒声音微弱地解释道，"冷大夫说，亲伤痛之处可缓解痛苦。"

柳九九毫不犹豫地埋下脑袋，在他的胸口处又亲了一口。随后她扬起下巴，似乎想到什么，开始手忙脚乱地解自己的衣带，再脱掉衣服，闭上眼："你是替我胸口疼，亲你肯定没用。"她抿着嘴唇，"你亲我吧，说不定能缓解疼痛。"

原来心有灵犀是这样……让人头疼的事。

周凌恒见她这样，忙流着鼻血扭过头去。这回玩大发了，亲还是不亲呢？她要是知道自个儿是骗她的，会不会拿菜刀追着自己剁啊？

第十章
铲铲皇后

　　周凌恒扭过头望着她，正要起身抱着她亲，却被柳九九一巴掌给摁回枕头上。见他流鼻血，柳九九连忙下床取了手帕来给他擦。她双膝跪在榻前，摁着他的脑袋，仔仔细细地给他擦鼻血。

　　周凌恒仰躺在榻上，吸了吸鼻子，一双贼亮的眼睛死死地盯着她。柳九九替他堵住鼻孔，蹙着眉头"啧"了一声："怎么会流鼻血？是天气干燥上火吗？"

　　"不碍事……"周凌恒目不转睛地盯着她脖颈下性感的锁骨，喉咙如火在炙烤。到底还给不给亲了！

　　柳九九替他擦干净鼻血，这才爬上床榻，靠着里面躺下。她抱着他的胳膊，合上眼睛："排骨大哥，我困了，早些睡吧。"

　　啊？不给亲了？

　　周凌恒再也绷不住，翻身将柳九九压在身下，吻住她。

　　柳九九有片刻的错愕，本以为他只是亲一下，却不想他越发肆无忌惮……周凌恒忍了这些年，并非没有需求，只是在女人方面挑剔得紧，根本不愿碰后宫的女人半分。

　　如今九九在怀，他非圣贤，又如何抵挡得住诱惑？他抱着怀里的九九，沉吟片刻，吻了上去。

柳九九合上眼睛，有点害怕。

周凌恒在她耳边轻声说："睁开眼，看朕。"

柳九九缓缓睁开眼，望着他。

这男人的身板她不是没见过，只是没这般近距离瞧过。她还是不明白，为何儿时皮肤乌黑的周凌恒，长大后会变得这样白皙好看。

周凌恒似乎看出她心中所想，灼热的呼吸喷洒在她细嫩的右颊上："想知道？"

她抿着嘴，点了点头。

"那是因为……朕从小生得好看，养朕的妃子，嫉妒。"他低低地沉了口气，脸上的笑意收紧，"想在皇宫内生存，就必须懂得舍弃一些东西。"

"所以……以前你将自己搞得黑乎乎的，是为了掩饰吗？"柳九九眨着眼睛问道。

"越是被人嘲笑，他们就越觉着朕无用、自卑，自然不会将精力放在一个没用的皇子身上。"周凌恒若有似无地叹息一声。

听他这般说，柳九九心里竟有些难过。她声音低低地说："我以前……也笑过你，冲你丢过石头，拿你当过马骑，你讨不讨厌我？"

"没关系，以后好好待朕，就当是偿还？"周凌恒俯下身，又在她饱满的额头上落下一个吻。

回顾他当皇帝的历程，表面上一帆风顺，实则险象丛生。

当年东宫之主悬空，一众皇子为了太子之位抢得你死我活。大皇子和二皇子发起兵变，逼宫失败，被发配边疆，永不召回。这二人会闹兵变，少不了周凌恒暗中的推波助澜。

先皇因此事心力交瘁，便将希望寄托在周凌恒身上。先皇对这个与世无争、性子温暾的儿子甚感欣慰。大病之时抬手一指，册封他为东宫太子。

不久以后先皇驾崩，周凌恒登基。众大臣都以为周凌恒是个与世无争，只知享用美食的软包子，却不想这软包子皮里包的，俱是咬不动的金子。

周凌恒在位这些年，兴修水利，减免赋税，下令清除叛匪，建立明君威严。他另一边培养邓家势力，牵制太尉、丞相的势力，逐渐稳固自己在朝中的势力，让自己不受任何势力的牵制。

他沉了一口气，手指在柳九九胸前的伤口处摩挲。每每触碰一下，他便会疼痛一分。这份疼痛，是他该替她疼的。如果不是因为他掉以轻心，她也不会被南王抓走，而后被打成这般重伤。

南王周泽。

他眼底多了几分阴狠，想跟朕抢皇位，还打朕的女人……迟早有一天，朕要你粉身碎骨来偿还。

守殿宫女轻手轻脚地将殿内的烛火熄灭，床帐之内变得一片昏暗。柳九九睁大眼睛想要看周凌恒的脸，模模糊糊的，再看不真切。

宫女们取下挂帷幔的银钩，镶嵌着剔透东珠的金丝帷幔重重垂落，发出细碎的"叮叮"声。微弱的烛火摇曳，不一会儿便尽数熄灭。

听着里头传来的声音，守门的宫女不约而同地低下头。

翌日一早。太后从景云手中接过落红的白绸，欣慰地笑开。

柳九九醒来时，周凌恒已经去上早朝了。景云帮她梳洗打扮，她望着铜镜中的自己，微微怔住。她突然有点想糯米和土豆了。

梳妆完毕，用过早膳，景云便领着她往慈元宫走。她到的时候，秦德妃、萧淑妃、唐贤妃已经给太后请过安，正跟太后坐在一起饮茶。

柳九九姗姗来迟，萧淑妃掩着嘴，笑道："妹妹莫不是睡过头了？怎的这个时辰才来给太后请安？"

她不懂这宫中的规矩，扭过头看了一眼景云，然而景云没有半点反应。房间内的气压极低，坐在上位的太后也不似昨日在景萃宫那般随和，威严不语而露。

柳九九觉得太后就跟一尊千面观音似的，时时刻刻都在变脸。当着皇上，对她是一张和蔼的脸；然而当着其他人的面，对她又是另一副面孔。

这样的太后让她心里没底。她攥着小手杖在原地，静静地等待有人说话。这里没有人叫她坐，她也不知该说些什么，那种感觉尴尬极了。

太后一盏茶饮尽，看着她，沉着脸道："从即日起，就由唐贤妃、萧淑妃教你宫中规矩。在册封大典之前，你必须学会宫中礼仪，熟背宫规。"

"宫规？"柳九九抬起一张小脸看着太后。

"宫规共有一百零一条，七千八百字，你作为未来的皇后，必须熟背，日后才好掌管后宫。"一旁秦德妃温声给柳九九解释。

柳九九掰着手指算了算日子，一脸的为难之色："这么短的时间，背熟这么多宫规，是不是……"

"哀家这里，没有条件可讲。"太后抬手揉了揉太阳穴，半合着眼睛，一脸倦色，"好了，哀家累了，你们都退下吧。"

太后心中明白，将柳九九交给贤妃和淑妃，她的日子并不会好过。可要想在这宫中生存，又哪里会舒坦呢？

柳九九跟着三妃到了芳庭园。

严冬三月天，庭院里的梅花一簇簇地盛开，满庭芬芳，美不胜收。三妃裹了轻裘，在亭中烫酒烤火。柳九九却穿着单薄的襦裙，在外面吹着冷风，被慈元宫掌事姑姑领着学走步。

她一板一眼地走着，就跟在九歌馆养的鸭子似的。

她穿着不合脚的绣花鞋，一步一步，感觉扭捏又难受。

寒刀刮脸，柳九九冻得双耳发疼，忍不住抬手搓了搓耳朵，却被掌事姑姑一竹条打落下来，疼得她倒吸了一口凉气。教就教，好好教，干吗打人啊！

柳九九登时怒发冲冠，一把夺过掌事姑姑手中的竹条，"咔嚓"一声掰断，横眉竖眼，双手叉腰道："我爹都没打过我，你凭什么打我？"

掌事宫女颔首，不还嘴，也不责骂。

亭中的唐贤妃和萧淑妃相视一笑，拢紧身上的轻裘，小步走了过去。唐贤妃的声音亲和："妹妹，这礼仪就得这样学，你这又是发脾气，又是欺负掌事姑姑的，如此蛮横跋扈，传到太后耳中总是不好，你且跟着莫姑姑好好学。"

"我没欺负她，是她先拿竹条打我的。"柳九九突然被冠上"嚣张跋扈"的名头，心里甚是委屈。被一个宫女拿着竹条打，她心里自然不好过。明明是这个宫女处处针对她，怎么反倒说是自己嚣张跋扈？

"妹妹莫不是想放老虎来咬我们？我和贤妃妹妹可没想伤害妹妹，你可别像对文妃那样对待我们。"萧淑妃拍着胸脯，表示自己害怕。

唐贤妃跟着掩嘴一笑，这笑声让柳九九起了一身鸡皮疙瘩："妹妹，我们可是领了太后的懿旨，在此处守着你学规矩的。你这是学也得学，不学也得学。"她给身边宫女递了个眼色，宫女立马递上一根拇指粗细的棍子，"这根棍子，就是太后亲自赏的。"

她将棍子递给掌事姑姑，吩咐道："继续教。"说罢，领着萧淑妃又回去亭中烤火。

柳九九看了一眼趾高气扬的二人，气得牙痒痒。她正发愣，掌事姑姑一棍子落下来："继续学。"她白皙的皮肤上立马现出一道红印子，身上本就冻得疼，这么一棍下来，疼得她往后跳了一步。

这才刚开始学，她就挨了两棍子，这要是继续学下去，还不得被打个半死？

就在她晃神间，掌事姑姑又是一棍子落在她的屁股上，疼得她直叫娘。

柳九九的脾气一时半会儿改不了，当惯了老板娘，周凌恒又对她百般讨好，她哪里受得了这种委屈？再者，昨夜她跟排骨大哥已经做了比亲亲更为亲近的事，跟排骨大哥也算是实际上的夫妻了，凭什么要被这群女人欺负？

这群女人……是她的情敌！

她眼睛里直冒火，一把夺过掌事姑姑手中的棍棒，用力扔进湖里。随后她手叉着腰，趾高气扬地站在石凳上，居高临下道："教人就教人，为什么要打人？！我虽然皮厚，但哪里经得住你们这般打？"

萧淑妃和唐贤妃走过来，一脸好笑地打量她。秦德妃坐在亭子里，全程未参与，也未说一句话，只隔岸观火。

秦德妃见柳九九这样，不由得摇头。这唐贤妃和萧淑妃等的不就是柳九九无理取闹，惹得太后发怒吗？柳九九如此这般，正中她们的下怀。

唐贤妃掩嘴笑，添油加醋道："妹妹果然是在市井待久了，一身痞气，半点大家闺秀的模样都没有，以后还如何掌管后宫？如何母仪天下？"

萧淑妃也道："可不？历代哪位皇后不是靠着贤良仁厚母仪天下的？妹妹这般粗鲁，同那市井泼皮有何分别？日后这后宫，可还得仰仗您打理啊。"

这册封诏书一日未下，册封大典一日未至，这柳九九就算不得真正的皇后。二妃心照不宣，相视一笑，太后将她交给她们，摆明了是对她不满意。就柳九九这百姓身份，能当皇后？

柳九九被她们说得语塞，气得一口话都说不出来。她对着杵在一旁的小安子怒道："小安子！去把大花给我牵过来！"

小安子应声上前，额前直冒冷汗："这……不太好吧？"他看了一眼唐贤妃和萧淑妃，嘴角一抽，低声说，"齐北虎乃凶兽，怎可放出笼？若是伤着人，受罚的还是主子您啊。"

柳九九有点绷不住："那……那怎么办啊？"

"怎么办？妹妹，我和唐贤妃可是奉太后懿旨来教你学规矩的，你欺负掌事姑姑不说，还意图用凶兽来恐吓我二人，嗬，你这也未免太跋扈了。"萧淑妃眼底全是轻蔑之意，顿了片刻又道，"得，贤妃妹妹，我们这就跟太后去请罪，看来我二人是教不了柳妹妹了。"

"姐姐说得是，只怪我二人无用，不能将跋扈的市井女子教成一个普通姑娘。"说罢，唐贤妃便要同萧淑妃去慈元宫"领罪"。

柳九九真是怕了她们。

她惧怕太后，即便是太后昨日对她和颜悦色，她依然怕。应当说，她从小就怕，否则也不会硬着头皮吃太后当年的猪油面了。

想起猪油面，柳九九胃里一阵翻腾作呕。她抬手叫住她们："不许去……等等，别去……"两人慢吞吞地朝着慈元宫中走去，根本不理她。

柳九九急了，追上去抓住萧淑妃的肩膀，她的手刚刚挨着萧淑妃的肩，萧淑妃和唐贤妃便从石阶上滚了下去。

二妃滚下石阶，摔得倒在地上再起不来。她忙牵起裙摆下台阶，将二人陆续扶起来。萧淑妃郁闷气结，抬起一巴掌就要落在柳九九的脸上，好在柳九九躲得快，推开萧淑妃灵巧地跳开。

因为她借力一推，正准备爬起来的萧淑妃又倒下去，后脑勺磕在石头上，晕了……

柳九九发誓，她真不是故意的，她正要解释，唐贤妃就扶着晕倒的萧淑妃，扯着细嗓子道："柳九九！你仗着皇上恩宠无法无天了？你现在还没有任何封号，居然敢如此嚣张？你推我跟萧淑妃在先，动手伤萧淑妃在后，简直罪不可恕！"

全程围观的秦德妃可是看得一清二楚。方才分明是唐贤妃推了萧淑妃一把，才导致萧淑妃摔下石阶，随后，唐贤妃便自己来了一招"苦肉计"。

唐贤妃吩咐人将萧淑妃送回香凝宫，又召了太医诊治，自己拿出贤妃的架子，吩咐身边的宫女道："来人哪！将这市井泼妇拖下去，杖责三十！"

柳九九还不曾反应过来，便被太监、宫女捆住手脚。景云和小安子见状，忙跪下替自家主子求饶："贤妃娘娘恕罪，贤妃娘娘恕罪！我家主子初来乍到，不懂规矩，求贤妃娘娘网开一面！"

"此女不尊太后懿旨在先，出手伤人在后，杖责三十已经是本宫网开一面了！"由于过于肥胖，唐贤妃横眉竖脸的模样很是恐怖，说话时，柳九九总觉得她脸上的肉会掉下来。

一直不曾参与此事的秦德妃走过来，替柳九九说了句好话："贤妃妹妹，这柳妹妹初来宫中，你素来大方，且不与她计较。待会儿本宫带着柳妹妹去香凝宫给淑妃妹妹道个歉，这件事也就这么了了。柳妹妹日后毕竟要掌管后宫，你这般杖责她，岂不伤了体统？"

自从秦丞相死后，丞相府衰落，秦德妃的后宫地位也随之衰弱。曾被人争相巴结的秦德妃，如今却是连宫女、太监都能在背后讨论的可怜妃子，树倒猢狲散，就是这个理。

"哟，姐姐，这柳姑娘还没当皇后，你就想着要巴结了？"唐贤妃不以为意。她还就不信，就柳九九这资质，即便皇上再喜欢，真的能册封为后？

朝中大臣会放任皇上胡闹？

"柳姑娘现在还未正式册封，本宫就有权管教她。是她不服管教在先，出手伤人在后，这般恶劣行径，断不能姑息！"唐贤妃怒目圆睁，坚定地道："来人哪，杖责三十！"

太监、宫女颔首，将柳九九押了下去。

柳九九还算老实。她就不信这唐贤妃敢真的打她？直到她被太监摁在长条凳上，瞧见太监手中举起的大粗棍时，登时吓得头发昏。她用力挣开太监的束缚，从凳子上摔下来，堪堪避开那一棍。

小安子见状况不对，忙叮嘱景云看着，自个儿去乾极殿搬救兵。太后让萧淑妃、唐贤妃二人教自家主子礼仪，必然是存了让二妃压她的气势，磨她棱角的心。

小安子跟景云虽然明白太后的"苦心"，但终究见不得自家主子受苦，三十棍啊，哪是普通人能承受得了的？

小安子前脚刚走，柳九九一棍没躲过，太监将棍子打在她的屁股上。今儿挨了不少打，柳九九的火气"噌噌噌"地往上冒，踢倒凳子就要跑。

太监们受命给她杖责，若是打不满三十棍，他们自己也会受罚。几名太监追在柳九九的屁股后边，举着棍子打，颇有几分戏剧性。

柳九九在厨房手脚利落惯了，加上身体小巧灵活，东跑西蹿。她跑至一旁看好戏的唐贤妃身后，抓着唐贤妃的腰，跟几名太监玩起"老鹰抓小鸡"的游戏。

太监们被她绕得晕头转向，一个不小心，棍子打在唐贤妃高高梳起的发髻上，将唐贤妃的发髻打散，金钗步摇散落一地。唐贤妃扶着自己乱糟糟的头发，气得跺脚大叫："你们这群废物！给我抓住她！"

都到了这种地步，柳九九哪会任由他们打？那三十棍下来，她屁股还不得开花啊？

思及此，她拔腿就跑，第一反应当然是跑回景萃宫找大花做庇护。柳九九脚上还穿着走礼仪步的小鞋，跑起来十分不舒坦。她索性脱了小鞋，光着脚在石子路上跑。

从芳庭园沿着御花园的路往前跑，冻得脚趾发麻。一直跑到御花园的假山处，她被一只手给拽进去，躲在山石后，死死地捂住她的嘴。

　　柳九九瞪大眼睛望着眼前的俊郎男人，登时吓得浑身哆嗦。

　　等追她的太监走远，周泽才松开她："蠢货，这么笨是怎么进宫的？"

　　柳九九吓得想跑，被周泽抓住后衣襟，一把拽回来，就跟拽一只小萌宠似的。他将柳九九摁在石壁上，蹙眉道："蠢货，本王会吃人吗？你跑什么？"

　　"我……我……"柳九九想起他那一脚，下意识地揉了揉胸口位置，点头，"你会杀人……"

　　"你是蠢货吗？本王在皇宫杀你？本王脑子有病？"周泽看见柳九九这张脸，便想起她那晚一屁股坐在自己脸上的事情。他微微合眼，真想捏死眼前这个女人。

　　他思量片刻，好言好语道："蠢货，你到底给齐北虎灌了什么迷魂汤？为何它不听本王指挥？为何它要死赖在景萃宫不走？"

　　"齐北虎？你是说……大花？"柳九九讶然张嘴，顿了片刻才道，"那个……那个，大花它喜欢我嘛。"虽然有些不要脸，但她说的可是大实话，不然又能作何解释？

　　周泽警告她："我知道你心里在想什么，凭你一张嘴，小皇帝还治不了我的罪。"他眼睛一瞪，抓住柳九九的衣襟，声音几乎是从牙缝里挤出来，"你若是不让齐北虎恢复原样，信不信我宰了你？"

　　"你……"周泽离她的脸不过一拳之距，她吓得撇过头去，求饶道，"你别离我这么近，离得这么近是想亲我吗？小心我告你非礼！"

　　"告我？非礼？"周泽浓眉一挑，掐住她的脖子，"今日之事，你若敢告知第三个人，我定让你尸骨无存！我给你三日时间，让齐北虎恢复原样。"

柳九九想说话，可被他掐着脖子怎么也说不出来。她慌忙之下指了指自己的喉咙，示意他别把自己给掐死了。周泽放开她，只听她咳嗽一声，问道："齐北虎它原先是个啥样啊？你总得告诉我它原先是啥样，我才能想办法让它恢复啊。"

摊上这么一个不讲理又视排骨大哥如粪土的人，算她倒了八辈子霉。

周泽沉着脸，扫了她一眼，言简意赅道："会吃人。"

柳九九："……"

这要是让齐北虎恢复了，她还能活命吗？

柳九九用双手护住自己的脖子，吞了口唾沫，看了一眼地上的芦苇草，弱弱地点头："好……我……尽力……"这种时候当然得先应下，否则这位情绪不定的王爷将她一掌拍死，谁又会晓得她是怎么死的？

"走吧。"周泽阴沉的脸瞬间转变为温煦的笑脸。

那张脸转变之快，让人措手不及。柳九九愣怔，周泽忍不住伸手抓住她的肩膀，将她从假山后面拽了出来。她跟跄了几步跨出假山，光着脚踩在花园小径的石子路上，脚底板被扎得生疼。

周泽看了一眼她的脚，忍不住又骂道："蠢货，跟我走。"

"走……去哪儿啊？"柳九九愣在原地，蜷了蜷红肿的脚趾。

"回景萃宫。"周泽看了她一眼，"你这是还想被抓回去挨打不成？"

柳九九"哦"了一声，赤着脚，被寒风一吹，冷得直打寒战。她慢吞吞地跟在周泽身后，盯着他宽厚的脊背，忍不住心生疑惑。这人不将排骨大哥放在眼里，并且豢养了一帮刺客，所以他到底存的是什么心？

想杀了排骨大哥，取而代之？

柳九九觉着这人胆儿也忒大了，他就不怕排骨大哥在皇宫里了结了他？她怀揣着种种疑惑，跟在他身后安然无恙地回了景萃宫。小安子和景云已经在宫门前等候她多时了。

阳城旱灾，周凌恒刚跟大臣商议完赈灾款额，小安子便急匆匆地跑来告诉他，铲铲出事了。

说是出事，倒不如说是她在后宫大闹了一场。周凌恒一直在景萃宫等她回来，不想却等到了她跟周泽。

周凌恒上前，拽住柳九九莲藕般纤细白嫩的手腕，将她护在身后，虎视眈眈地看着周泽："有劳皇叔送九九回来。"

"本王顺路，举手之劳。"周泽的目光在柳九九脸上停留片刻，有些意味深长。

柳九九拽着周凌恒的胳膊打了个寒战。他沉脸瞪了一眼周泽，恨不得将对方的眼睛给剜出来，说道："皇叔，汉林别苑梅花盛开，别有一番雅致。皇叔这几日可搬过去，煮茶赏梅，也省得在这宫中束手束脚的。皇叔，您觉着呢？"

周泽仍面带微笑，温润儒雅地说道："臣，谢过陛下。"

周凌恒爽朗地笑了："皇叔有何需要，就跟朕提，自家人，莫要客气才是。"

等周泽离开，柳九九双腿发软，拽着周凌恒的胳膊几乎要瘫软在地。好在周凌恒手快，将她扶住，见她赤着脚站在地上，脚趾冻得通红，忙将她抱进去。

里面鼎火滚滚燃烧，内殿被炙烤得一片暖和。一股温热扑面而来，室内外的温度差异太大，柳九九麻木的手脚开始发疼。景云备了冷水过来，给柳九九泡手脚，以此缓解她的这份疼痛。

景云正给柳九九搓脚，周凌恒袖子一拂，让伺候的太监、宫女纷纷退下，自己蹲下身，仔细给柳九九揉脚。他将柳九九冰凉的小脚摁在冷水里揉搓，柳九九几次想要挣扎出来，却被他摁了回去："别动。"

"冷……给我用热水泡泡。"柳九九有些许委屈。

周凌恒皱着眉头，用力地揉搓着她红肿的脚："热水？你想废掉自己的脚不成？"他沉了口气，抬头望着她，"你知道自己今天闯了多大的祸？"

柳九九咬着嘴唇摇头："哪有……是她们欺负我。"

周凌恒闷沉着不说话，将她的一双小脚从水盆里捞出来，擦干净，放在榻上，又用厚厚两层棉被给她裹严实了。

"周泽跟你说了什么？"

"他没想杀我。"柳九九实话实说。

周凌恒眉头一挑："皇宫内院，朕给他十个胆，他都不敢！"

"大花是他的，他让我想办法把大花恢复……让大花咬人。"虽然周泽威胁她不能将此事告诉第三个人，可就算自己告诉排骨大哥，周泽也是不会知道的吧？

听她说了实话，周凌恒这才将眉头舒展开来。

皇宫内院四处都是他的眼线，周泽做了什么，说了什么，他都一清二楚。他抬手在她的脸颊上摩挲，对她这个没心眼的丫头又爱又恨。他正要开口说话，却被柳九九一巴掌扇开，她一脸嫌弃地道："你刚才摸了我的脚，又来摸我的脸，好臭啊。"

周凌恒皱着的眉头豁然舒展开来，有些好笑地看着她："自己的脚你还嫌弃？"

"那……我自己的脚，也是脚啊！"柳九九鼻子里轻哼出声，又道，"排骨大哥，那个南王不是好人，你平时可得提防着点他。他太嚣张，丝毫不将你放在眼里，我要是你，就把他给关进大牢！"

"这些话你在我跟前说说就行，万不可被别人听了去。"周凌恒变得严肃起来，声音有些低沉，"这朝中诸事后宫女子不可插手，朕不想让你落得个红颜祸水的名声。这些事你就别管了，朕自有主张。"

柳九九点点头，努嘴道："排骨大哥，我今天……淑妃娘娘真不是我推下去的。我当时去石阶下扶她，她抬手就要给我一巴掌，我下意识地躲开，她就自个儿栽在石头上晕了过去，我真不是故意的。还有那个唐贤妃，她要打我屁股，三十下啊！那三十棍下来，我不得屁股开花啊？你不得……心疼死我啊？对吧？"

她心里没底，也不知排骨大哥信不信自己。她见他依旧沉着脸，有些泄气，埋下头承认错误："我知错了，三十就三十吧，我等会儿就去贤妃娘娘那里领罚，大不了屁股开花，半身不遂，不当皇后娘娘，出宫当个残疾老板娘……日后就跟土豆、糯米相……"

相依为命。

她的话还没说完，周凌恒便俯身吻了下来，在她的唇上小啄。

须臾，周凌恒放开她，蹙眉道："铲铲，朕怎么舍得让人打你？又怎么舍得让你残疾？没事，萧淑妃那里，待会儿朕就差人送点东西过去，也就打发了。朕只是怪你，跑就跑吧，怎么不穿双鞋呢？这天寒地冻的，冷风作祟，屁股没被打坏，这脚都要被冻坏了。"

听他这么说，柳九九感动得几乎要落泪。她下意识地蜷了蜷棉被中的脚趾，还是有些疼，她喉咙里发出的声音有些嘶哑："排骨大哥，被你这么一说，我的脚还是好疼啊……"

周凌恒掀开被子，这才发现她的脚趾肿了。他将她的脚握在手里揉搓，继而放在嘴边哈气。脚被他这么搓着，柳九九只感觉又痒又疼，舒服与疼痛并存，她好几次尴尬地想把自己的臭脚给收回来："排骨大哥，你别放嘴边哈气啊，我脚臭……"

"香的。"周凌恒为了表示她的脚是"香"的，给她揉脚的同时，还不忘在她的脚趾上亲一口，"瞧，我们铲铲的脚，香的。"

柳九九尴尬得脸红，她真想拿花瓣把自己的脚好生泡一泡，再拿出来给他搓，给他亲。萧淑妃的事仍让她有几分忐忑："排骨大哥，那个……我要不要过去看看萧淑妃？给她道个歉？"

"不去。"周凌恒揉了揉她的脚趾，"去什么去，若不是她存了欺负你的心，会有那般下场？自作孽。"

"可她的确是因为我才撞在石头上晕倒的呀？"柳九九有点内疚，又说，"不如待会儿我炖碗猪蹄汤给她送去，你觉得如何？"

周凌恒倒跟个孩子似的撒娇："朕也要。"

柳九九被他一副孩子气的模样逗笑，"扑哧"一声笑道："好，待会儿我多炖一盅，权当给你补补手。"

"炖三盅，一盅给萧淑妃送去，一盅给朕，余下的一盅给太后送去。"周凌恒抓起她的另一只脚开始重复揉搓动作，又道，"估摸着唐贤妃已经去太后那里告了你的状，得想个法子哄哄她老人家。"

柳九九重重地点头："是，排骨大哥说得是！"她觉着自家排骨王不仅体贴温柔，且细心周到。她一个开心，就捧过他的脸，狠狠地亲了一口。

周凌恒被她这么一亲，心一软，感觉眼前的金色帘帐俱变成粉色，整个人几乎要飘起来。柳九九的小手几乎柔弱无骨，酥酥麻麻，她身上淡淡的女儿香让他如嗜酒一般头昏脑涨，雀跃兴奋。

温柔乡，温柔乡，这便是女子温柔乡……

他伸手搂过她的腰，将她抱坐在自己的腿上，继而挨着她的脸颊亲下去。

"排骨大哥……大白天的……"柳九九被周凌恒缓缓压住，呵气如兰，绵软的声音几乎揉进他的骨子里。

"朕说可以就可以，朕是谁？"周凌恒在她的耳边轻喃，向她宣誓主权。

柳九九抓住他的肩膀，轻轻"哦"了一声："排骨王。"

周凌恒不知她突然冒出的这句话是何意，疑惑地道："嗯？"

两人的脸间距不过半拳，柳九九调皮地往他脸上喷了一口口水，嬉笑道："你问我你是谁，我的回答是，你是排骨王啊。"

周凌恒有些尴尬，被她喷了一脸口水后开始闹情绪，颇为嫌弃地在她的肩膀上蹭了一下："好，就让朕这个排骨王好好吃了你这个小锅铲。"

说着，他在她的腋下挠了一下。

柳九九忍不住"咯咯"发笑，笑声如银铃般穿透出去。

在殿外伺候的太监、宫女很识趣地将挂帘的银钩放下来，任由两人白日闹腾。

景萃宫内殿。

柳九九伸出一只小肥手，将珠帘绣幕扒开，探出一个小脑袋，看了一眼外面。见殿内没人，这才好意思伸长胳膊去捡衣服。

穿上衣服，她用玉簪绾好发髻，走出内殿，径自去了小厨房。

她让宫女们挑拣了几把上好的黄豆，放在温水里泡着。自个儿挑了两只新鲜的猪蹄，用烧红的火钳将皮上的猪毛烫干净，再用热水仔细地洗搓。

这给萧淑妃和太后吃的东西可不能马虎，一根猪毛就足以毁了一锅好汤。她攥紧菜刀，从水里将猪蹄捞出来，三两下剁成均匀的小块。

小安子在一旁看得目瞪口呆。这柳姑娘看似纤弱，手腕力道比起屠夫有过之而无不及，手起刀落，一刀便将猪蹄剁块，绝不拖筋带肉。趁着柳九九转身去洗菜的工夫，小安子尝试着抬了抬菜刀，这斤两……他双手举着都吃力，柳姑娘是如何一只手将这菜刀给耍起来的？

他望着柳九九，默默地吞了口唾沫。

柳九九回头瞪了小安子一眼，觉着他那副模样就跟个傻愣子似的。她先用开水煮去猪蹄里的血水，又把姜片加陈醋入水浸泡，片刻后捞出用凉开水洗净，再分别装入三个紫砂锅内。然后加入水、葱段、姜片三味辅料，最后才抓起两把黄豆撒进去，跟天女散花似的。

做好这些后，柳九九让烧火的宫女起开，自个儿提起裙子坐过去，取出几根烧得正旺的柴火，以中火慢炖。小安子见三个砂锅均未盖锅盖，便多事地想去盖锅盖，却被柳九九一根干木棍抽过来："先别盖，敞开可以散发猪蹄的腥味。"

小安子揉了揉手背，一脸委屈："姑娘您下次叫住我就成，打着奴才手背疼。"

柳九九冷哼出声，举着手中的火钳眉飞色舞道："你要是土豆，我指不定就上火钳了！"提及土豆，柳九九有些失落。

也不知土豆和糯米在宫外过得好不好？

小安子倒是个体贴人的，心思细腻："姑娘，你莫不是想九歌馆的两个下人了？"

柳九九抬头看了一眼小安子，抿嘴点头："想，但想也见不到啊。"

小安子正准备说话，就被人拽了一下。一回头，就看见精神焕发的陛下杵在身后。小安子识趣地往后退了一步。周凌恒凑过来，看了一眼三个砂锅里的猪蹄，闻着里头的香味垂涎不已："你要是真想他们，让他们进宫便是。"他扭过头问小安子："景萃宫可还缺人？"

"回陛下，糯米姑娘倒是没什么问题，就是那个土豆，可能得委屈他跟奴才一样净身了。"小安子回道。

柳九九起身将一根胡萝卜切成丝，那粗细就跟头发丝似的。周凌恒"啧啧"感叹，忍不住用两根修长的手指夹了一撮起来，正要往嘴里塞，柳九九却一巴掌拍在他的手背上。

他手一抖，胡萝卜丝还未入嘴，便堪堪散落一地。

柳九九嗔怒道："生萝卜丝有什么好吃的？"她举着手中的菜刀冲着小安子挥了挥："你敢阉我们家土豆，我就阉了你！"她瞪着一双滚圆的眼睛，虎视眈眈地盯着小安子的下身。

小安子吞了口唾沫，下意识地夹住腿："姑娘，我已经干净了，没阉头。"

柳九九怔了一下，举着菜刀又道："反正不许！想别的办法！"

周凌恒生怕她一个不小心让手中的菜刀飞出去，小心翼翼地从她手里夺过菜刀，说道："朕身边恰好缺个侍卫，就让土豆跟着朕吧。"

柳九九这才满意地点头，取了蜂蜜浇在胡萝卜丝上拌匀，再分别装进三个白瓷小蝶内。柳九九摆盘的手艺不错，剔透的蜂蜜裹着胡萝卜丝，脆莹发亮，瞧着极有食欲。

方才跟柳九九闹腾了一场，周凌恒还当真有点饿，揉着肚子眼巴巴地望着她。柳九九见他可怜，将早上余下的绿豆稀饭热了热，给他盛了半碗，让他就着蜂蜜胡萝卜丝下饭吃。

周凌恒端着一个小碗，坐在灶前的小板凳上，津津有味地吃着绿豆稀饭和胡萝卜丝。这绿豆稀饭倒是特别，有股入口回醇的香味，特别开胃，这蜂蜜的味道也是别具一格。

柳九九蹲在他面前，捧着小脸问他："好吃吗？"

周凌恒点头，已经顾不上说"好吃"，一口气将碗内的绿豆稀饭喝干净，然后递给她："再给朕来一碗！"

她接过碗，又给他盛了满满一碗。周凌恒拿筷子在碗沿敲了敲，发出沉闷的声响。他一双眼睛里泛着莹莹亮光："铲铲，这绿豆稀饭你是怎么煮的？还有这蜂蜜，也比朕平日吃的要好许多。"

柳九九起身，拿着小汤勺在砂锅里搅了搅，将里面的黄豆用汤勺摁碎，不疾不徐道："绿豆在锅里炒过，所以这粥喝起来格外香。这蜂蜜嘛，是我让人去御花园那棵几百年的大榕树上取来的野生蜂蜜。"

周凌恒意味深长地"哦"了一声，忍不住又多喝了几碗。

小安子在一旁看得目瞪口呆。陛下坐在灶台前的小凳子上，半点不将就地喝了整整六碗粥，其坐姿吃相之粗糙，就跟平民老百姓似的。

柳九九让人将炖好的猪蹄给萧淑妃和太后送去。萧淑妃那头，她本打算亲自送去，顺便真诚地道个歉的，哪知周凌恒临时有公务缠身，非拉着她一起用晚膳，让她陪着。

据说这次太后的寿宴，不仅有各国诸侯前来朝拜，还有外来使者纷纷献宝。

这次的寿宴关乎大魏的国誉，必须得办好。太后的寿宴本应由皇后操办，但碍于朝中无后，此事便落在了秦德妃头上。秦德妃这人柳九九不甚了解，初次接触，她觉得秦德妃还挺不错。

她刚夸了秦德妃这人不错，就被埋头啃猪蹄的周凌恒狠狠一瞪："这个秦德妃你离她远点儿。"

"为什么啊？她今天还帮我跟唐贤妃求情呢！我觉得她这人挺不错的。"柳九九捧着脸，胳膊肘撑在桌子上，特别满足地看周凌恒吃猪蹄。

看见男人吃得欢，她就高兴。

周凌恒啃猪蹄的模样倒是斯文，他举起手中的猪蹄在柳九九的脑袋上敲了一下："这秦德妃是秦丞相之女，她的心眼如何我不知，但我知她对你绝无善意。"

柳九九叹了口气："那这后宫之中我还能信谁啊？"

"信朕，除了朕，你谁都别信。"他擦了擦手，起身十分满足地舒展了一下筋骨，"你在景萃宫好好待着，今夜朕就不来你这儿了，朕得留在乾极殿处理公务。"

柳九九点头送他出门，正如妻子送丈夫出门一般。

入夜后，柳九九躺在床上翻来覆去睡不着，索性翻身起来，去厨房煮东西打发时间。

夜深人静，庭院里悄然无声，依稀能听见有当值的宫女偷懒打呼噜。

她炖了一锅大刀肉给大花送去。齐北虎被关在笼子里，半点没有老虎的威风。

柳九九打开笼子，将它放出来，摸着它的脑袋看它吃食物。大花将柳九九做的那一盆大刀肉舔得干干净净，连油渣都不剩。大花似乎很难过，吃完拿脑袋在柳九九的脸上蹭了蹭。

她摸了摸大花圆滚滚的肚皮，以为它还想吃，教育它："不能再吃了，肚子快撑破了。"

大花晃了晃脑袋，张大嘴对着她哈气。这齐北虎一张嘴，熏得柳九九差点晕过去，这嘴……怎么这么臭？臭得有些不同寻常啊。

柳九九拉着齐北虎到灯笼下，这才发现它嘴里有两颗烂牙。怪不得这大家伙只吃炖烂的肉也不咬人，敢情是被烂牙折腾得没了脾气啊。

她倒是有些心疼这个大家伙，牙疼的感觉她最清楚不过，疼的时候牵扯着半边脑袋都疼。甭说吃人了，它现在能吃下自己做的饭，已经算是奇迹了。

就在柳九九抱着齐北虎的虎头发愣时，忽地从围墙上跳下一个黑衣人。柳九九下意识地往齐北虎屁股后面躲，张嘴就要喊"刺客"。她才喊了一个"刺"字，那人就已经闪身过来捂住她的嘴。

凑近一看，原来是周泽。

齐北虎一见是老主人，亲热地跑过来蹭了蹭。周泽气得直瞪眼："臭东西，还认人？"

柳九九瞪大眼睛看着这人："你……你不是出宫去了吗？怎么还在宫里？"

"还没有本王来不了的地方。"他看了一眼齐北虎，蹙眉问她，"这大猫如何？"

柳九九摇头："不好，它嘴里有两颗烂牙，别说吃人了，吃白菜都不成。"

周泽蹲下身，掰开齐北虎的嘴。齐北虎特委屈地歪过头，张嘴给主人看，似乎在说：看，你家老虎就是这么惨。

"蠢女人，你说怎么办？"周泽看着齐北虎的牙齿，问她。

"能怎么办？拔牙呗……"柳九九也不知是个什么心情，反正没之前那么怕这人了。她直觉这人对自己已经没了杀意。

即使怕也没用，这人想捏死自己，就跟捏死一只蚂蚁般轻松。

她还想开口说话，却被周泽捂住嘴拉至铁笼后躲着。柳九九挣开他的手："这里是我的景萃宫，我躲什么呀？"她的话刚说完，便看见有个人影鬼鬼祟祟地跑进了她的厨房。

周泽此番来，看老虎是次要的，来柳九九这里蹭吃喝才是主要的。吃过柳九九的饭菜后，周泽觉得这京城的名厨做出的东西简直就是猪食！不，比猪食还难吃！

他蹙眉看着那抹白色的身影，这又是哪个不长眼的蠢货同他想到一块去了？来偷吃的？

身边蹲着的柳九九"咦"了一声："那人跑进我的厨房做什么？"出于好奇，她小心翼翼地走过去，推开门往里面瞄。

借着清冷的月光，她依稀可以看见那个硕大的身影是个女人。那女人揭开她灶台上的锅盖，从锅里舀了一口虾仁粥喝。那白色身影喝了一口粥，似乎很满足，长舒了一口气。

等那人转过脸，柳九九再看……

咦，萧淑妃？

景萃宫守卫森严，萧淑妃是怎么进来的？难不成和周泽一样，跳墙进来的？

柳九九看了一眼厨房内好大一坨的萧淑妃，觉得不大可能。她这么大一团肉能跳墙进来，那才是见鬼了！

周泽也跟着凑过来，躲在她的背后朝里面看了一眼，低低地出声："你这景萃宫，当真是谁都能进啊，小皇帝派的人是干什么的？"

身后之人紧紧贴在她的背上，灼热的气息从她的耳根后掠过。她一扭头，差点跟他亲上。

柳九九吓得一把将他推开，自己一个跟跄栽进厨房。

然后她就跟萧淑妃打了个照面。

萧淑妃手里握着铁勺，正准备再喝一口虾仁粥，看见柳九九，呆愣在原地。她再看了一眼杵在厨房门口的南王，就跟被雷劈似的……她呆滞住，是因为她……她是钻狗洞进来的。

"谁在那里？！"途经勘察的侍卫路过，听见小厨房里有动静，齐刷刷地举着火把，踏着铿锵的步子跑过来。

周泽退回去准会被发现，索性闪身进小厨房，关上门，飞身跃上房梁。外头火光大盛，萧淑妃嘴里包着一口虾仁粥，拿着铁勺蹲下，躲在灶台后面。

柳九九看了一眼萧淑妃和南王，不慌不忙地打开门，跟周凌恒的近卫毛林打了个照面。

毛林一瞧是柳九九，忙抱拳颔首："原来是柳姑娘，大半夜的在厨房做什么？"

柳九九摸了摸后脑勺，说道："那个……我肚子饿，顺道起来喂大花虎。"

毛林往黑黢黢的厨房瞅了一眼，疑惑地道："姑娘为何不点灯？"

"我这不是刚过来嘛，正准备点呢。"柳九九知道周泽暂时不会伤害自己，若现在就将周泽供出来，铁定又是一顿打。她这一身肉虽然厚，却也受不住他那一脚端啊，胸口到现在都疼着。

毛林闻言，微微颔首道："姑娘早些回去歇着，后院狗洞不知怎的塌了一块，我等以为有刺客闯入，这才四处查看，惊扰了姑娘，是属下有罪。"

"狗洞……塌了？"柳九九用余光瞥了一眼躲在灶台后的萧淑妃，终于明白她是如何进的景萃宫。

不塌才怪，萧淑妃那么大一坨。

她正色道："你们先去后院守着，这里应该很安全，不用担心我。"

毛林跟一干侍卫抱拳道："是！"随后纷纷退下。

待他们走后，柳九九点燃烛火，萧淑妃拿着铁勺缓缓起身，尴尬地看了她一眼。

她用烛火照着萧淑妃，将她上下一番打量，见她白色的纱衣上满是泥土，头上简单的发髻松松垮垮，摇摇欲坠。她疑惑地问道："淑妃娘娘，你怎么会在这里？"

萧淑妃拉不下脸面说出自己来此的目的，索性胸脯一挺，指着房梁上的南王道："南王怎会在这里？"她眼珠子骨碌一转，又道，"好你个柳九九，深更半夜，你们孤男寡女，莫不是……"

柳九九差点没被自己的口水呛住。

周泽从房梁上跳下来，径自揭开锅盖，见里面还剩一碗虾仁粥，另拿了一把铁勺舀起来，当着两个女人的面喝了一口。周泽被侄子的两个女人看得有些不自在，端着碗，脸色一沉，声音冷厉："看什么看，信不信本王剜了你们的眼睛！"

柳九九相信周泽说得出做得到，忙拉着萧淑妃转过身，在烧火的小板凳上坐下。她拿了帕子给她擦拭脸上的泥土："他跟你一样，来我这儿偷吃的。"

借着微弱的烛光，她握着手帕在水缸里蘸了点清水，轻轻地替萧淑妃擦拭鼻头和脸颊。萧淑妃的脸颊擦破了皮，看着怪疼的，她问道："淑妃娘娘，你的头还好吗？白天真不是我推你下阶梯的。"

萧淑妃见她给自己擦拭脸上破皮的伤口，有片刻的愣怔。好半晌，她才仰着脸道："唐贤妃那个贱人，今天若不是她在本宫身后扯了一把，本宫也不至于脑袋磕在石头上晕过去！"

"啊？"柳九九手上一顿，有些惊讶，"你是说，你磕在石头上跟我没关系？"

萧淑妃仍拉不下脸，没好气地说了声："没关系……"

一旁的男人冷哼出声，不屑地道："你们这些女人，成日斗来斗去，有意思吗？"

柳九九几乎是脱口而出："你们男人又何尝不是呢？"

周泽语塞，将手中的碗重重地往案板上一掷，怒道："你懂个屁！"

吓得柳九九脖子一缩，忙一把抱住肉厚膘肥的萧淑妃。周泽见柳九九那个胆小的样子，顿觉一拳打在了棉花上，半点使不上力。

萧淑妃本是陈国公主，平时骄横惯了，也不把周泽放在眼里。她担心自己钻狗洞的事被其他人知道，因此丢了颜面，于是大着胆子跟周泽商量："今夜我们来此的目的一致，也都来得不光彩，不如我们打个商量，你替我保守来景萃宫的秘密，我也不会告诉任何人你违背圣旨来了这景萃宫，如何？"

周泽眉尾一挑，倒觉得新鲜。

死胖子跟他打商量？活得不耐烦了是吗？

柳九九见周泽一双眼睛要喷出火来，忙挡在二人中间打圆场，道："今夜你二人没见过面，也没来过我景萃宫。你们不就是想吃东西吗？从明儿起，我做三份饭，一份送去香凝宫，一份送去汉林别苑，如何？"

"本王没意见。"

周泽拍去衣袖上的尘土，他可没打算在宫内杀人。

"本宫也没意见。"

萧淑妃在吃过柳九九的炖猪蹄后，觉得宫内御厨做的菜简直是猪食！

景萃宫内查得严，萧淑妃这会儿想回去是不太可能的。柳九九索性将她留下，等送走周泽那个瘟神，她就拉着萧淑妃进了内殿，两人同睡一榻。

萧淑妃躺在榻上，侧过头看着这个下巴丰满，一脸福相的丫头，用手指戳了戳她的胳膊："喂。"

柳九九合上的眼睛又睁开，扭过头看着她："嗯？"

"陪本宫聊天，本宫认床，睡不舒坦。"萧淑妃叹了口气。

"聊什么呢？"柳九九睁大眼睛，盯着头顶的绣花帐子。

"聊陛下。"萧淑妃侧过脸问她，"你们是不是已经……"

这种问题柳九九不好回答，脸颊羞得通红。

萧淑妃轻哼了一声："有什么不好意思的，本宫难道还会吃了你不成？本宫是真羡慕你能得到陛下的垂青。本宫十四岁入宫，从前也有一副苗条的身材，后来成了这样，也没见陛下瞧过我一眼。不过本宫并不嫉妒你。"她说最后一句话时，莹亮的眸子里泛着点点星光，似乎想到了谁。

柳九九不知她说这话是何意，只是一想着萧淑妃是排骨大哥的女人，心里多少会有点不舒坦。但转念一想，她们有可能要在这后宫中处一辈子，总不能天天斗吧？那得多累啊？

索性学得大方点，以后也不至于太过郁闷。于是她安慰萧淑妃说："我喜欢排骨大哥，所以我能明白你的感受。如果我是你，我也不喜欢自己的男人有其他女人。"想到此处，她竟然觉得自己很幸福，至少现在排骨大哥只喜欢她一个。

一想到自己是排骨大哥的中心，她心里就跟泼了一罐蜂蜜，十分甜蜜。

萧淑妃坐起身，看着她："喜欢？你喜欢陛下？"

柳九九望着她，突然从她的眼底看到一丝同情。

萧淑妃翻了个白眼，嘲笑她："你个傻愣子，居然喜欢陛下，那你这下半辈子甭想好过！"

柳九九觉得她这话讲得好奇怪，疑惑地道："你……不喜欢排骨大哥吗？"

"我若是喜欢他，你觉得我不会悄悄毒死你吗？等日后陛下再领了其他女人回来，你会因为嫉妒而变成一个连你自己都不认识的女人！"她松了口气，躺下，用手枕着胳膊，咧开嘴笑，"唐贤妃那个死女人，曾经就因为陛下多看了张美人一眼，没过多久就把人给推进了湖里。多好一个丫头啊，就这么没了。"

柳九九嘴巴微张，看着萧淑妃，辩解道："不，我才不会！排骨大哥不会再带别的女人回来。"

萧淑妃又给了她一记白眼，翻了个身道："睡吧，以后的事情，谁知道呢……"

因为萧淑妃的一番话，柳九九纠结得一宿没睡。

半夜里，萧淑妃抱着她喊"四郎"，她被一块大肥肉压了一晚上，差点没憋死在床上。

接下来的几日，周凌恒都因公务缠身，无暇顾及柳九九，只能从小安子嘴里知道些她做了些什么，去了何处。

柳九九吩咐人将景萃宫院墙守得严严实实的，让周泽再进不来。她每日会做好饭，让小安子给周凌恒送去。偶尔也会炖些汤，亲自送去慈元宫给太后。

丈夫和婆婆都得兼顾，这以后才会有好日子过。这个，还是排骨大哥教她的。

周凌恒的嘴被柳九九养刁了，若不是柳九九亲手做的饭菜，他绝不会动一筷。太后那边也是对柳九九的饭菜欲罢不能，恨不能将她接去慈元宫住。

而周泽因为景萃宫的守卫突然加强，再不能夜半翻墙而入，吃不到柳九九的饭菜，他急得直挠墙。萧淑妃几乎一到用膳的时辰，准会带着太监、宫女来景萃宫，光明正大地来蹭饭吃。

唐贤妃不知道这萧淑妃耍的是什么手段，隔岸观火的秦德妃也猜不出萧淑妃这是唱的哪一出。

萧淑妃彻底沦落为柳九九的拥趸，恨不能天天抱着她的大腿卖乖。就连她做的咸菜，萧淑妃都能夸个天上有地上无。但凡是在柳九九跟前，那个嚣张跋扈的萧淑妃一准消失不见。

封后大典如约而至，柳九九顺风顺水地当上皇后，几乎毫无阻碍。

稀奇的是，朝中大臣在朝堂之上反对过一次后，便闭口不再说话。这让周凌恒忧心忡忡，朝中大臣如此反常，不是个好兆头。

封后大典当日，柳九九头戴繁重的后冠，身穿青色花钗大袖襦裙。她身上的衣服层数繁多，层层压叠着，外面套着广袖上衣，繁杂的服饰倒是抵得住冬日的严寒。她被景云扶上轿辇，被人从景萃宫抬至几处宫门转悠了一圈，再至乾极殿。

因着规矩，大婚前几日两人不能见面。周凌恒从轿辇上将柳九九牵下时，隔着金翠步摇，竟觉恍若隔世。

铲铲的手依然绵软，如酥如棉，柔软似无骨。

他牵着柳九九走上八十八步石阶，同她并肩而立。柳九九长舒一口气，低头扫了一眼石阶下跪着的那片黑压压的人头，觉得很震撼。

她还是头一次见这么大的阵仗，有些怯场。周凌恒紧紧抓住她的手，低声安慰她："不怕，抬起头。"

她顿时有了几分底气，扬起一张小脸，耳边不断回响着"我当皇后了"的声音。

皇宫内礼乐和鸣，百官朝拜。

"皇上万岁，皇后千岁"的声音震耳欲聋，柳九九有些飘飘然。

繁重的金质后冠压得柳九九脖子发酸，微微一歪脑袋，头上坠下的金翠"叮叮"地撞在一起。这快要断掉脖子和腿的一天，总算在洞房花烛夜跟周凌恒喝下合卺酒中结束了。

柳九九以为接下来便可以搂着自家排骨王上榻睡个安稳觉了，却不想还有一堆繁杂的程序。乾极殿的宫女和太监纷纷朝北面跪，小安子扯着尖细的嗓子奏称："礼毕——兴。"

一阵奏宣之后，宫女引周凌恒进东房，替他换掉冕服，伺候他穿上常服。内务府女官则使唤宫女替柳九九卸下后冠，脱干净后扔进浴池。

被扔进浴池的柳九九发觉，这些宫女完完全全没拿自己当主子伺候，却是拿自己当衣服给揉搓了个干净，最后再拿绸缎裹粽子似的裹起来，抬回榻上。

于是周凌恒换过常服后回来，便瞧见柳九九被裹得跟个大粽子似的。他好笑地拍了拍柳九九的腹部，问她："舒服吗？"

柳九九瞪他一眼，哼了一声："换你被裹成粽子，你看舒服吗？"

"好，朕这就替你解开。"周凌恒伸手便要去解。柳九九"哎呀"一声打断他："别啊，那群宫女没给我穿衣服！"

周凌恒摸着下巴，坏笑道："深得朕心啊！"说罢，他将裹布一把扯开。他手里握着裹布搭在挂床帐的金钩上，"叮"的一声，金钩落地，喜帐"哗啦"一声垂落。

翌日一早，她醒来时周凌恒已经去上早朝了。按照规矩，秦德妃、唐贤妃、萧淑妃都得一早来给她问安。景云和小安子改口叫她"娘娘"，三妃则改口称她为"姐姐"。

柳九九觉得好不真实，一个人坐在景萃宫发愣。

她……她是怎么当上皇后的来着？

她到现在都觉得，自己这皇后当得云里雾里，太过顺风顺水，就跟做梦似的。

第十一章
铲铲有孕

柳九九穿着宫服盘腿坐在贵妃榻上，不停地往嘴里塞瓜子仁和核桃仁，俱是底下宫女剥好送来的。

她曾经做梦都想有人给她剥好了瓜子仁放在跟前，任由她一把一把往嘴里丢。这回当了皇后，再不用去央求土豆和糯米，她只需抬手一指，自然有人屁颠屁颠地来给她剥。

当了皇后就能放肆，丝毫不用克制，这话是……嗯，萧淑妃说的。

当了皇后她就能指着南王的鼻子说：那谁，给本宫跪下！

她往嘴里扔了一把瓜子仁，忍不住笑出声。奈何笑得过于猖狂，把自己给噎着了，嚼碎的瓜子仁从鼻腔里喷了出来。

景云瞧见皇后失态的模样，忍不住掩嘴嘲笑。

这样的皇后，也不知是大魏之幸，还是不幸？

柳九九抬手用袖子擦了把眼泪鼻涕，瞪了景云一眼："看……看什么看！小心本宫打你！"当了皇后就是不一样，有底气了。

景云伺候谁都是规规矩矩的，她实在不知是哪里得罪了皇后娘娘，战战兢兢地跪下："皇后饶命，皇后饶命，不知奴婢是哪里做得不好，惹了皇后生气？"

咦？哪里做得不好啊？她也不知道，她就是想找个人威风一下：

"混账东西，本宫想打你，还要理由吗？"柳九九脸上绷得一本正经。

哎呀呀，她似乎有点过分了？但欺负人的感觉怎么那么爽啊！

晌午，她做好午膳让景云分别送去乾极殿和慈元宫，剩下一份则送去凝香宫，萧淑妃那里。

现在萧淑妃是她的合作伙伴。萧淑妃夜里抱着自己喊男人的名字，她又不傻，当然知道萧淑妃心里有别的男人。萧淑妃喜欢吃自己做的菜，那就做给她吃！不过菜可不能白吃，吃了她的菜，就得给她"出谋划策"。

用过午膳，柳九九拿了一根线麻绳去给齐北虎拔牙。

景萃宫的太监、宫女一见齐北虎从笼子里爬出来，俱不敢上前。柳九九对这群奴才除了鄙视还是鄙视，胆儿这么小，怎么当奴才啊？

于是她自个儿捋起袖子，走过去掰开齐北虎的大嘴，将结实的麻绳套在它的那颗烂牙上。齐北虎"嗷呜"一声，吓得周遭围观的太监、宫女、侍卫纷纷往后退开一尺。

大花虎一只大爪子搭在柳九九纤细的胳膊上，一口包住柳九九软乎乎的嫩手，众人看得倒吸一口凉气。侍卫拔了剑就要冲上去，却被柳九九制止："别过来，你们谁敢过来，统统拉出去砍头！"

这句话从她嘴里说出来，她觉得好有气势。

终于体会了一把排骨大哥的威风，想要谁的脑袋就要谁的脑袋！哦，爽……

齐北虎含住她的拳头，却并没有下口咬她。它松开嘴，一双有力的虎爪抱住她的脖颈，似乎在跟她撒娇。柳九九摸了摸它的下巴，跟安慰孩子似的安慰它："疼一疼就过去了，忍着点啊。"说罢，她抬手招来两个侍卫，吩咐他们拉来一头骡子，将套虎牙的麻绳另一端绑在骡子的腿上。

一鞭下去，骡子拔腿就跑，那一道风驰电掣的狠劲，猛地将齐北虎的蛀牙给扯了出来。齐北虎疼得"呜呜"直叫唤，脑袋蹭在柳九九怀里，跟撒娇的大猫似的。

太监、宫女们都觉得稀奇。

于是，景萃宫的柳皇后变成了一只名副其实的——母老虎。

老虎皇后传至宫外，连大街上的小孩都在唱："母老虎，母老虎，皇帝娶了个母老虎。爬山虎，斗地主，哪里斗得过母老虎。"

土豆和糯米接到旨意进宫，他们二人跟着小安子走在街上，就听见一群小孩在唱小姐是母老虎。糯米当下气得跳脚，捋起袖子，抡起一只肥壮的胳膊，想要上去揍人。

土豆一把拉住她，瞪眼道："你想干吗？！"

糯米鼓着腮帮子："这群小屁孩，他们辱骂小姐，看我不揍哭他们！土豆，你别着拦我啊。"

土豆松开她，从路边折了一根柳条，塞进她手里："我不拦你，揍不哭不许回来！"

糯米愣怔片刻，然后握着柳条上前去吓唬小孩。

小安子一脸无语。果然，有什么的主子，便有什么样的奴才。这主仆三人，可当真是画风清奇啊。

半个时辰后，糯米和土豆分道扬镳了。

糯米被小安子领着前往景萃宫，土豆则被引去邓琰处报到。糯米跟着小安子走，路上时不时有主子乘坐轿辇路过，她被小安子拽着跪了一次又一次，连膝盖都跪破了皮。

景萃宫跟她想象的不太一样，远望恢宏庞大，独树一帜的建筑彰显出皇家威严。

她跟着小安子沿着青石板路往正殿走，四顾一望，有花池假山，还有从涓涓流水上架起的小木桥。景萃宫内太监和宫女忙忙碌碌，有条不紊地做着自己的活儿。

带刀侍卫列队在四周巡逻，由里到外俱透着一股威严劲。糯米紧跟小安子，她伸手扯住小安子的袖子，怯生生地问："公公，我家小姐在这里当皇后？会不会被人欺负啊？"

小安子一脸鄙夷，将手中的拂尘一甩，耐着性子解释说："皇后娘娘高高在上，谁敢欺负她？那不是掉脑袋的事吗？"

糯米仍觉得自己像是在做梦，小姐咋就这样当上皇后了？毫无征兆啊！

她跟着小安子走进内殿，四面墙壁玲珑剔透，五彩的锦缎帐，镀金的帐钩，金彩珠光无不奢华。就连脚下的地砖都是莹壁透亮，头顶的雕梁画栋看得她头晕目眩。

娘啊，这就是小姐住的地儿啊？也太奢侈了吧？

她的目光很快落在贵妃榻上，跷着二郎腿，一把一把往自己嘴里丢瓜子仁的小姐身上。眼前一派奢华景象登时被小姐这粗鲁的模样击得粉碎。

柳九九看见糯米，一个激动从榻上坐起来，不小心将瓜子仁打翻，撒了一地。糯米看见她也是鼻子发酸，担惊受怕了这些日子，总算见到了自家小姐。

糯米撇着嘴正要哭出声，一旁伺候柳九九的景云忙冲糯米喝道："放肆，见了皇后娘娘还不跪下！"

糯米吓得娇躯一震，双腿一软给自家小姐跪下。

柳九九手叉腰瞪了景云一眼，一把将糯米给拽起来，冲着景云道："这是我的丫鬟，不用你来吼！打狗还得看主人呢！"

糯米拽着小姐的手，一脸委屈，怯怯地道："小姐，我不是狗……"

柳九九干咳一声，拍着她那双小胖手安慰道："我知道，我这不是打个比方嘛。"她不太喜欢做事一板一眼的景云，跟她一点也不亲。

总之，糯米来了就好，她还是跟糯米亲。

自从大婚后，柳九九就没再见过周凌恒。她心里念着他，想去看他，便带着糯米去乾极殿蹲点。好几次远远地看见周凌恒，却被小安子给挡了回来。

她心里就跟种了一只魔爪一般，不停地挠着她的心。自从当了皇后，她就一天也没清闲过，总有一品夫人或是三品小姐进宫来给她送礼。

柳九九看着那些人送来的金银珠宝，很是不屑。她们送的，排骨大哥也送了不少，她现在可是皇后，难道还缺这点金银珠宝？

为了不给景萃宫招贼，但凡来送礼的都被她给轰了出去。

这一来二去的，"油盐不进"的皇后娘娘开始让下面的人琢磨不透。听说皇后爱做菜，下面的人又来送菜。不过短短一日，景萃宫就变成了菜市场。

柳九九掀桌大怒。

牵着被拔了牙的齐北虎坐在景萃宫门口，悠闲地喝着茶，一副"你们谁再敢来送礼，我放老虎咬死你们"的架势。

由此，再无人敢来给她送礼了。

于是私底下有人说她是恶毒皇后，是只杀人不眨眼的母老虎。宫女们议论纷纷，都道皇后无才无德，凶横跋扈，毫无教养，比不上秦德妃一根头发丝。

柳九九听着糯米打探来的消息，忧愁地躺在景萃宫，差点气得背过去。她欺负谁了？她当皇后这些日子，就折腾手下的宫女剥了几盘瓜子仁，怎么就变成凶横跋扈，杀人不眨眼了？

她揉着脑袋，几近发狂地问糯米："那个秦德妃最近在干啥啊？怎么大家都拿我跟她比较？"

糯米歪着脑袋想了一下，片刻才道："秦德妃最近在操持太后的寿宴，据说寿宴布置得不错，表演也别出心裁，太后很满意，对她赞不绝口。"

柳九九撑着下巴，显得有些无奈。

这个秦德妃，表面看上去是挺好，可她怎么就觉得那么不舒坦呢？

当天晚上，周凌恒气冲冲地从乾极殿过来，一屁股挨着她坐下："真是气死朕了！"

柳九九已好几天没看见自家排骨，有些开心，坐在他的腿上，搂着他的脖颈，俏皮地问道："怎么了？"

周凌恒搂住她柔软的腰身，一腔怒气仍压不下去，他道："那些个老东西，没有阻挠你当皇后，原来是打的这个算盘！"

柳九九不知道发生了什么事，疑惑地道："他们……打的什么算盘？"

周凌恒屏退左右，抱住她，贴着她的耳朵低声说："那些老东西，说朕登基多年无所出，让朕立南王为太子。"

"噗——"柳九九正端着茶杯喝水，一口水喷了出来，"南王这是要认我们当爹娘？"

她的理解很简单，太子得是皇帝和皇后的儿子，立南王为太子，那个瘟神岂不是得叫她和周凌恒爹娘？

这样一想，居然有点爽。

以后跟那瘟神见面，她就可以趾高气扬道：给为娘的跪下！

周凌恒见柳九九傻笑，一巴掌拍在她的屁股上："想什么呢？立叔叔为太子的先例也不是没有，朕的父王便是瑾宣帝的叔叔。当年瑾宣帝执意一帝一后，不纳后妃。之后皇后无所出，无奈之下，才立的父王为太子。"

柳九九总算清楚了，歪着脑袋问："怪不得他一心想要你的命。如果你死了，你又没有儿子，朝中大臣就一定会拥他为王，是不是？"

周凌恒点头："嗯，以前朕没有立后，那些老家伙倒不至于逼朕。

现在有了你，那些老家伙便拿你没有龙子这一茬大做文章，连着好几日在朝堂上上奏，让朕立南王为太子。"

"这还不简单？"柳九九从他的腿上跳下来，拿了枕头，使劲塞进自己的衣服里。她手叉着腰，挺着隆起的小腹，"喏，这样，咱们不就有小排骨了？"

前些日子，她听萧淑妃讲了许多后宫争宠的血腥故事。

譬如，有妃子假装怀孕，再假装被另一个妃子推倒滑胎，以此来陷害他人，将其置之死地。如果朝中大臣只是因为周凌恒无后，这有什么难的？

"那我假装怀孕，过几日我就挺着肚子去招惹南王，最好让他一脚踹在我的肚子上，届时咱们来个栽赃嫁祸。"说到"栽赃嫁祸"，柳九九眼睛发亮，兴奋地跳起来，"给他一个谋害皇子的罪名，这样，看朝中大臣谁敢再帮他？"

周凌恒看着眉飞色舞的柳九九。

好一招栽赃嫁祸，这手段虽无赖，却也不妨一试。

翌日一早，柳九九叫上秦德妃、唐贤妃、萧淑妃一起去御花园遛虎。

柳九九牵着齐北虎领头走着，三妃和宫女、太监们缩在后头，侍卫举着刀阻隔在中间，以防齐北虎发狂伤及无辜。柳九九慵懒地迈着小步子，牵着老虎在前头悠闲地走，时不时地扭过身招呼三妃："你们倒是走快些啊。"偶尔用手掩着嘴，假装不舒服，矫情地道，"今儿我怎么老想吐……"

呃……她是真的有点想吐。

大概杀瓜子仁吃多了？腻着了？

糯米紧跟在侍卫身后，望着自家小姐，关切地问道："小姐，您是不是瓜子仁吃多了？难受就别吃了。"

柳九九神色纠结，牵着老虎继续走。

唐贤妃面部微抽，小心翼翼地迈着步子，神经随时随地保持紧绷的状态。只要老虎一发飙，她立刻将一旁的德妃扯过来，推上去，拔腿抱头就往回跑。

秦德妃仍是一副波澜不惊的温婉模样，她隐隐觉得，柳九九带她们出来，不仅仅是遛老虎这般简单。

一行人行至御花园，齐北虎懒洋洋地趴在草坪上沐浴阳光，柳九九召集三妃围过来，一起赏早春的花。三妃一脸不情愿地挪过去，盯着一旁趴着的齐北虎心惊胆战。

柳九九装模作样地抬手捂嘴，作干呕状："今儿怎么老想吐呢？"

唐贤妃见她想吐，嫌弃地看了她一眼，往后退了一步。秦德妃装模作样地关切道："莫不是受了风寒吧？"

萧淑妃倒是真关切，拉着她的手拧着一双小眉头问道："吃多了还是怎么着？要不要找个太医瞧瞧？"

唐贤妃见萧淑妃对皇后那般殷勤，不甘落后，忙笑脸迎上，从萧淑妃手里抢过柳九九那双软弱无骨的小手，攥在自己手里，脸上担忧的神色十分夸张。她瞪了一眼萧淑妃，苛责道："萧淑妃，皇后乃千金之躯，身子不适当然得请太医，这还用得着问吗？"她转过头吩咐贴身宫女："春喜，去，请杜太医来。"

柳九九紧咬着自己的唇，巴掌大的小脸憋得惨无血色。她抬眼望了唐贤妃一眼，随后白眼一翻，身子往后一仰——晕了。

她厚重的身躯毫无征兆地砸在虎背上，砸得齐北虎五脏翻腾，疼得仰起头哀嚎一阵，跳起来，驮着柳九九围着御花园跑了一圈。

齐北虎起身咆哮、狂奔，吓得糯米小胖子三两下爬上树，唐贤妃也吓得抱着树往上爬。爬到半截滑下来，她急得四肢发软。秦德妃跟萧淑妃尚算镇定，躲在侍卫身后才最安全。

待齐北虎消停下来，侍卫将柳九九从虎背上抬下来，送回景萃宫。

皇后晕倒，三妃责无旁贷，只得守在景萃宫，等着她醒来。一直到日暮时分，景萃宫传出有喜，唐贤妃、秦德妃错愕之余，还不忘进去说恭喜。

周凌恒正和几位大臣在尚书房谈公事，小安子便带着皇后有喜的消息匆匆赶来。

当着几位大臣的面，周凌恒装模作样地站起来，一副惊喜之色："皇后有喜了？"

小安子应道："是，今儿早上皇后娘娘在御花园晕倒，经杜太医诊治，是喜脉。"

几位大臣面面相觑，心叹这喜脉来得巧，早不来晚不来，偏偏在他们提议立南王为太子的关键时刻来了。

虽然心里知道柳九九是假怀孕，周凌恒还是匆匆赶去景萃宫探望。

到了景萃宫，他瞥见三妃都在门外杵着。乍一看，他发现这三人居然瘦了不少，三坨五花肉都有瘦的趋势。尤其是秦德妃，若不是见过她瘦的模样，他差点认不出来。

秦德妃一抬眼，跟周凌恒对上，二人四目相对，在旁人眼中就成了"暗送秋波"。

周凌恒心中纳闷，是近日宫中的伙食不好？秦德妃怎么瘦成了这个猴样？脸红得跟猴屁股似的。

啧，真难看！呼，赶紧去看铲铲"洗洗"眼。

秦德妃为了能瘦下来，一日三餐皆是粥。除喝粥之外，她还另外服用杜太医开的瘦身良方。被周凌恒那般一打量，秦德妃顿时觉得近日的折腾值了，至少陛下多看了自己几眼。

走进内殿，太监、宫女、太医纷纷跪下，异口同声地跟他说恭喜。

周凌恒坐到榻前，将柳九九扶起来，这才发现她的脸色不太对。

他屏退左右，留下杜太医，问道："杜太医，皇后这是怎么回事？"

杜太医回道："回陛下，皇后体虚，又怀有身孕，所以精神不振，吃几副补身子的药，调养一段时日便会好。"

听了太医的话，周凌恒有些不解，这里没有旁人，太医还这般一板一眼，演给谁看啊？他瞥了太医一眼："杜太医，这儿没旁人，就朕和皇后，你说实话，皇后到底是怎么了？"

杜太医微怔，跪下磕了一个头，又道："回陛下，皇后确实是因怀孕体虚晕倒的，臣不敢妄言。"

周凌恒还想再说什么，一只软绵绵的小手探过来，扯住他的袖子，轻轻一拽，声音绵软如酥："排骨大哥，真的有小排骨了。"

"嗯？"他望着柳九九那只小手，一颗心怔住，随后又似一团冰雪融化开来。

他以为是自己听错了，扭过头看了一眼太医，又带着疑惑的腔调"嗯"了一声，挑挑眉毛，勾勾嘴角。

朕没做梦？

柳九九见他脸上没什么表情，以为他是不高兴，失落地收回手，用微胖的手指戳了戳他的腰，说："对不起……"真的怀上小排骨，她就不能挺着肚子去招惹南王，便不能栽赃陷害了。

不过，她……好像怀的不是时候？

周凌恒的脑袋有些发麻，舌头也有些发麻，脑子里乌七八糟的事搅成一团，随后因为"小排骨"的真实性，脑内轰然炸开。

他忽地起身，手叉着腰在榻前踱来踱去，片刻之后停下，抬手道："来人！来人！把李太医、木太医统统叫来给皇后诊脉！"

小安子忙不迭地跑去太医院。

经过几位太医的先后诊断，确认柳九九是喜脉，周凌恒激动得无以复加。他想将榻上躺着的铲铲抱起来转一圈，左右思虑又觉得不妥，于是将太医一一赶出去，俯下身，将脑袋埋在柳九九的小腹上，好半晌才将激动的情绪平复下去。

柳九九看着躺在自己小腹上的男人，须臾，怯怯地问道："排骨大哥，我是不是怀得不是时候？"

周凌恒抬起头，将她搂在怀里，动作不敢过重，只得轻轻地摸了摸她的后脑勺，下巴在她的头上蹭了蹭："是时候，是时候。"

她的脸埋在他的胸膛，又问："那……陷害南王的事呢？现在真有了，我就不敢去招惹他了，他……打人下手很重的。"

"不去了，不去了，不许去招惹他。"周凌恒已经语无伦次，然后又道，"有朕在，他不敢！"

柳九九点点头。好遗憾啊，看不见南王给自己磕头，听不到南王卑躬屈膝地对自己说"皇后千岁"了。

她低头摸了摸自己的小腹，心情实在很微妙。

周凌恒抱着怀里的人，俯身在她的嘴唇上微微一点，灼热的呼吸喷洒在她的脸上，问她："饿吗？想吃什么？朕让人去做。"

"想吃……"她揉了揉空空如也的小腹，"想吃瓜子仁，想吃丝瓜面。"

"嗯？丝瓜面？"周凌恒低低地看着她，"不想吃燕窝吗？"

她吞了口唾沫，有点想吐，摇头说："不想，想吃瓜子仁，你剥的。"她拽了拽他宽大的衣袖，又说，"小时候我爹爹出征归来，就会给我煮丝瓜面。厨房这么大口铁锅，他煮好大一锅，他抱着盆吃，我抱着小碗吃。"她毫不夸张地比画了一下大铁锅的宽度。

周凌恒明白了，将她抱坐在自己腿上，问她："你是不是想你爹了？"

柳九九鼻子有点酸，点头"嗯"了一声："早上晕倒的时候，我做了一个梦。梦见我爹穿着盔甲，坐在灶台前给我剥瓜子仁。我说饿了，

237

我爹就拿他的佩刀切了两根青绿的大丝瓜，用刀尖往烧红的铁锅里挑了一小坨猪油。白白的猪油在锅里'滋啦滋啦'地化开，冒起阵阵白烟，呛得我嗓子疼。然后我爹就跟跳舞似的，扭着屁股将切好的青丝瓜倒进锅里。等丝瓜炒到五分熟，就往锅里掺水。水沸后，就往锅里丢面皮。煮出来的丝瓜面好大一锅，我爹抱着大盆吃，我端着小碗吃……"

她用手挼着周凌恒的脖颈，很平静地复述着自己的梦。

这个梦最真实不过了。彼时还小小一团的柳九九，端着小碗，同柳将军一起坐在灶台前吃面。她吃好了，乖巧地踮脚去舀水洗碗，柳将军则将她抱到一旁，舀了一盆水放在地上，教她洗。

她的小手放在柳将军粗粝的大手里，捏成小拳头。柳将军握着小女儿粉嫩嫩的小拳头，心里像是有雪化开，他说："九九，面好吃不好吃？"

"爹爹的面，最好吃了！"粉雕玉琢的小脸上浮开笑颜，酥软的声音快要将柳将军一颗硬汉的心给融化。

在柳九九印象中，她爹高大威猛，是最厉害的存在。

可是……她爹那么厉害，怎么就会栽了呢？

她到现在还记得，那晚将军府的侍卫被他爹放回家和家人团圆去了。刺客杀进来……家里老老少少毫无还击之力。她爹抱着她，把她往狗洞里塞，因无余力还手，被刺客砍了一刀又一刀。

大概她爹最大的遗憾，就是没能死在战场上吧。

人一旦有了牵挂，就会变成周身最大的死穴，可那份牵挂，才是真正的幸福。周凌恒叹了口气，谁又能想到，叱咤沙场、杀人不眨眼的柳将军会给小女儿煮面吃呢。除了柳九九，怕是谁都没见过，那个铁骨铮铮的硬汉，也会有那样柔软的一面。

柳九九缓过神来，已经双眼模糊，泪水流了一脸。

周凌恒抱着她，拍着她的脊背柔声安慰她。

她在周凌恒的龙袍上擦了擦鼻涕，继而抬头看着他说："排骨大哥，你给我煮面好不好？"

"啊？"周凌恒顿住。煮……煮面？

煮……面？

周凌恒抱着她顿住，有些小尴尬："铲铲，朕……"

柳九九叹了口气，从他的膝上下来，懒洋洋地躺在榻上，抱着被子，鼓着腮帮子说："有点难为你，算了，不吃面了。"

见她蔫蔫地躺在那里，他心里像是被针刺了一下，随手将她搂起来，抱在怀里，低声道："朕这就去给你煮面，瓜子仁是吗？朕马上就给你剥！"

柳九九的双眼忽地一亮，发髻里似乎竖起两只兔耳朵，问道："真的？！"

"朕金口玉言，还会有假不成？"周凌恒伸手在她的脑袋上摸了摸。

周凌恒拉着她的小手走出来，三妃还在外候着。经过三妃时，他驻足，扭过头问她们："你们还杵在这里做什么？是要朕留你们用晚膳？"

秦德妃见周凌恒紧紧攥着柳九九的手，心里总归不是滋味。唐贤妃更不用说，情绪俱表现在脸上，她一脸不舒坦地带着宫女告退。

萧淑妃倒是轻松自在，临走前攥着柳九九的另一只手，嘱咐她近日得小心些。毕竟这是后宫的头一胎，保不准会有人嫉妒。周凌恒见萧淑妃热络地拉着铲铲的手，护崽似的将铲铲往自己身后一拽，继而沉声道："行了，这里没你们的事了，都回去吧。"

秦德妃、萧淑妃异口同声："臣妾告退。"

等三妃俱离开景萃宫，周凌恒又开始给她"上课"："铲铲，你且记住，这后宫之中，除了朕，你谁都不能信！包括太后。"

柳九九"嗯"了一声，觉得他有点紧张过头了。

走进厨房，周凌恒将在旁伺候的太监、宫女轰出去，然后端来一张小板凳，让她坐在灶台前。柳九九坐在板凳上拿着火钳烧火，周凌恒便开始涮锅。

灶里的火燃得噼里啪啦，橙黄色的火光打在柳九九的脸上。周凌恒捋起袖子涮好锅，回过头看见她，顿觉心里暖洋洋的。

就这么看着她，近些日子朝中琐碎的烦心事，似乎都烟消云散了一般。

他在九歌馆待了些日子，这些粗话还是会做的。

洗碗、涮锅、晾衣，于他来说都不算难事。

当下本不是产丝瓜的季节，但皇后想吃，小安子自然也有办法找来。

周凌恒看着水里削好皮的两根青嫩的丝瓜，拿着菜刀不知该如何下手，他扭过头问："铲铲，这丝瓜应当如何切？"

"横着切成两半，再切成薄片。"柳九九特意用手刀比画了一下。

周凌恒意会，掂量了一下手中的菜刀，觉得不太顺手，于是转身走出厨房，从侍卫手里要了一把佩刀。

手持宝刀的周凌恒浑身散着锋芒和锐气，剑眉微蹙，一掌拍在案板上，两根丝瓜便被震至半空。柳九九被几道锐利的锋芒刺得睁不开眼，耳旁只余下宝刀片丝瓜的"嗖嗖"声。等她再睁开眼，两根丝瓜已经被片成薄片，齐刷刷地在刀刃上一字排开。

柳九九目瞪口呆地望着刀刃上躺着的片片丝瓜，脆嫩的青色惹人垂爱。少顷，柳九九指挥他往锅里放猪油，他便用刀尖挑半勺猪油放进锅内。待猪油在铁锅内化开，下丝瓜爆炒，掺水烧至沸腾，最后将面皮下锅。

丝瓜面很快出锅，周凌恒盛了一碗自己先尝，味道尚能入口。柳九九伸手想自己端过碗吃，周凌恒却不让她端碗，蹲在她跟前，执意要喂她。

他挑起一筷子面皮和丝瓜，放在自己嘴边吹凉，才往她嘴里送。柳九九张嘴吃进嘴里，薄透的面皮爽滑嫩口，丝瓜香嫩带鲜，嘴里回荡着淡淡的猪油醇香，清爽不腻口，味道还不错。

周凌恒小心翼翼地问她："好吃吗？"

柳九九舔了舔嘴唇，点头道："好吃！跟我爹做的一样！"算不上美味，尚能入口，主要是这做面的人，很合她的心意。

周凌恒心中飘飘然，原来自己还有做食物的天赋。

铲铲喜欢，那他就天天做？

等喂完铲铲，他拿了一把瓜子，另拿了一个空盘放在矮凳上，蹲在灶前仔仔细细地剥瓜子仁。

柳九九开始憧憬以后的日子，她问："排骨大哥，你说如果我生的是女儿怎么办？那些老家伙是不是……还得让你立周泽为太子啊？"

"这个不是你要操心的，你安安心心把小排骨生下来。"周凌恒将剥好的瓜子仁一粒粒摆放在小碟里，温声又道，"男孩女孩朕都喜欢。"

"排骨大哥，你以后还会领其他女人回宫吗？你不喜欢后宫四妃，那你以后会不会喜欢上别的女人呢？"柳九九撑着下巴，打量着仔细剥瓜子仁的周凌恒。

这个男人穿龙袍的样子真威风，卷起袖子用宝刀切菜的样子也很英俊。

现在，他蹲在那里剥瓜子仁的模样，美得就像一幅画。他的鼻梁挺拔，翘长浓黑的睫毛上下微微扇动，修长的十指在一颗饱满的瓜子上轻轻磕动。

他微微蹙着一双眉头，似乎所有精力都投射在那颗小而饱满的瓜子上。

偏偏这样英俊如画的男人，还是至高无上的皇帝。他有显赫的身份，有让人痴醉的容颜，这样的男人，怎么会有女人不喜欢呢？

她是皇帝，若是她以后生不出太子，他一定会……跟别的女人生吧？

她不知道，总之她现在心里酸酸的。

萧淑妃说得对，喜欢上他，以后就见不得他有其他女人。她会嫉妒，那种嫉妒就像是爪牙，在她心里抓挠，让她的情绪也随之波动。

周凌恒将剥好的一粒瓜子仁放在小碟里，抬眼看着她，嘴角一扬，露出一个干净温和的笑容："傻，你是皇后，朕怎么还会领别的女人呢？"

她伸手扯住他的袖子，有些不依不饶："如果我生不出小太子呢？"

周凌恒噎住，他没想过这个问题。万一铲铲生不出太子呢？他又该立谁为太子？

立周泽？周泽手段阴辣，若他当上太子，自己跟铲铲必然不得安宁。

"那就再生，朕养得起，多生几个也无碍。"周凌恒说。

柳九九低头对手指，声音有些闷："如果我一直生女儿呢？"

周凌恒暂时没想到应对的方法，他总不能跟别的女人生吧？除了铲铲，他谁也不喜欢。他继续低头剥瓜子仁，无奈地道："以后再说，先不想这个。怀胎十月，还早着呢，咱们先过好当下吧。"

柳九九不再问，点头"嗯"了一声。伸手抓起一小把瓜子仁，扔进嘴里。

可这个瓜子仁……吃得有些索然无味。

她吃得满嘴碎末，周凌恒取出手帕，替她擦了擦嘴，起身道："时候不早了，回去歇着吧。"

柳九九抬头望着他，伸出手："你抱我……"

他弯下腰，搂住她的腰，将她打横抱起来朝着寝宫走去。

他就那样抱着她，一步一步走着。

走过青石路，走过荷池桥，一路上太监、宫女步步紧跟，他们沉默得一言不发。

走到榻前，周凌恒将她平放在榻上，从怀里掏出一块玉佩，递给她："这是朕从小戴在身边的护身符，送给你，希望你能给朕生下一个活泼乱跳的小排骨。"

柳九九接过他手中的玉佩，放在手里细细摩挲。

玉佩通体细腻，仔细看看，是一条翘着尾巴的小锦鲤，放在手中透着淡淡的光泽，是个很漂亮精致的小玩意儿。

她抱着他的脸，在他的脸颊上轻轻一啄，用一双清澈的眼定定地看着他的双眸，抿着嘴唇说："你知道的，我很自私，我是个会算计的老板娘。"

"嗯？"周凌恒被她啄了一下，心像是被泼了一碗蜜，甜丝丝的，"然后？"

"然后我想告诉你。"她郑重其事道，"我是个自私的皇后！以后你要是带其他女人回来，我绝不会手下留情，一定会欺负她！"

"朕说了，不会带其他女人回来。"周凌恒在她的鼻子上轻轻一刮，似哄小孩一般，"你是皇后，想欺负谁，欺负便是，只是别闹出人命就好。"

柳九九伸出手指在他的腰上戳了几下："欺负人不会惹人讨厌吗？"

周凌恒蹲下身，替她脱了靴子，让景云端来洗脚水。他一边小心翼翼地给她捏脚，一边说："朕喜欢就成。"

她的小脚丫在水盆里来回动，调皮地溅了周凌恒一脸水。

半夜，柳九九感觉腰疼，肩膀也疼，难受得翻来覆去睡不着。她盯着周凌恒的脊背，见他睡得沉，用手指在他的脊背上戳了一下。

只一个小小的动静，却让周凌恒惊醒。

他转过身，将柳九九抱在怀里，深吸一口气，声音里带着厚重的鼻音："乖，早些睡。"

柳九九窝在他怀里"哼唧"一声："我……腰疼，肩膀疼。"

周凌恒听见她那个"疼"字，登时吓得一个激灵，什么瞌睡都没了。他坐起身，将她捞起来："哪里疼哪里疼？"随即冲着外头吼："来人来人！宣太医！"

宫内渐渐亮起烛火，宫女们纷纷进来伺候。

柳九九看了一眼跪在榻前的宫女，又看了一眼小题大做的周凌恒，声音纤细："我……我只是老毛病犯了，腰疼，肩膀也疼。"她因为长久站立掌勺，腰一直不太好，偶尔会疼。

也不知是不是最近过于懒怠，筋骨活动得少，腰疼的次数渐渐多了起来。

周凌恒松了口气，招手让宫女退下。他拉着柳九九躺下，让她侧过身，背对着自己，然后慢慢地给她捏着腰和肩膀。白日的疲累一齐涌上头，他很困，却更想给她捏捏腰背，生怕她不舒坦。他提醒道："以后在景萃宫多走动，别成日躺着坐着，知道吗？"

柳九九"嗯"了一声，点点头，很享受他给自己捶腰捏肩。

他拿捏穴位很准，她觉得很舒服。

在舒适中合上眼，困意上头，柳九九半醒半迷糊地说道："排骨大哥……你喜欢剥瓜子仁吗？"她其实是想说，他剥瓜子仁时的模样，真的好看，真美，简直就像一幅定格的画。

"喜欢。"周凌恒不假思索地回答。

他不知道她为什么会问这个，只要铲铲喜欢吃的东西，他都可以剥给她吃。

"你喜欢吃，朕就喜欢剥。"

夜里，柳九九躺在周凌恒的臂弯里，睡得很沉。亥时过后，周凌恒便再无睡意，脑子里一遍遍地思考后路。若他们真的没有太子，百年之后，这江山当交予谁？

南王周泽野心勃勃，朝中势力蛮横，不少大臣似乎都偏向他。可他跟周泽年岁相仿，待他百年归老，周泽也将鹤发苍苍。若真的封了心思细腻深沉的周泽为太子，他保不准会做出逼宫这等忤逆之事，届时，他和柳九九、太后都会有性命之危。

周凌恒登基后，几乎所有精力都放在打压秦丞相上，周泽的势力崛起也浑然未知。这个周泽，当真是下了一盘好棋，若柳九九头胎生的是个公主，届时他必会陷入两难的境地。

他几乎是一宿没睡，盯着柳九九的小腹，心中一定，生出缓兵之计。

翌日早朝，周凌恒下旨明意。

如若皇后未能诞下太子，便封周泽世子为太子。

旨意一下，满朝哗然。支持周泽的大臣也不好再说些什么，这招简直太狠了！

朝中皆知，南王周泽并无王妃，府上连小妾都不曾有，又哪里来的世子？周凌恒那道圣旨的意思，分明就是"朕生不出儿子，就不信你能生出来！咱们且看谁先生出儿子"的意思。

周泽收到圣旨时，因为吃不到合心意的菜，正坐在食案前发闷火。

接到这道圣旨，他更是气得七窍生烟，抬手将食案掀翻，食案上的碗盘碎了一地。

好个小皇帝，跟本王玩把戏，看本王玩不死你！

柳九九怀孕的消息传进太后耳中，她一大早便被常公公接去慈元宫。前些日子还敢给她脸色看的常公公，前后态度大转变，现在就跟伺候太后似的伺候着她。

她要上轿辇，常公公便亲自趴在地上，用背脊给她当肉凳。柳九九被糯米搀扶着，本来还想踩上去威风一把的，转念一想，常公公都一把年纪了，万一承受不住自己的重量，晕死过去当如何是好？

周凌恒允许她欺负人，但不允许她闹出人命。

这么一想，她干脆自己抓着轿辇上的扶手，"嗖"地爬上去，端正坐好。

小安子、景云汗颜，皇后娘娘好彪悍。

常公公有些尴尬，一把年纪还被嫌弃，真是老脸丢尽啊。

她到慈元宫时，不巧秦德妃也在。

秦德妃起身给她请安让座，她乖巧地坐去太后身边。她又从糯米手中接过一早炖好的燕窝，递给太后："母后，您最近脸色不好，我特意为您炖了燕窝，您尝尝。"

她将燕窝盅放在方几上，推至太后跟前。这种讨好太后的方法，还是周凌恒教给她的。

太后打开盅盖，一股热气在脸上氤氲散开。她用勺子在盅内搅了搅，乳白色的燕窝翻起来，腾起一阵清润的香味。

这段时日，她所吃的饭菜俱是柳九九差人送来的。她这张嘴已经被柳九九的手艺养刁了，用膳也变得挑剔起来。吃过儿媳亲手做的菜，再吃宫里御厨做的菜，简直难以下咽。

太后忍不住喝了两口燕窝，感觉清质的口感让自己的味蕾回味无穷。她放下手中的餐勺，抬眼去看柳九九，牵过她那双滑嫩的手，和颜悦色道："你现在有了身孕，这些粗活以后就不必做了。宫中有厨子，你想吃什么，吩咐御膳房便是，以后哀家的饭菜你也不必送了，身子要紧。"

柳九九冲着太后俏皮地吐了吐舌头，说道："我没事，我身体结实着呢。再者，做饭烧菜也不是什么体力活，皇上已经习惯吃我做的菜，我也习惯自己做饭吃。母后您放心，我一定会照顾好腹中的宝宝的。"

太后瞪了她一眼，严肃地道："瞎胡闹！身子要紧，以后这些事不许做了！哀家可还等着抱孙子呢！"

一旁的秦德妃也道："太后说得是，皇后您是千金之躯，这些粗活就让下人去做，万一您在厨房有个磕磕绊绊的伤了身子，那可就追悔莫及了！"

"德妃妹妹，你是在咒我吗？"柳九九板着一张脸，心情有些不愉快。

太后牵着柳九九的一双手拍了一下："菁菁，德妃说的也不无道理。虽然哀家也爱吃你做的菜，但为了哀家孙儿的安危，哀家不准你再进厨房。皇上那边，哀家自会去跟他说，是他的儿子重要，还是照顾他的舌头重要？"

柳九九心里虽不高兴，面上却没有太多表现，生怕惹了太后娘娘不高兴，只能"哦"了一声应下。

太后吩咐常公公拿来两支点翠凤簪，一支递给柳九九，一支递给秦德妃。

她拉过二人，将二人的手叠在一起，语重心长道："唐贤妃和萧淑妃善妒好斗，唯你们二人是哀家喜欢的孩子。这些日子，德妃操持哀家寿宴也是辛苦，菁菁怀上龙种让哀家这颗心啊，也总算是落了下来。以后你们二人便在后宫之中相互照应，且不可反目成仇，知道吗？"

柳九九和秦德妃对视一眼，点头说了声："是。"

太后将二人拉拢，扭过头又对柳九九说："菁菁啊，你看，最近你怀着孩子，也不好伺候皇上，不如你劝劝皇上，让他今晚去德妃寝宫住一宿，你看如何？"

柳九九抬起下巴"啊"了一声，秦德妃则杵在一旁埋着脸，一副害羞之色。

太后又轻声说："你现在虽怀有龙种，可保不准是个公主。皇上现在的处境你应当清楚，若你跟秦德妃都能生下皇子，倒也是皆大欢喜。菁菁，你明白哀家的意思吗？"

她瞪大眼睛，抿着嘴唇，半晌才憋出一句气话："母后，皇上想去谁的寝宫过夜，我哪能左右他？再者，您让我劝皇上去跟德妃……生孩子，这种事，我怎么说得出口！"

秦德妃保持沉默，憋着口怨气不语。

太后有些生气："菁菁，你是皇后，怎么这么不识大体？哀家没让你给皇上广纳美人，已是再疼你不过了。历朝历代，哪个皇帝不是三宫六院？我儿待你痴情，你难道就不该为我儿想想后路吗？"

"我……"柳九九心里憋着一口气，偏偏又不能吐出来。

眼前这个是她丈夫的亲娘，她顶撞不得，只得先顺从："那今晚，我去跟皇上说说。"

见柳九九对太后放下承诺，秦德妃眼里发出耀眼的光芒，一颗心总算定下来。

等出了慈元宫，柳九九气得不坐轿辇，带着糯米、小安子一路绕小道走回景萃宫。

糯米也为柳九九打不平："那个太后真的好过分，怎么能让你怂恿排骨去宠幸别的女人呢？如果是我，我心里肯定不舒坦。"

小安子拧了糯米一把："还不改口？什么排骨，那是当今圣上。"

糯米撇嘴，揉着自己的胳膊嘀咕道："皇帝怎么了？我就替我家小姐不值！当皇后有什么好的？还得跟其他女人分享男人。"

许是因为有了身孕，柳九九的情绪起伏不定，回到景萃宫，她就钻进被子里，蒙头大哭。

周凌恒下朝归来，见她将自己裹成一团，缩在床上一动不动。他好奇地戳了戳，被子里的柳九九嘤咛一声，傲娇地蠕动了一下。

他再一戳，裹着被子的柳九九又蠕动了一下。周凌恒觉得十分有趣，伸手又戳了戳。

"怎么了？是不是今儿在太后那里受委屈了？"她怀了孕，太后一定会找她。见她现在这副模样，必然是在太后那里受了什么委屈。

她将自己裹在被子里，不愿说，这种事她也说不出口。

她怎么能让自己的男人去跟别的女人睡觉生孩子呢？她……做不到，真的做不到。光是想想，她都觉得心酸。

周凌恒知道在她这里是问不出什么的，抬手叫来糯米，问了一下事情的经过。

糯米心疼自家小姐，便将小姐的委屈以及事情的经过统统复述而出。

周凌恒一把扯开她的被子，发髻凌乱的柳九九暴露出来。她睁着一双可怜无辜的小眼睛，让他的心一阵发软。他伸手将她搂过来："朕还以为是什么事呢，你放心，朕绝对不会让你在太后跟前为难的。"

她趴在榻上，下巴磕在他柔软的大腿上，抬眼问他："你真的要去跟秦德妃睡觉生孩子吗？"

他浓黑的眉毛一挑："不然呢？你怎么去跟太后交代？"

柳九九哼哼了几声，撅着嘴在他柔软的大腿上一阵猛磕，心酸得快要哭出来。

"既然知道吃醋，为什么要擅自做主替朕答应这种事呢？"他伸手在她的屁股上拍了一下，以示教训，"好了，别闹了。这件事就交给朕解决，朕还不至于真的去临幸那块肥肉。"

柳九九撇着嘴抬头看他："你不跟她生孩子？"

"朕是不会碰她的。"周凌恒安慰她，"朕知道你的感受，如果换了是你，去跟别的男人同床生孩子，朕也不会开心。不，朕应该会发了疯想杀人。你放心，朕今晚会去她那里过夜，但不会碰她。"

柳九九被他的比喻逗笑道："我才不会跟别的男人生孩子！"

周凌恒摸了摸她的脸颊，宽慰她："不如你待会儿乔装成太监，随朕一起过去？到时候就委屈你躲在屏风后，朕担心秦德妃会给朕下什么药、熏什么香，要是朕反被她强了，那可就太委屈了。所以劳烦皇后亲自过去监督，不知皇后意下如何？"

原本还蔫蔫的柳九九顿时来了兴致，激动地跳起来，一巴掌拍在他的大腿上："好啊好啊！"

"哎哟，我的小祖宗，你可轻着点，小心我的小排骨。"周凌恒摁住她的肩膀，手在她的小腹上轻轻地揉了一下。

德妃的宁绣宫风景倒是不错。

建筑风格是典型的水榭阁楼，外观四角微微上翘，石基飞檐，四周环水。水面上漂着漂亮的花灯，将黑漆漆的水面照得一片明亮。

柳九九忍不住拽住周凌恒的袖子："排骨大哥，你看，花灯啊！"

周凌恒轻咳了一声，挑了挑眉，她忙缩回手，埋下脑袋不再说话。

宁绣宫难得点一次灯，一路上的灯笼亮如白昼。柳九九穿着小安子的衣服，埋头紧跟着周凌恒。他们走过的廊桥上挂着各式各样的花灯，上面都还附有诗句，字迹娟秀，结尾处还有印章落款，是德妃的印章。

柳九九愣怔。这百十盏花灯上的诗句，全是秦德妃写的？

她"啧啧"感叹德妃有才，而自己却活得太过粗糙，琴棋书画……样样不会！唱曲儿也总不在调上。上天果然公平，给了她一双能做出美食的巧手，却将她变成了一个"糙汉"。

秦德妃精致地打扮了一番，发髻上只插了一支素玉簪。早春夜凉，偏偏她还穿了件薄纱衣，跪在昏暗的灯笼下迎接周凌恒。从远处看，一片身影朦朦胧胧，温婉文静。

柳九九见秦德妃身上只罩了一件薄纱衣，冷风刮过，忍不住替她打了个寒战。

　　走进寝宫内，周凌恒扯住秦德妃的袖子，拉着她往窗户边上走，推开窗户，指着黑黢黢的天道："爱妃啊，今晚月色不错。"

　　窗外一阵冷风飘进来，秦德妃冷得抱着胳膊，缩了缩脖子。她抬眼看了一眼外头的天，黑黢黢一片，星星都不曾有。她疑惑地偏过头："陛下，这……今夜哪里来的月亮？"

　　柳九九趁着两人看"月亮"，蹑手蹑脚地跑去屏风后躲着。

　　周凌恒眼角的余光瞥见她躲好了，这才松开德妃的衣袖，轻咳一声，以示严肃："朕眼花，是灯笼。"

　　秦德妃脸上有片刻的愣怔，好一会儿才颔首应和道："陛下日理万机，定是过于疲累。臣妾备了西域葡萄酒，听闻这葡萄酒可助安眠，陛下可愿尝尝？"

　　西域葡萄酒价值千金，前些时日西域使者总共只进贡了两壶。一壶，他送了邓琰；另一壶，他给了太后。他倒是没想到，太后居然辗转将西域葡萄酒赠予了秦德妃。

　　这秦德妃素日看似无为，暗地里对太后可是花了不少心思啊。

　　周凌恒掐了一把太阳穴："不用了，朕乏了。"

　　秦德妃："那……臣妾伺候陛下就寝。"她抬手就要去脱周凌恒的衣服。

　　周凌恒下意识地往后一缩："不，朕习惯自己来。"他伸手想解衣带，又突然顿住，"朕明日一早就得赶往乾极殿，就不脱衣了，就在你这儿将就着睡吧。"

　　说罢，他抬腿走到榻前，大大咧咧地躺下。秦德妃在原地愣了片刻，随即又走过去，坐在榻前打量着合上眼枕着胳膊的周凌恒。

　　秦德妃犹豫片刻，小鸟依人地趴在他结实的胸口，声音微颤："皇上……"

躲在屏风后的柳九九听见这销魂的小声音，忍不住打了个寒战，起了一身的鸡皮疙瘩。

周凌恒也是一个激灵，浑身抖如筛糠，睁眼，条件反射地将她一脚踹开，怒喝："放肆！"

他下脚没个轻重，秦德妃被他踹倒在地，拿一双可怜无辜的小眼睛看着他。即便如此，秦德妃依旧"恬不知耻"，不依不饶地坐起来，爬上榻，在周凌恒身边躺下，脑袋微微朝周凌恒的肩膀上靠。

周凌恒用余光瞥她，嫌弃地往里面挪了挪。哪知秦德妃身上飘来一阵香，熏得他打了个喷嚏。

摧魂酥骨香。

周凌恒微微蹙眉，早知道这女人会使这种东西，只是他没想到居然会下这么重的一剂药。他只微微吸了一口，身子便奇热无比，心里就跟有只猫爪在挠似的。

秦德妃那张脸越靠越近，突然就变成乖顺如猫的柳九九。周凌恒看得一阵心痒，突然听见屏风后传来一声猫叫。他打了个激灵，反应过来不对，一拳砸在自己眼睛上，顿时成了一只单眼熊猫。

秦德妃吓了一跳，也顾不得寝宫内哪里来的猫，抓住周凌恒的手，摸着他眼睛上的乌青一片，呵气如兰，轻轻地在他眼睛上吹了几口。

周凌恒被她身上的酥骨香迷得神魂颠倒，甭说柳九九，娘都不认识了。

他拽住秦德妃的双肩，将秦德妃压在身下。

秦德妃小脸通红，一颗心如小鹿乱撞，合上眼噘着嘴等着身上的男人吻下来。周凌恒正要吻下去，不知从哪儿飞来一只鞋，重重地砸在他的后脑勺上。

这一击砸得狠，他顿时又清醒了几分。

眼前猫儿似的柳九九又变成了秦德妃那张猪头脸。

现在秦德妃那张脸，跟柳九九那张脸的大小差不多，俱是一张包子脸，胖瘦相差无几。可在周凌恒眼中，柳九九那张脸是可爱白嫩的包子，秦德妃则是稍微瘦点儿的猪头脸。秦德妃那双狐狸眼，让周凌恒尤其不舒坦，他捏了拳头想要对着德妃的一双狐狸眼砸下去，只是拳头还没落下……脑内又是一片混混沌沌，秦德妃顿时又变成了柳九九。

这该死的酥骨香！邓琰你在哪儿呢！快给朕滚出来！

周凌恒内心咆哮着，身体挣扎着。柳九九坐在屏风后，正准备脱另一只鞋，一歪头，就看见蹲在身侧的黑衣邓琰。柳九九吓得"喵"了一声，邓琰冷着脸，静静地看着她，低声道："臣，见过皇后娘娘。"

柳九九看着黑衣邓琰，又看了一眼他腰间挂着的那把大金刀！

邓大人这是又到哪儿去……打架了？

她吞了口唾沫，吓得手发软。

她最怕两个人，一个是黑衣邓琰，一个是南王周泽。

柳九九见他蹲着，姿势实在不雅，压低声音道："你……你难道不是应该给我跪下吗？"

邓琰脸上无甚表情，淡淡地扫她一眼，随后身子一闪，以迅雷不及掩耳之速消失在她眼前。柳九九四处打量，小脑袋从屏风后伸出去，黑衣邓琰已经立在床榻前，一把将周凌恒给拎起来。在秦德妃还没睁眼时，一掌拍在德妃的脑门上，德妃脑袋一歪，就晕了过去。

周凌恒被邓琰拎在手里，睁眼，发现是邓琰，松了口气，再睁眼……怎么又变成了柳九九？

他捧着邓琰那张冷冰冰的脸，仔细瞧，嘴里喃喃道："铲铲，来，给朕笑一个，别学邓琰板着脸。"说罢，他噘嘴就要贴过来亲邓琰。

邓琰微微蹙眉，一脸嫌弃，侧头躲开。

柳九九攥着绣花鞋蹑手蹑脚地跑出来，掰过周凌恒的脸，怒道：

"我才是柳九九！他是邓琰！"这秦德妃到底给排骨大哥吃了什么药，这也忒猛了啊。

周凌恒头昏脑涨，如醉酒一般。

他看了一眼柳九九，又看了一眼邓琰，一巴掌将柳九九给推开，正色道："邓琰别闹！"

柳九九心里是崩溃的，手中攥着绣花鞋，在他脑门上拍了一下："排骨王，你给我醒醒！"

黑衣邓琰二话不说，拎着周凌恒跳窗离开。柳九九攥着鞋子在原地蹦跶，跳起来，压低嗓子："邓少侠，你把排骨大哥留下啊！"

柳九九踌躇片刻，索性穿上鞋，笨拙地从窗户翻出去，追着邓琰跑。她一路小跑，总算在翠玉池看见了他们。柳九九刚喘了口气，就见邓琰用力一提，把手里的人扔出去，周凌恒"扑通"一声掉进冰冷的池水中。

啊啊啊——谋杀啊！

柳九九吓得魂不附体，顿了片刻，抱起石头就朝邓琰砸去。黑衣邓琰侧身一躲，她丢的那块石头"扑通"一声砸进池子里。她看了一眼邓琰，又看了一眼沉进池子里的周凌恒，当下脑中一片空白，脱了鞋就要跳水。邓琰抓住她的肩膀，沉声问她："你想做什么？！"

柳九九怒不可遏，在邓琰脚背上一阵猛踩："你敢把皇上扔进池子里！本宫要砍你的头！灭你两族！不，灭你三族！杀得你家狗你家毒蝎子毒蛇都不剩！"她冲着邓琰张牙舞爪一阵抓挠，邓琰不躲不闪，被她抓了一个大花脸。

平静的水面荡起波纹，周凌恒从池子里浮起来，缓缓游过来，然后抓住野草跳上岸。他被池水一冰，果然什么药效都散了。

邓琰松开柳九九，她飞快地扑进周凌恒怀里，抱着他的脖颈，将脸埋在他湿漉漉的胸膛"哇"的一下哭出声。

周凌恒推开她，往后退了几步，避开她道："别抱朕，湿了你的衣衫。"

柳九九抿着嘴，松了口气，抬手擦了擦眼泪，扭过身去抓住邓琰的胳膊，对着邓琰又是好一阵拳打脚踢。

邓琰好无奈，杵在那里一动不动，稳如泰山。

被皇后当成出气包暴揍，偏偏他还不能还手。他大半夜舍弃妻子来执行任务，他容易吗？

周凌恒庆幸，还好他有先见之明。他让柳九九跟随，只是想向她证明，除了她，自己谁都不喜欢。他早料到柳九九对这种事应付不来，所以一早便遣了邓琰候命。

一旦他中了德妃的招，便由邓琰出面，将他扔进冰池里清醒。

他从邓琰手中接过一早备好的包袱，去树后将湿透的衣服悉数换下。换了一身干爽的衣服后，整个人舒坦不少。等他出来，柳九九再次扑过来，在他怀里一阵猛蹭："明天我让人打邓琰板子！他居然敢把你扔进池子里！"

周凌恒搂住她，温声道："别动气，别动气，是朕吩咐的。只有这样，才能让朕尽快清醒。"

邓琰无奈地摇头，这算啥啊……做了好事反挨一顿揍。

等柳九九扭过头时，邓琰已经离开，纵身消失在夜色之中。

周凌恒拉着她的手："走吧，咱们回去歇着。"

柳九九顿足："秦德妃那儿……"

周凌恒："邓琰办事，你放心。德妃不到明早是醒不来的。"

她点头，走了没几步又停下："我腿软，想坐一会儿。"

更深露重，周凌恒怕她受凉，说道："早些回去歇着，夜里天凉。"随后又在她跟前蹲下，"来，朕背你回去。"

柳九九心里一甜，趴在他的背上，挽住他的脖颈。

周凌恒背着她往景萃宫走，途经凝香宫，他们看见萧淑妃鬼鬼祟祟地从后门跑出来。

　　柳九九觉得奇怪，这大半夜的，萧淑妃一个人干吗去？难不成……是打算去钻她景萃宫的狗洞，偷吃去？她拍了拍周凌恒的肩膀："排骨大哥，快，跟过去看看。"

　　周凌恒有点不愿意，打了个哈欠："朕累了，还是早点回去歇着吧，人家的事咱们就别好奇了。"那口气，说得就跟萧淑妃不是自己的妃子似的。

　　柳九九不干："咱们就过去看看，就去看一眼，就看一眼！看看她做什么咱们就回去，好不好？"

　　为了满足柳九九一颗八卦的心，他只好背着她跟了上去，一直跟踪到偏僻的冷宫外。

　　冷宫外几乎没有守卫，旁边有口枯井，四周冷冷清清，十分阴森。周凌恒背着柳九九躲在粗壮的梧桐树后，仔细偷窥。

　　没一会儿，就看见一个侍卫模样的人走出来，同萧淑妃抱在一起，缠绵拥吻。

　　周凌恒顿时来了兴致，将柳九九放下，两人蹲在树后仔细打量着枯井旁的那一对。柳九九靠在周凌恒的肩膀上，贴着他的耳朵，唏嘘感叹："完了，排骨王，你被戴绿帽子了。"

　　周凌恒扭过头一巴掌拍在她的脑门上："你敢给朕戴绿帽子，朕……朕……"他想了半天，理直气壮，"朕就杀了自己。"

　　柳九九揉着脑袋一脸委屈，撇着嘴道："你……打我？"

　　"你……你打我！"柳九九揉着自己的脑袋，鼓着腮帮子，抬手在他的胳膊上掐了一下。

　　"不许给朕戴绿帽子，听见没？"周凌恒抬手，心疼地揉了揉她的脑袋，"朕不喜欢戴帽子。"

柳九九嘟囔道："是萧淑妃给你戴绿帽子！不是我！"

周凌恒扫了一眼枯井边的萧淑妃，淡淡地"哦"了一声："人家恩恩爱爱，与我何干？"他搂过柳九九，嬉笑道，"让他们恩爱去，朕只和你恩爱。"

两人蹲在梧桐树后谈情说爱，萧淑妃听见动静，往情郎身后一躲。

萧淑妃的情郎则拔出剑，身子一跃，跳至树后，稳稳地落在二人跟前。周凌恒也是这会儿才看清，萧淑妃的情郎，正是禁卫军副统领刘昭。

周凌恒蹙眉起身，顺手将铲铲护至身后。柳九九看清刘昭的脸，激动得无以复加："啊，你！是你！我认得你！"

刘昭没想到会是皇上和皇后，抱着剑跪下："请陛下饶淑妃一命，她……是臣威胁她的。"

萧淑妃提着裙摆跑过来，慌慌张张地跪下，冲着周凌恒一阵猛磕头："请皇上饶过刘昭，是臣妾，是臣妾勾引他在先，求皇上赐臣妾一死。"

柳九九从周凌恒身后跳出来，将萧淑妃扶起来，一脸好笑地道："谁说要杀你们了！皇上是明君，怎么会滥杀无辜呢？"萧淑妃看见周凌恒那张冷冰冰的脸，吓得小脸发白，双腿发软。柳九九见萧淑妃在发抖，顺着她的目光扭过头去。见她一扭头，周凌恒脸上的寒冰立即化开，冲着她温和地一笑。

她用胳膊肘捅了周凌恒一下："排骨大哥，你倒是说句话啊，别吓着萧淑妃。"

宫中有宫中的规矩。萧淑妃违反宫中规矩，同刘昭夜里私会，已经犯了死罪。即便他是皇帝，也不能替萧淑妃开脱。

这种闲事，管起来也当真是让人心烦。他看了一眼刘昭，又看了一眼萧淑妃，说道："死罪，无免。"

刘昭眼底燃起的希望破灭，重重地磕了一个响头："臣，只求陛下让我们死后同穴。"

萧淑妃腿一软，脸色苍白，瘫软在地。两人都吓得不轻，以为这次死定了。

柳九九慌了神，萧淑妃本性不坏，是个好姑娘，如果就因为跟喜欢的男人在一起而被赐死，那……不是造孽吗？

她也跟着盘腿坐在冷冰冰的地上，抓着萧淑妃的胳膊，抡起拳头轻轻地在自己的小腹上捶了一下："你要是敢杀他们，我就……我就杀了你的小排骨！"

周凌恒抬手扶额，蹲下身，收起眉间的帝王肃杀，一脸无奈地软声道："朕怕了你，起来起来，都给朕起来。今夜之事，朕权当没看见。"

萧淑妃眼底燃起希望，刘昭以为是自己听错了，抬头不可思议地看着皇上。

周凌恒将柳九九扶起来，替她拍了拍屁股上沾染的尘土，嘴里嘟囔："怎么跟个小孩似的，以后休拿小排骨来威胁朕，他是朕的孩子，也是你的孩子！你长没长心？"

柳九九"扑哧"一声笑了："长了啊，我这不是吓唬吓唬你嘛，不然你怎么会放过他们？"

"就你爱管闲事。"周凌恒无奈地捏了捏她的脸颊，于是转过头去看着刘昭、萧淑妃二人，沉声道，"这宫内是容不得你们二人了，过几日朕就安排你们出宫。刘昭——"

刘昭抱拳："臣在！"

周凌恒道："西州城地处边关，萧淑妃毕竟身份特殊，你们且去那里安居。淑妃好歹是一国的公主，你万不可辜负她，不然朕会让邓琰砍了你的脑袋！"

柳九九牵着周凌恒的中指，插嘴道："对，你要是敢对淑妃不好，我也拿菜刀去砍了你的脑袋！"

萧淑妃一脸感激地望着柳九九，冲着他们磕了一个头："多谢皇上成全。"

"不用谢他，应该的，善良的人就该有好归宿。"柳九九将她扶起来，顺便用胳膊肘捅了一下周凌恒："排骨大哥，你说是不是？"

周凌恒很无奈，在这些人面前，铲铲真是半点皇帝的威严都不给他留啊。

三日后，萧淑妃身染天花，凝香宫被隔离，任何人不得出入。

直到第四日，萧淑妃病重身亡。而刘昭则在出任务时摔下山崖，生死未卜。

周凌恒派人连夜送萧淑妃出宫，毕竟人家姑娘因为自己在皇宫守了这么多年的活寡，也怪可怜的。他还赐了一些金银珠宝给他们当盘缠，且已经派人在西州城接应。

如今萧淑妃没了，后宫便只剩下秦德妃和唐贤妃二人。周凌恒觉得这两个女人留不得，等柳九九诞下龙子，他便会找借口将这两个女人送走，以免日后麻烦。届时后宫便只剩柳九九一人，太后也就不会再为难她。

秦德妃未被宠幸，去太后那里请罪。

太后叹息一声，拍着秦德妃的手背宽慰道："好孩子，不急，等这次寿宴办好了，哀家一定亲自开口让陛下去你那儿。陛下也是年轻，没尝过雨露均沾的乐趣，一旦他尝过其中滋味，便会觉得新鲜了。"

秦德妃支支吾吾半晌，"扑通"跪地。

太后不解："你这是做什么？"

秦德妃磕了一个头，梨花带雨道："求太后降罪！"磕了几个头后，她便将昨夜使用药物诱惑皇上的事一一告知太后。

太后不仅没有责怪，反而扶她起来道："哀家也知你是为了皇族子嗣，才不得已出此下策。你放心，这件事皇上若要怪罪，就由哀家替你承担。"

有了太后撑腰，秦德妃心里便有了底气。

太后寿宴在乾极殿举办。

乾极殿正中地平南向面摆帝后的金龙宴桌，右侧则摆太后的宴桌。乾极殿地平下摆内廷主位宴桌，西坐秦德妃，东坐唐贤妃。东侧再往下则是朝中大臣，按官阶排位。西侧往下，则是各国使者。

柳九九穿着繁杂的后服，里外总共一十六层。发髻盘了一圈又一圈，插着各式复杂的金钗步摇，差点压断她的脖子。她端正地坐在上位，不敢多动，怕失态。

寿宴开始，群臣跪拜，礼乐炮鸣之后，穿着白花裙的舞女鱼贯而入，丝竹管弦韵律悠扬，有点盛宴的排场。

柳九九已经饿得头晕眼花，忙吃了几块水果果腹。然后她又从青瓷盘中抓了一把炒香的瓜子，放在周凌恒跟前，歪着脑袋眼巴巴地望着他。

周凌恒意会，一边欣赏歌舞，一边给她剥瓜子仁。

舞女们跳得不错，可柳九九不爱看。她撑着下巴东张西望，忽地跟周泽对上眼。她吓得缩了缩脖子，随后开始想……周泽刚才给自己磕头了吗？

好遗憾，她刚才居然没看见周泽给自己磕头是什么样！

周泽愤恨地瞪着她，那眼神，好似要将她吃掉。

她忙低下头，假装啃鸡腿……奈何鸡腿太难吃，咬了一口便再难下咽。

开场舞过后，有歌姬弹唱，歌声清越婉转，尚能入耳。紧接着便是市井杂耍，吞火的吞火，吞剑的吞剑，长居深宫的太后自然没见过，觉得稀奇，不停地拍手叫好。

柳九九撑着下巴，一声叹道："哎，秦德妃怎么把这种市井玩意儿搬来宫里了。"

她的话钻进太后耳中，以为她是嫉妒，斥责道："皇后要以德为本，你看你，哪里有半分贤德？这一点，你得多跟德妃学学。"

柳九九缩了缩脖子，不再说话，忠言总是逆耳啊……

等市井杂耍团退下，大月使者起身，冲着周凌恒拱了拱手，说道："皇帝陛下，我等千里迢迢赶来参加太后寿宴，一是为了给太后娘娘贺寿，二是为了两国文化邦交。我等几年未曾来大魏朝贡，不想如今的大魏竟成了这副模样。"

周凌恒蹙眉，问道："使者这是何意？"

大月使者拱手道："恕我直言，大魏将杂耍搬来这等盛宴，实在不堪入眼。我大月的街头戏舞，也比大魏的杂耍惊艳十分不止。"他顿了一下，笑着说，"皇帝陛下莫怪我说话直接，我们大月子民个性爽直，从来说一不二，有什么说什么。"

被人公然比较，太后心里自然不舒坦，她道："哦？使者可是带了人来给哀家跳戏舞？"

"太后娘娘想看，我一定满足。"大月使者一挥手，一名穿着大红石榴裙的舞女扭着曼妙的腰肢上场，裙摆上缀着五色彩珠和小铃铛，发出清脆悦耳的铃声。

大月姑娘容貌不俗，舞步轻盈。她跳上一只大鼓翩翩起舞，借用脚掌拍打鼓面，使其发出声响。她的石榴裙旋转飞扬，像一朵盛开的红莲。清脆的铃铛和鼓乐声声入耳，不禁让人联想到大漠孤烟和度沙漠的驼铃队。

这种异域风情的舞蹈，倒是勾起了柳九九的兴趣。当然，更让她感兴趣的是跳舞的姑娘大冷天露着肚皮，她觉得又可怜又稀奇。

大月姑娘前半段舞蹈一直在大鼓上转圈，并没有什么特别之处。

到了后半段，击鼓的声音如心跳的节奏一般，一下又一下，缓缓地慢下来。紧接着，一个穿着大月服饰的男子优雅地上场，对着大鼓上的姑娘伸出手。

柳九九抓了一把瓜子仁丢进嘴里，津津有味地看着。

她本以为姑娘会拉着男子的手同他一起舞，没想到姑娘在空中腾翻一个跟头，单脚点在男子掌心，整个人立在半空中，如一朵盛开的红雪莲。

奇的是，姑娘脚尖点在男子的手掌上，稳如泰山，半点没有摇摇欲坠的意思。那感觉，姑娘就像是悬浮在半空中一样。本来以为这是大月姑娘的极限，不想她居然在男子的手掌上开始缓慢起舞。

她在人掌之上轻轻踮脚，胳膊和另一条腿在空中缓缓舞动。手中攥着轻纱，抛出去，收回来，身子腾飞在空中，如轻盈的火凤凰，再稳稳地落在男子的另一只手掌上。

群臣皆呆。

柳九九瞪大眼睛，兴奋地拍手叫好。周凌恒、太后和秦德妃却怎么也开心不起来，明摆着是被大月给比下去了。

大月戏舞结束，大月使者一脸得意，起身拱手道："十年前，我们大月文化比不上你们大魏；可十年之后，你们大魏仍停留在十年前。看来大魏也不过如此嘛。"

周凌恒蹙眉，沉着一张脸。秦德妃看了一眼皇上，又看了一眼太后，情急之下道："我大魏有才之人比比皆是，不过是支舞罢了。"

"哦？还请德妃娘娘让我等开开眼界。"大月使者一脸挑衅。

秦德妃噎住，这戏舞一出，她一先备好的舞哪里还拿得出手？

大月使者见她不吭声，笑道："罢了，我虽不是大魏人，却也知道你们有句话叫'得饶人处且饶人'。"

柳九九见周凌恒一直蹙着眉，脸色并不好，扯了扯他的袖子："排骨大哥，这人这么嚣张，不如你也去跳一支？掌上舞算什么？你踩在邓少侠的脑袋上跳！你们俩的轻功不是很厉害吗？"

杵在一旁的白衣邓琰抱着剑，嘴角抽了抽，压低声音道："皇后奶奶，本少爷是男人，跳舞算哪出啊？"

柳九九见他们这么为难，觉得不能坐以待毙。男人不行，就让她这个女人上好了！

这大月不过是西域的一个小国，她必须得压压他们的气势！她拍了拍手上的瓜子屑，站起来，冲着大月使者道："戏舞算什么？使者听过刀舞吗？"

大月使者戏谑道："刀舞？莫不是拿着刀跳舞？"

"什么拿着刀跳舞？"柳九九故意叹息一声，"刀舞所指，乃是用菜刀操纵食物，让食物在人的脑袋上跳舞！使者真是孤陋寡闻。不过这也怪不得使者，你们大月人少地小，一不小心做了井底之蛙也是再正常不过的事情。"

大月使者一张脸憋得铁青："什么刀舞？皇后娘娘说得倒是轻松，可愿让大家看看？"

柳九九眉头一挑："大月使者想看，本宫便亲自跳给你看，也算是本宫送给太后和各国使者的一份礼物。不过本宫需要一个人头作为道具。"她扫了一眼群臣的席位，目光停留在南王周泽身上，说道："素闻南王文武双全，有胆量有气魄，南王可愿意将脑袋借给本宫，跟本宫一起完成这支舞？"

周泽脸色一沉，瞪了她一眼，随即起身，温和地笑道："本王愿意奉陪。"

柳九九摸了摸下巴："一个人头不够用。"她抬手又一指："德妃妹妹可愿陪本宫和南王，一起完成这支舞？"

秦德妃吞了口唾沫，想借故拒绝，但她看了一眼太后，又看了一眼陛下，最终只能硬着头皮答应下来。

为了方便，柳九九特意去后殿换了一身月白长衫，且让糯米替她拆了发髻上那些繁重的金饰，只用玉簪绾了个简单的发髻，一身打扮干净利落，眉宇间透着几分难得的英气。

太后一脸担忧，抬手将她招过来："菁菁，咱们还是别逞强，你还怀着身孕，哪里能跳舞？"

柳九九道："太后您放心，我耗费不了多少体力的，无碍。再者，我身板结实，肚子里的小皇子也乖巧得很，不会闹脾气的。"

太后看了一眼挑衅的使者，拍着她的手背低声道："一切小心，别强撑。"

看着柳九九走下台，周凌恒的目光紧紧跟随着她，生怕她脚下不稳摔跤。他仍然不放心，又扭过头去吩咐邓琰："派人去皇后四周候着，以防皇后跌倒摔伤。"

邓琰抱拳："是。"随后他点了几个身手好的侍卫围过去，一旦皇后有摔跤的迹象，他们便扑过去当肉垫。

柳九九从糯米手中取过两把锋利的菜刀，指挥秦德妃和周泽站成一排，两人仅隔一步之距。柳九九取来薄纸，垫在周泽和秦德妃的头顶，两人被迫将头发散下来。

周泽瞪着柳九九，压低声音道："本王要是少一根头发丝，剁了你的脑袋。"

柳九九努嘴："耍菜刀没人比我在行。"她伸手拍了拍周泽的肩膀，"放心，保证你不会掉一根头发丝。"她转过身时，嘴角一勾，老娘意在将你吓得屁滚尿流！

秦德妃光是看她手中攥着的两把大菜刀就已经双腿发软，不停地吞咽着唾沫。

柳九九为了向大月使者证明自己用的是锋利无比的真菜刀，特意将刀递给使者："有劳使者验一下这把刀的锋利程度。"她白净的手指在食案上点了点，"在这上面砍一刀。"

大月使者掂量了一下分量极重的菜刀，一刀砍在食案上，只听"咔嚓"一声，食案即刻碎成两半。群臣哗然，慈和的夏丞相劝道："皇后，王爷和德妃娘娘乃千金之躯，您这刀削铁如泥，恐会误伤王爷和娘娘啊……依老臣看，您莫要跳这支'菜刀舞'了。今儿是太后大寿，见不得血光啊。"

听夏丞相这么说，大月使者也拱手道："贵国丞相说得是，皇后若因争强好胜误伤他人，岂不让我等千里迢迢赶来看了个笑话？"

柳九九将两把菜刀抛掷空中，随后用手接住，在掌间打了个几个漂亮的旋儿，看得太后和周凌恒心惊肉跳，生怕锋利的刀刃落在她的手掌上，将她的手掌切成两半。

太后扭过头对周凌恒道："恒儿，不如让菁菁回来，看得哀家心惊肉跳的。"

周凌恒蹙着眉头，他虽然也担心她，但他知道切菜对她来说易如反掌，不具任何挑战性。于是他道："母后少安毋躁，再看看。"

太后拍了拍胸脯，点头叹息。

这个时候退出也实在不妥，保不准会被人笑话临阵退缩，实在有损大魏的国誉。她顿了片刻，又道："这南王和德妃……不会有什么危险吧？"

周凌恒低头继续剥瓜子，眼皮都没抬："无碍，朕的皇后别的不行，就切菜行。"

听儿子这么说，太后的一颗心才稍微安定下来。

糯米端着木制托盘杵在一旁，里面摆放着土豆和排骨。柳九九首先取过土豆，拿在手里掂量一番，踮起脚，放在南王的头顶，丝毫不理会周泽眼中的狠厉。

她微微一勾嘴角，抬起菜刀，抛掷空中。锋利的菜刀犹如横向旋转的风车，围着周泽耳边"呼呼"转了一圈，发出令人心惊肉跳的"嚯嚯"声。随后，她一掌打在空中旋转的菜刀刀柄上，菜刀向上微移，又绕着他头顶的土豆旋了一圈，无形之中，将土豆切成如纸片般薄厚。

趁此时土豆薄片还未分开倒塌，她又用另一把菜刀横向来回几切，继而以迅雷之势收住。

乍一看，土豆还是那个土豆，依然是浑圆一个，在阳光下透着光泽。众人盯着那只纹丝不变的土豆唏嘘了一阵，敢情皇后娘娘耍了这么久的花拳绣腿，土豆没有半点变化啊？

大月使者抱着胳膊讥笑道："大魏的皇后就只会这点花拳绣腿？"

柳九九冲着糯米使了个眼色。糯米将六指宽的排骨稳稳地搁置在德妃头上，而她自顾自地把玩着手中的菜刀，在众人毫无预想的情况下，将菜刀直朝秦德妃扔去。

两把菜刀朝着自己的头顶飞来，秦德妃吓得两腿发软。还好糯米有先见之明，将她扶住，这才不至于让她跌倒。秦德妃屏住呼吸，差点没憋死过去，等了许久才缓缓睁开眼。

她见自己还好好地活着，翻了个白眼想掐死柳九九。

众人屏住呼吸，眼睛死死地盯着那两把菜刀，他们已经准备好看血肉模糊的场景，偏偏那两把锋利的菜刀事与愿违，被卡在排骨里，再没动静。

大月使者不知柳九九搞的什么名堂，又道："皇后，您到底是想做什么？您这土豆依旧是土豆，排骨依旧是排骨的，不是说要让食物跳舞吗？"

柳九九将手背在身后，满脸洋溢着自信，下巴骄傲地微抬："哎呀，使者不要急嘛，这好粥要好煲，好戏自然要好好酝酿了。"

说罢，柳九九绕至周泽身后，反扣住周泽的胳膊。她一脚踹在他的屁股上，再一掌拍在他的腰部，由于他身子前后扭动，头顶的土豆突然崩塌，头发丝粗细的土豆丝悉数从他的头顶落下来。

柳九九用围裙一扇，"哗"一声，纤细的土豆丝便如鹅毛般飘起来，再次落在周泽头顶。柳九九再用围裙一扇，土豆丝便如长了翅膀的雀鸟一般，排着"队"飞至德妃头顶，稳稳地落在秦德妃头顶的排骨上。

柳九九看了一眼使者，露出一个自信张扬的笑容，取下卡在排骨上的菜刀，起刀落刀如幻影一般，让人眼花缭乱。待她收起菜刀，一掌拍在秦德妃的肩上，秦德妃的身子一颤，头顶的排骨跟土豆丝如跳舞一般从头顶抖落至糯米手中的木盘中。

排骨落盘呈花朵盛开的样式，土豆丝则变成点缀的花蕊。

众人看得目瞪口呆，方才那是……那不是幻觉？

大月使者惊讶得无地自容，"砰"的一声跪下，直呼柳九九为"月亮之神"。柳九九收起菜刀，擦擦手回到周凌恒身边，周凌恒已经剥好两碟瓜子仁犒劳她。

大月使者冲着柳九九磕头，表示输得心服口服，用大月的语言冲着她一阵叽里呱啦。柳九九听不懂，扭过头疑惑地看着周凌恒。

白衣邓琰翻译说："这个愚昧的大月使者以为你是神，月亮之神。"

"月亮之神？嫦娥？"柳九九疑惑。

邓琰摇头，正经道："大月信仰月亮之神，他们崇拜此神，敬仰此神。"

柳九九点头"哦"了一声，不以为意地哼了一声："我不就切个菜嘛，怎么就成了他们的月亮之神？这些人刚才的气势呢？真丢人。"

邓琰嬉皮笑脸地调侃说："皇后奶奶，您不愧是虎门将女啊，您这刀工，普天之下可再难找到第二人了。"

柳九九狐疑地看着他，总觉得他白天和黑夜的性格判若两人。周凌恒咳了一声，低声跟她解释："邓琰患有怪病，白天黑夜两种性格。"

周泽跟秦德妃各自落座。秦德妃的双腿仍颤抖着，牙齿也在打战。周泽坐回原位，揉着腰喝了几口闷酒，侍卫俯身问他："王爷，您怎么样？"

"屁话，老子这样，又能好到哪儿去？"周泽瞪了侍卫一眼，一腔怒火无处可撒。

寿宴之上，柳九九大显身手，替大魏赢回了国誉。

原本大臣们挺不看好皇后的，这会儿俱对她起了崇拜之意。皇后虽然出身市井，但胜在有魄力，今日大显身手，更是让众臣心服口服。太后也松了口气，儿媳为国争了光，她心里也跟着骄傲。

宴席进行到后半场，周凌恒留下跟群臣以及各国使者喝酒。柳九九因怀有身孕，不宜饮酒，便先行退下，被糯米扶回景萃宫歇息。许是因为有了身孕，她只是稍微做点事便觉困顿不已。她让伺候的宫女退下，自己躺在榻上，准备打个盹儿。

她刚躺下没一会儿，窗户就"嘎吱"一声被人推开，一抹黑影飘进来，稳稳地落在她的榻前。

她睁眼，是黑着脸的周泽；她闭眼，是阴森恐怖的周泽。

宫中大半禁卫军在乾极殿保护皇上，因此景萃宫的防守弱了不少，这才让周泽有机可乘。她躺在榻上，抚着微微隆起的小腹，冲着榻前的人"嘿嘿"一笑："南王近来可好？"

"好个——"周泽双手附于身后，被她踹过的腰和屁股都还疼着，"屁！"

柳九九躺在榻上一动不动，没心没肺地龇着一口白牙："那啥……刚才我绝不是公报私仇，我是为了不让咱大魏丢人，不得已而为之。"

其实，她是吓得腿软腰软，起不来了。

她到底低估了这个祸害啊……

周泽仔细打量着她，浓眉一挑："看不出来你还有这功夫，刀工不错啊？踹本王踹得可还痛快？"

柳九九此时脑子里如一团糨糊，坐起身，如小鸡啄米一般点头："痛快！"说完忙捂住嘴，恨不得给自己这张快嘴一巴掌。她冲着他尴尬地解释说，"不是，我的意思是说，我今天给咱大魏争了光，心里痛快。"

她抱住头，下巴埋在被子里："别揍我，我肚子里可是你们周家的血脉。"

"本王饿了，去给本王做点吃的。"周泽瞥了她一眼，冷冷地道，"本王还不至于对一个孕妇下手，起来，去给本王做点吃的。"

柳九九抱着枕头看着他："你一个大男人跟我一起出去，不太好吧？"

周泽喉咙里发出一声轻哼，丢下一句"本王在厨房等你"，于是先行跳窗离开。柳九九看他是真的离开了，拍着胸脯深吸了一口气。他嘴上虽说不对孕妇下手，可万一发狂了呢？

她往腹部塞了一个软垫，如果待会儿他真踹她的肚子，软垫兴许能挡一下。

随后她又揣了一把小匕首，独自前往厨房。

酉时时分，宫内的灯笼挨个儿亮起来，将景萃宫照得一片亮堂，恍若白昼。

走到厨房，她掏出火折子吹燃，借着微弱的火光往里头扫了一眼。没看见周泽，她正想转身离开，耳旁忽地落下一道劲风，穿着靛青色长袍的周泽便稳稳地落在她跟前。

她吓得往后一退，差点摔倒。还好周泽手快，伸手抓住她的肩膀，稳住她的下盘。

她走到灶台前，点燃两支蜡烛，开始烧火做饭。鱼缸里有两条鲜活的鱼，她将两条鱼抓起来，去鳞去五脏，斜切几道，抹上酱料，配上葱丝上锅清蒸。

随后她又另起一口锅蒸红薯饭，累得汗如雨下。周泽杵在一旁跟大爷似的，抱着胳膊观望，半点没有帮忙的意思。

半个时辰后，她掀开锅盖，红薯饭香随着热气扑腾而出。她给周泽盛了满满一碗米饭，自个儿则铲了一碗红薯锅巴。她还端了三张小板凳放在灶台前，将清蒸鱼和两碗饭放在板凳上，又去灶台下的坛子里捞了一小把腌萝卜丝。

柳九九跟周泽坐在板凳上，围着两条清蒸鱼和一小碟咸菜吃。她嘴里嚼着红薯锅巴"嘎嘣嘎嘣"响，周泽看了一眼她的碗，又看了一眼自己的碗，问道："为什么本王的饭和你碗里的饭不一样？"

"嗯，你是上面那层精华米饭，我是下面一层锅巴。"柳九九挑了一筷咸菜，就着红薯吃了一大口。腌制的萝卜丝又甜又脆，很下饭。

周泽见她吃得比自己香，将碗递给她："给本王也来一碗锅巴。"

柳九九起身给他盛了一碗。周泽吃了几口发现，锅巴饭吃起来格外香，又香又脆，很有嚼劲。他抬眼看她，难得地赞许道："你还真有两下子。"

"你这是在夸我吗？"柳九九眉眼弯弯，"我觉得你这人本性不坏，你要是能改掉打女人这个坏习惯，指不定能娶到一个好妻子。"

"本王从不打女人。"周泽刨了几口饭说道。

柳九九端着碗，小心翼翼地理着鱼刺，低头嘀咕道："那我是男人喽？"

周泽被鱼刺卡住，一张脸憋得通红。

柳九九忙放下碗筷，从锅里抓了一把米饭，捏成一团，掰开他的嘴强行塞入："别嚼，吞下去！"

周泽仰着下巴，愣是将一团米饭囫囵吞下腹。

这招果然有效，鱼刺下去了。

他喝了几口凉水，抬眼望着她："你怎么不趁刚才让本王被鱼刺卡死？或者，趁机用菜刀砍了本王？"

本以为这女人是傻得善良，却不想她"呀"了一声，一脸遗憾地道："你说得在理，等下次有机会，我一定让你被鱼刺卡死或者是用菜刀砍了你。"

周泽沉脸，柳九九拍着膝盖咧嘴笑道："杀了你我还得偿命呢，我傻不傻啊？"她给了他一记白眼，"这顿饭之后，咱们之间的恩怨就算扯平了，以后不许跑我这儿来！万一被排骨大哥看见，误会我给他戴绿帽子可怎么办？"

周泽冷哼出声："小皇帝有什么好的？你喜欢他什么？"

柳九九："他会给我剥瓜子仁。"

"你就这点出息？瓜子仁本王也会剥啊。"这话一出口，周泽赶忙闭上嘴。

好在柳九九是个粗神经，并未察觉到他话里的意思。她捧着小脸，说："那不一样，瓜子仁谁都会剥，主要还得看剥瓜子仁的是谁。"

周泽一脸迷茫，表示不解："难道不一样的人，还能剥出不一样的味道？"

柳九九挺直胸脯道："那当然，譬如排骨大哥剥的瓜子仁，吃起来是甜的。如果瓜子仁是你剥的，我一定不敢吃。"

"为什么？"周泽的脸色并不好看。

柳九九嘴太快："怕你毒死我。"

"你倒是很实诚。"周泽看着她。

柳九九怯怯地道："坦白从宽，抗拒从严，我怕你打……"

"行了。"周泽打断她，"本王发誓不会对你下手，这下你放心了？"

柳九九"咦"了一声，得寸进尺道："你发毒誓！对天发毒誓我就信你！"

"你难道就不怕本王杀了你？"周泽瞪她一眼。

被他这么一瞪，她跟缩头乌龟似的缩了缩脖子，再拍了一下自己的嘴，后悔不已。

她这张嘴，还有救没救了？就不能把话说得婉转一点？

"本王发誓，从即日起，绝不伤你。否则，天打雷劈。"周泽一本正经地竖起手指，眉毛一挑，扭过头问她，"这下你满意了吗？"

柳九九愣了好半晌才木讷地点头："满……满意了。"

她简直不敢相信自己的耳朵，周泽这个祸害，居然真的发毒誓。那她以后是不是可以高枕无忧了？

可这么做对他有什么好处呢？他们难道不是敌对的吗？

事情发展到这一步，柳九九自己也觉得不可思议。她居然和敌对的祸害坐在一起用膳，所以她的心到底是有多大啊？

柳九九那双漆黑的眸子在烛光的映照下泛着明亮的光泽。她眼底的清澈让周泽觉得心里很平静，这种平静，自他懂事之后就再没有过。

他突然觉得其实权势似乎并没那么重要，跟这个女人坐在灶台前，围着两条鱼、一碟咸菜吃锅巴饭，其实也很好。他看着柳九九那双清澈的眼睛，心里似乎被什么东西掐了一下，不痒不疼，难以言喻。

他被自己脑中突然蹦出的念头吓了一跳。

他居然想……跟这个孕妇平淡地过下半生？他是不是疯了？

柳九九见他发呆，怯怯地问他："你为什么……愿意发毒誓？咱们，不是敌对关系吗？"

为了掩饰自己的尴尬，周泽豁然起身，一甩袖转过身去，声音有些轻微的颤抖："随性而为，没有为什么。"他深吸一口气，厨房里的空气闷得他有些喘不过气，他侧过头对她说，"早点歇息。"

柳九九都还没来得及跟他说再见，他就已经跳窗离开了。

等等，祸害刚才跟她说什么？居然跟她说"早点歇息"？

她坐在板凳上打了个寒战，起了一身鸡皮疙瘩。

当晚睡到半夜，她就梦见周泽拿匕首戳进她的小腹，一片血肉模糊。她吓得"啊"地坐起来，周凌恒起身抱住她，将她搂在怀里，哄小孩似的哄她："怎么了？做噩梦了？不怕，不怕，朕在，朕在。"

柳九九在他怀里蹭了蹭，揉着惺忪的睡眼问他："你什么时候回来的？"

"亥时，朕怕打扰你休息，就没让人通报。"周凌恒的下巴在她的头上蹭了蹭，语气宠溺。

周凌恒的怀抱让她感觉踏实。

只要跟这个人在一起，她就觉得特别踏实。不是因为他是皇帝，而是因为他是她的排骨。

每年暮春，皇帝都会带上后妃以及群臣前往凤山祭天，祈求新的一年大魏风调雨顺。

京城距离凤山有长达两天的行程。祭天队伍浩浩荡荡地走出京城，帝后的御辇被军队护在最正中，群臣的车辇紧跟其后。

周泽摒弃车辇，一路骑马前行。他驾着马，看着前头的御辇，开始胡思乱想。他是在惦念柳九九的锅巴饭吗？不是，他心里惦念的，似乎是她那双水灵灵的眼睛。

翌日日暮时分，浩浩荡荡的队伍到达凤山脚下。由于天色已暗，周凌恒下令让人在山下扎营，稍作休整，明日徒步上山。

夜里寒风簌簌，帐篷里冷如冰窖。众人都围着篝火取暖，柳九九用邓琰的剑串起四只乳鸽，坐在火堆前烤。

她用蜂蜜调制好酱料，涂在乳鸽的表皮用明火烘烤。直到乳鸽被烤得金酥发亮，散发出诱人的香味，才算大功告成。

　　她让糯米将乳鸽片成薄片，给太后、秦德妃和唐贤妃送去。特意留下两只又肥又大的，一只给周凌恒，一只给守夜的土豆和邓琰。

　　土豆经过周凌恒的提拔，现在已经是禁卫军副统领。他穿着铠甲，腰间挂着宝剑，威风凛凛的模样差点让她认不出来。

　　周凌恒拔出腰间的匕首，替她将乳鸽片成薄片，小心翼翼地喂着她。柳九九吃得心里甜蜜蜜的，一抬眼就看见独自坐在大树下的周泽。

　　周泽形单影只怪可怜的，于是她又烤了一只，让糯米给他送去。

　　荒野之中万籁俱寂，夜空中星稀月朗，皎皎明月圆似银盘。柳九九偎依在周凌恒怀里，看着眼前熊熊燃烧的篝火，没头没尾地跟周凌恒讲一些小时候的事。

　　一支利箭穿过熊熊烈火，带着火舌朝着周凌恒的方向疾驰而来。

　　柳九九看见火舌，想也没想，翻身替周凌恒挡住。好在周凌恒反应快，抱着她躲开了。

　　霎时间，刀剑厮杀声弥漫荒野，熊熊烈火开始吞噬他们的帐篷。

　　周泽正坐在树上看着柳九九。他看见利箭朝着柳九九疾驰而去，拔了剑从树上跳下来，经过火堆，稳稳地落在两人跟前，替他们挡开几支飞驰而来的利箭。

　　他攥紧手中的长剑，扭过头冲周凌恒吼道："还愣着干吗？赶紧带她走啊！"

　　周凌恒一顿，皇叔这口气，似乎很关心铲铲？

　　当下情况紧急，容不得他多想，他蹙眉抱着柳九九就往马车的方向跑。

　　柳九九也被吓蒙了，刚才她是不是差点就……没命了？

第十三章
相思何苦

祭天是大魏一年一度的盛事。早在一个月之前，邓琰的大哥就已经率领神武军将祭天之路封死。按理说，不该有刺客出现。

营地火光大盛，朝中百官乱成一团。邓琰赶来护驾，土豆则带禁卫军保护太后、秦德妃和唐贤妃。

就连素日胖墩胆小的糯米，也随手捡了一把大刀，拿在手中跟黑衣刺客拼杀。她只有一个目的——保护小姐。

黑夜之中看不清楚形式，不知是谁喊了一声："有蛇！"

这一道声音在人群中炸开，柳九九下意识地低头一看，看见密密麻麻的蛇和蝎子从石头缝里钻出来，惹得她头皮一阵发麻。邓琰拿着火对着地上炙烤，那些玩意儿见了火光"哗啦"一下朝着四周散开。

黑衣邓琰挡在他们跟前，用披风一扫，掷起一阵乱石，将蛇和蝎子逼得往反方向跑。邓琰蹙眉，吩咐手下："点火把，逼退蛇和蝎子！柳七，你带人护送帝后等人离开！"

柳七是土豆的新名字，御赐的，金贵着呢。

土豆握着剑浴血奋杀，倒在他手上的刺客一个接着一个。

到底是训练有素的禁卫军，得到邓琰命令，齐刷刷地点燃火把。神武军也跟着将火把点燃，霎时间，山谷火光大盛，恍若白昼。

火光将大魏军人的甲胄照得一片明亮，折射出慑人的威严。朝中官员被神武军护送离开，周凌恒将柳九九抱进马车坐好，邓琰即刻跳上马车，驾马随大军队伍按原路撤回。

帝后的御辇被五百精锐铁骑护送，行至一半，途经峡谷时，山上的大石突然往下滚落，将他们跟大部队阻隔。邓琰当机立断，驾着马掉转方向，孤注一掷地朝另一条小路行去。

凤山脚下曲径较多，加上是深夜，邓琰看不清前路，到了山崖前再无路可走，只好停下。见没有刺客追来，邓琰这才松了口气，将马车靠边停下。

一路颠簸，柳九九胃里如翻江倒海，到底是有身孕的人，经不起这么折腾。从马车上下来，她感觉头重脚轻，还好有周凌恒结实的胸膛让她靠，否则她一定会栽倒在地。

周凌恒扶着她，下令原地扎营。这会儿才是亥时，离黎明还有段时间，御辇里冷如冰窖，柳九九坐不住，他便吩咐人生火取暖。

山中更深露重，柳九九冷得直跺脚，小嘴有点发乌。周凌恒将自己的披风取下来，将她裹严实了。

脱掉披风，他里面只穿着一件右衽交襟龙纹绸缎长袍，窄袖上金丝收边，贵气悉数展现，锦绣缎带束着他的窄腰，一身衣服将他衬得气宇轩昂。柳九九抱着他的窄腰，脸紧紧地贴在他结实的胸膛上，就像蜷在他怀里的小兽。

周凌恒捧住她的小手揉搓，不时地放在嘴边哈热气，生怕她冻着。

她抬起小脸，仰着脑袋问他："排骨大哥，周泽救我们会不会是想用苦肉计？这次的刺客会不会还是他的人？"

提及这一茬，周凌恒的手一顿，蹙眉问她："皇叔似乎很关心你？"想起方才周泽的反应，他心里很不舒坦，周泽脸上的担忧不像是装出来的。

柳九九正想说话，突然有"嘚嘚"的马蹄声传来。邓琰绷紧神经，精锐部队随着他一起，"嚯"的一声又将刀拔出来。最前方的士兵看见来人，于是上前禀报："陛下！是南王！"

周泽是被蛇和蝎子以及刺客逼上这条路的，他本以为周凌恒等人已经顺着原路返回了，不想却在这里遇上他们。他带着随从翻身下马，走过来对周凌恒行礼："臣参见陛下。"

周凌恒正帮柳九九搓手，扭过头看了他一眼，漫不经心道："皇叔不必多礼，请起。"

周泽看了一眼侄儿怀中娇小一团的柳九九，担忧地问道："皇后……"他顿了一下，随即改口道，"你们可有受伤？"

"没有。"周凌恒借着火光看了他一眼，发现皇叔的目光一直停留在铲铲身上，不曾离开。

他眼中不是担忧又是什么？

周泽方才为了保护柳九九，分神受伤，胳膊上的血仍未能止住。黑衣邓琰掏出一个小瓶递给他："南王，这是内人调制的伤药。"

他刚接过邓琰的伤药，就听柳九九咋呼道："邓少侠你别给他！刚才那些刺客指不定就是他派来的！"她真是憋不住了，明明是敌对，大家都心知肚明，干吗非要装出一副救她的样子？

她真是越想越气，也不管他们这些人心里是什么花花肠子，直接挑明了说："南王，你不用装了，今天这些刺客是不是你派来的？"

周泽捏着药瓶，手一顿，心里一堵，差点没呕出一口血来。

皇家祭天，这可是大魏盛事。他虽然想当皇帝，却也不会挑这种时候下手，更不会蠢到在这种时候下手。他没想到自己拼了命想救的人，居然会反过来咬自己一口。

他是怎么了？居然拼了命想救这个蠢女人？

周凌恒拉了她一把，蹙眉道："铲铲别闹，就算皇叔对朕有异心，也不会挑这种时候下手的。"

邓琰收起刀，坐在石头上眸色一沉，说道："来者不善。"他顿了一下，又说，"应该是大苗的人，他们的目标是陛下。此番他们驱使蛇和蝎子偷袭，是想让我们措手不及，招架无力。"

"大苗？"柳九九疑惑地看了一眼周凌恒。

邓琰耐心地解释道："大苗素来跟我们大魏不和，他们国小人少，擅用五毒偷袭军队。近年来，西州城由陈将军镇守，从未放过大苗人进关，如今他们不仅入了关，并且埋伏在此处，只怕西州城已经出事。"

"西州城？"柳九九觉得耳熟，仔细想了一下，忽地睁大眼睛拽住周凌恒的手腕，"排骨大哥，萧淑妃和刘副统他们……"

周凌恒握住她冰冷的小手，示意她不要说话。柳九九意会，索性闭了嘴。

"不对。"周泽攥着手上的药瓶，惊呼出声，"走，马上离开此地！"

周凌恒和邓琰对视一眼，顿时明白。邓琰下令："铁骑军听命！即刻按原路撤回！"

柳九九还没反应过来是个什么情况，周凌恒已经将她一把扛起来放到马车上。她坐回马车内，裹紧披风，再缩进角落里坐好。

周凌恒正准备上车，一支利箭突然从他的头顶飞过，箭镞钉在车舆的木架上。紧接着，箭如雨下，密密麻麻从天空落下。周凌恒顺手从马车内抽出自己的宝剑，在空中几个利落地翻身，旋风一般，几剑挡开飞驰而来的利箭，等箭雨过后，这才握着剑稳稳地落地。

马儿受了惊，扬蹄嘶鸣。

周泽连忙上前牵住缰绳，以免惊了车舆里的孕妇。他贴着马耳低语了几句，马便安静下来。安抚好马后，他扭过头跟周凌恒对视的工夫，大苗的人已经将他们唯一的回路给堵住。

这下，他们若想返程，就必须杀出一条血路来。

对方约莫三百来人，跟刚才那些刺客不同。方才那些刺客蒙着面，而这些只是穿着寻常的百姓服饰，并未遮面。他们这些人手中持着弯刀，马上挎着一张弓，背着箭镞十余发。这些人看见他们，骑着马冲过来，不由分说就是一阵乱砍。

邓琰率领铁骑军跟他们厮杀在一起，原本铁骑占领了上风，哪知地上突然蹿来一层密密麻麻的蛇和蝎子。

这些虽没有剧毒，但被它们咬过，人会出现短暂的麻痹，并失去意识。铁骑军敌不过蛇和蝎子的撕咬，很快处于下风，倒下去一个又一个。

柳九九躲在马车内不敢出去，也不知外头是个什么情况。突然看见车帘处爬进几只蝎子和几条蛇，吓得"啊"地往后一缩。

车舆外，周凌恒跟邓琰一齐护着马车，大苗人杀了一个又一个。他听见声音想回身去看柳九九，却被对方硬生生避开一段距离。

车舆和马相连的部分被人切断，车舆连带着柳九九朝着山崖边滚去。

"轰隆"一声，半截车舆在山崖上悬空。柳九九摸出菜刀将爬进来的蛇和蝎子砍成几段，撩开旁侧的车帘，看着外头空空荡荡的山间白雾时，吓出一身冷汗。

她微微一动，又是"轰隆"一声，车舆直接往下坠去。她整个人失重，往下一坠，从车舆中滑了出去。千钧一发之际，她抓住车舆的木架，两条腿垂在空中，酥软发麻，下半身使不上半点力气。

耳旁是猎猎作响的风声，山间的冷风跟刀子似的刮得她的侧脸生疼。她往下一看，是深不见底的悬崖，吓得差点失禁。

她吓得"哇"的一声哭出来，下面就是地狱啊，地狱啊……

小排骨似乎也知道娘亲正在受难，在肚子里一阵乱踢。柳九九感受到小排骨，也不知从哪里来的勇气，咬着牙往上爬。她往上爬了一截才发现，原来上面……是周泽紧紧拽住车舆，她和车舆才没掉下去。

周泽的胳膊开始渗血，顺着木头流下来，"吧嗒吧嗒"地滴在她的脸上。她抓着车舆的木架，紧咬着嘴唇看着他，心里有点内疚。

周凌恒从刺客堆里脱身，想也不想便跳下山崖，落在柳九九旁侧，抓住石壁对她伸手："铲铲，抓住我的手！跳过来！"

她跟周凌恒还是有些距离的，万一他失手没抓住她，她跟小排骨必然会掉下去，尸骨无存。

他似乎看出她的犹豫，安慰她："相信我，别怕！"

柳九九吞了一口唾沫，喝了一口冷风："排骨大哥……如果我死了，你一定不能让其他人当皇后啊！"

"说什么疯话！赶紧过来！"周凌恒拧着眉头，对着她伸出手。

上面抓住车舆的周泽快扛不住了，催促他们道："你们快点！本王撑不住了！"

柳九九咬牙，抓住他的手，松开车舆木架，纵身朝着周凌恒跳过去。

许是手中太多汗，她刚抓住他温热的大手，手就一滑，整个人失重，发疯似的往下坠。她想：完了，没想到会和小排骨命丧于此。

这个想法刚蹦出来，她的腰身就被人搂住。周凌恒紧紧搂住她，生怕她再掉下去，她整张脸贴在他结实的胸膛上，这才觉得有了些安全感。

周凌恒一只手抱住她，一只手攀着石壁往上爬。他飞檐走壁的本事再一次让柳九九叹服。

等他们安然上了崖，周泽才松了一口气，双手一软，丢掉车舆。

车舆坠下山崖，很快就被无声无息的山间白雾吞噬。

柳九九双腿发软，坐在地上紧紧搂住周凌恒的脖颈。刚才他们差点就死离了，原来死亡的感觉是那么可怕。她整个人往下坠的时候，最大的遗憾便是他们的小排骨还没出世。

她抱着周凌恒泣不成声，然而还没脱离危险，周凌恒片刻不敢耽搁，直接抱着她上了马。等邓琰带人杀出一条血路，他便带着铲铲骑着马疾驰出去，朝着原路逃跑。

周泽也翻身上马，紧跟着他们骑马冲出包围。

大苗人见状要追，邓琰却挡住他们的去路，见一个杀一个，见一双杀一双。

黑衣邓琰杀人从不手软，一刀致命。见蛇和蝎子越来越多，邓琰掏出冷薇赠自己的香包，扔进火堆焚烧，火堆里立马传出一阵浓烈的异香。

蛇和蝎子纷纷往后退，邓琰知道这阵香抵不了多久，当即下令："铁骑军听令！点燃披风！"说罢，他将自己身后猩红的披风一把扯下，"哗啦"一声抖进火堆中点燃。

到底是训练有素的大魏铁骑，得令后，众将士齐刷刷地扯下身后猩红的披风，布料沾火便燃，山崖边顿时火红一片，蛇和蝎子惧光，纷纷往后退去。

大魏铁骑临危不惧，熊熊火光照在他们的玄铁护甲上，映出熊熊火光。邓琰一身令下："扔！"军士们齐刷刷地将手中的烈火披风扔出去。

一时间，空气中传来一阵腥臭味，一大群蛇和蝎子被烧得噼里啪啦。火光之后，邓琰为了威慑敌人，举着血红的刀，大喝："进！"大魏铁骑齐刷刷地踏着铿锵的步子，举着刀向前进，嘴里发出"啊啊"的声音。

余下的两百军士，个个是热血男儿，他们举着刀踏着整齐的步子向前，踏步声和铁甲撞击声铿锵激昂，在山野间回荡，几乎要将山间的石子震碎，蛇和蝎子被这气势吓得往后退去。

邓琰眸色凌厉，果断吐出一个"杀"字，余下的军士纷纷冲上去，再一次跟大苗人厮杀起来。

在邓琰的带领下，铁骑军很快就将余下的大苗人控制住。

他收起手中的刀，下令："留十个押回京城，其余一个不留，扔下山崖。"

得到命令，余下的近一百名刺客统统被杀，扔下山崖，唯独留下十个脾气硬且不怕死的。

邓琰知道现在逼问不出什么，冷冷一笑，声音阴森可怕："想死吗？没那么容易，等回了京城，本少爷让你们生不如死！"

大苗人啐了他一口唾沫，用大苗语辱骂了他几句。

邓琰不仅能听得懂大苗语，且同样用大苗语回道："不巧，我夫人是你们大苗冷氏家族之后，她正好缺十个人炼药。"

十个大苗刺客面面相觑，一脸的不可置信。

他们大苗历代国师，都是出自冷氏家族。依着冷家对大苗的忠诚，怎么可能？

邓琰没有跟他们解释，而是扭过头点了五十几个人跟他一起去接陛下和皇后。余下的人，便押着这十人回他的府上，交予他的夫人处置。

冷薇出手，总有办法让这些人把事情交代清楚。

周凌恒带着柳九九颠簸着下山，途经一个小村庄便停下来，打算今夜先在此落脚，明日天亮再回京城。毕竟铲铲的身子受不住折腾。

他们在村口刚停下没一会儿，周泽也跟了上来。周泽看了一眼他怀里昏昏欲睡的柳九九，拧着眉头说："今夜先在这里住下，她刚才受了不小的惊吓，再赶路身体恐会吃不消。"

周凌恒抱着柳九九侧过身，用肩膀挡住周泽的视线，不让他再看铲铲。周泽见他抱着女人不方便，从他手中接过缰绳："我帮你牵马，你抱着她。"

周凌恒微微点头，"嗯"了一声。将手中的缰绳递给周泽后，他便将昏昏欲睡的柳九九打横抱起来朝着村里走。

这个时候村子里悄然一片，寂静无声。他们走了好几家，才看见村尾有家豆腐坊，还亮着微微烛光。

周泽将马拴在门口，走过去敲门。好半晌，只听"咔嚓"一声门闩打开，从门里探出一个脑袋，借着月光打量他们。

出来的是个年逾四十的妇人，见他们两男一女，心生疑惑。她还没来得及问，周泽率先对着妇人拱手，谦卑有礼地开口道："我跟侄儿和侄媳途经此地，想借宿一宿，这位大婶能否行个方便？"

大婶正犹豫，忽听周凌恒怀里的柳九九一阵咳嗽，看了她一眼，心生怜悯，忙将他们引进屋里。

院子里还在磨着黄豆，进了屋，柳九九才算清醒了些。她揉着惺忪的眼睛从周凌恒的怀里跳下来，在炕上坐好。

大婶走进厨房给他们盛了一碗热豆浆，柳九九喝了热豆浆，顿时觉得浑身的筋骨松开，整个人舒服了不少。大婶笑嘻嘻地告诉他们："我一个寡妇，也拿不出什么好东西招待你们，你们先在这儿坐一会儿，我去收拾两间耳房给你们睡。"

周凌恒点头："有劳。"

等大婶离开堂屋，柳九九看了一眼周泽，说道："谢谢皇叔，方才若不是你，我跟小排骨可能已经掉下山崖了。"

周泽见她没事，松了口气，点头以示接受谢意。

等大婶收拾好耳房，就让他们去房里早些歇息。等炕上热乎了些，柳九九就跳上炕，裹着被子沉沉地睡去。

周凌恒不敢睡，怕有刺客追来。等铲铲睡下，他便拿着剑去屋外巡视。他出来后，看见周泽抱着剑靠在石磨上。他顿了片刻，走过去叫了一声："皇叔。"

周泽没回头："我知道你想问什么。"

周凌恒沉着一张脸："朕知道，你一心想要这个皇位。皇叔，今日你救了铲铲，朕不想与你为敌，有些话，咱们还是说明白些好。都是男人，你是朕的皇叔，咱们是亲叔侄，你心里想什么，朕很清楚。朕劝你早些收手。"

"皇位？"周泽高深莫测地笑了笑，"皇位和柳九九选一样，你会选前者还是后者？"他的话里充满挑衅。

周凌恒眼底迸发出寒冷的光芒："皇位朕有，铲铲也是朕的人，朕根本不需要选。如果皇叔仍旧觊觎朕的皇位和朕的皇后，回朝之后，休怪朕不客气。"

"不客气？"周泽转身，慢慢地朝他逼近，几乎贴在他的脸上，"好侄儿，你以为区区一个邓家，就能帮你坐稳皇位？"

"如果朕坐不稳，又怎会稳坐到今天？"周凌恒瞪着他，目光阴鸷。

一次谈判无疾而终，两人各自坐在院中一隅吹冷风，一直到天明。

翌日一早，柳九九起了个早。她去厨房帮衬着大婶做早饭，煮了一碗豌豆酱豆腐脑，再做了一碟冰糖腌黄瓜。

农家小院里种着蔬菜，柳九九又去菜园子里摘了一盆豌豆尖，做了一锅豌豆尖肉丸子汤。

豌豆尖煮起来很讲究，必须得等肉丸汤起锅后，豌豆尖才能下到汤里烫。若是下得太早，会使其口感变老，入口如嚼牛草。

四个人围着一张八仙桌吃早饭，饭桌上两个男人大眼瞪小眼，俱不说话。柳九九为了缓和气氛，开始教大婶做卤豆腐干。两个人女人说得眉飞色舞，絮絮叨叨的，让周泽心中一阵生厌。

一口肉丸入嘴，周泽的怒气顿时平复下去。嫩豌豆尖配上肉丸，青青翠翠，看着就让人心里舒坦。

吃过饭后，大婶挑着扁担去镇上卖豆腐。他们三人则留下收拾，打算晌午用过午膳再返回京城。

柳九九杵在八仙桌前，手叉着腰扫了一眼桌上的碗盘，看了一眼周凌恒，又看了一眼周泽："皇叔，这些碗就劳烦你来洗了。"

周泽瞥了她一眼，青筋暴起："凭什么？"

柳九九："就凭这菜是我炒的！"

周泽哼了一声，理直气壮："饭是我吃的！"

柳九九噎住，一时找不出话反驳。

排骨大哥贵为九五之尊，怎么能洗别人吃过的碗？她抿着嘴，索性挺起肚子，撸起袖子："那还是我洗，就当报答你昨夜救我的恩情。"

她的话音刚落，周泽便起身开始利落地收拾碗筷："这么容易就想还清本王的人情？做梦！"

周凌恒瞪了他一眼。周泽丝毫不放在眼里，抱着餐盘碗筷朝着厨房走去。

等他离开，柳九九挨着周凌恒坐下。她扯了扯他的袖子，问道："排骨大哥，你说这个南王葫芦里卖的什么药？你有没有觉得他怪怪的？"

"离他远些，不许跟他说话。"周凌恒板着一张脸。

柳九九见他一张臭脸，不明所以，发小脾气似的推了他一把："臭排骨！你摆什么脸色啊！我招你惹你了？"

他心里就是不舒坦。

尤其是铲铲跟周泽说话时，他心里就跟有上百只爪子在挠似的。

柳九九也有些生闷气，转身就要往院子里走。她刚转过身，突然，有一团黑色物体朝着她飞过来。她还没看清是什么东西，周凌恒就已经抱着她闪躲开。

黑色物体黏在周凌恒的胳膊上，在他胳膊上狠狠地咬了一口。柳九九看见他手臂上的蝎子，拔下发簪将它挑出去。

飞出去的蝎子差点黏在迎面走来的周泽脸上，好在他闪得快，侧身避开。

柳九九拧眉头的工夫，两名刺客从院墙上跳下来，人手一只毒蝎，慢慢地朝着他们逼近。

蝎子有毒，周凌恒摇摇欲坠，浑身无力。柳九九扶着他坐下，四下张望，从柜子上拿过一把剁猪草的刀，同刺客对峙："你们……你们不许过来！"

周泽看着两名刺客，嘴里冷冷地吐出"找死"两个字，随即拔剑冲上去，同刺客拧打在一起。

本以为有周泽挡着便万事大吉，哪知又从院墙上跳下一个刺客。

这……有病吧？放着敞开的大门不走，非得翻墙啊？

刺客手里拿着小花蛇，攥在手里就跟甩马鞭似的，慢慢地朝着两人逼近。柳九九举着菜刀："别过来啊！我刀工天下无敌，我杀人不眨眼，你再过来我可对你不客气了！"

刺客嘴角一勾，笑得邪魅，松开将手中的花蛇，朝着她扔过去。

柳九九闭着眼睛"啊"地大叫，耳边突然传来周凌恒的声音："铲铲，水蛇汤！"

一听是水蛇，她脑子里登时蹦出十几道水蛇的做法。拎着菜刀，仅仅凭借着耳朵听声音就将飞过来的小花蛇切成九段。

被她剁成几段的蛇齐齐整整地躺在她的刀背上，一动不动，摆盘相当漂亮。她头也不回，伸手一甩，九段蛇肉便齐齐整整地飞至八仙桌上，在桌面上摆放得整整齐齐。

刺客一顿，拔刀冲柳九九砍过来。

周凌恒中了蝎子毒，无法起身，只能坐在那里喊道："铲铲，片皮鸭！"

柳九九意会，临危不惧，伸手用菜刀挡开刺客的刀，随后靠着直觉将厚重的刀背拍在刺客的手上。刺客吃疼，手一麻，长刀落地。

她抿唇咬牙，将面前的刺客当烤鸭片，三两下就将对方的衣服片得细细碎碎的。她收回手里的菜刀，挡住眼睛，冷风一吹，刺客身上的最后一片衣料飘落，浑身上下半丝不挂。

刺客也是个堂堂正正的男人，捂着下身飞也似的跑了。

周泽那边也收了剑，割断了两名刺客的喉咙。他走过来扶住柳九九的肩膀，关切地问道："你怎么样？有没有受伤？"

柳九九头一次觉得自己打架这么厉害，简直是惊为天人啊！

她愣了好半晌才回过神，忙转身扶住周凌恒："排骨大哥，你怎么样？是中毒了吗？我给你吸出来！"

"你去倒杯水。"周凌恒吩咐她。

她忙转身去倒水，将水杯端至他跟前。周凌恒又吩咐："用你头上的发簪，在水杯里搅一搅。"

她"哦"了一声照做，拔下菜刀样式的玉簪，在水里搅了搅。

周凌恒伸手接过水杯，喝了一口，凝神聚气，不一会儿脸色便开始恢复。等恢复了些力气，他才解释说："这支玉簪浸了冷薇的毒液，能辨毒亦能解毒。"

柳九九松了口气："没事就好，没事就好。"

这时候，门外突然传来一阵铁蹄声，门口尘烟滚滚。身着玄铁甲胄的邓琰翻身下马，带着人走进来，齐刷刷地跪倒一片："臣等救驾来迟。"

邓琰已经备好马车，在外头候着。

临走前，柳九九问邓琰要了点银子，放在大婶家的桌上，再让底下的军士把刺客的尸体拖走，将院子打扫干净，以免吓着人。

她扶着周凌恒坐上马车，在马车内坐好，然后掀开车帘，问周泽："皇叔，你是坐马车还是骑马？"

"本王一宿没睡，有些乏。"说着，他跳上马车，挨着柳九九坐下。

周凌恒见状,硬拉着柳九九坐到另一边,阻隔在两人中间。一路上,马车内的气氛都很诡异,柳九九见叔侄二人大眼瞪小眼,不知道是个什么情况。

她拿了水,递给周凌恒,扯扯他的袖子问道:"排骨大哥,你喝水吗?"

"不喝。"周凌恒声音沉闷,情绪不佳。

她辗转将水袋递给周泽:"皇叔,你喝吗?"

周泽正要伸手去接水袋,周凌恒却一把夺过,拧开水袋仰着脑袋往喉咙里猛灌。由于喝得太急,他被呛住,弯腰猛咳,胸口一片火辣辣的疼。

柳九九"呀"了一声,拍着他的肩膀给他顺气:"你慢点喝啊,又没人跟你抢。"

周凌恒看了她一眼,生闷气没理她,兀自又喝了几口,将水袋里的水喝得一干二净才罢休,就是不给周泽留一口。

周泽端正地坐直,斜睨了他一眼,眸色阴沉。

两个男人的目光中俱透着阴鸷,你瞪我,我瞪你。他们用眼神交流,空气中弥漫着满满的醋意。

马车行至驿站停下,周凌恒让人停下歇息,吃饱了饭再赶路。他们一行人在驿站里吃东西补充体力,可怜简陋的驿站没什么可吃的,只有馒头和清茶。周凌恒本就心情不佳,一看碗里的馒头和杯中的清茶,愤怒地将手中的杯子一掷,怒道:"这是什么东西?喂猪的吗?"

柳九九掰了一小块馒头塞进嘴里,弱弱地问道:"你骂我是猪?"她不知道他是怎么了,一路上跟吃了炸药似的,动不动就给人脸色看。

一路上他一句话都不跟她说,不仅给周泽脸色看,还冲着邓琰暴喝。

他暴躁的情绪搞得她的心情也不是很愉快,只见她喝了一口清茶道："排骨大哥，你是余毒未清吗？要不要在附近找个大夫给你看看？"脾气这么暴躁，一定是体内的余毒害的。

"不需要。"周凌恒将碗中的馒头往她面前一推，托着下巴发脾气，"半点油水都没有，朕没胃口。"

柳九九起身，端着馒头去借了一口灶。她先将馒头切成片，下锅油炸，再用剩下的油煎了两个鸡蛋，随后又在驿站后面找到一块菜地，摘了一窝青菜，洗净后用热水焯熟。

两片金黄酥脆的馒头片夹着一片青菜，一个鸡蛋，有点像煎饼。她见周凌恒胃口不好，又在驿站后面摘了一把青涩的李子，用捣蒜的石盅将李子去核去皮捣碎，再浇上野蜂蜜，给周凌恒端去。

周凌恒看见她端来的馒头片夹鸡蛋青菜叶，疑惑地道："这是什么菜？"

"我随便弄的。"她将蜂蜜李子肉推至他跟前，"你尝尝好不好吃？"

周凌恒咬了一口馒头片夹鸡蛋，酥酥脆脆，油腻被青菜吸走，口感倒是挺清奇的。他又吃了一口蜂蜜李子肉，酸酸甜甜，很开胃。

吃到铲铲做的食物，这会儿他什么气都消了。他看了一眼周泽，又看了一眼铲铲，深觉是自己太过敏感。铲铲是什么样的女人，自己难道还不清楚吗？

柳九九见他爱吃，转身又去厨房做了几个，打包带走，在路上吃。

周泽倒是郁闷得很，侄子有美味吃，而他却只能吃白馒头。他看着柳九九圆润的侧脸，有片刻的愣神，指腹掐进馒头里，碎末撒了一地。

周凌恒见他目不转睛地盯着铲铲，挪了个位置，用自己的后脑勺挡住他的视线。

他们连夜赶路，马车里冷如冰窖，却也没什么问题。柳九九困了，就裹着狐狸毛披风蜷在周凌恒的大腿上打盹儿。

翌日清早，他们到达了京城。

周凌恒让人送周泽回别苑，自己则跟铲铲去邓琰的府上。毕竟他被蝎子咬过，体内的毒也不知清没清干净，得找冷薇看看才放心。

邓府里除了卧房，就连厨房和茅房外都摆满了大大小小的药罐。花园里还养着五毒，一般小贼若是敢进邓府偷东西，不用邓琰动手，必定也会变成半残。

柳九九怀有身孕，不适合看太血腥的东西，他便让她在马车里坐着，一个人跟着邓琰进去找冷薇。

院子里摆着大大小小的瓦缸，里面俱装着这几日抓到的刺客。邓琰指着这些人讥讽道："这些人都是从大苗千里迢迢赶来送死的。"

周凌恒扫了一眼邓琰家的院子，深觉这里比天牢更恐怖。他扭头问道："招了吗？"

"冷薇还在逼供，进去看看吧。"邓琰对他做了一个"请"的手势。

他们两人先后进入屋子，冷薇正在洗手，看见邓琰，雀跃地跑过来挽住他的胳膊："相公，你回来了！"

邓琰抱了她一下，捏了捏她的脸，问道："怎么样？"

"问出结果了，大苗用毒制住西州城陈将军的女儿，陈将军为保女儿性命而变节，杀了西州郡守，放大苗人入了关。"冷薇看了一眼邓琰，又说，"你们放心，在你们来之前，我已经通知了爹和大哥。估计现在他们已经准备好人马，就等着皇上一声令下，前往西州平复叛乱了。"

"大苗擅用毒物偷袭，只怕爹和大哥不是他们的对手。"邓琰看着冷薇，眼中有话。

冷薇咬着嘴唇愣了一下，看了一眼周凌恒，才接着说道："如果皇上愿意恢复你将军之职，我也愿意同你走一遭，去西州城帮你们破大苗的毒阵。"

周凌恒摸了摸鼻子，调侃道："你们夫妻二人倒是齐心啊。冷薇，朕知道你是大苗冷家人，你此番前去可算是大义灭亲，你狠得下心？"

冷薇点头："道不同不相为谋，冷家以制毒害人为本，我制毒以救人为本。况且，他们从没拿我当过冷家的闺女，从我踏上大魏国土的那一刻，我就不再是冷家人。"

冷薇幼年过得辛苦，如果不是遇到邓琰，或许她现在仍旧是被族人唾弃的私生女。现在大魏才是她的家，至于大苗冷家……算是她的仇人吧。

周凌恒道："那好，回宫之后，朕便拟旨恢复邓琰将军之职，遣你夫妻二人前往西州城。"

回宫之后，周凌恒便拟旨恢复邓琰的军职，任邓琰的大哥为主将，邓琰为副将，命他二人率兵前往西州城清剿叛匪。

凤山祭天之行结束，周泽不得不返回封地。他临走前想再见柳九九一面，柳九九却以腹痛为由拒绝了。他不甘心，于是夜半三更来到景萃宫，想翻墙进去，却被景萃宫外三层严实的防守挡住去路。

他坐在景萃宫外的榕树上，看着里间灯火阑珊，心头竟泛上几丝酸涩。

他不算是个好人，可他也苛求自己能像个好人一样，能再吃她做的一顿饭。不需要大鱼大肉，哪怕是红薯锅巴饭就着咸菜，他也心满意足。

可现在看来，连救命的恩情都太薄，那个女人连他最后一面都不想见。

他很羡慕周凌恒，有这么一个女人。

如果他是周凌恒，宁愿做一个普通人，同她粗茶淡饭，过幸福恬静的小日子。

周泽被自己的想法吓了一跳，他居然渴望跟一个女人粗茶淡饭？

这可是他以前最鄙视的生活，如今却对这种生活生出羡慕之情，真是可笑，可笑！

翌日一早，周泽启程返回封地。车辇行出京城，他还是忍不住掀开车帘往后看。

喜欢上一个人是一种什么感觉？

他自己也说不清楚，大抵就是，陌生的时候对她不屑一顾，觉得她的命如蝼蚁如草芥，她生或死，都与他无关。一旦喜欢上，便觉得她的命比自己的命还重要。她生，他会念着她过得好不好。她若死，他的情绪大概会为之癫狂，心也会为之疼痛。

她的一切，都会变成自己的牵挂。

这，大概就是喜欢吧。

周泽合上眼想了一路，恨自己与她第一次见面时没能对她好些，恨自己曾对她下过重手，恨自己所做的一切。如果没做那些，她是不是就不会那么怕他？也就不会那么恨他？

老天真是爱开玩笑，让他喜欢上这样一个女人。如果早一点，他早于周凌恒认识柳九九，早于周凌恒喜欢上她，或许她现在就不会是周凌恒的女人。

返程之路颠簸辛苦，他浑浑噩噩地想了柳九九一路。好不容易想的不再是她，一到饭点，刚往嘴里塞了一口饭，脑子里又迸出柳九九的红薯锅巴饭。

唉，为什么那个蠢女人会做饭？这还让不让他以后用膳了？

周泽饱受折磨。

他也终于明白，相思何苦。

周泽离开京城，再加上冷薇愿跟邓琰一起前往西州城平定叛匪，周凌恒心底的石块才稳稳地放下。

月底，太后突然卧病在床，成日浑浑噩噩，没什么精神。柳九九也不顾怀着身孕，时常拎着食盒去慈元宫探望。太医来了一个又一个，可太后总不见好。

经太医诊断，太后的血脉运行正常，身体并没有不妥之处。

太后手撑着额头，无精打采，浑身不得力，一阵叫唤："哎哟，杜太医，哀家到底怎样？是不是时日无多了？"

柳九九跟唐贤妃、秦德妃在一旁杵着，屏住呼吸等着杜太医说结果。

杜太医起身跪下，冲着倚靠在榻上的太后磕头道："您的脉搏正常，同常人无异，恕臣无能，臣实在看不出您到底得的是什么病。"

太后揉了揉额角，半合眼，有气无力地说道："看来哀家当真是时日无多了。"她抬了抬眼皮，冲着柳九九招手："来，菁菁，过来。"

柳九九慢吞吞地走过去，在榻前坐下。太后牵住她的手，语重心长道："菁菁啊，哀家时日无多，哀家最大的心愿就是能抱上孙子。如若你这胎生的是个女娃，可否答应哀家，让其他妃子为皇上开枝散叶？"

"母后您说什么呢？您一定会长命百岁的！"她咬着嘴唇，竖起手掌，一脸坚定地道，"母后，您放心，我一定让您抱上孙子。如若食言，天打雷劈，好不好？"

太后以为她这是答应了，总算心安了。

然而柳九九并没有打算让排骨临幸其他女人，如果头胎生不出小太子，那么她就跟排骨加把力，努力生第二胎、第三胎，相信总会有一胎是小太子的。

从前柳州城东街的大婶常说，她体态丰腴，盆骨开阔，一定能生男孩。她现在对这句话深信不疑，以至于产期逼近，她仍毫无压迫感。

她能吃能喝，力气又大，多生几个孩子应该不成问题。

　　太后染上怪疾，奇怪的是周凌恒并不担心，反将太后送去感业寺静心调养。

　　柳九九不知他打的是什么算盘，感业寺固然好，可到底不如皇宫住着自在呀？

　　景萃宫的槐树生得茂盛，树荫下一片清凉。邓琰、冷薇夫妻凯旋回朝，此去两个月，没吃过一顿好饭菜。

　　柳九九在槐树下搭开一张小方几，摆上四张小矮凳，做了几道家常小菜，准备迎接他们夫妻俩。本来这顿饭周凌恒是嘱咐景萃宫的厨子做的，可柳九九觉得，既然是接待，还是自己下厨比较显真诚。

　　她的肚子已经有六个月大了，站了没一会儿便感觉腰疼。周凌恒带着邓琰和冷薇从朝堂过来，看见她撑腰站着，忙快步走过来，扶着她："厨房的事吩咐下人去做就好，怎么还亲自动手？"

　　柳九九将手中的酒壶搁下，侧过脸冲着他笑道："没事，我经得住折腾。"她伸手摸了摸腹部，"哎哟，小排骨踢我呢。"

　　周凌恒伸手探在她隆起的腹部，隔着母体，似乎真的感觉到活泼的小排骨在动。

　　那种幸福感微妙不可言，如春风拂面，又如繁花一簇压在脊背上，温暖的阳光普照，使人神清气爽，心里有种说不出的舒服感。

　　邓琰和冷薇相视一笑，调侃道："你们一家三口倒是幸福，只是苦了我跟夫人，一路辛苦，生小薇薇的计划只能延后了。"

　　柳九九招呼他们坐下，一起用膳。

　　冷薇早先便听说皇后的厨艺如何出神入化，直至今日才有机会品尝。桌上的饭菜并不精致，都是些家常小菜。酱肉丝、鱼丸汤、鱼香茄子、罗襄肉、白味摊饼，另外每人面前一碗不知名的小酱。

　　邓琰端起小酱，用筷子戳了戳，见这东西黑黑的一团，有点不敢下口：“这是何物？”

柳九九捡起筷子，说：“你尝尝。”

邓琰见周凌恒用薄脆的摊饼蘸小酱，自己也试着蘸了一下，然后小心翼翼地咬了一口。“嘎嘣”一声，摊饼被他上下牙齿咬开，薄脆的摊饼夹杂着果香沁入味蕾，甜中带酸，很适合这样的炎炎夏日。

冷薇也吃了一块蘸了果酱的薄脆饼，脆饼一送进嘴里，就彻底颠覆了她对摊饼的认知。她从未吃过如此搭配的饼，觉得很新奇，忍不住又多吃了几块。

柳九九做的摊饼比起普通摊饼更脆、更薄，味道如常，只是口感更妙。此道菜最大的亮点，是黑黑的果酱。冷薇就只会研究毒物，从不下厨的她，居然也向柳九九打探起果酱来：“皇后，您这果酱是怎么做的？”

柳九九眉眼弯弯，温言笑语道：“这是李肉果酱，我这里还剩了许多，冷大夫若是喜欢，就一并带走吧。”

冷薇还沉浸在得到果酱的兴奋中，就听周凌恒淡淡地道：“当然，这东西可不是白吃的，朕有事吩咐你做。”

“我就知道。”冷薇翻了个白眼，伸手抢过邓琰跟前的果酱，“如此劳师动众地请我用膳，一定不是小事。”

周凌恒说道：“朕想让你替朕编个谎。”

冷薇抬眼：“什么谎？”

“朕的后宫，除了铲铲还有秦德妃、唐贤妃，朕觉得她们碍眼，想送她们离宫，可眼下又找不到合适的借口。”他挑了一筷罗蘘肉入嘴，蹙着浓眉，慢条斯理地接着说，“朕知道你有种毒药，能让人假死。朕想让你给秦德妃、唐贤妃下毒，让她们假死，再送出宫外，从此世上也就再无这二位后妃了。”

“噗——”冷薇正往嘴里送酒，闻言，一口喷洒出来，“这也太狠啦！"

"嗯，这件事朕思虑了很久。"他抓住柳九九的手说，"朕给不了她二人想要的东西，所以朕打算送她们出宫，送她们去合适的地方。朕知道这么做是亏欠了她们，可朕心里只有铲铲，正如你心中只有邓琰一样。"

冷薇清澈的双眸一眨一眨，呆呆地咬了一口摊饼："我明白。"

这件事很快便落实了，冷薇从府中取了药给周凌恒。她用药从柳九九那里换了一大瓮李肉酱，这些足够她吃十天半个月的。

药物到手，周凌恒吩咐邓琰，偷偷将药投放进两位妃子的食物中。

白衣邓琰抱着胳膊，白眼一翻："这种缺德事为什么让我去？"

周凌恒眉头一挑，颇有几分挑逗的意味，收起毒药不再强迫他。等夜幕降临，白衣邓琰换上黑衣，周凌恒再次将药递给他。

黑衣邓琰二话不说，接过药便朝着二妃的寝宫而去。黑衣邓琰的忠诚属性，周凌恒从未怀疑过。

他倒是很好奇，在夜里，邓琰对冷薇会是个什么样呢？

当夜亥时，便传来秦德妃、唐贤妃中毒身亡的消息。

发生这么大的事，宫中乱成一团，唯有周凌恒坐在乾极殿，放下手中的奏折，眼皮一抬："多大点事啊？厚葬便是。"

周凌恒全面封锁消息，所以举国上下都知道二妃突然去世的消息，唯独感业寺的太后还蒙在鼓里。

柳九九总算是知道周凌恒葫芦里卖的什么药了，敢情太后有乏力的症状，皆是他一手安排的。他处心积虑安排太后去感业寺，为的可不就是送走唐贤妃和秦德妃？

秦、唐二妃在假死过程中根本不知发生了何事。等她们醒来，已经被送到了锦城。

唐贤妃得知这件事是皇上一手安排的，很不甘心，她叫嚷着要回京城。邓琰也不拦她，让她自己去瞎折腾。唐贤妃因为身无分文，行不过几条街，便再难往前行进。

她一夜没吃东西，肚子饿得咕咕直叫，在路边拿了包子不给钱，扬言说自己是唐贤妃，最后不仅被卖包子的给揍了一顿，还被送去当地官府，吃了点苦头。

邓琰将她从官府拎出来，抱着胳膊问她："怎么样？还想回京城吗？"

唐贤妃咬着嘴唇摇头，不回了，她不回了。即便是回去，皇上也不会认她。

秦德妃倒是看得开，见事情的局面再无法扭转，也只能既来之则安之了。

不甘心又能怎样？京城，她们再也回不去了。

邓琰帮她们在锦城置办了一处房产，另外买了些可靠的老仆照顾她们。为了让她们学会自食其力，他还另外在闹市买了一处店铺，好让她们卖点首饰和衣裳为生。

第十四章
一厢情愿

　　将锦城的事安排妥当后，邓琰一赶回京城，就得到皇后怀胎八月却要临产的消息。邓琰一路驾马赶回京城，到家发现，家中瓦缸内又泡了不少刺客。

　　冷薇见他回来，拉着他去院子里，指着那些装刺客的瓦缸挨个儿解说道："这边的刺客，是南王的人。那边是大苗派来的细作，这些人可真不让人省心啊。"

　　邓琰看了一眼离自己最近的刺客，一颗脑袋光溜溜的，脑勺后却留有一小撮头发，看起来有几分滑稽："这……这是刺客还是和尚？"

　　冷薇连忙摆手解释道："不不不，这人不知死活地闯进景萃宫行刺，被咱们皇后娘娘用菜刀片了个精光，所以，他就成了半个和尚。"

　　邓琰倒吸一口凉气，感叹道："咱们娘娘可真是深藏不露啊，我自认刀法精绝，也做不到像她那样。"

　　冷薇带他进屋，给他沏了杯茶，又说："正是因为这些捣乱的刺客，娘娘近日腹疼得厉害，估摸着临产期就在这两日。"

　　"嗯，等会儿我就换身衣服进宫去看看。"邓琰抿了一口热茶，合眼凝眸在椅背上靠了靠，长舒一口气，连日来的疲累散去不少。

　　休息片刻后，他起身回房换好衣服，骑马朝着宫内而去。

他到景萃宫时，小安子、糯米正带着一群太监和宫女在景萃宫忙得团团转，具体原因不明。他随手拉住糯米，问道："怎么回事？"

糯米拧着眉头，撇着嘴一跺脚，像抓救命稻草似的抓住邓琰："冷少侠，你总算回来了！你跟皇上情同手足，你去劝劝皇上，好不好？小姐已经疼了两日，皇上不知是怎么了，这种时候不请太医，居然让我们去厨房准备排骨，让我们烧火做饭，且让小姐下厨做糖醋排骨！皇上嘴馋我能理解，可小姐都疼成那样了，他怎么就狠得下心呢？他虽是皇帝，可我们小姐的命也金贵啊！况且小姐肚子里的，还是他的亲骨肉呢！他怎么就这么狠心呢……"

"这……"邓琰一时语塞，居然不知该如何安慰糯米。

这个事乍一听，的确是陛下的错。且不说皇后临产腹疼，单提皇后大着肚子，陛下也不该让皇后下厨做糖醋排骨啊。

这件事，他必须出面阻止。

连着几夜不眠不休的周凌恒蓬头垢面地跨出门槛，跟邓琰打了个照面。周凌恒看见邓琰，松了口气，招呼他："你来得正好，你的轻功比朕好，你现在立马背皇后去厨房。"

邓琰不明所以，瞟了一眼被几名宫女扶着的柳九九。她挺着大肚子，被腹痛折磨得脸色惨白。于是他拉着周凌恒往边上走了一步，小声道："陛下，皇后怀胎不易，这种时候，就别让她下厨了吧？"他顿了一下，又补充说，"如果冷薇怀孕，别说是让她下厨，就是连洗脚水，我也不会让她给我端的。"

周凌恒明白他的意思，但他跟铲铲心灵相通的事，他又不好跟旁人说。他思前想后，不打算解释，只吩咐宫女扶柳九九去厨房。

邓琰见他一意孤行，突然猜测，或许陛下喜欢的不是柳姑娘这个人，而只是喜欢她做的排骨？

因为周凌恒执意让柳九九下厨，景萃宫乱成一团。正在其他宫殿当守的土豆听闻此事，未受诏令便跑来景萃宫，差点拔了剑要砍周凌恒。若不是邓琰拦住，将他给绑起来，或许他会落得一个弑君的罪名。

糯米想着小姐一边忍着腹痛，一边炒排骨就心疼不已。她抱着被五花大绑的土豆，在厨房外哭得梨花带雨的。

大概过了半个时辰，就见柳九九若无其事地挺着肚子从厨房走出来，整个人精神焕发，就跟变了个人似的。

土豆和糯米十分震惊，小姐进厨房炒个糖醋排骨，肚子就不疼了？

他们还没来得及细问，就见脸色惨白的周凌恒被抬了出来。他捂着腹部吆喝："回乾极殿，回乾极殿！"

大家这下看不明白了，皇上这是怎么了？进厨房吃一顿糖醋排骨，出来后怎么就跟要生孩子似的？

大家还没想明白，邓琰已经扛着周凌恒往乾极殿走去。

柳九九额头上还浸着一些汗珠，有绿豆大小。

她做糖醋排骨，周凌恒吃排骨，两人再次心灵相通，周凌恒替她承受了腹部所有的疼痛。

在寝宫时，周凌恒就攥着她的手说："铲铲，让朕来替你疼。"

上一次周凌恒替她受月事之苦，足足七日，要死要活的模样她仍历历在目。这一次要替她受临产的腹痛，他……受得住吗？

周凌恒不管这些，执意要替她疼。

回到内殿歇息的柳九九仍坐立不安。

由于她在厨房时，将余下的糖醋排骨放进蒸笼里，利用灶里的微火保着温，是以糖醋排骨现在还热乎着，她跟周凌恒还能隔空说话。

她让太监和宫女都退下，只留糯米一人在外守着。

她隔空问周凌恒："排骨大哥？你怎么样？还受得住吗"

乾极殿内，周凌恒正抱着枕头趴在龙榻上，疼得面色惨白。他紧紧地攥着被褥，生生地将上好的绸缎给撕开，半晌才憋出一句："朕是男人！不……啊……疼！"

柳九九听着他的声音，觉得撕心裂肺，实在不知该说些什么好，只好安慰他："那你……好好休息，或许过了今日我就不疼了，你也就不用疼了。"

周凌恒抱着枕头，憋足力气"嗯"了一声。

邓琰见陛下躺在榻上自言自语，完全不知是什么情况，忙吩咐小安子去叫太医。

周凌恒终于受不住这种疼痛，一头撞在床榻上，让自己晕了过去。

柳九九听他不再说话，便不再打扰他，自顾自地躺下午休。

现下是玄月，白日闷热，夜里寒冷。午后敞开窗户，缕缕清风钻进来，透着丝丝凉爽。

她十分惬意地枕着瓷枕，摸着肚皮感叹：肚子不疼的感觉真好。

合上眼，她明明很疲倦，却没有半点睡意。没过多久，屋子里逐渐变得闷热起来，她心里莫名有些发慌。她起身，冲着外面喊了一声："糯米……"

半晌无人应答。

一般这个时候，糯米都会坐在外面的贵妃榻上守着她，今儿怎么没个声响？难道是跟她一样过于疲倦睡着了？

她挺着肚子慢吞吞地起身，跟前突然闪过一个黑色的身影。等她缓过神来，那身影已在她眼前站定，居高临下地打量她。

她抬起头，看见那张脸，张嘴愣了好半晌。

只见周泽神色冷淡，语气阴沉："他若真的喜欢你，就不会让你在这种时候下厨房。柳九九，跟我走。"

柳九九挺着肚子坐在榻上，哑口无言。好半晌，她才低头揉着太阳穴碎碎念："幻觉，幻觉。"

周泽一把擒住她臃肿的手腕，俯下身道："跟我走，那样的男人，不值得你跟他一辈子。"

柳九九呆呆地看着他，用力甩开他的手，忍不住骂道："周泽你有病啊？他待我再好不过，世上再没有比他待我更好的人了！"

说着，她哆哆嗦嗦地伸手去摸枕头下的菜刀。周泽突然一声暴吼，吓得她身子抖了一下。

"我都替你心疼！"周泽怒不可遏地说道，"你都疼成那样了，他还让你下厨做糖醋排骨？他安的什么心？！我看他喜欢的不是你的人、你的心，只是喜欢你做的菜罢了。"

柳九九目瞪口呆，好半晌才说了句："这……跟你有关系吗？"

周泽定住，一颗心碎得稀里哗啦。他双眸猩红，拂袖转身深吸一口气，又转过身来，擒住她的手腕，压低声音道："柳九九，本王对你的心，你难道还不明白吗？"

柳九九觉得他有点魔怔，还有点丧心病狂，有点像发了疯的大花虎。她一脸僵硬，弱弱地问道："你不会是……想反悔，杀我吧？"

只听"砰"的一声，周泽怒目圆睁，一拳将榻上的雕花击碎。随后他二话不说，将她打横抱起来，抱着她飞过院墙。他早已安排好人接应，利用御膳房外出采买的马车，打算将她运送出宫。

柳九九一路不敢说话，等经过宫门时，她扯着嗓门"哇"了一声，大喊"救命"。侍卫发现异常，带人将乔装成太监的周泽团团围住。

周泽的人悉数被制住，他心下一横，将剑对准柳九九，冲着一干守卫道："你们谁敢过来，我就杀了她。"

宫门的守卫一瞧是皇后，谁都不敢再轻举妄动，面面相觑之后，纷纷侧身让开一条道。

一出宫门，周泽安插在宫外的人立刻赶来接应，俱是训练有素的护卫。周泽驾着马车离开，途中再带着她换乘了一次轿子，最后在东街的一处农户家门前停下。

轿子被抬进农户家，周泽拽着柳九九一下轿，立刻有两名老仆上前迎接。

柳九九在马车里破了羊水，毫无痛感，只是觉得身体发虚，双腿一软差点栽倒。老妇人一瞧大着肚子的孕妇破了羊水，吓得头发发麻："这是……这是快生了吧！"

老妇人看向周泽，他顿了一下，旋即将柳九九抱起来，朝卧房走去，大吼道："还愣着干什么！赶紧找大夫！"

柳九九也是蒙了。

南王这大费周章地把她从宫里带出来，就是为了看她生娃？

她在宫里给周凌恒做的糖醋排骨，此时还在温热的蒸笼里保持着温度，她跟周凌恒仍旧能听见彼此说话。但从出事到现在，她小声喊过周凌恒多次，却始终没有得到他的回应。

于是，周凌恒在乾极殿迷迷糊糊一醒来，就听见柳九九在他耳边说："周泽！我要生了！你快放下我，放下我！"

他刚醒来，还不知是个什么情况。此刻他的腹部如撕裂了一般，阵阵发疼。那种疼感难以用言语描述，像是五脏碎裂，又像是盆骨碎裂，更像是万箭穿骨，原来女人生孩子竟这么疼？

恰巧就在此时，邓琰冲进来告诉他，柳九九被周泽的人挟持出宫了！

周凌恒怒不可遏，坐起身骂了句："浑蛋。"随后他又被腹部的疼痛给折磨得躺下去，浑身冒汗不止，吱喝不止，在榻上疼得死去活来。

最要命的是，太医们还束手无策。只有杜太医弱弱地在旁边说了一句："陛下这般症状，倒挺像生孩子的。"

众人："……"

周凌恒知道这是铲铲要生了，他躺在榻上指挥邓琰："带人在京城给朕一家一家，挨个儿找！"

邓琰抱拳说了声："是。"于是带着人离开。

"啊！"

邓琰刚走出乾极殿，便听见身后传来周凌恒撕心裂肺的声音。

与此同时，柳九九在老妇人的帮助下，顺利地产下一对龙凤胎。

柳九九即便不疼，体力仍有些不支。生产过后，便躺在榻上昏昏欲睡。

老妇人兴奋地将一对龙凤胎抱出去给周泽看，说道："恭喜王爷，贺喜王爷！是一对漂亮的龙凤胎，白白嫩嫩，健康得很！"

周泽不屑地看了一眼，随手夺过小太子，举得老高，想要摔死。

他刚把小太子举过头顶，手里的小太子便"咯咯"笑起来，撒了他一头的尿。

周泽怒不可遏地收回举起的手，将小太子抱在怀里，想伸手将他掐死。可当他看见小太子那张白白嫩嫩的脸时，却再也下不去手。

他将小太子递回给妇人，又抱过小公主，看见两个孩子，一颗心居然软了下来。

不过一个时辰，邓琰就带人封锁了东街，在一家农家宅院里找到了他们。

邓琰蹲在房顶的青瓦上，看见院里养了一条灰不溜秋的"母狗"。周泽抱着婴儿正往母狗的腹下送，似乎是在喂婴儿吃奶。邓琰再仔细一瞧，哪里是母狗啊，分明是一头母狼。

看来南王不仅喜欢养老虎，还喜欢养这种凶猛之兽。

柳九九醒来时浑身酥软，没什么力气。她沉睡太久，醒来时已是日上三竿。

她揉了揉瘪下去的小腹，怀胎八月，总算将肚子里的小排骨给卸下了。她抓了抓后脑勺，依稀记得自己生了一对龙凤胎。是她在做梦吗？

就在她思考之时，邓琰已经从后院来到前院，从窗外跳进来，在她的榻前跪下，抱拳道："臣救驾来迟，请皇后恕罪。"

柳九九现在有点头重脚轻，也不知是不是在做梦。愣了好一会儿，她才反应过来，是邓琰，是邓琰！

就在她准备开口说话时，门外传来人声和脚步声。邓琰看了一眼榻上坐着的柳九九，做了一个手势，让她别急，随即"嗖"地从窗口跳出去。

柳九九坐在榻上，眼巴巴看着周泽抱着婴儿推门走进来。等周泽走近一些，就见他冷着一张脸，将怀里的婴儿递给她，声音沉重："兄妹平安，这是兄长。"

她愣了一下，然后才伸手从他手里接过小排骨。

小太子紧闭着眼睛，攥着两只粉嫩的小肉拳，五官皱巴巴的，有点难看。好在他皮肤白净，小鼻子小嘴巴像极了周凌恒。他咂着小嘴，嘴角还有奶白的水渍。她用指腹轻轻地替他擦拭去嘴角的奶渍，扭过头，蹙眉问他："你给他喝的是什么？"

周泽见她神情不善，气不打一处来。他对她这般好，还帮她带孩子，她居然用这种口气跟自己说话？

他负手而立，鼻子里哼出声，冷不丁吐出两个字："毒药。"

柳九九将他的话当真，脑子里"轰"的一声，掀开盖在腿上的被子，抱着小排骨，拔了头上的玉簪就要朝他刺去。

周泽抬手抓住她的手腕："蠢女人，你自己看。"他的目光落在小排骨的脸上，示意她看。

她低头，怀里的小排骨已经睁开眼睛。他一双小眼睛乌黑明亮，正将自己的小肉拳往嘴里塞。小排骨似笑非笑，全然没有中毒的迹象。她松了口气，原来他是在骗自己。

她双手紧紧抱着小排骨，扭过头斜睨了他一眼："我闺女呢？"

"扔去喂狼了。"周泽仍是一副冷淡的模样。

柳九九又当了真，白眼一翻，差点晕过去。还好周泽手快，抓住她的肩膀，稳住她。

周泽真是拿她没办法，只得实话交代："她正在后院吃奶。"

柳九九拧着眉头看着他，显然不信。

见她抿着嘴，一脸的不信，他终于妥协："好好好，本王真是服了你，本王现在就带你去见女儿。"

她将信将疑地跟着他走出房间，来到后院，居然看见老妇人抱着她闺女正往一条"母狗"身下送。这是……在喂她的宝贝女儿喝"狗"奶？

似乎有哪里不对？

她再定睛一看，那哪里是母狗啊，分明是一头目光如炬的母狼。她吓得往后一退，脸色煞白，小声说道："南……南王，我闺女还是我自己喂吧？"

"喂婴儿吃母狼的奶，以后杀敌上战场，所向披靡！"周泽一脸骄傲地道，"本王便是喝过母狼的奶，所以……"

他的话还没说完，就听柳九九嘴快道："所以你才敢造反是吗？"

"造反？"周泽冷哼一声，觉得讽刺，"本王为了将你带出来，已经暴露了，还造什么反？"

她还是不太懂，一脸疑惑："你抓了我跟小太子和小公主，不是更有胜算吗？以我们作为要挟啊。"

周泽说道："本王不会利用自己喜欢之人。"

听了这话，柳九九不小心被自己的口水呛住，猛咳了几声。她刚才听到啥？喜……喜欢？周泽说的喜欢之人，指的是自己吗？

她抱着小排骨愣怔了片刻，周泽扭过头又对着她说："跟着我，我会把两个孩子当自己的孩子对待。"

她目瞪口呆，如五雷轰顶。她……她没做梦吧？！

柳九九一张脸惨白，吞了口唾沫，问道："你不是在开玩笑吧？"

周泽一脸认真："你觉得，我像是在开玩笑？"

她面容呆滞，点了点头。

周泽深吸一口气，问她："本王为你做了这么多，难道你对本王就没有一点感觉？"

她面容呆滞，再次点头。

他终于忍无可忍，一拳砸在她身后的木柱上，愣是将实木柱子砸出一个坑。木屑飞溅，吓得襁褓中的小太子"哇"的一声号啕大哭起来。

柳九九抱着孩子往后退了一步，像看怪物似的看着他。

他一把从她手里夺过孩子，塞给一旁的老仆，拽着她臃肿的手腕朝前院走。他停在一棵大榕树下，转过身，再次问她："你真的对本王没有一点感觉？"

她吞了口唾沫，怯怯地点头。

周泽心中不服，问道："这次回来得匆忙，本王没打算带你离开。本王只想回来看看你，看看你过得好不好？"

"我很好，过得很好。"柳九九看着他，央求道，"求求你，不要打扰我们一家四口的生活，如果你放我们回去，我保证让皇上赦免你的罪。"

"柳九九，你是真傻还是假傻？你可知道，当本王看见你腹疼时，本王有多揪心？本王巴不得能替你疼！可周凌恒又做了什么？他不顾及你腹中的孩子，也不顾及你腹痛难忍，居然让你下厨做菜，他的心是石头做的吗？"

柳九九松了口气，心里不知从哪儿来的底气，问他："你就是因为这个，以为他对我'不好'，所以才想带我离开的？"

周泽知道这个理由荒诞，但事实确实如此。他点头，语气无比坚定而沉重："是。"

　　当他做出要带柳九九离开这个决定时，跟了他多年的下属以为他疯了。

　　没错，他是疯了，为情所疯，为相思所累。感情这东西，一旦迸发，就再难收拾。说来也奇怪，他居然觉得从前的宏图大志居然比不上和她一起坐在灶台前吃锅巴饭。

　　跟她坐在灶台前围着一碟清蒸鱼、一小碟咸菜，端着一碗红薯锅巴饭吃时，他感觉无比满足，觉得人生的追求就该如此。那种心灵上的满足，不比前途欲望所带来的满足感差。

　　温柔乡，英雄冢。如今他终于明白"英雄难过美人关"这句话的真正意思了。

　　他现在就陷入了美人关，再难走出去。

　　柳九九看着他，内心志忑道："其实你误会了，排骨大哥他待我很好。在这个世界上，没有比他待我更好的人了。正是因为腹疼，所以我才坚持要下厨。我生有一种怪病，身体疼痛难忍时，一旦下厨炒糖醋排骨，身体立马就不疼了。"她不可能告诉他自己和周凌恒的秘密，所以她只能编一个这样的谎话。

　　她眨着一双乌黑清澈的眼睛，无比认真地看着他。顿了一下，她才说："你能理解我这种怪病吗？不是排骨大哥对我不好，而是不得已而为之。难道你没发现，我从厨房出来以后就不疼了吗？"

　　周泽怔住，一时间居然不知该如何反应。

　　所以是自己做了多余的事情？到头来，反倒是自己添了乱不成？

　　柳九九见他怔住，接着又说："你知道真正喜欢一个人是什么感觉吗？不是占为己有，而是看她幸福。"她讲起大道理来一板一眼，"你如果真的喜欢我，就放我回去，毕竟我是个当娘的人，你忍心拆散我们一家人吗？"

周泽双眸血红，急躁地拽住她的手腕："九九。"

她抿着嘴，缩着脖子哆嗦着。他见她缩着脖子有些害怕，忙松开她，声音总算轻了一些："你真的这么怕我？"

她愣了一下，旋即如小鸡啄米般点头。

周泽的心似乎被抽了一下，内心受到巨大的冲击。他在一旁的石头上坐下，低着头沉默了大概一刻钟，才抬起一双猩红的眸子，用平静的口吻问她："我明白了。"

他说出这四个字，几乎用尽毕生的力气，才战胜内心的自私和欲望。

他深知自己不是个心宽的好人，别人一家团聚与否，对他来说并没有那么重要。可当他看见她那样惧怕自己，石头心如泥土一般稀里哗啦碎裂开来。

他此刻才明白，一直以来都是自己在唱独角戏，一场形单影只的独角戏。

他悟了，真的悟了。

她跟自己在一起，不会快乐。

她有丈夫，有孩子，有属于自己的小厨房。而他呢？不过是她曾经款待的一个食客，仅仅只是食客罢了。

柳九九怯怯地看着他，见他神色哀伤，居然生出几分恻隐之心。她不知道是自己说了什么话才惹得他那么不高兴，眼前这个人到底救过她，再怎么样救命恩情也不能忘。

她蹲下，胳膊枕在膝盖上，仰着下巴看着坐在石头上的他，安慰他："其实我觉得你这个人并不坏。你不需要做一个好人，只需要做一个不随便欺负人的人，你就会活得很快乐了。"她顿了片刻又说，"其实，做人嘛，最主要的是开心。"

周泽神色黯然，好半晌才说："你说了这么多话，不就是想让本王放你回去吗？好，本王就放你回去。"

柳九九的眼睛突然一亮，不可置信道："真的？"

周泽深吸一口气，难得温和一次："不然呢？让你一直恨着本王？让你一辈子都怕着本王不成？"

柳九九抿着嘴，雀跃地道："你是好人，皇叔，你真是个好皇叔，你跟其他那些坏人不一样。"

周泽起身，将蹲在地上的她扶起来，温声说："那你现在知道，本王是喜欢你的了？"

她愣了一下才点头："知道了。"

周泽如释重负，欣慰地笑了。知道了，她总算是知道了。

他这般大费周章，所以到最后到底是为了什么呢？

等喂饱两个小家伙，周泽便差人将他们送回宫。

柳九九刚到宫门前，邓琰不知从哪儿蹿了出来。邓琰从她手里接过两个孩子抱在怀里，感叹道："想不到南王竟是个痴情种。"

"你都听见了？"柳九九问道。

邓琰点头，"嗯"了一声："听见了。"

一路上柳九九仔细想了一下周泽的话，她虽惧怕他，但她打心眼里觉得他不是个十恶不赦的坏人。至少他曾救过自己的命。如果不是他，自己跟肚里的两个小家伙此时已经葬身山崖了。

周泽远远地躲在树后，目送柳九九被轿辇抬进宫去。柳九九在上轿辇前，朝着他的方向看了一眼。

他的心跟着突兀地一跳，她是在看自己吗？她是不是对自己也存有一丝好感？

直到柳九九的身影消失在眼前，他仍杵在原地，久久不愿离开。他微微拧眉，揉了揉闷疼的胸口。

喜欢一个人，念着一个人，原来是这种滋味。

南王周泽带人擅闯皇宫之事，群臣上奏严惩。就连素日维护周泽的大臣此刻也见风使舵，参了周泽一本。

碍于周泽曾救过柳九九的性命，又念及先皇的颜面，免其死罪。

太子降生，举国同庆。周凌恒为绝后顾之忧，特下旨意，将南王周泽贬为庶人，从此不得再入京城。

四年后，禹南城开了一家叫"双九馆"的食肆。双九馆以红薯锅巴饭和清蒸鲫鱼闻名。

当然，双九馆最特别之处是掌勺的厨子风流倜傥，外貌英俊。

而双九馆的两个伙计更为特别，分别是一只老虎和一头灰狼。

起初食客还惧怕这一虎一狼，可当他们看见系着红头巾的老虎和狼头顶餐盘，迈步来上菜时，又觉得滑稽刺激。

双九馆除了英俊倜傥的老板和一狼一虎外，再无其他伙计。

要想吃霸王餐？嗬，先问问老虎伙计和狼伙计干不干！

　　编辑又叫我写后记，除了吃喝玩乐，我好像真的没啥可写了！该说的都跟你们说完了，不该说的我也说了，作为一根放浪不羁又英俊的草，我的后记必须跟别人的不一样。本来打算写糖醋排骨的做法，但转念一想，你们一定会打我，所以还是算啦！我的微博是：@萱草妖花，喜欢我就关注我，有话说就评论我，没事你就点个赞。

                                                     萱草妖花
                                                     写于 2016 年 9 月